PECADORA

NANA PAUVOLIH

PECADORA

essência

Copyright © Nana Pauvolih, 2017
Copyright © Editora Planeta do Brasil, 2017
Todos os direitos reservados.

Preparação: Elisa Nogueira
Revisão: Thais Rimkus e Valquíria Della Pozza
Diagramação: Maurélio Barbosa | designioseditoriais.com.br
Capa: Luiz Sanches Junior
Imagem de capa: © Tatiana Mertsalova / Trevillion Images

CIP-BRASIL. CATALOGAÇÃO NA PUBLICAÇÃO
SINDICATO NACIONAL DOS EDITORES DE LIVROS, RJ

P384p

Pauvolih, Nana
    Pecadora / Nana Pauvolih. -- 1. ed. -- São Paulo : Planeta, 2017.

    ISBN: 978-85-422-0971-6

    1. Ficção erótica brasileira. I. Título.

17-39638   CDD: 869.93
                                                                                     CDU: 869.134.3(81)-3

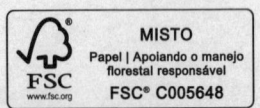

Ao escolher este livro, você está apoiando o manejo responsável das florestas do mundo

2024
Todos os direitos desta edição reservados à
Editora Planeta do Brasil Ltda.
Rua Bela Cintra, 986, 4º andar – Consolação
São Paulo – SP – 01415-002
www.planetadelivros.com.br
faleconosco@editoraplaneta.com.br

Dedico Pecadora *a todas as mulheres.*
Que nós possamos perceber que nosso corpo,
nossos desejos e nossos sonhos não
devem ser suplantados por nenhum
tipo de preconceito ou infelicidade.
Em especial, dedico este livro à mulher mais forte,
guerreira e corajosa que já conheci: minha mãe.

Cinco anos antes

Isabel

Eu ri, deitada ao lado da minha irmã, ambas apertadas na minha cama de solteiro, como costumávamos fazer nas manhãs de domingo. Era engraçado como Rebeca sempre me fazia sentir livre e solta como normalmente eu não era. Eu sempre tinha sido tímida e quieta; ela, extrovertida e espalhafatosa.

— Você ri? — Ela me empurrou com o ombro, pressionando-me contra a parede.

Empurrei-a de volta, e ela quase caiu. Gargalhamos.

Então ela envolveu minha cintura com um braço e ergueu o rosto, olhando para mim e dizendo, inesperadamente:

— Estou grávida.

Gelei, muda. Virei minha cabeça sobre o travesseiro e busquei os olhos dela, pensando ser mais uma brincadeira. Mas ela estava séria. Deixou a cabeça cair no meu travesseiro e ficamos nos encarando.

Senti medo por ela. Minha irmã é quase dois anos mais velha do que eu, mas ainda assim tinha só dezoito anos. Ameacei chorar, mas me segurei. Murmurei, angustiada:

— Meu Deus...

— Deus não tem nada a ver com isso, Isabel. Ou talvez tenha... — Ela deu de ombros. — Você vai ser titia.

— Rebeca, você sabe que isso vai ser uma tragédia aqui em casa. — Eu me ergui e me sentei, tensa. — Papai e mamãe...

— Vão querer me matar. Ou melhor, me casar — brincou ela, de novo.

Ela se sentou também, passando a mão pelo cabelo curto, na altura do pescoço, em cachos desconexos. Era totalmente diferente do meu, que passava da cintura, como fora o dela um dia, antes de se revoltar e cortar tudo, episódio que quase lhe custara uma surra do nosso pai.

— Casar com quem? Quem é o pai do bebê?

— Como vou saber, Isa? — debochou ela. — Pode ser qualquer um dos dez ou vinte com quem transei nos últimos tempos.

— Ah, Rebeca! — Segurei suas mãos, nervosa. Não concordava com muitas das loucuras dela, mas, no fundo, eu a entendia. E me preocupava, por sua causa e por nossos pais. — Você faz isso só para confrontar os dois!

— Faço porque quero! Sou livre! Sou maior de idade e trabalho. Vou contar a eles sobre a gravidez, alugar um quarto e sair daqui. Vou me livrar dessa loucura toda!

— Não é loucura. — Tentei justificar. — Papai é pastor e...

— Loucura! — repetiu, irritada. — Opressão! É isso o que ele faz com essa igreja que ele criou. Isso não é religião, Isabel. Deus não é essa infelicidade toda que somos obrigadas a suportar. Conheço muita, muita gente cristã que está longe de viver oprimida como nós.

Uma parte de mim pensava como ela. Mas, criada desde pequena de maneira rígida, eu tinha medo daqueles pensamentos. Temia também pela salvação da minha irmã, que eu amava mais do que tudo.

— Escute... — Coloquei a mão em seu rosto, com carinho e preocupação. — Não precisa dessa revolta toda. Você se machuca e magoa nossos pais, Rebeca. Pode falar o que quiser sem...

— Falar o que quero? Desde quando? Não me faça rir, Isa! — Ela suspirou, mas não se afastou. — Sabe que eles não aceitam! É aquela religião maldita deles.

— Não diga isso — briguei com ela. — É a nossa religião!

— Pode ser a sua; a minha, não!

Mordi os lábios, nervosa. Eram dois lados radicais, dois extremos. As brigas não eram novidade, mas agora Rebeca tinha ido longe demais. Nossos pais nunca aceitariam aquilo. Seria uma afronta sem perdão.

— Rebeca, você não sabe mesmo quem é o pai do bebê? — Segurei a mão dela. — Podemos falar com ele. Talvez queira se casar, e aí contamos ao papai e...

— Acho que até sei quem é, mas quem disse que quero me casar? Sair de uma prisão e cair em outra? Vou criar meu filho sozinha. Estou vendo um quarto para alugar. Aí pego minhas coisas, conto aos velhos e me mando. Simples assim.

— Ter um bebê não é algo simples. Como vai trabalhar e cuidar dele sozinha, longe daqui?

— Dou um jeito. — Ela sorriu e cruzou as pernas nuas. Usava um pijama de short e camiseta, outra afronta, já que nossos pais não permitiam roupas que expusessem o corpo. Aproximou-se, beijou minha bochecha e disse, tranquila: — Não se preocupe comigo. Vou ser mais feliz longe deste inferno aqui.

Não sorri nem me despreocupei.

Ruth – nossa irmã mais velha, de vinte e dois anos –, Rebeca e eu aprendemos cedo a viver de acordo com a religião dos nossos pais.

Meu pai havia começado como obreiro de uma igreja pentecostal no interior do Rio de Janeiro, mas discordava de muitas das ideias que ouvia ali. Mudamos para uma vila no Catete, bairro de classe média da capital, e ele não se adaptou a nenhuma das igrejas que frequentou. Como era muito severo, achava quase todas liberais demais, mesmo aquelas tidas como mais rigorosas. Acabou fundando a sua própria igreja em uma casa alugada perto da nossa, dando-lhe o nome de Deus É Por Nós. Lá ele se tornou pastor e assumiu todas as responsabilidades que o cargo acarretava, realizando obras para ajudar a comunidade.

Sua base foram a Bíblia e os fundamentos pentecostais de sua formação, mas ele moldou a nova religião de acordo com o que acreditava e nos educou com base nela. Rebeca, no entanto, sempre demonstrou pensar diferente.

Meus pais a acusavam de ter sido corrompida pela devassidão, deixando o demônio ditar seus passos. No entanto, apesar das brigas, dos enfrentamentos mais e mais ousados dela, acreditavam poder salvá-la. Rebeca os acusava de nos oprimirem com ideias arcaicas, e a cada regra que nos era imposta minha irmã se revoltava mais.

De um lado, estavam meus pais e Ruth, que não suportava as rebeldias da irmã do meio. De outro, Rebeca. E eu tentava equilibrar tudo, aparar as arestas. Como escolher um dos lados, se eu amava a todos e tinha dúvidas sobre o que era o certo?

Agora tudo parecia ter chegado a um ápice. Depois de cortar curtos os cabelos, usar roupas da moda e namorar ostensivamente, envergonhando nossa família, Rebeca estava grávida, sem nem ter certeza de quem era o pai.

Nervosa, eu a soltei e cruzei os braços, tentando pensar em uma saída.

— Ei, não fique assim! — Rebeca me puxou, sorrindo. — Libere essa tensão, garota!

Eu a olhei, sem acreditar que ela não via a gravidade daquilo.

— Não percebe o que isso pode causar na nossa família? Nosso pai vai se sentir traído, humilhado. Isso vai magoar muita gente!

— E as vezes em que fui magoada? Algum deles se preocupa comigo?

— Sim!

— Não! Nem com você! São só regras estúpidas! Não sou feliz aqui, Isabel. Ninguém é feliz nesta casa, nem mesmo eles! Nem Ruth, casada com aquele idiota, cheia de filhos, fingindo ser perfeita! Nem você! Ou vai me dizer que dá para ser feliz em um lugar onde tudo é proibido? — Ela apertou os olhos, irritada.

— Não é assim...

— É exatamente assim! E você sabe disso!

Naquele momento, a porta do quarto se abriu. Nós nos calamos. Ruth apareceu, olhando-nos com desconfiança.

Ela estava grávida pela terceira vez em quatro anos. Tinha se casado aos dezoito com um obreiro da igreja, Abílio. Parecia mais velha do que era, obesa, com um aspecto cansado. Não devia ser fácil cuidar de todo o trabalho doméstico e de duas crianças pequenas aos sete meses de gravidez.

Percebi que o bebê dela seria abençoado pela família, enquanto o de Rebeca seria visto como fruto do pecado.

Ruth olhou com desaprovação para a roupa de Rebeca, mas não disse nada. Já haviam discutido por anos a fio, e agora uma ignorava a outra sempre que era possível.

— Mamãe está chamando para ir à igreja, Isabel.

— Já vou.

Ela apertou os lábios. Odiava ver a gente juntas. Dizia que eu acobertava as maluquices de Rebeca, que vivíamos de segredinhos. Saiu e fechou a porta.

— Ela deve ter ouvido nossa conversa. Aposto — resmungou Rebeca.

Eu me levantei, tirei o pijama e coloquei meu vestido longo de botões. Ajeitei os cabelos num coque enquanto Rebeca me observava com carinho.

— Você é tão linda, Isabel!

Eu a encarei e baixei a guarda, como sempre acontecia.

— Isso não importa.

— Claro que importa. É linda por dentro e por fora e merece ser muito feliz.

— Eu sou.

— É nada!

— Claro que sou.

— Quer me enganar, Isa? — Balançou a cabeça. — Aquele cara não é pra você. É um imbecil!

— Não fale assim do Isaque!

— Um idiota, como o Abílio! Quer o futuro de Ruth para você? Ser escrava de um babaca burro e gordo, que vai encher você de filhos?

— Às vezes, você me irrita! — Saí de perto dela e fui para a porta.

Rebeca levantou num pulo e me abraçou por trás, beijando meu pescoço e dizendo entre risadas:

— Não fica emburradinha, não! Sabe que amo você e falo pro seu bem!

— Pare com isso!

Eu ri também, pois fazia cócegas. Abracei-a de volta, cheia de preocupações. Rebeca parecia leve e feliz.

— Vai dar tudo certo — murmurou.

Eu sabia que não, mas faria jejum e oraria a Deus para que aliviasse a ira do meu pai.

— Coloque uma roupa decente e pense com calma — pedi. — Por favor.

— Tenho coisas mais interessantes a fazer! — Ela piscou e voltou a se jogar na minha cama. Ficava mais na minha cama do que na dela, que estava sempre bagunçada.

Seu tom me alertou de que estava aprontando mais alguma.

— Rebeca, por favor, não arrume mais confusão!

— Pode deixar, meu amor. — Ela sorriu, maliciosa.

Suspirei e saí do quarto.

Meus pais, Ruth, meu cunhado e meus sobrinhos, Esther e Paulo, de quatro e dois anos, estavam prontos.

Cândida, minha mãe, olhou-me séria.

— Ao menos perguntou se sua irmã nos acompanharia hoje para ouvir a palavra de Deus?

— Ela não vai, mãe.

— Claro que não! — ironizou Ruth.

Eu a encarei, séria. Ela adorava piorar a situação.

— Vamos logo. — Meu pai parecia irritado. Saiu e o seguimos, cada um com sua Bíblia.

Morávamos no Catete, em uma vila que tinha sido um cortiço ocupado por portugueses empobrecidos, pessoas de classes baixas que queriam viver na Zona Sul e nordestinos que alugavam quartos baratos. Muitos acabavam não tendo condições de arcar nem com aquilo e caíam em vícios, daí o grande número de mendigos nas redondezas e bêbados nos bares decadentes.

Muitas famílias ainda se aglomeravam em quitinetes e casas apertadas, algumas das quais tinham sido incrementadas, ganhando puxadinhos até virarem algo parecido com pequenos prédios sem nenhuma infraestrutura. Camelôs ocupavam as calçadas com suas bugigangas e era normal disputarem a gritos com o funk que saía pelas janelas e com os cultos das pequenas igrejas que pipocavam pelo bairro. A confusão sonora e visual chegava a causar dor de cabeça.

Roupas balançavam nos varais externos naquela manhã de domingo, ressaltando a aparência feia da vizinhança. A feira do dia anterior tinha deixado um cheiro de frutas podres no ar devido aos montes de lixo acumulados nos cantos à espera do lixeiro, que só passaria na segunda-feira. Para piorar, os vira-latas espalhavam todo o lixo em busca de comida.

Meus pais seguiam à frente na calçada, sérios, bem-arrumados. Ele, de terno; ela, com uma roupa de domingo. Abílio ia depois, com o filho caçula no colo. Estava bem acima do peso, e suas pernas roçavam uma na outra. Seus cabelos rareavam, embora não tivesse nem trinta anos. Suava muito e, assim como Ruth, parecia acabado.

Minha irmã vinha ao meu lado, respirando fundo por conta do peso da barriga de sete meses. Levava a filha pela mão.

Nas esquinas, prostitutas e travestis já tinham encerrado o expediente da noite anterior. Algumas iam para casa por ali mesmo, outras paravam num bar para tomar a saideira.

Eu tinha a impressão de que a pobreza se perpetuava em certos lugares. Muitas pessoas tinham passado pelo bairro, mas eu não via ninguém melhorar de vida nem tentar mudar aquele lugar. Digo, meu pai bem que tentava. Ele tinha montado na igreja um programa de arrecadação e distribuição de alimentos e iniciativas para arrumar emprego e moradia para quem não tinha e para auxiliar vítimas de tragédias.

O pastor Sebastião podia ser excessivamente rígido, seguindo seu entendimento dos textos bíblicos e impondo costumes à família e aos fiéis, mas era um homem honesto, que tentava ser justo e nunca tinha desviado nem um real da igreja para proveito próprio. Vivíamos apenas do seu salário como pastor.

Tudo o que arrecadava ele investia em obras sociais. Ajudava muita gente, a ponto de não ter tempo para si mesmo. Deixava suas vontades de lado em nome de algo maior, que era evangelizar. Cada pessoa que levava para a igreja, cada alma que libertava do que entendia como vício ou pecado, era uma vitória para ele. Dizia ser esse seu papel no mundo.

Depois de muitos anos de trabalho, a sede da igreja Deus É Por Nós era própria e tinha sido reformada. Era simples, com bancos de madeira compridos, e estava sempre impecável. À frente, tinha espaço para um órgão, duas grandes caixas de som, um púlpito com microfone e com apoio para a Bíblia e uma mesa com cadeiras de espaldar alto.

Os fiéis já começavam a chegar com seus livros sagrados. Todos tinham mais ou menos o mesmo estilo: homens de terno ou camisa social, mulheres com cabelos longos e roupas compridas.

— Todas as famílias vêm inteiras para o culto. E eu, que sou o pastor, que deveria dar o exemplo, tenho a família desfalcada — disse meu pai, baixo e entredentes, visivelmente contrariado.

— Tudo vai se resolver. Deus cuidará, Sebastião — disse minha mãe, que no fundo também parecia irritada.

Ruth, contrariando minhas expectativas, não aproveitou a oportunidade para ressaltar como Rebeca agia errado e como ela, ao contrário, era obediente e temente a Deus.

Senti o nervosismo voltar. Rebeca não parecia ligar para a reação de nossos pais à sua notícia, embora o clima em casa me fizesse imaginar que a qualquer momento uma tragédia podia acontecer.

Por mais rigoroso que meu pai fosse, tinha suportado muitos caprichos da filha rebelde. Ela o humilhava perante a congregação, deixando claro que ele não tinha domínio sobre ela, que a casa do pastor não era de paz e que havia um ente desvirtuado, que não respeitava o que ele mesmo pregava.

Todos se voltaram para nos cumprimentar quando chegamos. Eu sentia que nos tratavam com um respeito excessivo só por sermos parentes do pastor. Éramos admirados e servíamos como exemplo, e por isso as ações de Rebeca preocupavam tanto meu pai.

A maioria dos fiéis achava que o demônio queria enfraquecer a obra do pastor corrompendo sua filha. As pessoas oravam por ela e acreditavam numa vitória final de Deus, o único capaz de trazê-la de volta como uma ovelha desgarrada.

Na primeira fileira, encontramos meu namorado, Isaque, e seus pais. Nós nos conhecíamos desde sempre, e ele tinha sido o único homem aprovado como meu futuro marido pelos meus pais.

Sorri para ele, que sorriu de volta. Isaque era um tipo comum, de pele clara, estatura mediana e cabelos e olhos castanhos. Nosso namoro não era muito diferente de uma amizade. O máximo que fazíamos era dar as mãos de vez em quando. Eu nunca o tinha beijado.

Prestes a fazer dezessete anos, eu nunca tinha dado um beijo na boca.

Eu me sentei, e Gilmara, a mãe dele, ficou entre nós, então nem conseguimos nos falar.

Todos se acomodaram, e meu pai se posicionou diante do microfone. O organista começou a tocar, e todos ficaram em silêncio. Logo, meu pai receberia sua congregação e faria as apresentações iniciais. Eu me desliguei um pouco do que ele falava, perdida em pensamentos.

Gostaria de estar ali com o espírito elevado e a mente tranquila, mas não era só a gravidez de Rebeca que me preocupava.

Apesar de nunca ter sido rebelde como ela, eu pensava em coisas que não deveria. Criada como fui, ouvindo que o diabo não ganharia força em minha vida se me mantivesse concentrada em Deus, eu estava decepcionada comigo mesma.

Talvez fosse difícil demais ser cristã no mundo em que vivíamos, cercados de devassidão na televisão, na escola, na rua, entre conhecidos e vizinhos. Todo mundo parecia ansioso por pecar e espalhar o pecado. Era preciso uma força grandiosa para não se deixar corromper.

Minhas colegas de escola só falavam em garotos, sexo, namoro. Elas se maquiavam e usavam roupas curtas e justas. Minha mãe me mandava ficar longe delas, mas como eu poderia me isolar das minhas amigas, com quem me dava tão bem?

A verdade é que me influenciavam de alguma maneira, pois ainda bem nova comecei a ter curiosidade sobre diversos assuntos. Como muita coisa não era falada em casa, e sabendo que qualquer pergunta errada seria motivo para castigos, eu guardava tudo para mim.

Rebeca também me influenciava, contando as coisas que fazia, como se divertia, os rapazes que conhecia. Eu ficava chocada, mas também balançada. Queria e não queria ouvir. Era como se metades de mim, com vontades diferentes, brigassem o tempo inteiro.

Enquanto meu pai falava ao microfone para uma plateia atenta, eu, envergonhada, baixei os olhos para minhas mãos no colo.

Ele achava que só uma de suas filhas era pecadora. Estava enganado. Mesmo que eu não demonstrasse, uma parte de mim questionava tudo aquilo. E pecava. Como nas vezes secretas em que me toquei. Ou em que me imaginei beijando Isaque, tirando minha roupa para ele, sendo penetrada.

Freei o pensamento, culpada, ainda mais por estar na casa de Deus. Eu orava muito, pedindo perdão. Aos doze anos, tinha descoberto sozinha o que era masturbação —, e me sentia impura e culpada quando não resistia àquilo.

Era por isso que eu entendia Rebeca. Não era apenas por amá-la muito que eu não conseguia me afastar. No fundo, eu sabia que a diferença entre nós duas era que ela, sempre feliz e expansiva, cheia de vida, questionava a religião abertamente enquanto eu fazia isso escondida.

Acontece que Rebeca deixara de ter controle sobre si mesma e se apaixonara pelo desafio. Abandonara de vez a igreja. E a situação se tornara insustentável. Para onde isso a havia levado? A ser mãe solteira? A ser expulsa de casa?

Respirei fundo, angustiada, e voltei a olhar para meu pai, fingindo ouvir sua pregação. Foi quando, como se pudesse ler meus pensamentos, ele disse:

— Muitos me perguntam o que é pecado: pôr em prática seus pensamentos impuros ou simplesmente pensá-los? E eu vos respondo agora. Em *Mateus*, Jesus lembra o que os antigos diziam sobre adultério e vai além, argumentando que, se o olho direito o escandalizar, você deve arrancá-lo e atirá-lo longe. O mesmo deve fazer com sua mão se ela tentar corromper você. Abram suas Bíblias e acompanhem.

Eu conhecia bem aquela pregação por causa dos vários cultos a que tinha assistido e do que aprendíamos em casa. Era isso o que mais me envergonhava. Saber tão bem o que era certo e, ainda assim, fazer o errado.

— Jesus não queria dizer, ao pé da letra, que os fiéis deviam arrancar os olhos e as mãos. Não era isso, meus filhos. Quem entendeu diga "amém"!

— Amém! — responderam os fiéis, num coro alto.

Meu pai acenou com a cabeça. Aos cinquenta e seis anos, tinha cabelos grisalhos e um início de calvície. Era moreno, com rugas marcadas e olhar imponente. Não era de sorrir muito, como se estivesse sempre preocupado.

— A ideia era se abster do uso do olho ou da mão com aquela intenção. Nenhum homem deveria olhar a mulher do próximo nem mulher nenhuma que não fosse a sua, porque isso já constituiria adultério. Como Jesus se dirigia a muitos homens casados, usou uma linguagem que eles entenderiam. Mas, na verdade, sua fala diz respeito a todos os pecados. Não devemos cobiçar nem querer tocar em uma mulher fora do nosso matrimônio. Apenas aqueles que contraíram matrimônio podem manter contato carnal. Temos que ser capazes de controlar nosso corpo, não o contrário.

— Amém!

— Jesus condena a mão direita, e não preciso explicar a que se refere.

Eu enrubesci, sabendo que meu pai se referia à masturbação. Minha mãe já tinha lido aquela parte para a gente e explicado que se tocar era proibido.

— Assim como deixa claro que cobiçar em pensamento já é pecado — continuou ele. — O coração precisa se recusar ao erro, pois o corpo é templo do Espírito Santo, e você não é dono do seu corpo. Se o seu corpo é de Deus, qualquer impureza que cometa contra ele estará sendo cometida contra Deus! É difícil entender, irmãos? Quem compreendeu diga "amém"!

— Amém!

Eu também falei "amém", em um murmúrio envergonhado.

— Os homens veem a aparência, mas Deus vê o coração. Você pode fingir, esconder-se dos homens, mas não de Deus! Se alguém aqui foi consumido pela devassidão, pelo adultério ou por pensamentos impuros, se foi discipulado pelo mal, está na hora de lutar contra tudo o que é desaprovado por Deus. Não basta dizer que não consegue, como faria um viciado. Nem se entregar a sentimentos de vergonha, tristeza e culpa e depois voltar a pecar. Não, meus irmãos! Trata-se de esquecer o bombardeio vindo do inferno e se colocar nas mãos de Jesus, em uma luta diária — que será recompensada por Ele! Quando perceber que seu coração é puro, Deus o libertará do seu pecado!

— Amém — murmurei, orando fervorosamente por aquilo, quase caindo de joelhos para pedir perdão.

Era como se meu pai falasse para mim, causando-me vergonha, mas também uma vontade férrea de ser pura, honesta.

— O mundo está cheio de lascívia. Quem se entrega a ela vive em um cativeiro, em uma prisão, em uma escravidão. Pecar contra o próprio corpo é se prostituir. Atender a desejos sexuais ilícitos e se entregar às impurezas, mesmo em sua mente, é destruir a obra do Espírito Santo. Creia de verdade e se arrependa. Lute contra o mal. Só assim Deus vai ouvir seus lamentos e lhe dar a graça merecida. Caso contrário, quando chegar o dia do juízo final, Deus o condenará, e você dirá: "Mas não fui adúltero!". E terá como resposta: "Foi. Em pensamento. Muitas vezes". Vigie. Ore. Amém!

— Amém!

Eu quis acreditar que eu era mais forte que qualquer tentação. Jurei a mim mesma nunca mais ter maus pensamentos nem me tocar. Eu focaria em Jesus, em boas ações, em estudar. Faria jejum, condenaria a mim mesma, mas não perderia a minha alma.

Orei também por Rebeca, pedindo a Deus que me desse forças para ajudá-la e que a invadisse com luz. Pedi que ela parasse de pecar e de infringir leis, que fosse perdoada. Se ela mudasse, meus pais a aceitariam, mesmo grávida.

— O mal está nos olhos de quem olha, mas também na provocação de quem mostra. Por isso, temos regras em nossa igreja. Não para invadir a vida de vocês, mas para orientá-los. Roupas justas e curtas tentam o fiel, desviam a mente do culto sagrado. Todos devem se vestir com decência na igreja, no lar, no cotidiano. Seguimos ensinamentos bíblicos, não modas ou indecências.

Todos concordaram em murmúrios. Ele continuou:

— Devemos respeitar o mínimo, como modéstia, higiene e pureza, e usar roupas que não incitem ao pecado. E as mulheres não devem cortar seus cabelos. São afrontas! — Ele bateu com a mão no púlpito, parecendo irritado. Talvez pensasse em Rebeca. E na surra que por pouco não tinha dado nela quando a viu com os cabelos curtos.

Eu não sabia se meu pai havia escolhido o tema do culto aleatoriamente ou por estar perturbado demais com o comportamento da própria filha, querendo mostrar a todos que ele não concordava com aquilo. Ele parecia estar no limite.

Olhei de relance para Ruth, que estava concentrada na pregação, acenando fervorosamente com a cabeça. Ela nunca tinha dado trabalho aos nossos pais. Eu também não. Mas eu errava em pensamento e nas vezes em que me tocava. E ela? Era totalmente pura, determinada a viver em Cristo, ou tinha também seus pecados?

Quando o culto acabou, ficamos à espera do nosso pai, como sempre. As pessoas se aproximaram dele para elogiar o modo como abordara os assuntos naquele dia ou para comentar casos de conhecidos que insistiam em se desviar do caminho. Ele ouviu pedidos de ajuda e ofereceu palavras de conforto.

Voltamos como tínhamos ido, andando em silêncio até a vila. Daquela vez, não me distraí olhando ao redor. Caminhei imersa em meus pensamentos e aflita. Esperava chegar em casa e conversar direito com Rebeca.

Atrás de nós vinham outras pessoas da igreja, incluindo Isaque e seus pais. No fim da tarde, ele iria me visitar e ficaríamos na sala, conversando sob olhares atentos, cheios de curiosidades não satisfeitas um pelo outro.

Estávamos chegando em casa quando uma vizinha, dona Carmem, que adorava beber e farrear e que se irritara com a gente depois de uma discussão em que minha mãe a mandara aceitar Jesus, disse em alto e bom tom:

— Os santos e salvos chegaram!

— Ignore — avisou meu pai, baixo, abrindo o portão.

Minha mãe apertou os lábios, mas nem a olhou. Dona Carmem deu uma risada e gritou:

— Andam por aí de cabeça erguida, metendo-se na vida dos outros, achando que são os escolhidos de Deus, enquanto a filha transa com todo mundo na casa deles! — Meu pai já ia entrar quando ela completou: — Acabou de sair um daí agora! E a filha ainda foi quase pelada levar o rapaz ao portão. Gente muito santa, essa!

Ele parou. Gelei, sem acreditar que Rebeca tinha feito aquilo. Minha mãe se virou para ela e respondeu em tom comedido:

— Você deveria se envergonhar das suas mentiras.

— Mentiras? — debochou ela. — Vá cheirar a cama dela, dona Cândida. Ainda deve feder a sexo! Pergunte a quem quiser se sua menina não passou a manhã se fartando com um desconhecido!

Meu pai estava pálido. Minha sobrinha quis se soltar de Abílio e entrar em casa, mas ele a segurou com uma das mãos enquanto carregava o filho de dois anos no outro braço. Ruth se aproximou de nós, irritada:

— Que vergonha é essa que Rebeca está nos fazendo passar agora? — Ela apontou os vizinhos que, das portas e janelas de suas casas, ouviam tudo.

— Pai... — murmurei quando o vi entrar em casa com o semblante furioso. Corri atrás dele. — Pai, por favor, espere!

— Sebastião! — chamou minha mãe, seguindo-me.

A gargalhada da vizinha nos acompanhou.

Pelo estado transtornado em que ele se encontrava ao passar pela porta, vi que uma tragédia se prenunciava. Lágrimas vieram aos meus olhos e, quando ele avançou como uma fera até o meu quarto, entrei na frente dele:

— Por favor, pai, isso é mentira! Vou falar com a Rebeca...

— Saia da frente!

Tomei um susto quando ele me empurrou para o lado, já que nunca tinha sido agressivo comigo. Minha mãe segurou o meu braço:

— Deixe ele passar.

— Mas...

— Ele precisa tomar uma atitude.

— Isso mesmo! — encorajou Ruth, atrás de nós.

Não pude olhar. Estava tão apavorada que minhas pernas pareciam gelatina. Entrei no quarto e vi meu pai arrancar Rebeca da minha cama, puxando-a pelos cabelos. Ela gritou e tentou escapar, descalça e ainda vestindo o pijama daquela manhã.

— Me larga! Tá maluco?

— Ímpia! Suja! Imunda! Estava em concupiscência com um homem nesta casa? Hein? — Ele a sacudiu, com uma das mãos presa nos cachos curtos e a outra agarrando seu braço com tanta força que Rebeca gemeu de dor.

— Me solta, pai!

— Responda! Enquanto estávamos na igreja, você se rastejava em lascívia dentro da nossa casa?

— Eu transei mesmo! — Ela começou a ficar vermelha, lutando para se soltar, furiosa.

— Rebeca! — Fui até eles, com lágrimas escorrendo pelo rosto. — Fique quieta!

— Mas é verdade! Fiz aquilo que Deus nos criou para fazer, bem aqui, nessa cama! — berrou.

— Meretriz! — Meu pai soltou seu braço e, com toda a força, deu um tapa com as costas da mão no rosto dela. O tapa estalou, e Rebeca teria caído, se ele não continuasse segurando seus cabelos.

— Pai! — gritei, tentando fazer com que a soltasse.

Minha mãe e Ruth me impediram.

— Ela merece! — disse minha irmã, a única que parecia se sentir bem com tudo aquilo.

— Puta! Suja! Filha do demônio! — Meu pai deu outro tapa no rosto dela.

Rebeca chorava, mas não parou de lutar, esperneando, gritando. Mesmo assim, não podia contra a fúria do homem que tantas vezes aturara suas rebeldias.

— Mãe, ajude! — implorei, soltando-me delas e segurando o braço do meu pai.

— Fora desta casa! Fora desta família! — Ele a arrastou para fora de casa, mal notando que eu tentava impedir.

— Não! — gritei.

— Quero sair daqui, sim! Quero me livrar desta família horrível e infeliz! — Rebeca continuava a lutar contra ele.

A força de nosso pai era descomunal. Ele arrastou Rebeca até a calçada. Eu os segui, segurando um e outro, implorando para que parassem. Minha mãe e Ruth vieram atrás, quietas.

— Se quer a companhia do diabo, vá ficar com ele! — Por fim, meu pai empurrou-a para o meio da rua.

Rebeca caiu no chão, arquejando. Corri até ela e ajudei-a, sem acreditar. Era um pesadelo que se tornara realidade.

Os vizinhos olhavam a cena, parados em volta. Com uma parte do meu cérebro que ainda conseguia pensar, vi tudo como se fosse um filme de faroeste, com os dois inimigos frente a frente e todas as outras pessoas imóveis, esperando a morte de um deles. Conhecidos, fiéis da igreja, Isaque e os pais, todo mundo era testemunha do drama que se descortinava ali.

Finalmente, ajudei Rebeca a se levantar, vendo o rosto dela inchado e vermelho, com sangue no canto da boca, e os joelhos ralados. Ajeitei a alça de sua camiseta, que escorregava e anunciava o início dos seios, como se, de alguma forma, eu ainda pudesse impedir que ela fosse vista como prostituta.

— Fique quieta... — supliquei, baixinho. — Por favor...

— Nunca! — Ela se soltou de mim e ergueu a cabeça, olhando com desprezo para nossa família. — Não vou abaixar a cabeça para vocês! Cansei de ordens, de proibições, de me fazerem infeliz como vocês são!

— Saia daqui! Não entre mais nesta casa! — Meu pai tremia, com olhos cheios de ódio. — Seu lugar é na lama. Vá se misturar com os porcos!

— Prefiro eles! Eu já ia sair daqui mesmo! E vou assim, só com esta roupa, que fui eu que comprei! Não quero nada de vocês! Vou descalça e feliz, porque não quero pisar aqui nunca mais!

— Vá embora! — Minha mãe se descontrolou. — Chega de nos envergonhar!

— Vergonha? — Rebeca riu alto, com deboche. — Vou aproveitar e gritar para todo mundo ouvir! Estão vendo essa família abençoada? É tudo mentira! Meus pais só se suportam! Minha irmã é uma invejosa que aponta o pecado de todo mundo, mas vive cometendo o pecado da gula! E aí, Ruth? Está escrito na Bíblia que luxúria é um pecado pior que a inveja e a gula?

— Cale a boca! Sua devassa! — Ruth estava vermelha.

Eu sentia tudo rodar, tremendo de vergonha e medo. Meu sobrinho chorava, assustado com a confusão. Voltei para Rebeca.

— Pare, por favor! Pare!

— Só você é diferente. — Ela me olhou sem raiva.

Nunca direcionava raiva a mim, apenas amor. Ter que me separar da pessoa que eu mais amava era o que mais me doía.

— Rebeca, acalme-se... Vamos procurar um lugar para...

— Vou embora e nunca mais vou voltar. Lamento deixar você aqui, mas um dia... Um dia a gente se vê.

— Não...

— Meu lugar nunca foi aqui. Nem o seu, Isabel. Você é linda e amorosa. É feliz e inteira. Não deixe que a convençam de que está errada, de que tudo é pecado. A vida é sua...

— Desgraçada! — Meu pai me puxou com violência para seu lado e apontou o dedo para Rebeca. — Não tente corromper sua irmã com sua sujeira! Fora daqui!

Rebeca, então, sorriu, sabendo que a última cartada seria sua.

— Eu vou. Estou grávida. — Ela fez uma pausa quando o viu empalidecer, chocado. — E nunca desejaria que meu filho fosse criado em meio a essa maluquice.

Ela passou a mão pelos cabelos desgovernados e seu olhar encontrou o meu.

— Eu amo você, irmã. Um dia, volto para ver você. Escape daqui assim que puder. Vá viver sua vida longe daqui e seja feliz.

— Rebeca, espere... Vou pegar sua bolsa, seu casaco...

— Não quero nada.

— Não vai levar nada! — berrou Ruth.

— Pode ficar com tudo, invejosa. — Rebeca se virou, abrindo os braços, pouco ligando para suas roupas, suas feridas ou para todos que a olhavam. — Finalmente vou ser livre!

Então, seguiu andando pela rua, sem olhar para trás, enquanto as pessoas abriam caminho. Virou a esquina e nunca mais voltou.

Eu não acreditei. Dei um grito e achei que ia desabar, tamanha era a dor que me consumia, mas meu pai não me soltou. Em vez disso, puxou-me para dentro de casa. Fomos seguidos pelo resto da família, todos em silêncio.

Na sala, ele me largou e esfregou o rosto com as duas mãos, nervoso. Caí sentada no sofá, sentindo um aperto no peito.

— Vai ser melhor assim — garantiu minha mãe. Sua voz era dura, mas seu semblante estava abatido e pálido.

— Agora teremos paz — retrucou Ruth. E, então, dirigiu-se a mim: — Você sabia da gravidez e a acobertou! Sempre compactuou com as loucuras de Rebeca!

Eu ainda estava aturdida, e foi assim que a encarei. Ela, meu pai, minha mãe, Abílio e até meus sobrinhos me olhavam quase acusadoramente. Eu só conseguia pensar em Rebeca me deixando para sempre e caindo no mundo grávida e sozinha.

— Rebeca só encontrará a salvação no dia em que aceitar Jesus — disse minha mãe, séria. Então, olhou para meu pai: — Ela está fora do nosso controle, Sebastião. Mas Isabel está aqui. E não podemos deixar que ela vá pelo mesmo caminho. Temos que salvá-la.

Perplexa, demorei a entender o que diziam. Meus pensamentos impuros, meus toques no meu corpo, minhas dúvidas sobre o que pregavam e meu amor incondicional por Rebeca. Eles temiam que eu me tornasse como ela.

— Você vai mais vezes à igreja — Os olhos do meu pai cravaram em mim, duros e frios. — E está com quase dezessete anos. Vamos agilizar seu casamento com Isaque. Será bom para você.

Ouvi em silêncio.

No meio do caos e da dor, jurei a mim mesma que nunca seria uma pecadora.

1
Dias atuais

Isabel

Tive vontade de tocar meus seios. Estavam doloridos, os mamilos duros contra o sutiã, roçando o tecido, deixando-me louca. Minha vagina estava toda melada, latejando, escorrendo.

Recostada na cabeceira da cama, eu assistia, concentrada e excitada, ao vídeo que passava no meu celular, em que um homem penetrava uma mulher sobre um tapete, ambos nus, gemendo, arfando, tocando-se. Ele metia, ela se abria, movia-se, arranhava-o.

Meu coração estava disparado. Eu sabia que tinha que parar. Nem devia ter começado, mas estava ansiosa e fora de mim, precisando muito de um alívio, e não consegui conter meus instintos de procurar pornografia.

Estava nervosa também, pois tinha lutado contra aquilo durante o dia todo para finalmente não aguentar mais e ligar o celular justo quando Isaque estava quase chegando em casa.

Muitas vezes, bastava eu apertar uma coxa contra a outra para, já excitada pelas cenas, gozar sem nem me masturbar. Era o que estava prestes a acontecer quando ouvi um barulho na sala.

Em pânico, desliguei o celular, levantei-me e o deixei na mesa de cabeceira. Ajeitei a roupa e o cabelo, com o coração disparado, sentindo ainda resquícios de prazer e a culpa que me corroía.

— Isabel?

— Estou indo!

Tive medo de que ele sentisse o cheiro de sexo em mim, pois toda vez que eu me tocava ou me excitava deixava na calcinha ou no dedo o perfume forte da lubrificação e do desejo. Também temi que visse a culpa em meus olhos.

Fui para a sala, tentando parecer natural.

— Oi, querida. — Ele sorriu e me deu um beijo na testa. — Hoje o trânsito estava horrível. Não vejo a hora de tomar um banho e jantar.

Ele andou em direção ao quarto, sem notar nada de errado comigo.

Fui para a cozinha sentindo as pernas trêmulas. Parei perto da geladeira e fechei os olhos por alguns segundos, orando por perdão e com raiva de mim mesma por mais essa fraqueza. Tinha resistido por semanas! Por que era tão difícil?

Ocupei-me em esquentar o jantar, até que, aos poucos, acalmei-me; meu corpo quente se aquietou. O problema era a mente, que não me dava descanso.

Quando Isaque voltou, a mesa já estava posta. Servi nossos pratos e começamos a comer. Eu me esforcei para parecer atenta enquanto ele falava sem parar sobre o trabalho e reclamava da situação do país. Quase não prestava mais atenção quando um nome chamou a minha atenção.

Aquele homem de novo.

Uma perturbação me inquietou. Continuei sentada à mesa, jantando, e fiz de tudo para permanecer tranquila, mas, sempre que meu marido começava a falar daquela pessoa, eu ficava incomodada.

— E aí ele saiu com ela! — Isaque riu, parecendo impressionado, enquanto cortava um pedaço do frango no prato. — Enrico não precisou fazer nada! Só ficou lá, bebendo, enquanto a garota fazia de tudo pra chamar a atenção dele.

Enrico Villa. O nome já estava gravado na minha mente, embora eu nunca o tivesse visto. Só o conhecia pelo que meu marido falava desde que o tinha conhecido no jogo de futebol às quintas-feiras, poucos meses antes. Por tudo o que Isaque contava, era um homem que não tinha nada a ver com a gente, mas eles acabaram ficando amigos.

Continuei quieta, fingindo interesse na comida em meu prato, mas estava perturbada. Não só por ouvir falar mais uma vez de Enrico, e sim por tudo o que me devorava por dentro havia um bom tempo.

Era horrível querer ser uma pessoa e me sentir outra, desejar ferozmente voltar a ser a Isabel que eu tinha sido um dia, mas não conseguir. E, para piorar, Isaque vivia falando sobre aquele homem, que me incomodava mesmo que eu não soubesse por quê. Sabia apenas que as histórias de perdição dele se juntavam ao caos que eu havia me tornado.

Ergui os olhos e olhei para meu marido, um rapaz tranquilo e responsável, que eu conhecia desde que éramos crianças. Tínhamos nos casado assim que fiz dezoito anos, por pressão do meu pai, que andava preocupado com o rumo da minha vida. Agora, Isaque tinha vinte e três anos, e eu, vinte e dois. Meu pai realizou a cerimônia de casamento, uma união que ele sempre vira com muito gosto, ainda mais depois de perder Rebeca para o que ele dizia ser a influência do demônio.

Isaque ainda falava, mas eu mal o ouvia. Eu o observava além do que ele imaginava, como vinha fazendo com tudo à minha volta e comigo mesma. Era como se uma lupa estivesse permanentemente acoplada aos meus olhos. Eu não queria analisar tanto, questionar tanto, mas não conseguia mais fugir daquela necessidade de entender o que me cercava e o que eu sentia. Embora tivesse tentado me esconder nos últimos anos, era como se me exibisse a mim mesma sem filtros. E isso me assustava.

Tive vontade de sair dali, como se o apartamento minúsculo me sufocasse. Às vezes me dava um desejo de sair e andar sem rumo, até onde minhas pernas me levassem. Apenas estar livre e longe das convenções e das perguntas que vinham se acumulando dentro de mim e que eu deixava que se acumulassem por temer as respostas.

Tentei me concentrar em Isaque.

— Achei que gostaria, Isabel. Ele deve marcar uma entrevista com você nesta semana. Não é demais?

Ele sorriu, e demorei a entender o que havia dito.

— Entrevista? — murmurei.

Isaque explicou, paciente:

— Eu disse que Enrico deve receber você na agência de publicidade dele para uma entrevista nesta semana.

Arregalei os olhos, apoiando o garfo no prato.

— O quê?

— Isabel, não ouviu nada do que falei? — Antes mesmo que eu admitisse minha distração, ele continuou: — Comentei com o pessoal que você trancou a faculdade depois que foi mandada embora e contei como a crise está afetando nossa vida. E daí falei que você está procurando emprego. Então, Enrico disse que tem duas vagas na agência dele, uma no departamento administrativo e outra como recepcionista, e falou para você ir lá.

Não consegui fazer nada além de encará-lo, surpresa e incomodada.

Eu estava mesmo procurando emprego. Depois que casamos, fomos morar num apartamento pequeno, cujo aluguel cabia no nosso orçamento. Quando percebemos que estava começando a sobrar dinheiro no final do mês, entrei numa faculdade de administração de empresas, mas a crise chegou com tudo na empresa em que eu trabalhava e acabei demitida num corte de pessoal.

Fazia três meses que eu me desdobrava para conseguir outro emprego, mas estava difícil. Precisei trancar a faculdade e comecei a fazer bicos para ajudar em casa, como passar roupas de conhecidos, cuidar de bebês e vender doces nos dias mais movimentados na igreja. O dinheiro andava apertado, e eu estava ansiosa para voltar a ter carteira assinada.

— Você não diz nada? — Isaque me observou, curioso. Tinha acabado de comer e se recostara na cadeira.

— Eu... não sei o que dizer.

— Mas por quê? — Estendeu a mão e segurou a minha sobre a mesa. — Vai me dizer que continua implicando com o Enrico?

— Não é implicância.

— Então, fique feliz! É sua chance de conseguir um emprego. As coisas vão melhorar pra gente, Isabel.

Acenei com a cabeça, sem animação.

Eu não entendia como Isaque podia gostar tanto de Enrico, conhecendo-o fazia tão pouco tempo e sendo ambos tão diferentes. Enrico é mais velho, de uma classe social muito acima da nossa, debochado e mundano. Isaque mesmo dissera que ele trata as mulheres como objetos e que só as usa para sexo. E ainda por cima vive afirmando para Isaque que não acredita que ele possa ter se casado tão novo e ainda por cima ser fiel.

Eles tinham se conhecido no campo de futebol que ambos frequentavam, no Flamengo. Em uma daquelas coincidências da vida, duas pessoas totalmente diferentes acabaram criando um laço de amizade por causa de um gosto em comum, que só podia ser algo democrático como o futebol. Agora, Enrico parecia uma espécie de ídolo para Isaque.

— Não sei como você pode ser amigo de um homem assim — desabafei.

— Você sempre diz isso... — Ele sorriu. — Mas é porque não o conhece, Isabel.

— Nem quero conhecer — suspirei, enfiando um pedaço de frango já frio na boca.

— Eu sei que ele parece meio safado, mas...

— Parece, Isaque?

— Querida, é o jeito dele.

— Seus pais não gostariam dele. Também não gosto.

— Certo, Enrico é até meio... pervertido. Mas porque é solteiro e porque as mulheres se jogam em cima dele. Não acabei de falar da garota que estava no bar em que fomos depois do futebol? Ele não estava nem aí! E ela insistiu. Só faltou ficar pelada!

Engoli a garfada sem sentir. Estava irritada e não queria ouvir mais nada sobre aquele homem. Como era livre e despudorado, como parecia não se importar com a opinião dos outros ou com um castigo de Deus por sua vida desregrada! Enquanto eu me martirizava com meus pecados mundanos, ele parecia ter orgulho dos dele.

Enrico Villa era tudo o que eu desprezava num homem, mas o que mais me irritava era que, mesmo contra toda a coerência, eu me importava demais com o que Isaque falava dele.

Senti meu rosto pegar fogo e deixei de vez o garfo no prato, sem terminar de comer.

— Eu acho... — comecei a dizer, tentando encontrar as palavras certas. — Acho que esse homem não é boa influência para você.

— Não pense assim. — Isaque entrelaçou seus dedos nos meus.

— Ele pode deixar você curioso, com vontade de conhecer outras mulheres.

— Claro que não. Você é a única mulher que quero.

Essas palavras me angustiaram ainda mais. Isaque continuou:

— Enrico é legal. E o fato de ser mulherengo não é tão grave. Ele é solteiro e não tem religião.

— Mas você é casado. Ele não devia contar tanta coisa pra você!

— Todos os rapazes do futebol são assim.

— Não entendo você... — Suspirei. — Desde que começou com esse negócio de futebol, acha tudo natural. Inclusive ir ao bar.

— Eu não bebo. E não é só bar, é restaurante também — corrigiu ele.

— Mas todos bebem! E você sabe que as pessoas da nossa igreja não gostam nem que os homens usem bermudas.

— Só uso para jogar!

Ele não gostava quando eu apontava essas coisas, e eu estranhava que ele fosse tão rigoroso com algumas coisas e não com outras.

— Os rapazes não me influenciam. Todo mundo me respeita, e não estou fazendo nada de errado, Isabel. Eles até me admiram. Brincam comigo porque sou casado e fiel. Acho que me invejam toda vez que falo em você. Digo quanto é linda e carinhosa e como cuida de mim e da casa. Agora, deixe de implicância. Sei que Enrico é diferente de nós, mas vejo motivos para gostar dele.

— Por exemplo? — Eu o olhei, realmente querendo entender.

— Ele só tem trinta anos e é um publicitário de sucesso. Não herdou nada de ninguém. Trabalhou muito para chegar aonde está. É um cara decidido. Acho que não tem família, mas tem muitos amigos. Sei que posso contar com ele, se eu precisar.

— Como você pode saber, Isaque? Você o conhece há poucos meses!

— Eu sinto. Ele gosta de mim. Acho que tem uma coisa meio paternal. Ele só me chama de "garoto".

Isaque sorriu, brincando com minha mão:

— Agora pare de besteira, ouviu? Vou ver o dia da entrevista com ele. Vamos sair do aperto e tudo vai melhorar. Você pode até voltar pra faculdade!

Eu me limitei a acenar com a cabeça, sem conseguir me animar.

Enquanto Isaque falava sobre as vantagens do novo emprego, mergulhei em outros pensamentos. Eu tinha medo. Sempre tinha tentado não me deixar levar pelos excessos da adolescência, pelos anseios do corpo. Tudo o que eu queria era ser honesta, seguir os preceitos do meu pai, ser uma boa esposa e uma boa mãe. Respeitar e amar Isaque.

Depois do que acontecera com Rebeca, meus pais ficaram de olho em mim, temerosos de que ela tivesse me influenciado. Eu mesma fiquei mais atenta para vencer as tentações.

Não sei ao certo quando comecei a me sentir diferente. Meu corpo passou a reagir às coisas que eu via, às cenas sensuais na televisão, a homens desconhecidos e a colegas atraentes. Sempre fui alerta e observadora, o que talvez estivesse na origem de tudo. Comecei a questionar por que eu não podia fazer certas coisas, mas, tendo sido tolhida pelos meus pais, aprendi a me calar e aceitar. Só não aprendi a silenciar as dúvidas e os desejos.

Imaginava, muitas vezes, onde Rebeca estaria e se teria tido o filho. Tentei encontrá-la, mas nunca tive pistas de seu paradeiro. Ela me enganara dizendo que voltaria. Nem ao menos mandara notícias. Eu sentia saudade dela e tinha medo de que tivesse sofrido algo ou de que estivesse morta. Era horrível ver alguém que eu amava sumir assim.

Muitas vezes, questionei-me sobre a influência que ela teve na minha vida: ela me fizera mais sensual e questionadora ou mais tolhida apenas para meus pais não passarem por toda aquela vergonha e decepção novamente? Às vezes, eu desejava ser mais livre, usar roupas diferentes, experimentar coisas novas, mas tudo isso vinha acompanhado de culpa e era combatido por mim mesma.

Nunca fui totalmente submissa como Ruth. Nem rebelde como Rebeca. Eu estava lá, no meio, equilibrando-me entre o que devia e o que queria fazer. Uma coisa era certa: eu nunca tinha traído Isaque nem feito nada que sugerisse o quanto estava perturbada. O problema era minha fraqueza por obscenidades, coisas como me excitar com pornografia e me masturbar.

Não bastasse isso, agora me sentia estranhamente afetada por um desconhecido. Enrico Villa parecia personificar toda a perversão que eu queria evitar. Pelo que Isaque contava, ele fazia sem culpa tudo o que eu mais temia.

A necessidade de satisfação que me devorava nunca era saciada. Toda vez que ia para a cama com Isaque, o que ficava era a decepção, uma insatisfação que só parecia deixar meu corpo mais vivo, desperto e quente, pedindo que eu fizesse qualquer coisa por um alívio. E, quando eu fazia, eu me sentia suja.

Terminamos o jantar, e Isaque foi ver televisão enquanto eu tirava a mesa e lavava a louça. Depois, fui fazer companhia a ele na pequena sala do nosso apartamento no Catete, em um prédio antigo, mas seguro e com aluguéis baratos. Eu me sentei no sofá de dois lugares e fiquei quieta.

Pensei em como ele descrevera Enrico Villa, juntando frases soltas na minha cabeça: "É incrível como, com aquele tamanho todo, ele consegue ser rápido no futebol", "não sou muito de reparar nessas coisas, mas toda mulher que passa por ele fica olhando", "parece um cigano, com cabelo preto meio comprido e argola na orelha".

Isaque ficava sem jeito de contar coisas que julgava picantes, mas deixara escapar que Enrico dizia que mulher era uma coisa tão boa que ele nunca poderia escolher uma só. Nas entrelinhas, eu notava que ele falava coisas muito mais pornográficas e explícitas que isso. Pelo jeito como Isaque ficava vermelho, Enrico devia falar sacanagens sobre as mulheres que levava para a cama, o que me enojava.

— Você não ficou muito feliz com a novidade, não é?

A voz do meu marido interrompeu meus pensamentos e observei seus olhos escuros e preocupados.

— Fiquei feliz, sim. — Menti. — Preciso mesmo de um trabalho.

— Enrico vai nos ajudar. Tenho certeza. — Ele sorriu, orgulhoso. — O Monstro é legal, querida.

— Monstro?

Isaque tinha feito o comentário distraidamente, mas ficou vermelho.
— Ah, é... Não é nada. Só uma brincadeira.
— Por que Monstro?
— É só um apelido que os rapazes deram a ele.
— Por que Monstro? Ele é feio?

Isaque ficou sem graça e não me encarou. Hesitou muito antes de explicar o apelido.

— É que a gente costuma tomar banho no vestiário depois do futebol e... Bom, é impossível não notar. Ele é bem... exagerado.

— Exagerado? — Franzi o cenho.

— Ele... nu. Ele é bem grande. Por isso os rapazes o chamam de Monstro. — Isaque corou novamente. Ao ver que eu tinha entendido e ficado ainda mais vermelha que ele, sentiu-se mais constrangido: — Isabel, desculpe... Eu não devia ter falado isso. Não sei o que deu em mim.

Apenas balancei a cabeça, olhando para a televisão sem saber o que dizer. Meu coração batia loucamente no peito. Isaque também ficou quieto e sem graça.

Na época da escola, algumas colegas minhas gostavam de falar sobre sexo. Eu ficava só ouvindo, e, numa dessas conversas, elas comentaram sobre tamanho de pênis. Uma das garotas, mais experiente, disse que já tinha visto mais de um e que os muito grandes eram até bonitos, mas causavam dor. Fiquei um bom tempo com o assunto na cabeça.

Apesar de ir para a cama com Isaque havia quatro anos, desde nosso casamento, só fazíamos isso no escuro, de modo que eu nunca o vira totalmente nu. Ele também era tímido e respeitador. Eu sentia que seu tamanho era normal, mas, quando vi membros grandes em filmes e fotos, desenvolvi uma incontrolável fascinação por eles.

Respirei fundo, sentindo a velha vontade de voltar ao vídeo em meu celular assim que Isaque dormisse. Comecei a orar em silêncio.

Já passava das dez horas da noite quando fomos nos deitar. Após a higiene da noite, pus uma camisola discreta e me penteei em frente ao espelho do banheiro. Eu me preocupei em trançar meu cabelo castanho, que passava da cintura e caía longo e macio como seda. Somente então voltei ao quarto e deitei-me na cama, ao lado de Isaque. Ele apagou a luz do abajur e se virou para mim na escuridão quase total do quarto.

— Boa noite, querido — falei, baixinho, inclinando-me para beijá-lo com carinho.

Ele não respondeu. Enfiou a mão em meu cabelo trançado, segurando docemente minha cabeça, e beijou-me. Retribuí o beijo, sentindo o gosto bom de pasta de dente. Ele não fez nada mais que isso, mas percebi que queria fazer amor pelo simples fato de prolongar o beijo.

Na mesma hora, meu corpo reagiu. Era como se cada hormônio e célula no meu corpo gritassem de antecipação. Depois de quatro anos, eu já deveria estar preparada para o que me aguardava. Mas sempre, sempre, ficava ansiosa. Era uma esperança esquisita de que naquela vez seria diferente.

Fiquei quieta, com mais medo da decepção do que de qualquer outra coisa.

Isaque não ligava muito para sexo e me procurava pouco, no máximo uma vez por semana. Eu vivia como uma faminta, esperando migalhas e sentindo-me insatisfeita quando tudo acabava. A voracidade, então, me fazia buscar outros meios de satisfação, o que só me gerava mais culpa.

Envergonhada, lembrei-me das poucas vezes em que me arrisquei a ir além, pedindo mais carinhos, sendo um pouco mais ousada. Recordei como meu marido me olhou assustado, como se não me reconhecesse. Nunca mais me arrisquei a cair no conceito dele.

Ele abriu a frente da camisola. Estava meio de lado, reclinado sobre mim. Sua respiração estava ficando mais pesada, mas seu beijo era suave, quase superficial. Muitas vezes, quis aprofundar e busquei um contato maior, mas os beijos nunca tinham passado muito daquilo.

Seus dedos resvalaram devagar sobre um seio, e o bico se arrepiou sem demora por baixo do sutiã. Minha vagina já estava quente, antecipando sensações. Ele beijou meu rosto, sem ir além.

Toquei seus cabelos macios, beijando sua cabeça. Logo, Isaque ergueu minha camisola até a cintura, remexeu-se, livrando-se do short, e deitou entre minhas pernas. Eu as abri e ergui as mãos para abraçá-lo, sentindo que ainda estava com a blusa. Tentei vê-lo na penumbra, querendo saber se havia algo de excitado em sua expressão, se sentia as mesmas necessidades sujas que eu, mas vi apenas o contorno de seu rosto.

Ele não me tocou mais do que isso nem para ver se eu estava preparada. Eu sempre estava. Aberta e úmida, eu queria ser penetrada, beijada, acariciada. Queria me soltar, gemer, me mover, fazer como os casais nos vídeos, arquejando e suando, delirando de prazer.

Fechei os olhos, deslizando minhas mãos sobre a malha que cobria suas costas, puxando-o um pouco mais para mim, quase imperceptivelmente.

Embora eu quisesse tanta coisa diferente, ficava constrangida com Isaque, pois ele não parecia me desejar, e eu me sentia anormal. Por isso, tinha a sensação de que um intruso invadia meu corpo, não meu marido. Parecia ser só uma obrigação da parte dele.

Isaque se acomodou melhor, e senti seu membro começar a me penetrar. Estava bem duro. Sua respiração estava mais tensa. Seu corpo, enrijecido. Talvez me desejasse, sim, mas não a ponto de ir contra aquilo em que fomos ensinados a acreditar: que sexo pode desvirtuar um homem e deve servir prioritariamente para a procriação. Fazíamos sexo sem esse propósito, porque filhos eram um plano apenas para o futuro, mas também sem entrega. Contidos.

Isaque entrou em mim lentamente e até o fim. Eu só abri um pouco mais as pernas. Senti a vagina palpitar em torno dele. Mordi os lábios, obriguei meu corpo a relaxar, a apenas esperar. Então, a penetração foi se tornando mais constante e igualmente silenciosa.

Ele beijou suavemente meu rosto, mas depois apenas enfiou o queixo no meu pescoço e se concentrou no que fazia. Fiquei quietinha, sentindo uma vontade absurda de mover meu quadril, de acompanhar aquela dança, de jogar a cabeça para trás e gemer. Mas eu sabia o que aconteceria, o que tinha acontecido quando agi assim antes. Isaque tinha parado e olhado para mim acusadoramente. Eu nem queria lembrar a conversa que se seguiu, as perguntas que me fez, o modo como o decepcionei.

Nunca demorava muito, e daquela vez não foi diferente. Tão logo tinha começado, já terminava com um pequeno estremecimento dele, gozando dentro de mim. Meu coração batia forte, minha pele ardia, o desejo corria como veneno em meu sangue, mas não havia nada para me aliviar.

— Eu amo você, Isabel — murmurou Isaque, beijando de leve meus lábios antes de sair de dentro de mim e deitar ao meu lado.

— Também amo você — respondi, automaticamente.

Eu sempre me sentia muito só naqueles momentos, arrasada, com raiva de mim por meu corpo ser tão traidor, por exigir de mim coisas que me faziam cometer loucuras.

Antes de me levantar para ir ao banheiro, tive um pensamento inconveniente e que me fez estremecer: as mulheres que iam para a cama com Enrico Villa sentiam o mesmo vazio quando o sexo terminava?

2

Enrico

O futebol de quinta-feira era um dos momentos de que eu mais gostava na semana. Primeiro porque antecedia a sexta, o melhor dia. Segundo porque, além de adorar jogar bola, eu também podia espairecer e encontrar amigos, alguns mais antigos, outros que conheci por lá. Era um dia de farra.

O campo de *society* no Flamengo estava bem movimentado quando cheguei. Entrei no vestiário, cumprimentei conhecidos, parei para trocar palavras, falei besteiras. Joguei minha mochila num dos bancos.

— Chegou o Monstro! — Roberto não perdia uma chance de repetir o apelido.

— Vão ver o Monstro no campo hoje! Estou com fome de bola! — Sorri e tirei o uniforme da mochila antes de começar a me despir.

— E quando você não está? — perguntou Isaque.

— Garoto, hoje a coisa está feia. Ralei como um condenado na agência, você não imagina... Quero sair daqui morto de cansaço, mas leve!

— Eita! — Ele riu. — Isso está parecendo fome de outra coisa!

— De mulher — emendou Luís, que era casado, mas não podia ver um rabo de saia.

— Mulher pro Monstro não é problema — comentou Roberto.

— Porra, vocês cismaram com essa história de Monstro! — Eu ri, embora o apelido estivesse longe de me incomodar.

Apesar de o nome ter surgido como uma brincadeira sobre o tamanho do meu pau, eles diziam que eu era o Monstro em tudo: nunca fazia nada pela metade e devorava o que me propunha a fazer. Quando saía para comer, devorava. Quando jogava bola, eu me dedicava por inteiro ao time. Um conquistador nato, tanto de mulheres como de tudo o mais na minha vida.

— Pior é quando perguntam por que você tem esse apelido — disse Romário.

— Nem me falem... — Isaque se levantou para colocar a camisa do time. — Acreditam que deixei escapar lá em casa? Isabel ficou curiosa e, quando falei o porquê do apelido, quase morreu! E eu, então?!

Todo mundo riu, inclusive eu. Achava graça em como Isaque era sério e recatado, sempre dizendo maravilhas da esposa, quase a colocando num pedestal.

— Não acredito que teve coragem — brinquei, terminando de calçar as chuteiras e indo guardar minhas coisas no armário. — Vocês conversam sobre tamanho de pau?

— Claro que não, Enrico! — O rapaz corou na mesma hora, o que só tornou a coisa mais engraçada. — Escapou sem querer.

— Foi o que imaginei — Sorri.

— Lá em casa, a gente só fala merda — contou Carlos, um negro alto e forte, de quarenta anos. — Outro dia, vimos um filme pornô, e Cíntia cismou que o cara tinha um pau maior do que o meu. Não se conformou até pegar uma fita métrica, medir o meu e pesquisar na internet as medidas do ator.

— E quem ganhou? — perguntei, rindo.

— O cara, claro!

Todo mundo caiu na risada. Isaque pareceu meio chocado.

— Você não acha esquisito ver esse tipo de filme com sua senhora?

— Minha senhora? — Carlos achou graça. — Aquilo lá tem boca mais suja que um estivador! É minha mulher, mas pelo amor de Deus... Ninguém segura ela!

— Você nunca viu filme pornô, moleque? — perguntou Roberto.

— Já, mas não acho muita graça. E acho que mulheres casadas deveriam ser poupadas desse tipo de coisa. É coisa para mulher da rua.

— E tem isso? Mulher de casa e mulher da rua? — debochou outro.

— Claro que sim!

Eu achava divertido ver a ingenuidade de Isaque, ao mesmo tempo que lamentava por ele perder tanta coisa boa na vida por conta de ideias ultrapassadas. Ele era tão novo. Deveria curtir, não estar casado e cheio de regras a seguir. Imaginei se ele e a mulher eram felizes.

— Só vou falar uma coisa, Isaque... — Carlos o encarou. — Você não sabe o que está perdendo! Eu e minha esposa nos divertimos muito. Posso garantir que a dona Encrenca vive satisfeita e que nunca vai me meter um par de chifres. Não tem isso de mulher de casa ser assexuada não, moleque!

Isaque estava ainda mais corado. Provoquei:

— Sexo não é pecado. Se não quer se divertir na rua ou vendo filmes, pelo menos transe muito com sua mulher.

— E quem disse que não faço isso? — Ele ergueu o queixo.

— Isso aí, garoto! Manda ver! — Dei um tapa amistoso em seu braço. — A vida é curta demais, e todo mundo tem o direito de ser feliz.

Isaque acenou com a cabeça, concordando.

Embora ele fosse comedido em tudo, eu sentia nele uma admiração pela minha liberdade. Quando saía com a gente depois do futebol, não bebia nada alcoólico e nunca traía a mulher, mas ficava feliz, mais solto e bem que lançava olhares quando tinha mulher gostosa por perto. Era como se tivesse vontade de fazer um monte de coisas, mas ficasse contido por conta do que acreditava.

Dei de ombros, sem me meter. Cada um vive da maneira que quer. Eu nunca me podaria como Isaque, nunca deixaria a vida passar diante dos meus olhos. Tudo o que eu tinha, o que conquistara, foi por ser um devorador de oportunidades. Eu era determinado e tinha aprendido cedo que, se não tomasse as rédeas das situações, nada viria com facilidade.

Sempre fiz tudo o que tive vontade. Viajei, vivi aventuras, estudei, trabalhei como um condenado, lutei para ter uma vida confortável. Tinha tatuagens pelo corpo, um carro que eu adorava, uma casa maravilhosa na Urca, com dois cachorros e tantas mulheres quanto podia desejar. A vida era minha e escolhi que fosse do jeito que eu queria.

Tranquei o armário e conferi em volta. Todos ainda debatiam aquela besteira de mulher de casa e mulher da rua. As pessoas se preocupam tanto com dogmas que não notam que o tempo passa enquanto discutem.

Nem sempre tive controle sobre minha vida. Odiava lembrar o passado e me sentir assustado, sozinho, vitimizado. Era muito melhor ter o controle. Assim, eu sabia o que fazer, o que me permitir. E me permitia tudo o que desejasse.

— Vamos parar de conversa e jogar bola — falei alto, saindo do vestiário. — Quero ver qual é o zagueiro aqui que vai me parar hoje!

Geralmente, já tínhamos times certos às quintas-feiras, e eram quatro. Jogavam dois primeiro, depois mais dois, e, no final, os dois times vencedores. Felizmente, meu time jogaria antes daquela vez, e eu não precisaria esperar.

O árbitro costumava ser o mesmo em todas as partidas, um ex-jogador aposentado, com quase sessenta anos e ainda em forma. Os jogadores eram de todas as idades, classes sociais e formas físicas. Ali tudo era democrático e, embora todo mundo levasse o futebol a sério e xingamentos fossem comuns, o objetivo era se divertir.

Pelas arquibancadas, espalhavam-se amigos, parentes, namoradas, esposas, filhos e curiosos que acabavam torcendo, gritando, xingando, incentivando, o que tornava os jogos ainda mais disputados e emocionantes.

Quando começou a partida, eu mostrei que a história da fome de gol não era lábia. Corri e lutei por cada lance. Foi difícil me segurar. Apesar de ser grande e forte, eu corria na praia, gostava de malhar, era ágil. Não foi à toa que marquei dois gols no primeiro tempo.

No intervalo, fomos beber água e me joguei num canto do campo com meus parceiros, todo suado. Isaque me cumprimentou:

— Enrico, você está impossível! Ainda bem que somos do mesmo time!

— Garoto, vem mais por aí!

Falei com tanta certeza que ele concordou com a cabeça, acreditando em mim. Não conseguia deixar de achar graça na admiração que Isaque demonstrava por mim. Eu deveria ser evitado, pelos preceitos dele.

— Acho impressionante como você fala que uma coisa vai acontecer e acontece mesmo — disse ele.

Tomei toda a água da garrafa e o encarei.

— Não é nenhuma mágica, garoto. Quando a gente quer alguma coisa, precisa acreditar que ela já é nossa. Aí é se esforçar para conseguir.

— Parece fácil. — Ele sorriu.

— E é fácil. É um conjunto de fé e ação.

— Fé eu tenho muita.

— Em você mesmo?

Ele ficou meio indeciso.

— Em Deus. Depois, em mim.

Apenas acenei com a cabeça e peguei mais uma garrafa. Então, ele perguntou algo que parecia estar na sua cabeça fazia tempo:

— Você nunca fala em Deus, né? Não tem religião?

— Não.

— Pensei que fosse católico.

— Não sou. — Tomei mais um longo gole de água e me concentrei nele, que parecia curioso.

À nossa volta, os colegas falavam sobre o jogo.

— É ateu?

Isaque parecia confuso. Eu imaginei que, para alguém que seguia tudo o que sua igreja pregava, conhecer uma pessoa sem religião devia ser no mínimo esquisito.

— Não. Sou agnóstico — respondi. Vi como ele franziu o cenho, sem entender, e expliquei: — Agnóstico é aquele que não acredita na existência de Deus, mas não nega essa possibilidade. Apenas acha que a razão humana não pode provar que Deus existe e que é inútil discutir temas metafísicos. Já o ateu nega a existência de Deus e de qualquer entidade superior.

— Quer dizer... Você acha que Deus não existe, mas não tem certeza?

— Sim. Não nego completamente, mas não acredito.

Isaque me olhou com atenção. Era óbvio que queria falar algo e procurava as palavras. Não era um assunto que eu gostasse de discutir. Respeitava todas as opiniões, só não era obrigado a concordar com elas. E gostava de ser respeitado.

— Mas você já deve ter sentido a presença de Deus alguma vez, não? — Isaque aguardou, meio ansioso.

Olhei-o bem nos olhos, com o rosto sério.

A imagem de Luan me veio à mente. Era como ver a mim mesmo aos doze anos. Meu irmão gêmeo. Uma dor antiga deu uma punhalada no meu peito. Muitos anos tinham se passado, mas talvez eu nunca esquecesse, nunca parasse de sentir a dor nem a saudade.

Afastei o sentimento, como tinha aprendido a fazer. Lembrei-me de como só dependi de mim mesmo, de como me fiz, da minha determinação e do meu esforço.

— O que sinto é que, se eu não for forte o bastante para lutar pelo que quero, ninguém vai fazer isso por mim. O que sou e o que tenho é mérito exclusivamente meu.

— Mas Deus... Ele está sempre com a gente. Mesmo que a gente não perceba.

— Pode ser, garoto... — Sorri. — Como eu disse, não nego nada. Mas prefiro acreditar no que vejo, em coisas mais reais.

— Eu entendo. Se olhar ao redor, vai ver Deus em tudo. Na vida, no Universo, nas pessoas. — Ele parecia emocionado. — A Bíblia é um exemplo. É um livro sagrado. Ou também não acredita nas Escrituras?

Eu odiava discutir política e religião e só abria exceção para o futebol, que não deixa de ser uma espécie de religião, mas acabei me estendendo:

— Há muitos livros sagrados, garoto. A Bíblia, o Alcorão, a Torá, o Rigveda, o Samaveda, o Tao Te Ching, e por aí vai...

— Mas, com Deus verdadeiro, só a Bíblia!

— Para os cristãos, sim. Para o muçulmano, vai ser o Alcorão. As pessoas brigam entre si, matam-se, cada qual defendendo sua religião, quando ela deveria ser um meio de união.

— Não é simples assim, Enrico. A fé em Deus acalma, traz o perdão dos pecados, torna as pessoas melhores. Se visse como tantas pessoas são salvas, deixam de ser viciadas...

— Isso é bom, Isaque. Acredito que, se você está feliz com algo em sua vida, deve permanecer assim.

Ele acenou com a cabeça, doido para falar mais e me convencer de suas crenças, principalmente agora que sabia que eu era agnóstico.

— O importante é você respeitar minha opinião e eu respeitar a sua.

— Tem razão — concordou ele, mas desta vez não senti sinceridade. Ele parecia mesmo disposto a me converter algum dia.

— Ei, vamos lá? — Roberto se levantou, anunciando o fim do intervalo, empurrando Isaque de brincadeira e apontando pra mim: — Vou passar todas as bolas para você. Tem que sair pelo menos mais dois gols.

— Vou fazer! — Eu me ergui num pulo.

Eu nunca dizia "vou tentar". Sempre ia decidido a conseguir. Podia me dar mal uma, duas, dez vezes, mas quem disse que eu desistia? Essa era a minha força, essa era a minha fé.

Fiz mais um gol e, quase no final, sofri um pênalti. Completei quatro gols naquela rodada e, quando saímos do campo, todos suados e cansados, recebi abraços, assovios, brincadeiras e agradecimentos. Agora era esperar para ver qual time nos enfrentaria no jogo final.

Atrás de nós, na arquibancada, um grupo de mulheres barulhentas e animadas torcia para um dos times em campo. Os rapazes ao meu lado começaram a dizer gracinhas para elas, que entraram na brincadeira e retrucaram.

— Vou trazer uma camisa de verdade para vocês vestirem — disse Luís, nem parecendo lembrar que era casado e pai de três filhos. Ele estava de pé, de frente para as mulheres debruçadas nos ferros da arquibancada, e apontou para a camisa suada que vestia. — Essa é de campeão!

— Vamos ver na final! — provocou uma delas, apontando para o campo. — Ninguém bate o time do meu irmão!

— Ele vai sair daqui chorando! — brincou Roberto, rindo.

Eu me virei um pouco, afastando uma mecha de cabelo que tinha grudado na minha testa. Percebi que algumas mulheres cochichavam enquanto olhavam para mim. Sorri para elas de maneira lenta, que eu sabia que era minha melhor arma para molhar calcinhas. Tenho a sorte de ter duas covinhas que, mesmo com a barba por fazer, como naquele momento, dão um charme ao meu sorriso. Meu olhar safado completava o arsenal de sedução.

Elas sorriram de volta, excitadas.

O pior era que eu nem me esforçava muito. Talvez as mulheres gostassem da minha aparência meio bruta ou sentissem algo que era intrínseco a mim: adorar sexo. Eu era faminto por mulher, por um corpo gostoso e macio, por todo o prazer que é possível obter no sexo.

Uma delas me chamou a atenção por ser a mais bonita, morena e com um corpão, mas também por ser a primeira a se manifestar, dizendo sem pudor:

— Eu troco minha camisa, sem problema, principalmente se for com você. — Ela sorriu para mim.

— Não seja por isso... — retruquei, observando-a de alto a baixo e gostando do que eu via, principalmente das pernas longas e bronzeadas sob a saia curta. — Se não se importar com uma camisa suada, ela é sua depois do jogo.

— Vou adorar, cigano. — Ela piscou para mim.

— Ah, o Monstro se deu bem! Isso já está perdendo a graça, porra — reclamou Luís, fazendo todos rirem.

Eu e a morena continuamos a nos olhar. Levantei e me aproximei da arquibancada, onde começamos uma conversa fácil e cheia de conotação sexual. Eu gostava de mulheres assim, sem frescuras, que mostravam logo o que queriam. Para mim, homens e mulheres tinham que ter os mesmos direitos.

Depois que descobri que se chamava Leila, tinha vinte e sete anos e me esperaria no final do jogo, o resto foi mais fácil. Quando voltei para perto dos colegas, alguns pediram detalhes, mas mandei que cuidassem da vida deles.

Isaque parecia até mais animado do que eu. Havia novamente em seu semblante algo de admiração por mim.

Ele tinha me contado que a única mulher com quem trepou foi a esposa. Tinham casado virgens. Eu não conseguia nem imaginar! O sexo tinha que ser muito bom para nenhum dos dois ter vontade de experimentar pessoas e situações diferentes. Ao pensar nisso, lembrei-me da entrevista que tinha prometido para a mulher dele na minha agência.

— Garoto, a moça que está na vaga vai sair daqui a duas semanas. Está em aviso prévio. Sua mulher pode ir lá falar comigo na semana que vem? Se tudo der certo, falo com o RH, e aí ela já pode aprender algumas coisas com a Sandra, antes que ela saia de vez.

Isaque se animou.

— Claro! Isabel vai, sim. Que dia e a que horas?

Fiquei de ver e avisar.

Quando chegou nossa vez de jogar, não fui tão bem quanto antes, mas fiz um gol, e um colega fez outro. Vencemos por dois a um. Ao sair do campo, tirei a camisa molhada de suor, olhando em volta. Leila estava na entrada dos vestiários e me esperava, sorridente, com os olhos escuros cheios de malícia ao observar meu peito.

Os homens que passavam por ela a olhavam cheios de cobiça. Quando cheguei perto, mostrei a camisa encharcada e sorri.

— Tem certeza de que quer isso?

— Sem dúvida! É minha, cigano lindo. — Ela agarrou a camisa e, sem nojo, levou-a ao nariz. Sua expressão ficou ainda mais sensual. Voltou a olhar para o meu peito, murmurando: — Adoro homem suado. Fico cheia de ideias na cabeça.

— E eu adoro uma mulher cheia de ideias. — Ela estava me deixando excitado. Cheguei um pouco mais perto, mantendo seus olhos nos meus. — Pode compartilhar comigo o que está passando por essa cabecinha.

— Prefiro mostrar. — Ela ergueu a mão e acariciou minha costela, onde havia uma tatuagem de um tigre pronto para o ataque. As patas traseiras e o rabo sumiam sob o short. As garras e os dentes estavam à mostra, subindo por minhas costelas. Nas costas e num lado do peito, havia três tatuagens que imitavam sulcos abertos pelas garras do tigre. — Que tatuagem linda... O tigre arranhou você? Coitadinho.

Ela fez um muxoxo com a boca e meu sorriso se ampliou. Gostei da maciez dos seus dedos passando pela minha pele.

— Quis mostrar que fui ferido e sobrevivi.

— Profundo. Alguma relação com sua vida?

— Pode ser. — Não entrei em detalhes, nem ela percebeu que alguns daqueles sulcos eram reais e escondiam cicatrizes levemente mais altas.

— E essa aqui... — Seu dedo deslizou para meu ombro esquerdo, onde havia uma águia do tamanho da minha mão. Suas asas estavam abertas e a ponta de uma delas chegava ao meu pescoço. Dependendo da camisa, ficava à mostra. — Você só tatua animais perigosos e corajosos?

— Como eu — respondi, baixo.

— Gosto cada vez mais de você. — Ela lambeu os lábios, e seus dedos subiram até a pequena argola de ouro na minha orelha esquerda. — Parece um cigano mesmo. Tem mais mistérios onde eu não posso ver?

— Prefiro que descubra por si mesma.

Ela obviamente estava com tesão. E com pressa.

— Agora?

— Vou pegar minhas coisas e a gente sai daqui. — Foi minha vez de tocá-la. Segurei seu braço e a trouxe para perto do meu peito só para sentir seu cheiro. Era bom, meio doce.

— Ah... Mas não quero esperar... Quero agora. Não me disse que é um animal perigoso?

Eu a encarei, atento, sentindo no meu corpo aquela antecipação do sexo.

À nossa volta, jogadores ainda desciam aos vestiários.

Meu tesão não era tão grande assim e vi que seria impossível encontrar ali qualquer canto onde eu pudesse tocá-la e dar o que ela queria. Eu a puxei um pouco mais, mordi a ponta de sua orelha e murmurei:

— Segure esse fogo. Eu já volto, morena.

Nem dei chance para que reclamasse. Acariciei de leve seu rosto e passei ao lado dela, descendo as escadas com pressa.

Mal entrei no vestiário, encontrei a maior balbúrdia. Meus colegas comemoravam, tiravam os uniformes e iam para os chuveiros entre risadas e zoações. Luís perguntou:

— Qual é a da gostosa lá fora, Enrico?

— Cuide da sua mulher, porra! — sacaneou Carlos.

— Vá se foder! — berrou Luís.

Eu ri e me despi, indo pegar sabonete e xampu no meu armário. Agarrei uma toalha e entrei num boxe sem porta. Tomei banho logo, querendo sair e transar com a morena. Do jeito que ela estava, rolaria no carro mesmo, talvez antes de chegar ao motel.

Alguns colegas foram se despedindo e saindo. Havia uma mistura de cheiros de suor e sabonete envolvida pelo vapor da água quente. Eu tinha acabado de desligar o chuveiro e enxugava os cabelos quando me dei conta do silêncio súbito. Afastei a toalha, olhei para trás e vi algo que me surpreendeu.

Desde muito novo, eu transava por aí. Já me aventurara com mulheres de vários tipos, algumas bem soltas e descaradas, sem vergonha de nada. Por mim, tudo bem, pois também era assim, mas era a primeira vez que via uma mulher entrar sozinha em um vestiário masculino, ainda mais com meia dúzia de homens lá dentro.

Leila sorriu, com minha camisa suada pendurada nos ombros. Andava à vontade, vindo até mim como se estivéssemos sozinhos. Meus colegas a olhavam surpresos e mudos. Exatamente como eu.

— Não consegui esperar. Tinha que descobrir onde esse tigre termina. — Seu olhar desceu pelo resto da tatuagem em meu quadril, deslizando para uma das patas do tigre que chegava perto do meu púbis, quase encostando nos aparados pelos negros.

— Você é louca — falei, baixo, entre excitado e surpreso. Meu pau já inchava, e Leila viu, pois eu estava meio virado de lado. Ela arregalou os olhos e sussurrou:

— Um animal de verdade.

Ela veio, sem vergonha e dona de si.

Se, por um lado, gostei da ousadia, por outro tive vontade de dar uma bronca nela por se arriscar daquele jeito. Nem me conhecia! E se eu e meus colegas fôssemos uns tarados e a violentássemos ali?

Mas ficou difícil pensar assim quando a mulher se ajoelhou no boxe molhado, agarrou meu pau e começou a pagar um boquete delicioso, sua cabeça indo e vindo, sua boca tão macia e gostosa que meu pau ficou ereto em milésimos de segundos.

Meus amigos olhavam, abismados.

Não me incomodei com eles. Olhei para ela, para o que fazia comigo cheia de vontade. Agarrei seu cabelo em um rabo de cavalo, apoiei a outra mão na parede e fodi sua boca, soltando um gemido rouco.

Ela era muito experiente e me deixou no ponto rapidinho. Eu me tornei mais bruto, e ela quase engasgou com meu tamanho, mas ordenei, meio puto pelo tesão:

— Abra a boca, putinha. Engole tudo.

Ser maltratada a deixou mais doida, tornou-a voraz. Eu agarrei sua cabeça com as duas mãos e penetrei seus lábios sem pena, entrando e saindo forte, abismado com o modo como me sugava até a garganta, babando.

Tudo em mim reagiu. Meu sangue parecia lava fervente, meu coração pulava no peito sem controle, meu pau latejava, teso demais. Quis meter nela, prolongar o prazer, dar uma surra em sua bunda, mas minhas camisinhas estavam no armário e sua boca parecia grudada em mim, tornando difícil querer sair dali.

Em geral, eu só gozava depois de deixar a mulher no ponto ou depois de tê-la feito gozar. Nunca fui egoísta nessa parte. Mas percebi que não devia me controlar. O que Leila queria era exatamente o meu descontrole, ser a causadora de um orgasmo fulminante. Por isso, não me importei e só aproveitei.

Meus olhos perceberam os movimentos de meus colegas, que se espichavam para ver melhor, os murmúrios, a surpresa e o tesão no ar. Parecia uma coisa impossível, algo inusitado, que a gente só vê em filmes pornôs sem roteiro. A mulher entra e paga um boquete no cara como se fosse a coisa mais natural do mundo.

— Caralho... — murmurei quando ela passou a mamar mais firme e fundo, deixando a baba escorrer, puxando meu saco para baixo.

Não contive nada. Deixei a luxúria rolar solta e olhei bem em seus olhos quando os ergueu para mim, melosos e obscenos. Foi quando senti a onda de gozo vir com tudo e esporrei em sua garganta. Ela engoliu, sugou, tomou tudo sem desperdiçar nada.

— Safada — rosnei e a segurei com firmeza, enfiando com vontade, sentindo o rio que eu despejava escorrendo por sua garganta abaixo.

Leila gostava da coisa. Ela se deliciou; sua expressão era de júbilo, e seu olhar, de felicidade plena. Quando acabei, ela lambeu meu pau e meu saco, como se quisesse garantir que tudo ficaria para ela.

Somente então se ergueu e sorriu, passando o dedo nos lábios.

— Gostoso como imaginei. — Ela ajeitou a minha camisa em seus ombros, tirou um pedaço de papel do bolso e me deu. — Ligue para mim quando quiser mais, meu cigano.

Naquele momento, eu não queria mais muita coisa com ela. No entanto, peguei o papel e perguntei:

— Já vai?

— Gosto assim, quando é inesperado. — Ela piscou. E, da mesma maneira segura como entrara, saiu, sorrindo sensualmente para os homens presentes.

— Ei, gostosa, paga um boquete aqui em mim! — pediu Luís.

Leila nem deu bola.

Meus amigos se viraram para mim e ri da expressão de susto no rosto deles.

— Se eu contasse, vocês não acreditariam. Ainda bem que viram.

— Sortudo filho da puta! — reclamou o zagueiro do nosso time, inconformado.

Isaque estava com os olhos arregalados e a boca aberta. Não era para menos. Se até eu estava, imagine o garoto!

Virei, abri o chuveiro e me lavei de novo. Ri de mim mesmo e daquela mulher maluca.

Quando voltei para o vestiário, a conversa sobre Leila e seu boquete rolava solta entre risadas e exclamações. Só Isaque estava quieto, chocado com tudo o que vira.

Balancei a cabeça. Tudo bem que eu gostava de tomar aquilo que queria, mas, naquele caso, quem tomou foi Leila. E eu nem podia reclamar. Estava bem satisfeito.

Isabel

Naquela quinta-feira, eu estava especialmente infeliz.

Tinha ido a duas entrevistas de emprego na esperança de que algo desse certo, mas, depois de horas na rua e em empresas que pagavam mal e exigiam muito, inclusive curso superior, voltei para casa sem nada em vista.

Já era noite, e tudo estava silencioso. Isaque ainda não voltara do futebol. Eu nunca sabia ao certo a que horas ele chegaria, pois às vezes ia comer algo com os amigos.

Pensei em passar na casa dos meus pais e jantar com eles apenas para conversar um pouco, ouvir uma oração e acabar com o desânimo que me arrasava havia dias, mas eu não tinha disposição para fingir que estava tudo bem e sentia vergonha de reclamar.

Na igreja, eu via pessoas com problemas realmente sérios: doenças, falta do que comer, filhos drogados e violentos, uma infinidade de coisas. Dava até raiva me sentir infeliz. Eu podia estar desempregada, mas era algo passageiro. Tinha família, saúde e um marido bom e que me amava. Afinal, por que aquela sensação de vazio persistia dentro de mim?

Depois de um banho, preparei uma sopa e começava a tomá-la quando Isaque chegou. Estava limpo e arrumado, trazendo numa sacola a chuteira e a roupa suada. Sorriu ao me ver à mesa.

— Oi, Isabel.

— Chegou mais cedo hoje.

— Os rapazes não foram ao bar. — Ele caminhou em direção ao corredor. — Estou morto. Vou deixar as coisas para lavar perto da área. Aí janto e vou dormir.

— Tudo bem.

Levantei e esquentei a sopa dele, que levei à mesa com algumas torradas e um copo de suco. Isaque voltou e parecia faminto, pois devorou tudo quase sem falar.

Eu terminei minha sopa, quieta.

— Isabel, vou me deitar. — Isaque se levantou após terminar de comer.
— Você vem agora?
— Daqui a pouco.

Levamos as coisas para a cozinha. Achei Isaque meio distraído, mas ele logo me beijou na testa e se afastou. O silêncio continuou firme.

Arrumei tudo na cozinha. Minha mãe sempre dizia que uma mulher devia cuidar bem de sua casa. Eu achava que era um pouco de exploração Isaque não me ajudar em nada, nem quando nós dois trabalhávamos fora, mas nunca reclamei. Era mais uma coisa que eu aceitava, conformada, somente um pouco inquieta.

Fui para a sala, sem sono. Sentei-me no sofá e liguei a televisão, mas não consegui me concentrar. Estava entediada – e não só por causa daquele dia. Em alguns momentos, eu me sentia incapaz de reagir, imobilizada, com a vida passando diante de meus olhos. Tinha muita coisa que eu queria experimentar, arriscar, mas o medo sempre me continha. Medo de gostar e querer mais, medo de deixar meus conceitos de lado.

Enquanto me perdia em pensamentos tolos, senti algo vibrar na mesinha ao lado. Era o celular de Isaque.

Percebi que era um aviso de uma conversa no WhatsApp e que estavam mandando muitas mensagens, pois o celular tremia a toda hora. Comecei a me irritar e peguei o aparelho para levá-lo até o quarto e deixá-lo perto de Isaque, mas novas mensagens chegaram.

Nem sei por que olhei o aparelho, que não era bloqueado por senha. Nunca fui de bisbilhotar as coisas dele e tinha certeza de que era fiel. Talvez tenha ficado apenas curiosa sobre quem mandava tantas mensagens.

No WhatsApp, vi que as mensagens eram do grupo "Amigos do Futebol". Entrei no aplicativo, e a primeira frase já me chocou. Era do Roberto.

"Queria eu um boquete daqueles. Preciso descobrir o que você tem, Monstro. Não é possível o cara conseguir tanta mulher fácil assim!"

A primeira coisa que pensei em fazer foi desligar o celular, mas fiquei lá, olhando para a tela.

Aloísio: *"Muda de corpo e de rosto. Com esse seu pauzinho aí, não pega nada mesmo, Roberto".*

Roberto: *"Filho da puta! Olha quem fala!".*

Enrico: *"Ela nem sabia sobre o tamanho do meu pau quando entrou no vestiário. Vocês precisam entender que sou irresistível. Simples assim".*

Luís: *"Vá se foder, Enrico!".*

Enrico: *"Tenho muitas opções melhores, obrigado".*

Respirei fundo enquanto as provocações continuavam.

Eu não podia acreditar que uma mulher havia feito sexo oral em Enrico Villa no vestiário, mas era o que aquela conversa toda dava a entender. Seria por isso que Isaque chegara tão pensativo? Teria sido alguma orgia da qual meu marido participou?

Voltei a ler a conversa, um pouco nervosa.

Carlos: *"Deus foi bom comigo e me fez um cara boa-pinta, com um pau grande e gostoso e uma esposa que topa tudo na cama, mas, porra, quem é que não quer uma morena daquelas entrando no vestiário e chupando você sem mais nem menos? Ainda por cima, pouco ligando se os outros estavam vendo?".*

Aloísio: *"Boa-pinta? Pau grande? Você, feio como um bode?".*

Carlos: *"Vá se olhar no espelho, jegue! Enrico, conta a porra do seu segredo aí!".*

Luís: *"Conta mesmo. Não pra mim, que tenho mulher à vontade, mas pros moleques aprenderem".*

Roberto: *"Moleque aqui só o Isaque. Coitado, os olhos dele quase pularam vendo a morena chupando o Monstro!".*

Uma sequência de carinhas de risadas apareceu na conversa do grupo.

Enrico: *"O garoto ficou chocado! Para quem acha pesado ver um filme pornô, imagine ver ao vivo!".*

Lambi os lábios. Que mulher se sujeitaria a tamanha obscenidade? E em público? Só podia ser com aquele imoral do Enrico Villa. E ele ainda tinha o descaramento de rir de Isaque!

Apesar da raiva, eu estava ansiosa e sentia meu coração bater rápido. Sabia que tinha que parar de bisbilhotar, mas algo em mim queria mais. E veio mais:

Enrico: *"Vou confessar o meu segredo".*

Roberto: *"Fala aí!".*

Aloísio: *"Lá vem merda!".*

Carlos: *"Só é boa-pinta, rico, solteiro, tem um carrão, mora na Urca e tem um pau grande. As taradas caem matando! E eu, que vim do Vidigal e só agora consegui alugar uma quitinete no Flamengo? Ainda bem que Cíntia acha que sou o cara!".*

Luís: *"Cala a boca, Carlão! Qual é o segredo, Enrico?".*

Eu reparei que prendia o ar e o soltei todo de uma vez. Não conseguia desligar o celular. Esperava a resposta curiosa, ansiosa, perturbada.

Enrico: *"É simples: gosto muito de foder. Adoro pegar uma mulher e olhar bem nos olhos dela para que veja tudo o que posso fazer. Aí chupo toda, beijo muito na boca, acaricio, faço ela gozar. Não vou só lá e meto. Gosto de apreciar, como um vinho raro. Parece que a mulher sente isso. Elas olham pra mim e sabem que vão ter a melhor trepada da vida delas!"*.

Arquejei, sentindo minha pele formigar e uma quentura por dentro. Imagens de corpos contorcidos e gemidos de prazer invadiram minha mente.

Roberto: *"Ah, conta outra! Mulher olha pra gente e não sabe nada disso!"*.

Enrico: *"Pra mim, é isso. Se acham que não é, então sou só um sortudo filho da mãe, como gostam de dizer!"*.

Luís: *"Isso você é mesmo! A mulher mamava em você como se estivesse faminta. Cara, fico com o pau duro só de imaginar aquela boquinha em mim!"*.

Fechei os olhos, agitada e excitada. Meu corpo todo ardia, quente e fremente, imaginando as cenas sujas, o sexo oral. Percebi que meus lábios estavam úmidos porque eu os tinha lambido.

Não sei o que me deu, mas tive uma vontade absurda de ficar de joelhos, de saber como era ter a carne de um pênis na boca, de sentir a textura, o gosto, o cheiro. Ondas de tesão me invadiram. Meus mamilos se intumesceram e minha vagina se contraiu, dolorida.

Eu nunca tinha chupado um homem. Nunca tinha sido chupada. Meu pai dizia, em suas pregações, que todos deviam observar com cuidado sua porta, sua mesa e sua cama. A porta, para saber quem entrava em casa. A mesa, para ter saúde e não abusar da gula. E a cama, para não cometer excessos nas relações sexuais, pois isso era pecado e causava vícios.

E eu só conseguia pensar em sexo. Vivia necessitada e faminta, querendo coisas que nem deveriam passar pela minha cabeça, como naquele momento em que meu corpo extravasava sensações e pedia alívio.

O celular vibrou indicando novas mensagens. Disse a mim mesma para desligá-lo, esquecer tudo aquilo e orar muito, mas me vi saindo do grupo, indo aos contatos de Isaque e buscando freneticamente a letra "E". Achei o contato de Enrico Villa e abri o WhatsApp. Meus dedos tremiam quando cliquei na foto do perfil.

Não dava para ver direito o rosto. Ele estava sentado na areia, em uma praia, de perfil, usando bermuda e camiseta branca e olhando para o mar. Seus cabelos eram muito escuros e cheios de ondas desconexas, como se o vento tivesse feito uma farra com eles. Usava óculos escuros de aviador e tinha os braços apoiados nos joelhos, bem à vontade.

Era grande e forte. A pele era morena, e o maxilar, anguloso. Tinha uma boca que parecia perfeitamente modelada, assim como o queixo. O conjunto era másculo, viril e extraordinariamente atraente.

Eu quis tirar os óculos daquele rosto e saber o que era olhar dentro dos olhos dele. Quis saber se aquelas ondas negras rebeldes se enroscariam em meus dedos. Quis cair naquela areia, abrir as pernas dele, desnudar seu membro e enfiá-lo em minha boca, chupar como a mulher fez no vestiário. Queria me fazer de puta, ao menos uma vez na vida. Tirar amarras e medos dos meus ombros, ser leve, ser fêmea no cio, animal sem razão, sem culpa, sem penitências.

Tudo em mim parecia a ponto de surtar, de explodir sem controle. Apertei as coxas uma contra a outra e engoli em seco sem conseguir parar de olhar para ele. Aquele homem livre e sexual, aquela força máscula que atraía mulheres, e suas palavras martelando em minha mente: "*Gosto muito de foder. Adoro pegar uma mulher e olhar bem nos olhos dela para que veja tudo que posso fazer. Aí chupo toda, beijo muito na boca, acaricio, faço ela gozar*".

Soltei o ar, que saiu pesado e com esforço. Percebi minha mão descendo pelo corpo, escorregando para baixo, sobre minha saia, até os joelhos. Abri as pernas. Quis chorar. Minha vagina estava tão quente, tão molhada, tão terrivelmente viva que chegava a doer.

"Pare!", ordenei aos meus dedos, que puxavam o tecido fino, erguendo a saia pela lateral da perna. Mas foi uma ordem fraca. Eu olhava para aquele homem que nunca deveria fazer parte das minhas fantasias, mas que estava lá. Senti a pele queimar, ainda mais quando meus dedos encontraram minha coxa.

Mordi os lábios, tão nervosa que estremecia e ofegava baixinho. A ponta do meu polegar roçou o elástico da calcinha já empapada. Ansiei por mais, como se fosse morrer de necessidade. Escorreguei a mão para o meio das pernas e cheguei aos pelos pubianos. E foi ali que esqueci quem era e o que devia evitar.

Escancarei as minhas pernas no sofá. Com a mão debaixo da saia e dentro da calcinha, eu me toquei e senti como estava cremosa e fervendo de sensibilidade. Gemi baixinho quando acariciei o clitóris; deixei minha cabeça cair para trás, no encosto do sofá. Ergui um pouco a bunda, tirando-a do sofá ao enfiar o dedo do meio em mim.

Cerrei os dentes enquanto tremores desconexos me percorriam. Meti bem o dedo, forte e fundo, com os olhos fixos naquele homem na praia, na imagem gravada no celular. E assim tomei o que era meu e o que eu queria tanto dar, compartilhar, provar além do isolamento dos meus dedos, dos meus gemidos contidos, do prazer que misturava pecado e perdição.

A imagem do celular apagou e deixei o aparelho escorregar para o sofá. Fechei os olhos e ondulei o corpo, movendo minha mão e meu quadril. Minha mente já estava marcada por Enrico, por suas palavras sensuais, pelo misto de sedução, vaidade e liberdade que ele representava. Era como saber que, com ele, nada seria proibido, um mundo novo de sexo e gozo se abriria, meus medos teriam que ser absurdos para me impedirem de mergulhar na devassidão.

Perdi o resto de razão que ainda me segurava. Tornei-me mais faminta, mais forte em meus movimentos, mais voraz. O gozo veio fulminante, de repente, sem que eu pudesse me preparar para ele. Meu corpo tremeu todo, enrijeceu-se e contraiu-se. Meus dedos se enterraram tanto que senti as paredes internas da vagina palpitando, apertando, sugando.

Caí sentada, descomposta, confusa. Estava exausta. A vergonha vinha velozmente, e eu tirei os dedos, ajeitei a calcinha e a saia às pressas e olhei para o corredor atrás de mim com o coração aos pulos, como se fosse me deparar com o olhar acusador e horrorizado de Isaque.

— Meu Deus... — choraminguei, levando as mãos ao rosto.

Senti o cheiro da minha vagina e afastei a mão rapidamente em um misto de horror e um resquício de prazer. Levantei, peguei o celular, saí do WhatsApp e larguei-o na mesinha.

Minha respiração estava agitada; minhas pernas, trêmulas.

Eu sabia que estava errada, ainda mais daquela vez do que das outras, pois antes eu tinha gozado com estranhos que vi em vídeos e em fotos pornográficas. Agora, tinha sido com um amigo do meu marido. Um homem depravado. Mas não mais do que eu.

Fui ao banheiro me limpar e me recompor.

Naquela noite, teria que orar muito por minha alma.

Isabel

Tentei ser uma esposa ainda mais dedicada na semana seguinte. Também passei a frequentar mais a casa dos meus pais.

Naquela quinta-feira, jantaria com eles e com minha irmã, já que Isaque jogaria futebol e voltaria tarde. Antes, fui para a casa da dona Leopoldina, vizinha que eu conhecia desde a infância. Cheguei lá pouco depois do almoço para passar a roupa da semana. Era um dos bicos que eu fazia.

Eu gostava de ir lá. Com quase noventa anos, ela era uma senhora saudável e lúcida, que adorava conversar e sempre insistia para que eu interrompesse o serviço no meio da tarde e a acompanhasse num café quentinho com biscoitos amanteigados. Ficávamos na sala, e ela falava bastante sobre sua vida, seu passado e seu filho único, que trabalhava como militar e nunca tinha se casado, por isso morava com ela. Lamentava não ter netos, mas já havia se conformado.

Naquela tarde, não foi diferente. Enquanto eu passava roupa, dona Leopoldina descansava no sofá, com as pernas estendidas. Seu cabelo era branco como algodão, e ela estava sempre cheirosa e arrumada. Quando comentei isso, sorriu.

— Uma mulher nunca pode descuidar da vaidade. — Seus olhos embaçados passaram por minha trança longa caída no ombro, por minha blusa escura fechada e pela saia longa até as canelas, seguida por sandálias baixas. — Você não é vaidosa. Nunca a vi usar batom.

— Não uso. — Sorri de volta e me concentrei no blusão do filho dela.

— Com uma boca dessas? Que pecado! — exclamou. — Já é linda assim, imagine maquiada! Pararia o trânsito.

Ri, meio sem graça.

— Vaidade é um dos sete pecados capitais, dona Leopoldina.

— Besteira! — Ela fez um gesto irritado com a mão. — Pecado é não se sentir bem, não ser feliz e não aproveitar a vida!

Olhei-a, curiosa. Ela continuou:

— O problema é interpretar as coisas ao pé da letra. Veja bem, o que é errado é a pessoa se achar a mais linda do mundo, desprezar os outros, julgando-os inferiores e ser narcisista. Mas vaidade na medida certa faz bem. Você não acha?

Pensei antes de responder. Eu tinha sido criada longe de qualquer coisa que me aproximasse do mundano e me afastasse do religioso. Em casa, eram proibidas maquiagem e roupas chamativas. Agora, mesmo casada, eu tinha tudo aquilo entranhado demais em mim. Além do mais, Isaque estranharia qualquer mudança. Todo mundo estranharia.

— Isabel?

— Acho que cada um deve fazer o que gosta, mas não sou fã de maquiagem nem ligo muito para moda.

Era mentira, pois muitas vezes tive vontade de me arrumar de verdade.

— Que pena! Se já é linda assim, tão natural, imagine ajeitadinha.

Sorri, e ela também.

— Meu marido sempre trazia coisas bonitas para mim de suas viagens — continuou ela. — Sabe que ele era da Marinha, não é?! Pois bem, eu vivia arrumada, com joias e maquiada. Adorava me emperiquitar para ele. Quando chegava em casa, ele se apaixonava de novo por mim. — Ela piscou um olho.

— A senhora é esperta.

— Sempre fui, Isabel. Por isso fomos felizes até o dia em que Deus decidiu tirá-lo de mim. Foram quarenta e três anos de casamento. — Seus olhos foram em direção à estante cheia de fotos dela, do falecido marido e do filho. — Foi difícil me acostumar a viver sem Elias.

Continuei passando as roupas. Eu a observava e me dava conta do seu amor pelo marido. Nunca deixava de falar dele, de compartilhar suas lembranças. Era bom saber de um casamento tão longo que tinha dado certo daquela maneira.

— Só tínhamos olhos um para o outro. Sabe por quê?

— Porque se amavam.

— Sim, mas também porque não deixávamos esse amor morrer. Parece besteira dizer que o amor é como uma plantinha, mas é verdade. É preciso regá-lo e ter cuidado. Dedicar-se. Aí, ele floresce que é uma beleza! Hoje, os casamentos acabam por isso. Ninguém tem paciência nem dedicação. É tudo frio, rápido, substituível.

— Tem razão, dona Leopoldina.

— Sei que tenho. — Seus olhos estavam fixos em mim. — Você é feliz com Isaque, querida?

Eu me surpreendi um pouco e a olhei. A pergunta me incomodou. Como eu poderia ser feliz se sentia aquelas necessidades ultrajantes e tanta culpa?

— Sou. Claro que sou.

— Isso é bom. — Ela acenou com a cabeça, mas continuou atenta a mim. — São tão jovens ainda! Espero que aproveitem bastante.

— Sim.

— Precisam desenvolver interesses em comum, dedicar-se um ao outro. E, é óbvio, ter uma vida sexual satisfatória. Nossa, disso não posso reclamar! Meu Elias era uma loucura na cama! — Ela deu uma risadinha.

Fiquei vermelha e me concentrei na roupa. Ela continuou, sem se perturbar:

— Acredita que ele sempre inventava alguma coisa? Homem como aquele não se faz mais, Isabel. Elias me surpreendia! Nada de sexo sem graça. Não, senhora! A gente se divertia demais.

Eu não estava acostumada a falar sobre esse assunto. Além do mais, por ser minha fraqueza, era também motivo de vergonha. No entanto, a naturalidade de suas palavras me deixou tão desconfortável quanto curiosa. Percebendo que eu não reagia, dona Leopoldina disse, com cuidado:

— Frequento a igreja do seu pai há muitos anos. Vi você crescer. E suas irmãs também. Inclusive Rebeca, que Deus a proteja onde estiver. Tudo aquilo poderia ter sido evitado, Isabel. Não estou falando mal dos seus pais, mas eram rigorosos demais com a menina. Ela era apenas uma alma livre. Como você.

— Eu? — Levantei o rosto e a encarei, surpresa.

— Sim. Nem você nem Rebeca eram parecidas com sua irmã Ruth. — Ela fez uma careta. — Eram alegres. Não era preciso tantas regras assim. Veja só, a menina se revoltou e foi embora. E você...

Em alerta, eu até parei de passar a roupa, esperando para ouvir o que diria de mim. Com a sinceridade que lhe era característica, dona Leopoldina foi direto ao ponto:

— Você não é mais feliz.

— Sou, sim.

— Não é, não.

Seu olhar era profundo, como se pudesse ver minha alma. Ela continuou:

— Você deveria ser mais leve, Isabel. Aproveitar a vida... Agora é casada e não precisa mais seguir o que seus pais determinam.

— Não sei do que está falando, dona Leopoldina.

— Desculpe. Não quero perturbar você. Apenas é querida demais para mim e não posso deixar de notar que quase não sorri. Nunca com os olhos nem como fazia quando era criança.

— É meu jeito.

— Não acho que seja.

Fiquei sem graça e doida para mudar de assunto, mas ela parecia inspirada:

— Frequento a igreja do seu pai porque é aqui do lado, e minhas pernas não me levam muito mais longe. Gosto de lá. Ele é um bom pastor, mas metade do que fala entra por aqui e sai por aqui — disse ela, apontando para os ouvidos.

— Como assim? — Não escondi minha surpresa.

— Sou crente. Fui evangélica a vida toda. Mas outras igrejas são menos radicais, e as pessoas são mais felizes. A vida já é dura demais para tantas proibições. Nunca fui julgada em minha igreja por ter uma vida feliz e sexualmente ativa com meu marido. Outro dia, falei isso no culto daqui, e sua mãe quase me fuzilou. Todo mundo me olhou como se eu fosse uma velha caduca e tarada! Essa gente não transa? — Ela parecia indignada.

Quase ri, mas estava chocada demais para isso. Eu já tinha me acostumado com o jeito dela, que dizia tudo o que pensava, mas era a primeira vez que a conversa se tornava tão pessoal, sobre mim e minha família.

Eu sabia que outras igrejas evangélicas e católicas não eram tão rígidas. Conhecia pessoas que levavam uma vida normal, sem grandes proibições, mas, segundo meus pais, elas não seguem a Bíblia e os preceitos sagrados. E, na hora do julgamento final, pagariam por seus pecados.

— Deixe isso pra lá, menina. Talvez eu seja uma velha caduca mesmo. Mas fui e sou muito feliz. Gente reprimida não vive. Jesus nunca disse que temos que ser infelizes ou julgar os outros. Nunca mesmo!

— Não sou infeliz — reiterei, baixinho.

— Que bom! Porque eu me preocupava com isso. — Ela sorriu.

Baixei os olhos.

Foi difícil encarar dona Leopoldina durante o resto da tarde, como se ela pudesse ver demais de mim, o que me dava vergonha.

Quando saí de lá era quase noite. Fui direto para a casa dos meus pais, que ficava ali perto. Nossa casa continuava do mesmo jeito desde que nasci: pequena, humilde, sem nenhum luxo. Ninguém podia acusar meu pai de usar o dinheiro dos dízimos em proveito próprio. Todo o dinheiro arrecadado era investido em obras sociais. Meu pai era íntegro e dedicado.

Pensei em dona Leopoldina dizendo que ele era rígido e duro demais. Talvez fosse, mas não por qualquer outro motivo que não se manter fiel aos preceitos sagrados da Bíblia. De que adiantava haver igrejas tão liberais, se muitas não faziam pelos fiéis metade do que meu pai e minha mãe faziam?

Eu estava cheia de dúvidas. Haveria algum lugar onde a moral e a liberdade pudessem conviver sem luta nem desvios?

Sempre ouvia meu pai dizer que o ser humano precisava de cabresto, que se tornar uma pessoa temente a Deus demandava entrega e prática, numa constante luta para erradicar as tentações e viver sem elas. Eu nunca tinha alcançado aquilo. Tinha recaídas que me faziam acreditar ser impura e não merecedora.

Cumprimentei algumas pessoas da vila e bati na porta dos meus pais. Eu sempre batia antes de entrar, embora geralmente a casa não estivesse trancada. Ali todos se conheciam. Era fora dali que a violência corria solta.

Abri a porta e entrei. Fui recebida pelo cheiro do tempero de feijão da minha mãe. Era o que ela fazia de melhor. Aquele cheirinho me dava saudade da infância, de sentar à mesa com minhas irmãs e trocar risadinhas com Rebeca enquanto Ruth se roía de inveja.

— Cheguei — avisei, indo para a cozinha, onde sabia que encontraria minha mãe e minha irmã.

As duas eram parecidas em tudo, desde a aparência até o jeito. Ambas eram duras, fechadas e totalmente comprometidas com a evangelização. A diferença era que Ruth estava uns dez quilos acima do peso enquanto nossa mãe continuava magra.

Talvez eu devesse me sentir culpada por não gostar da minha irmã. Eu me forçava a mudar, mas o jeito dela, a forma como se achava a representante da moral e dos bons costumes, irritava-me.

— Mãe, Ruth — cumprimentei com um sorriso. Em casa, nunca fomos muito adeptas a contatos físicos, beijos e abraços.

— Oi, Isabel. — Minha mãe sorriu, apagando o fogo e estendendo um pano de prato sobre o fogão. — Seu pai já deve estar chegando, aí poderemos jantar.

— Sim, senhora. — Olhei para minha irmã enquanto puxava uma cadeira para me sentar. — E as crianças?

— Com meus sogros. — Ela puxou outra cadeira e se acomodou, fazendo careta. — A semana foi cansativa. Não paro um segundo: cuido da casa, deles, levo pra escola e pro curso. Mas Abílio foi jantar com os pais e os levou.

Ela vivia numa correria para manter a casa em ordem. Tinha mania de limpeza, queria que os filhos estivessem sempre impecáveis e ainda fazia trabalhos missionários. Era a perfeita esposa e mãe de família religiosa.

Eu me envergonhei dos meus pensamentos irônicos, pois sabia quanto Ruth se esforçava para parecer melhor em tudo, motivo pelo qual era a filha preferida dos nossos pais. Eu não sentia ciúme. Somente irritação.

Meu pai não demorou a chegar e tomar banho. Depois, juntou-se a nós na cozinha, e oramos antes de jantar.

A refeição foi tranquila, com assuntos amenos, principalmente sobre conhecidos da igreja. Ruth aproveitou para comentar o sucesso das doações que tinham feito para um asilo naquela semana. Sorria, satisfeita, com suas bochechas rosadas. Parecia uma porquinha.

Eu me condenei mais uma vez por aqueles pensamentos sobre minha irmã. Sabia que deveria amá-la e respeitá-la, mas ela era chata demais. E me irritava meus pais não notarem como era vaidosa de seus feitos e arrogante. Por que aquilo não era pecado para eles?

Suspirei.

— Tudo bem, Isabel? — perguntou minha mãe. — Está calada demais hoje.

— Tudo bem, mãe.

— Trabalhou muito na casa de dona Leopoldina? — perguntou minha irmã, entortando a boca. — Eu soube que nenhuma empregada para lá.

— Não sei por quê — retruquei. — Dona Leopoldina é uma ótima pessoa.

— Que bom, irmã. Você deve saber mais do que eu. — Ela deu de ombros. — Mas ela fala demais. Lá na igreja, ninguém dá bola pra ela.

— Ela tem quase noventa anos. Você não tem vergonha de ignorar uma senhora dessa idade, que sempre fez parte da nossa congregação?

Ruth me encarou, surpresa. Em geral, eu não questionava nada, muito menos com exasperação.

— Calma! Eu não quis ofender.

Peguei um copo de água. Lembrei-me das coisas que dona Leopoldina havia dito e olhei em volta da mesa. Minha irmã, metida, tinha cara de poucos amigos. Minha mãe estava infinitamente séria. Eu podia contar nos dedos quantas vezes a vira rir de verdade. Meu pai também era contido, constantemente preocupado com suas obrigações na igreja.

Alguém ali era realmente feliz?

Eu não era. E achava que eles também não.

As colocações de dona Leopoldina só tinham me deixado mais confusa. Era aquilo que Jesus queria para nós? Estávamos ali para sofrer e só teríamos uma vida de felicidade no paraíso?

— Isabel? — Minha mãe me observava com atenção. — Tenho achado você esquisita nesta semana. Aconteceu alguma coisa?

— Não. — Deixei meu copo vazio de lado. Não os encarei, com vergonha de ser o centro das atenções, embora tivesse vontade de desabafar e dizer que precisava de ajuda. No fundo, sabia que nenhum deles me entenderia.

Olhei para meu pai. Era um homem de cinquenta e seis anos, magro, grisalho, com um princípio de calvície. Aparentava ter mais idade por seu rosto vincado de rugas.

Voltei a pensar em dona Leopoldina falando sobre felicidade e, antes que pudesse me conter, indaguei baixinho:

— Pai, o senhor é feliz?

Ele estranhou e pareceu surpreso.

— Claro que sou feliz! Eu sou um servo de Deus. Por que pergunta isso?

— Só fiquei curiosa.

— Está infeliz com algo, irmã? — Ruth se meteu, mas a ignorei.

Tive vontade de me levantar e ir embora.

— Não devemos nos regozijar com prazeres terrenos, mas com a palavra divina, Isabel — disse meu pai, sério. — A maioria das pessoas busca prazeres para se divertir, mas não é feliz. Vive insatisfeita. Por isso, os mundanos acham que somos infelizes. Eles não entendem como podemos ser simples, honestos, tementes a Deus, solidários com os outros. São egoístas. E se afundam sozinhos em vícios e pecados. Temos que orar por eles e nunca confundir prazeres com a felicidade, aquela que teremos quando estivermos ao lado de Deus.

— É verdade, pai. — Baixei os olhos, envergonhada. Parecia que seu discurso tinha sido para mim, mas ele não podia saber das minhas depravações. Mesmo assim, tive medo de que desconfiasse de alguma coisa.

— Isabel — chamou minha mãe.

Eu a temia, pois parecia ver o que existia dentro de mim. Obediente, voltei os olhos para ela. Então, ela disse:

— Ore. Para que você tenha autoridade, é preciso estar atenta e orar muito. É necessário pagar o preço de uma vida santa e lutar contra as tentações, as dúvidas que o demônio tenta infiltrar em nosso pensamento. Leia a Bíblia sempre. Não só quando for à igreja, mas todos os dias. Ore e se santifique com jejuns.

Corei, sem ter como fugir de seu olhar ou esconder que realmente precisava de orações.

Vi a curiosidade nos olhos da minha irmã. Senti que eles queriam mais.

— Nunca esqueça o significado do seu nome em hebraico: "casta", "pura", "consagrada a Deus", "Deus é juramento" — continuou minha mãe. — É assim que você precisa se manter sempre.

Apenas acenei com a cabeça, como a admitir parte da minha culpa, nada mais do que isso.

5

Isabel

Depois do jantar, fui para casa. Tomei banho e sentei-me na beirada da cama, penteando o cabelo ainda molhado, tão longo que parecia um manto. Queria muito me deitar e dormir, mas tinha o costume de esperar Isaque chegar.

Foi quando o telefone tocou.

Deixei o pente de lado e me levantei para atender.

— Isabel? — Era Gilmara, minha sogra. Parecia nervosa. — Isaque está aí?

— Não, ele foi ao futebol com os amigos. — Estranhei o tom. — O que houve?

— Ah, minha filha, o Anselmo passou mal hoje. Estamos no hospital.

— O quê? — Assustei-me, pois meu sogro tinha problemas de coração.

— Calma, ele está bem. Graças a Deus apenas abusou da comida. O resultado dos exames foi normal; os médicos disseram que terá alta amanhã. Mas estou aqui sozinha. Tentei falar com Isaque durante toda a tarde e liguei aí também.

— Eu estava na casa dos meus pais. Poderia ter ligado para o meu celular, e eu iria aí para ficar com a senhora. Ele está bem mesmo?

— Sim. Só estou nervosa. Sabe que odeio hospitais! Queria muito que meu filho estivesse aqui.

— Ele está no futebol, mas vou tentar entrar em contato com ele, e aí vamos encontrar a senhora. Em que hospital está?

Depois que soube os detalhes, desliguei. Peguei o celular e liguei para o número de Isaque, mas só dava caixa postal. Tentei muito, até entender que ele só checaria o aparelho no caminho de volta para casa, já tarde da noite.

Corri para trocar de roupa, sabendo que teria que ir atrás dele. Coloquei uma saia, uma blusa e umas sandálias. Não daria tempo de esperar o cabelo secar e trançá-lo. Enrolei-o em um coque grosso e agarrei minha bolsa, saindo de casa, agitada.

Pelo horário, o jogo já tinha terminado, e os participantes estariam num bar ali perto, que Isaque me disse várias vezes que era o local que escolhiam para confraternizar.

Desci do ônibus em um ponto quase em frente ao bar, no Flamengo, e o nervosismo voltou. Parei na calçada e respirei fundo. Um vento frio arrepiou minha pele. Eu me dei conta de que o estresse não tinha a ver com a internação do pai de Isaque. Naquele momento, percebi que eu veria Enrico Villa pela primeira vez.

Eu me forcei a seguir em direção ao bar. Não era o momento para pensar naquilo. Eu devia me preocupar somente em encontrar logo meu marido e levá-lo ao hospital. Empurrei a porta e entrei.

Enrico

O bar estava bem cheio naquela noite.

Uma música alta tocava, homens e mulheres de todas as idades se espalhavam pelo salão nos bancos e nas mesas lotadas. O falatório e as risadas eram gerais. Garçons e garçonetes passavam de um lado para outro, mal dando conta de tantos pedidos.

Felizmente, conseguimos uma mesa grande, onde se apertaram meus colegas do futebol e alguns conhecidos que tinham aparecido para assistir aos jogos.

Entre os conhecidos, havia mulheres, e com certeza eu estava me divertindo com elas, entre conversas leves e sedutoras. Elas jogavam o cabelo para os lados, lançavam olhares charmosos, deixavam claro que não seria difícil levá-las para a cama.

Mas, naquele dia, eu estava impaciente. E nem sabia por quê. A sensação tinha começado logo de manhã, quando acordei e fui passear com meus cachorros antes de ir trabalhar. Nem o dia lindo nem a bela paisagem da Praia Vermelha e do Pão de Açúcar haviam sido suficientes para me deixar relaxado. Nem o futebol conseguira fazer isso por mim naquele dia.

Eu odiava aquela sensação de aperto no peito sem motivo aparente.

Já tinha sentido aquilo na adolescência, sozinho, sem saber como seria meu futuro, lamentando dores do passado. Até o dia em que me dei conta de que nada nem ninguém mudaria minha realidade. Foi então que não me permiti mais fraquejar. Estabeleci objetivos, foquei e acreditei em mim.

Em geral, as pessoas buscam culpados para seus males e se lamentam. Eu não perdia tempo com isso. Infelizmente, por mais que eu fosse forte e decidido, de vez em quando voltavam à tona alguns sentimentos e, com eles, um pouco da revolta que foi minha companheira no passado. Tinha vontade de gritar para o mundo: "Por quê?". Mas de que adiantaria? Nada poderia ser mudado. Cabia a mim não dar importância a isso a ponto de fraquejar. Eu ainda tinha muito a fazer.

Olhei para meus amigos rindo e para as mulheres entre nós, que eram alvos de olhares sexuais e brincadeiras. Tomei um gole de cerveja, cercado de gente e de vida.

No geral, eu estaria me divertindo ali. Mas, naquele dia, o incômodo me arranhava por dentro. Eu tinha me tornado tão potente que, para mim, já era natural aproveitar o melhor da vida e ser feliz. Por isso, eu me irritava tanto quando o controle me escapava sem motivo.

Talvez tudo se devesse à proximidade do meu aniversário de trinta anos. Eu estava impaciente, com vontade de fazer algo e sem saber o quê. Queria sentir a vida pulsar, embora poucas pessoas vivessem tão intensamente quanto eu. No fundo, eu sabia que nada tiraria aquela ânsia do meu peito. Talvez somente uma noite de sono.

A mulher ao meu lado dizia algo ao meu ouvido, quase colando os lábios em minha orelha. De repente, eu me senti cansado. Decidi ficar só mais uns minutos e beber um pouco mais.

O ser humano é tão inteligente que cria meios de suportar as dificuldades. Alguns se refugiam na religião e em promessas de um mundo melhor além-túmulo, outros caem na farra e no esquecimento com festas e bebidas. Sempre há uma saída, nem que seja se acomodar em seu mundinho perfeito e se sentir protegido nele.

Virei o corpo para trás e ignorei a mulher tagarela. Busquei o garçom com os olhos, pronto para erguer o braço e pedir mais uma cerveja gelada.

Enquanto o procurava, achei outra coisa que me chamou a atenção. No meio do pulsar de gente, de vozes misturadas e risadas, uma mulher, parada, destoava completamente do ambiente.

Algo nela era tão único, tão peculiar, que não consegui desviar os olhos.

Não dava para explicar o que a diferenciava de todos. Talvez um conjunto de coisas, a começar pela aparência.

Enquanto a maioria ali se vestia com roupas leves, alguns até mais arrumados, tendo saído do trabalho, mas mesmo assim relaxados, ela parecia tensa, dura, imóvel. Usava roupas fechadas, saia longa, com um rigor tão grande que ficava difícil acreditar que uma mulher tão linda pudesse se esconder daquele jeito. E talvez fosse isso que chamasse atenção.

Mesmo com as roupas sérias e o cabelo preso em um coque, havia nela uma sensualidade que desmentia a aparência sisuda. A boca era um pecado, polpuda e rosada, como se fizesse um biquinho sexy. Os lábios se desenhavam de um jeito inexplicável, carnudos demais para ser ignorados. E, apesar da beleza quase angelical do rosto em um suave formato oval, seus olhos eram grandes, amendoados e tão escuros que pareciam negros.

Eu a observei. Ela era interessante demais, não apenas pela beleza sensual, apesar de nada nela tentar provocar, pelo contrário. Era uma daquelas mulheres com calor, com pele macia, naturalmente sedutoras. Um homem de verdade notaria tudo isso a quilômetros, como se ela exalasse um cheiro de cio.

Eu não era de esperar para agir. Uma parte minha gostava de caçar, de atacar, de tomar. Ela chamou tanto a minha atenção que minhas companheiras de mesa e seus decotes perderam o encanto.

Entretanto, antes que eu me levantasse, ela se moveu. Ergueu a cabeça e virou-a para os lados, andando devagar, desviando das pessoas que, em pé, formavam grupos em volta de mesas altas. Era como se buscasse algo ou alguém. E encontrou quando seus olhos pararam na direção da minha mesa. Ela deu uma pequena paradinha, com uma expressão de reconhecimento. Quando voltou a andar em nossa direção, sorri comigo mesmo, satisfeito com a minha sorte. Ela vinha direto para mim. O resto seria comigo.

Apesar de esguia, a roupa não escondia a cintura bem fina e o quadril perfeitamente arredondado. Eu podia jurar que as pernas eram bem-feitas, a pele era macia, a bunda era redonda. Já conhecia tão bem as mulheres que meu olhar parecia ter raios X, sendo capaz de descobrir essas coisas, embora por vezes eu me surpreendesse.

Isabel

Andei devagar, percorrendo o local com meus olhos incertos. Tinha acabado de ver Isaque em um canto. A mesa estava animada, cheia de pessoas, garrafas e copos. Surpresa, notei que várias mulheres a dividiam com meu marido e seus colegas de futebol.

Eu não esperava tudo aquilo. Era como entrar em um antro onde bebidas e sensualidade dividiam o espaço. Era o oposto dos lugares que frequentávamos. Não dava para entender como Isaque podia frequentar aquele lugar que ia contra tudo o que ele pregava.

Quando cheguei perto, meus olhos fizeram mais uma ronda ansiosa. Eu sabia bem o que procurava. Parei abruptamente quando encontrei um par de penetrantes olhos ambarinos totalmente fixos nos meus.

Meu coração deu um salto que pareceu mortal. Tive certeza de que era Enrico Villa.

Nenhum sonho ou fantasia poderia ter me preparado para a realidade. Ele era muito mais do que Isaque dissera e do que eu imaginara, muito mais do que aquela fotografia do perfil no WhatsApp deixava entrever. Sentado meio de lado, virado para mim, com uma postura displicente na cadeira, ele estava bem sério e absolutamente concentrado. Em mim. Enquanto uma loira se inclinava para ele e dizia algo em seu ouvido, quase colada em seu pescoço.

De onde eu estava, surpreendi-me com a cor dos seus olhos. Nem castanhos nem claros, mas de um tom âmbar que lembrava olhos de lobos. E se destacavam demais no rosto moreno, em contraste com os cabelos negros.

Mesmo sentado, ele parecia ser enorme, com ombros muito largos. A blusa preta marcava seus músculos firmes e perfeitos. Os cabelos eram ondulados e abundantes e brilhavam sob a luz intensa que vinha por trás dele. Caíam desgovernados por sua testa e por seu pescoço, um pouco longos. O rosto era marcante, com maxilar forte e queixo quadrado. Uma barba escura e cerrada o deixava ainda mais viril. Os traços angulosos até seriam duros demais, não fossem a boca carnuda e sensual e os olhos emoldurados por longos cílios, que dissimulavam seu olhar semicerrado. O nariz afilado e as sobrancelhas negras garantiam um conjunto másculo, viril e extremamente atraente. Fiquei sem ar, sem chão e sem ação ao olhar para ele.

Alguém esbarrou em mim e pediu desculpas. Percebi que eu estava no caminho dos outros, parada como uma estátua, olhando para o homem moreno e lindo que era um dos motivos das minhas recentes angústias. Respirei fundo e tentei me acalmar.

Voltei a andar em direção à mesa, desviando meu olhar daquela potência masculina e voltando a procurar Isaque, lembrando o motivo que me fizera ir até lá. Era difícil me concentrar em algo quando a aparência sexual daquele homem tomava conta de tudo na minha frente.

Por mais que eu tivesse fantasias com ele e soubesse que era atraente e garanhão, estava chocada com a força da sua presença. Era o ser mais sensual que eu já havia visto. Agora eu entendia por que as mulheres se jogavam em cima dele, por que até invadiam vestiários cheios de homens para chupar o seu pau.

Corei, nervosa, sentindo minhas mãos formigarem e minhas pernas fraquejarem. Parei bem perto do meu marido e só então me dei conta de que uma mulher exuberante, de seios fartos quase pulando para fora da camiseta colada, cheia de gestos de sedução, estava falando com ele. Isaque sorria como um bobo enquanto ela dizia algo com os lábios pintados de vermelho.

— Isaque. — O nome dele saiu mais alto e firme do que eu esperava.

Senti vários pares de olhos se voltarem para mim. De alguns amigos de Isaque que eu conhecia, de desconhecidos, da garota peituda e do próprio Isaque, que se virou assustado, corando violentamente ao me ver. Sem pensar direito, olhei na direção de Enrico Villa. Ele estava quieto, olhando diretamente na minha direção.

Senti um baque com o impacto de seu olhar. Tive vontade de sair correndo dali, de fugir daquilo que era desconhecido em meu mundo tão precariamente controlado.

— Isabel... — murmurou Isaque, levantando-se.

Desviei o olhar daquele homem que me perturbava, sentindo raiva de mim, do meu marido, daquela mulher ao seu lado e, sobretudo, DELE. Era tudo culpa dele!

— Isabel, eu... — Isaque estava visivelmente constrangido, como se tivesse cometido um crime. Não quis me expor ainda mais e lancei um olhar para as pessoas em torno da mesa.

— Boa noite, desculpe interromper a conversa de vocês.

— Não interrompeu nada, Isabel — disse Roberto, que eu conhecia, sorrindo. — Sente-se e nos faça companhia.

— Obrigada, mas não posso. — Ser tão educada, quando me sentia uma pilha de nervos, causou em mim um estremecimento leve. Olhei para Isaque. — Preciso falar com você.

— Olha, eu já ia embora... — Ele passou a mão pelo cabelo, parecendo incomodado. — Por que veio aqui?

Uma risada baixa e rouca atraiu a minha atenção. Irritada, percebi que vários colegas dele davam risinhos como se a d. Encrenca tivesse chegado e pegado o marido no flagra, mas aquela risada em especial tinha vindo de Enrico, que parecia se divertir com a situação. Ele não fez caso do meu olhar raivoso e continuou muito à vontade em sua cadeira. Com a voz grossa e rouca, falou numa brincadeira:

— Garoto, sua esposa só veio conferir se você está se comportando direitinho.

Seu olhar zombeteiro encontrou o meu. Embora ele sorrisse, seus olhos pareciam imensamente sérios.

— Não preciso tomar conta dele. Não é um garoto. Se estou aqui, é por um motivo particular, mas não vou gastar meu tempo dando explicação a quem não tem nada a ver com isso — respondi friamente e me virei para Isaque, sem esperar para ver qual seria o efeito das minhas palavras. — Espero você lá fora. É uma emergência.

O silêncio tomou a mesa. Não dei tempo para que dissessem algo em resposta e virei as costas a todos, louca para fugir dali. Tinha sido mal-educada, mas só me dei conta disso depois.

Andei rápido, como se um cão raivoso me seguisse. Tremendo, eu quase não via quem estava à minha frente. Só consegui respirar ao chegar à calçada, onde parei e procurei me acalmar.

Que ódio daquele homem! Debochado! E de Isaque, por me fazer passar por aquilo!

— Isabel, meu Deus, o que deu em você? — Ele chegou perto de mim, surpreso e corado. — Só faltou esganar Enrico!

— Não pedi para ele falar comigo! Nem para zombar de mim!

— Zombar?! Ele só brincou!

— Brincou? Isaque, você estava colado naquela mulher!

— Não é assim! Não fiz nada! Ela só dizia algo perto porque a música estava alta! Escute, querida...

— Não quero ouvir nada agora. — Respirei fundo.

No fundo, não era aquilo que tinha me desestabilizado. Era constrangedor admitir a mim mesma que mal me incomodara ver uma mulher paquerando Isaque. O que tinha me desnorteado fora conhecer Enrico, saber que ele era real e muito mais poderoso e imponente do que eu podia imaginar. Uma presença viva a me perturbar.

Tentei me concentrar e contei a Isaque por que eu estava ali.

Graças a Deus, meu sogro estava bem. Depois de muita conversa na recepção do hospital, eles nos deixaram vê-lo por alguns minutos e nos acalmamos ao confirmar que não era nada sério.

Isaque insistiu em dormir ali, com o pai. Cansada, acompanhei Gilmara até a casa dela e prometi voltar com ela ao hospital na manhã seguinte. Fui sozinha para meu apartamento.

Não tinha sido uma noite fácil. Muita coisa tinha me perturbado. Revivi cada momento que passara naquele bar, principalmente a sensação de ver Enrico pela primeira vez. Era errado, era sujo, mas também incontrolável. Por isso, não lutei. Nem cheguei a orar. Só deitei em minha cama e fiquei quietinha, de olhos fechados, sentindo a força daqueles olhos profundos nos meus. Foi assim que dormi. Estranhamente, sem culpa.

O pai de Isaque teve alta no dia seguinte, e fui ao hospital com Gilmara. Levei roupas limpas para Isaque, que partiu dali para a empresa em que trabalhava como tecnólogo da informação. Ele ainda parecia envergonhado, querendo dizer alguma coisa, mas não teve tempo nem oportunidade. Não o acusei de nada e agi naturalmente.

Acompanhei meus sogros até a casa deles e fiquei lá até ter certeza de que estava tudo bem. Gilmara me levou até o portão e disse, com carinho:

— Obrigada, filha. Isaque não poderia ter escolhido uma moça melhor.

Voltei para casa corada e constrangida.

Somente à noite eu e Isaque conversamos. Não cobrei nem perguntei nada, mas ele jurou que não tinha paquerado aquela mulher no bar nem qualquer outra. Eu o conhecia e sabia que era honesto e fiel, mas era homem. Do jeito que ele pensava, poderia dar umas puladas de cerca por curiosidade ou para fazer pornografias com mulheres da rua, já que não fazia comigo.

O que me irritava um pouco era ele ser tão rígido em algumas coisas, mal me tocando na cama, e, em outras, tão liberal, enfiando-se em um bar cheio de bebidas e de mulheres oferecidas. Mesmo não provando nada daquilo, estava lá. Se fosse eu ali, o mundo cairia. Era um machismo que me incomodava cada vez mais.

De qualquer forma, resolvi esquecer aquele episódio e confiar nele. Afinal, como eu poderia acusá-lo de algo se tinha fantasias com outro homem? Se me perdia vendo pornografias? Mesmo que eu não quisesse aquilo e não fizesse nada, não deixava de ser uma traição.

Ver Enrico tinha sido pior do que eu imaginara. De alguma forma, pensei nele o tempo todo. Naquele dia, deixei de lutar. Não fiz nada para aumentar minha culpa, mas também não me desesperei em vão. E, à noite, quando Isaque me procurou na cama, como a provar que me amava, eu o recebi contida como sempre. De olhos abertos, vagina molhada, músculos retesados. Vontade de me soltar. Medo de fechar os olhos e sonhar que era aquele outro homem que penetrava o meu corpo.

Eu soube que, a qualquer momento, precisaria de ajuda.

6

Enrico

Para mim, a Praia Vermelha era a mais linda do Rio. Talvez tenha sido por isso que escolhi a Urca como lugar para viver. Eu adorava sair de casa com meus cachorros de manhã e correr pelas ruas com vista para o Pão de Açúcar.

Como havia feito naquela manhã. Eu estava suado, a camiseta grudara no peito e o fone de ouvido caía em volta do pescoço. Voltava para casa levando Apolo e Zeus na coleira e apreciando a vista, não só da natureza, mas das mulheres que passavam.

Apesar de meus dois cachorros serem vira-latas, eram tão bem tratados que seus pelos brilhavam. Alguns amigos me perguntavam por que eu não havia escolhido cachorros de raça treinados, mas uma coisa que eu não fazia era seguir modas ou escolher qualquer coisa por status. Eu seguia meus sentimentos.

Sempre havia gostado de animais de estimação. No entanto, como trabalhava muito, achava que nunca teria um. Quando me mudei para uma casa de dois andares na Urca, com um bom terreno atrás, no estilo casarão antigo, acabei me sentindo sozinho. Na mesma época, como se adivinhasse, Apolo apareceu no meu portão e se deitou por lá. De manhã, saí para correr e deparei-me com aquele bicho feio e esquelético me olhando com ar de tristeza e fome.

Ele me ganhou ali. Eu o carreguei para dentro de casa e, como não tinha ração, dei a sobra do jantar. Ele devorou e bebeu toda a água. Eu tinha uma fraqueza por seres abandonados, talvez pelo fato de ter vivido em um orfanato dos doze aos dezoito anos.

Naquele mesmo dia, eu o levei ao veterinário. Ele recebeu um nome, um tratamento completo de vacinas e uma casa onde morar. Quem visse Apolo quando o peguei e agora, robusto e bonito, não diria que é o mesmo cachorro.

Zeus apareceu de modo semelhante, um ano depois. Não era um cachorro de rua, mas de um vizinho de certa idade. Quando o dono morreu, o cachorro ficou sozinho, e eu o adotei. Jurei para mim mesmo que dois cachorros já estava bom. Eu tinha que colocar um limite, ou acabaria morando num canil.

Os dois latiram quando paramos em frente ao portão de casa. Havia uma enorme árvore ali, meio curvada, que dava sombra a toda a entrada, até a varanda.

— Rosinha já deve estar caprichando na ração de vocês — falei enquanto empurrava o portão e avançava pelo caminho de pedras cercadas de plantas.

Lá dentro, tirei a coleira de Zeus e a de Apolo, e os dois correram como loucos pela lateral da casa enquanto eu subia os três degraus até a varanda. Tudo ali era fresco e gostoso, a ampla varanda com colunas brancas e os sofás de madeira com estofado macio e almofadas coloridas.

Sempre que entrava em casa, eu era envolvido por uma sensação de paz. Tinha sido assim desde que visitara aquela casa pela primeira vez. Na época, ela precisava de reformas, mas mesmo assim me apaixonei pela ideia de morar naquela rua bucólica e arborizada. Comprei a casa, reformei-a para acrescentar garagem e piscina e transformei-a num lugar ideal para mim.

Entrei na ampla sala, que tinha piso de madeira corrida até a escada que levava ao andar superior. Segui em direção ao corredor que dava na cozinha, mas, antes que o alcançasse, Rosinha surgiu com um pequeno embrulho de pano na mão.

Sorri para ela, uma mulher de meia-idade que trabalhava na minha casa três vezes por semana. Rosinha era o que mais perto eu tinha de uma família e me conhecia melhor do que qualquer outra pessoa. Ainda assim, nem ela sabia tudo a meu respeito.

— Rosinha, estou faminto! — Meus olhos viram o embrulho em sua mão se mexer e observei-o com mais atenção. Então, pequenas orelhas pretas fizeram o pano escorregar e ergui o olhar.

— Rico, encontrei essa gatinha no quintal — explicou ela. — Acho que ela passou por baixo do portão. Imagine se Apolo ou Zeus a encontram lá? Iam trucidar a coitada! — Rosinha acariciou a cabeça minúscula, e um miado fino escapou da filhote.

Cheguei perto. Era uma gatinha preta, com grandes olhos verdes, tão magra que parecia só ter pelo.

— É bebezinha ainda. Deve ter desmamado há pouco tempo — explicou.

— Vai levar para sua casa? — Eu a olhei, desconfiado. Nem queria olhar muito para o animal para não correr o risco de ficar com pena.

— Sabe que não posso. Se eu levar mais um bicho pra lá, minha mãe me expulsa de casa. — Ela sorriu e abriu mais o pano. — Olha só, Rico... Não é linda?! Mesmo magrinha?! Dei leite agora, e ela tomou tudo. Com cuidados, ficará uma gata!

Ela falou de brincadeira, mas eu a conhecia bem.

— Não adianta vir cheia de charme para cima de mim. Não vou ficar com ela.

Rosinha me encarou. E eu a ela.

Era baixa e mal chegava à altura dos meus ombros. Seus cabelos amarelados eram grossos e viviam trançados ou presos, apertados na cabeça. Toda a sua aparência era de negra, com o nariz largo e os lábios carnudos, mas sua pele era branca como marfim. Rosinha era albina e tinha cílios e sobrancelhas de um tom tão claro quanto a pele dela.

Ela adorava roupas chamativas, talvez para compensar a falta de cor da sua pele. Naquele dia, usava uma saia longa e uma blusa tão estampada que até doía os olhos. Os olhos dela, castanhos bem claros e atentos, espiavam minha reação através dos grossos óculos que compensavam seus oito graus de miopia.

— Vai abandonar a bichinha? — perguntou, dramática.

— Vou.

— Você não é disso.

— Já falei que não vou mais pegar animais de rua — retruquei, evitando olhar para a gata.

— Mas você não pegou na rua. Ela veio para sua casa.

— E vai sair.

— Que coração duro!

— Já tenho dois cachorros.

— Só falta um gato para caçar os ratos.

— Aqui não tem rato.

— E se aparecer?

— Compro uma ratoeira.

Encarávamos um ao outro sem desviar o olhar. Ela parecia sentir que eu estava irredutível e buscava uma brecha para me fazer mudar de ideia.

O problema era que ela me conhecia bem demais. Calmamente, aproximou-se e tirou a gata do pano, mostrando o pelo arrepiado e a magreza excessiva. Deparei-me com os enormes olhos verdes, lindos e doces, fixos em mim. A gata ronronou.

— Olha só, ela gosta de você. Quer o seu colo.

— Não, Rosinha.

— Pode ser o seu presente de aniversário.

— Presente?! — Eu até ri e tentei ignorar o animal. — Para me dar trabalho e me deixar louco evitando que vá parar na boca de Apolo ou de Zeus?

— Se apresentar os dois a ela, vão ficar felizes! São dois bobões, mansos demais!

— Não são mansos. Protegem a casa como se fossem pastores-alemães.

Rosinha deu uma gargalhada.

— Até parece! Outro dia ficaram com medo de uma lagartixa no muro!

Ela chegou mais perto ainda. Quase dei um passo para trás, mas percebi que seria ridículo e me mantive firme. Olhei de novo para a gata, e Rosinha praticamente a enfiou no meu peito. Senti as pequenas garras na camiseta e já ia reclamar quando ela disse:

— Tudo bem, se não posso ficar com ela, e se você não quer...

— Não posso também — corrigi, recusando-me a segurar o animal.

— Se não podemos... — corrigiu. — Vou deixá-la na rua. E rezar para não ser atropelada nem morta por um cachorro menos simpático que os seus. Quer se despedir?

E aí ela largou a gata.

A bichinha se agarrou em mim e miou alto, assustada. Eu ergui as mãos e segurei-a firme contra o peito.

Era minúscula e frágil. Dava para sentir os ossos finos sob o pelo.

Rosinha ficou em silêncio. Suspirei, exasperado e sensibilizado ao mesmo tempo. Quando olhei para Rosinha, ela sorria para mim.

— Eu sabia.

— O quê?

— Que você não ia resistir.

Quase me irritei.

— Você joga sujo, Rosinha.

— Não, não jogo. Só sabia que você não deixaria a coitadinha na rua. Você é como manteiga derretida, Rico. Quem não conhece você é que se engana com esse tamanhão e essa cara de pirata pervertido.

— Pirata pervertido?! Tá maluca?!

Rimos.

Aconcheguei a gatinha em meu peito e a acariciei. Suspirei.

— Porra, e se os cachorros implicarem com ela? Tenho que trabalhar. Não posso ficar aqui de babá.

— Vão se acostumar logo. E eu também vou cuidar dela. Vamos arrumar um cantinho e ensinar Cleópatra a não sair fazendo suas necessidades por aí e...

— Cleópatra? — Ergui as sobrancelhas. — Não é minha gata?! Eu escolho o nome.

— Mas ela tem cara de Cleópatra. Dizem que a rainha do Nilo era negra. — Ela deu de ombros. — Mas, se quiser um nome bobo, tipo Mimi ou Pretinha, tudo bem.

— Você já tinha tudo planejado! Escolheu até o nome! — Entreguei-lhe a gatinha, que sorria, convencida. — Não sei por que dou essa confiança toda a você.

— Porque você me ama, Rico. — Ela riu alto, envolvendo Cleópatra no pano.

Fiquei meio sem graça. O que ela dizia era verdade, mas eu nunca ficava à vontade com declarações de amor. Passei por ela em direção à escada.

— Vou tomar um banho e me arrumar. Preciso de um café reforçado antes de ir para o trabalho.

— Pode deixar, já estou fazendo.

Eu ainda estava no primeiro degrau quando ela me chamou.

— Rico... — Ela me olhou com atenção. — É um desperdício um homem como você estar sozinho. Daria um excelente marido e pai.

Eu não esperava por aquilo e fiquei desconcertado.

Lembrei-me da minha família. Do meu pai, que nos abandonou quando eu e meu irmão éramos crianças. Da nossa mãe doente. Das vezes em que eu e Luan precisamos nos virar para ter o que comer, além de ajudar nossa mãe. Da miséria e, mais do que tudo, daquilo que mais considerei como família e amor: meu irmão gêmeo.

Eu havia aprendido a superar tudo, mas nunca a morte dele.

Cresci antes do tempo. Fiquei só. E esqueci de vez a ideia de ter uma família.

Eu pensava sobre isso. No fundo, queria ser marido e pai, experimentar algo que nunca tive, mas achava que eu nunca seria capaz.

— Gosto demais das mulheres para escolher uma só. — Sorri sem vontade. Pisquei para ela de um jeito sacana. — O ser humano não nasceu para ser monogâmico.

— Besteira. Só não encontrou ainda a mulher certa.

— Prefiro as erradas! — Subi mais um degrau. — E é preciso muita responsabilidade para ter filhos.

— Isso você tem!

Quis dizer a ela que era engraçado ser tão romântica e nunca ter se casado, mas me calei a tempo, lembrando que comentara comigo sobre o preconceito que os albinos sofrem. Somente um homem a tinha aceitado, mas morrera quando estavam noivos.

Cada um com a sua tragédia.

— Gosto da minha vida, Rosinha.

— Sei que gosta, mas precisa de uma mulher bem especial, que cuide de você e que dê conta do seu fogo todo, mas que seja sua companheira. Há casamentos que são felizes de verdade.

Não sei por quê, pensei imediatamente em Isaque e na mulher dele, Isabel.

A imagem dela veio nítida à minha mente, da maneira como a tinha visto na noite anterior, parada no bar, destoando de tudo e todos. Aquilo havia me atraído, assim como sua sensualidade tão à flor da pele. Mas a atração só durara até ela se revelar mulher de Isaque, fria e fechada, falando comigo de forma grosseira.

Tudo bem que eu não devia ter feito aquela brincadeira. Não sei o que me deu. Senti uma vontade de ter a atenção dela. Foi ridículo, mas não explica o modo como pareceu me odiar.

Eu ainda estava irritado com o desaforo daquela cena.

— As pessoas se casam por motivos errados e são infelizes, Rosinha.

— Nem todo mundo, Rico.

— A maioria. Ontem mesmo, conheci a mulher de um cara que joga bola comigo. Acredita que são crentes e casaram antes dos vinte anos? Os dois virgens?

— E o que tem de mais isso?

Dei de ombros, sem saber por que tinha falado aquilo.

— Ela não parecia nem um pouco feliz. É dura, antipática. Na idade deles, deveriam curtir a vida, transar, rir. Não se limitar por causa de religião.

— Pode até ser, Rico, mas, se as pessoas acham que agir assim é certo, quem somos nós para julgar, não é? Talvez o seu erro seja esse, ser racional demais, não acreditar em nada. Nem tudo pode ser controlado.

Balancei a cabeça e voltei a subir as escadas, dizendo alto:

— Minha vida está boa demais desse jeito.

— Pode ficar melhor.

— Ou pior... — Eu já sumia no andar superior.

Rosinha gritou lá de baixo:

— Você precisa de mulher e filhos! Vai fazer trinta anos!

— Rosinha, me erra!

Fui para meu quarto e ri. Era o roto querendo dar uma lição ao esfarrapado.

Isabel

Na quinta-feira seguinte, quando chegou do futebol, a primeira coisa que Isaque disse ao sentar-se no sofá foi que Enrico tinha nos convidado para seu aniversário.

— Vai fazer trinta anos no domingo e quer comemorar com um churrasco em casa.

Tirou os tênis, mantendo a mochila do futebol aos seus pés. Estava de banho tomado e cabelos úmidos.

Sentada na frente dele, recuperei a voz.

— Não quero ir.

— Isabel, pelo amor de Deus! Pare com essa implicância! Ele é meu amigo e pode ser seu patrão!

— Não é nada meu.

— Já falei que a moça vai sair da agência na semana que vem e que ele vai chamar você para uma entrevista.

— E eu já disse que não quero.

Isaque me olhou, exasperado, e corei, temendo que ele desconfiasse de algo.

— Você precisa de trabalho. E não tem motivo para tratar Enrico desse jeito.

Não respondi. Ele insistiu, mais calmo:

— Não posso faltar. Todos os nossos amigos estarão lá. Eu quero ir. Por favor, Isabel, pare com essa besteira.

Inventei todas as desculpas que pude imaginar, mas Isaque insistiu, até me deixar sem alternativas. Fui obrigada a aceitar.

Ele sorriu, levantou-se e acariciou minha cabeça antes de ir ao banheiro.

— Você vai gostar.

Fiquei sozinha, torcendo as mãos no colo.

Eu não queria ver aquele homem de novo. Não queria ir à casa dele. Mas como fugir sem magoar Isaque e sem me expor?

Aos poucos, acalmei-me e pensei que talvez até fosse bom parar de fugir. Quem sabe conhecendo Enrico, olhando para ele sem fantasias, eu visse a realidade? Ele parecia ser arrogante, egoísta, vulgar. Tudo de que eu não gostava. O Enrico real acabaria com o Enrico das minhas fantasias.

No domingo, acordei uma pilha de nervos, chegando a sentir dor de estômago. Perto da hora de sairmos, tomei banho e fiquei em dúvida sobre o que vestir. No fim, escolhi uma saia fina e leve que ia até abaixo dos joelhos, estampada em tons suaves, e uma blusa rosa-claro, de meia manga e botões na frente, comportada, mas que vestia bem.

Penteei o cabelo em frente ao espelho. A maioria das mulheres da igreja usava cabelos compridos e nem aparava as pontas. Eu cortava as minhas pontas e mantinha o cabelo sempre na altura da cintura.

Eu não era vaidosa, mas me olhei com atenção, tentando imaginar como os outros me veriam. Como *ele* me veria.

Com apenas um metro e sessenta e três centímetros, eu era esguia, tinha seios pequenos, cintura fina e quadril arredondado. Muitos diziam que eu era linda. Algumas colegas elogiavam meu corpo, principalmente meu bumbum, que diziam que era empinado e redondinho. Na rua, os homens mexiam comigo, apesar das minhas roupas que mais escondiam que mostravam.

Eu procurava não pensar sobre isso, mas muitas vezes imaginava como eu ficaria com uma roupa mais curta e moderna, uma calça jeans coladinha, os cabelos mais leves e repicados. E com maquiagem. Havia, dentro de mim, um desejo secreto de experimentar, que guerreava fortemente contra minha determinação a não sucumbir a tentações.

Parei de escovar o cabelo, olhando com atenção para o reflexo que via no espelho.

Aquele rosto tinha me acompanhado a vida toda, mas agora eu me sentia uma estranha. Meus lábios pareciam ainda mais polpudos. Meu olhar era diferente, mais sedutor. Seria possível que eu estivesse espelhando minhas depravações? Por que eu me sentia tão bonita e feminina?

— Droga!

Lembrei-me do pecado da vaidade e de que minha aparência não tinha importância. Fiz uma trança larga e longa, deixando-a cair ao longo das costas.

Saí com Isaque e quase não falei durante o percurso, apenas respondendo às perguntas dele enquanto olhava pela janela do ônibus.

— Você está tremendo — disse Isaque quando me ajudou a descer do ônibus, na Urca. Apertou minha mão. — Está nervosa?

— Não.

— Sem problema. — Sorriu. — Estou um pouco nervoso também. Enrico tem grana, mas é um cara simples, sem frescuras. Vamos nos sentir à vontade na casa dele.

Eu duvidava, mas concordei com a cabeça.

Andamos de mãos dadas pela rua cheia de casas grandes e antigas. Estar ali era como voltar no tempo, sair do caos do Rio.

Achei curioso Enrico morar na Urca. Eu esperava algo mais moderno, tipo uma cobertura. Não a placidez daquele bairro familiar e pacato.

Isaque conferiu o endereço. Vários carros estavam estacionados perto da casa. Isaque murmurou:

— É aqui.

Olhei para o casarão.

Era grande e branco, com muro da mesma cor. Tinha uma grande árvore na frente, inclinada, fazendo sombra na entrada. Árvores menores, roseiras e outras plantas do quintal se mesclavam acima do muro em uma profusão que dava vida à casa em estilo colonial. Aquela casa se encaixava mais no meu perfil do que no de Enrico, mas, é claro, eu nunca teria condições de viver em um lugar daqueles.

Isaque tocou a campainha. Uma mulher de camisa e calça pretas, com o cabelo preso em um coque, recebeu-nos com um sorriso. Parecia ser funcionária de um bufê. Ela nos indicou um caminho na lateral da casa.

Era uma daquelas construções feitas para durar, altas, com grandes janelas e portas duplas de madeira. Parecia reformada, mas mantinha as características originais, que lhe davam um charme especial.

Ouvi música e vozes. Quando chegamos aos fundos da casa, surpreendi-me com o grande quintal gramado, onde havia cadeiras e mesas brancas com toalhas de linho se movendo ao sabor da brisa.

Havia um pátio coberto com uma churrasqueira e uma imensa mesa de madeira. Do outro lado, um grupo tocava ao vivo e fora improvisada uma pequena pista de dança. Subindo alguns degraus, havia uma piscina rodeada por espreguiçadeiras.

Várias pessoas riam, à vontade em suas roupas informais. Na área da piscina, outras se divertiam em roupas de banho.

O que parecia normal para elas era estranho para mim. Usar tão pouca roupa assim, praticamente peças íntimas, na frente de estranhos. Ao mesmo tempo, aquela liberdade me encantava. Desviei os olhos.

Garçons circulavam servindo bebidas e um enorme bufê num canto permitia que as pessoas se servissem à vontade de comidas e petiscos. Um cheiro delicioso vinha da churrasqueira. O ambiente era alegre, sob medida para deixar os convidados à vontade.

— Isaque! — gritou alguém, e ele me puxou em direção a um grupo de quatro rapazes e duas moças sentados a uma das mesas perto da piscina.

Isaque me apresentou a todos. Aloísio era grisalho e devia ter uns cinquenta anos. Tinha uma barriga bem grande e um sorriso maior ainda. Luís, com quarenta e poucos anos, parecia bem moderno e falante. Carlos era alto, de cabeça raspada, negro e musculoso. Ele nos apresentou sua esposa, uma morena esguia, bonita e simpática, de uns trinta anos, chamada Cíntia. Marcos Paulo era alto e atraente, de trinta e poucos anos, e estava com a noiva, Ana, uma mulata capaz de parar o trânsito.

— Que festa! — exclamou Isaque. — Cadê o Enrico?

— Por aí. Já veio aqui várias vezes, mas logo alguém pede a atenção dele — disse Aloísio.

Ana e Cíntia puxaram papo comigo. Achei as duas simpáticas, embora eu fosse um tanto tímida e estivesse desconfortável ali. Tentei disfarçar meu incômodo.

— Enrico! Cara, meus parabéns! Não repare no presente!

Eu estava de costas para Isaque e enrijeci ao ouvi-lo cumprimentar o aniversariante. Olhei fixamente para Ana, mas sem ver nem ouvir mais nada. Eu me sentia gelada, com o coração disparado.

— Que bom que você veio, garoto. Obrigado!

A voz grossa, com aquele timbre rouco, penetrou em minha mente entorpecida.

"Calma!", gritou minha consciência ao mesmo tempo que Isaque segurava meu braço, virava-me suavemente para ele e falava:

— Quero apresentar a você minha esposa, Isabel.

Ele estava bem na minha frente, grande como um gigante. Tudo o que vi foi seu peito amplo e musculoso encoberto por uma blusa de malha branca. Prendendo o ar e lutando para manter uma expressão tranquila, ergui os olhos para o rosto dele. Assim, de perto e à luz do dia, ele era ainda mais impressionante. Moreno, alto, com cabelos negros despenteados e um pouco longos. Rosto anguloso, másculo, barba curta. E aqueles olhos lindos de morrer, em uma rara cor âmbar.

Enrico sorriu devagar, expondo dentes brancos e perfeitos e duas covinhas que lhe davam um ar malandro. Estendeu a mão.

— É um prazer conhecer oficialmente a famosa esposa do Isaque.

Estendi a mão. Seus dedos longos e firmes engoliram minha mão pequena e senti uma descarga elétrica percorrer meu corpo. Vê-lo à minha frente me afetava de maneira descontrolada.

Retirei logo a mão. Consegui recuperar a consciência e perguntar:

— Famosa?

— Isabel isso, Isabel aquilo... Esse é o assunto predileto do garoto.

Isaque e os colegas riram.

— Bem, fiquem à vontade. — Ele olhou de Isaque para mim. — A casa é de vocês. Sirvam-se do que quiserem.

Fiz de tudo para evitar o olhar dele. Virei-me para Ana e Cíntia, que falaram algo que não entendi. Eu me sentia dopada. Imagens de Enrico preenchiam minha mente de uma forma vertiginosa. Sua voz me percorria como uma carícia. Fiquei chocada com a vontade que senti de me voltar e ficar olhando para ele.

Minha incapacidade de prestar atenção em outra coisa me encheu de raiva de mim. Aquilo não podia acontecer! Isaque estava ali! Meu marido perto, e eu me sentindo daquele jeito por outro homem. A vergonha me fez ter vontade de me esconder.

Ao mesmo tempo, dei graças a Deus por Enrico não ter mencionado nada sobre minha grosseria com ele na primeira vez em que nos vimos. Para todos os efeitos, valia a apresentação oficial.

O garçom voltou com bebidas. Isaque e eu fomos os únicos a tomar refrigerante.

Enrico pegou uma cerveja e tomou um grande gole, ouvindo algo que Aloísio dizia. Não consegui evitar olhar para ele, percebendo seus movimentos, seu jeito másculo, sua beleza escandalosamente sensual. Notei o brinco que ele usava na orelha esquerda, que, como Isaque tinha falado, fazia-o parecer um cigano.

De repente, seus olhos meio dourados encontraram os meus, e ele me pegou em flagrante. Algo súbito e fugaz pareceu ocorrer entre a gente, como uma transmissão de energia. Eu não sabia explicar. Ele notou e soube o que era. Nervosa, virei-me rapidamente. Meu Deus, aquilo era um pesadelo!

— Você trabalha, Isabel? — perguntou Cíntia.

— Há? — Olhei para ela, perdida.

— Ei, onde você está? — Ela estalou os dedos na minha frente, rindo.

Respondi, embora mal pudesse pensar direito. Consegui manter uma conversa com ela, com medo de olhar de novo para Enrico. Depois de um tempo, Ana, sorrindo, sussurrou algo para Cíntia:

— Lá vem outra... — Elas olhavam na direção dos rapazes, e olhei também.

Naquele momento, uma morena linda, alta e escultural, usando um biquíni branco minúsculo, parou ao lado deles e se debruçou no braço de Enrico.

— Querido, e a dança que você me prometeu?

Sua voz era dengosa e sensual. Seus cabelos lisos e escuros caíam como seda sobre seus ombros. Aloísio, Marcos, Carlos, Luís e Isaque pararam de falar, lançando olhares disfarçados para o corpo dela.

Não acreditei em sua ousadia, expondo-se para todos eles e obviamente gostando da atenção que despertava.

Enrico a olhou com um sorriso preguiçoso.

— Agora não, meu bem — respondeu, com voz rouca.

— Mas está tocando nossa música... — Ela fez beicinho.

Por um momento, notei certa impaciência em seu olhar. A garota o puxou.

— Vamos...

— Ah, é? — Ele ergueu uma sobrancelha, divertido. Não parecia muito animado, mas concordou. — Bom, se é assim, não posso recusar. Vocês podem me dar licença por alguns minutos?

— Claro! — disseram seus amigos, trocando olhares entre si. Ele pegou a mão da morena e se afastou com ela.

— Que gata! — exclamou Luís, com os olhos fixos na bunda quase nua da mulher.

— Enrico nem deve saber o nome dela — retrucou Ana. — É uma atrás da outra.

Era o que eu esperava. Um mulherengo. Um homem que eu deveria desprezar. Mas eu só tinha uma sensação horrível, como se tivesse perdido algo. Uma agonia estranha apertava minha garganta.

Aos poucos, longe dele, consegui me acalmar e aproveitar a conversa. Fui ao bufê com Ana e Cíntia, então nos sentamos e falamos da vida.

A toda hora, Isaque perguntava se eu queria alguma coisa. Eu até conseguiria relaxar se não visse Enrico ocasionalmente. Como se tivessem vida própria, meus olhos o procuravam. E, quando o viam, eu era invadida por todas aquelas emoções confusas e intensas.

Por duas vezes, quando eu nem notava que o olhava fixamente, ele me encarou, como se sentisse que eu o devorava com os olhos e os pensamentos. Ambas as vezes, desviei rapidamente o olhar, vermelha, com medo de que ele tivesse percebido. Depois disso, lutei para manter meus olhos nos conhecidos que estavam perto de mim.

Era estranho estar em um ambiente tão diferente, com música alta, pessoas de shorts e roupas de banho, bebidas.

Olhei para Isaque, que nem parecia ligar para o ambiente, rindo e conversando. Estranhei, pois ele levava os preceitos da nossa igreja muito a sério e estava sempre barbeado, com camisas e calças compridas. Desde que começara o futebol, abrira algumas exceções.

Ana queria dançar, mas Marcos se recusava a acompanhá-la.

— Você sabe que eu adoro um samba! — reclamou ela. — Quem quer dançar comigo?

— Posso me candidatar? — Enrico havia chegado à nossa mesa naquele momento e estava sorridente.

— Ah, você não! — exclamou Marcos. — Ela é a única que tenho, e não vou deixar você roubá-la de mim!

— Mulher de amigo meu é homem! — Enrico sabia que o amigo estava brincando e segurou a mão de Ana, que se levantou, toda animada.

— Vou cuidar dela, companheiro.

— Estou de olho! Nada de dançar coladinho! — Os amigos riam de Marcos, que balançou a cabeça. — Estou ferrado!

Observei Enrico se afastar com Ana. Entre os outros pares, começaram a dançar a uma distância decente e com as mãos entrelaçadas. Dançaram muito bem, ao ritmo da música, num samba leve com rodopios.

Eles se divertiam, e Ana ria à vontade.

Percebi que eu nunca poderia dançar com ele, nunca ficaria à vontade.

Depois de um tempo, voltaram, satisfeitos, à mesa. Marcos a puxou para seu colo.

— Você ainda me ama? — perguntou ele.

— Claro, meu bem.

— Graças a Deus!

Todos riram, e Enrico falou:

— Você é um palhaço! Bom, alguma das duas senhoras gostaria de dançar? — Ele sorriu, charmoso, para mim e para Cíntia.

— Ai, agora é a minha vez de sofrer! — suspirou Carlos.

— Ainda bem que Isabel não dança! — emendou Isaque, rindo.

Enrico ergueu uma sobrancelha, voltando sua atenção para mim, tudo o que eu não queria.

— Não gosta de dançar, Isabel? Por quê?

Por quê? Devido a religião, nunca tinha sido de dançar nem de sair, mas não sabia o que responder, ainda mais sob seu olhar perscrutador.

— Eu só não gosto.

— Pois eu adoro! — Cíntia se levantou num pulo e agarrou a mão dele. — Vamos lá!

Ela não dançava tão bem quanto Ana, mas nem ligou. Eles se divertiram. Quando voltaram para a mesa, ela estava suada e arfante.

— Nossa! Estou fora de forma! — comentou, jogando-se na cadeira.

Enrico puxou uma cadeira para si, ao lado de Carlos, quase de frente para mim. Chamou o garçom e pediu bebidas para todos.

Fingi prestar atenção nos pares que dançavam, mas, com o canto dos olhos, eu estava bem consciente dos movimentos dele, que conversava com os amigos.

A certa altura, ele riu bastante de algo que Carlos falou, e meus olhos foram atraídos por ele como ímãs. Cachos negros do seu cabelo brilhante se enroscavam na gola da blusa e notei seus ombros largos e os músculos do braço quando ele o flexionou ao levar a cerveja aos lábios. Estava embevecida como uma adolescente na frente de um ídolo. Meu olhar desceu aos pelos do antebraço bronzeado e seguiu até o punho grosso.

Deixei o olhar vagar por ele, parando nos músculos do peito marcados pela blusa. Minha garganta estava seca e meu coração, acelerado. A ponta de uma tatuagem aparecia no pescoço. Não soube o que era, mas parecia uma asa. Segui pelo queixo firme, pelo maxilar forte. Boca carnuda e sensual. Nariz fino e perfeito. E os olhos penetrantes, fixados em mim.

"Meu Deus, de novo, não", implorei em pensamento, sabendo que não era a primeira vez que Enrico me pegava em flagrante. Corei violentamente. Seu olhar era duro e frio. Baixei meus olhos, chocada comigo mesma e envergonhada pelo desprezo que percebi nos olhos dele.

"Por favor, meu Deus, me ajude! Não me deixe olhar para ele de novo!", supliquei em silêncio, angustiada com minha falta de controle. Fiquei com medo de que mais alguém tivesse percebido e me senti suja. O que ele estaria pensando?

Enrico logo se afastou da nossa mesa e consegui ficar um pouco mais calma.

— Isaque, vou ao banheiro — falei. Ele se virou distraidamente para mim, fazendo um aceno sem parar de conversar com os amigos.

Eu me levantei, olhei em volta e segui o caminho indicado por Ana. Cheguei a um banheiro perto da porta da casa, que estava cheio de mulheres. Saí, apertada, sem saber o que fazer. Foi quando Enrico passou pela porta aberta que dava para a casa e me viu.

— O banheiro está cheio?

Engoli em seco.

— Está.

— Venha, mostro outro a você.

— Não precisa, eu...

— Vem, Isabel. — Sem ligar para os meus argumentos, ele se virou para a porta, já entrando na casa.

Eu o segui. Ele já passava por uma cozinha enorme e entrava em um corredor.

— Escute, eu posso esperar...

— Ali. — Ele parou e apontou para a primeira porta.

— Obrigada. — Aproximei-me, nervosa. Estávamos sozinhos ali. Eu sentia meu corpo tremer.

Quase morri do coração quando, ao passar por ele, Enrico agarrou meu braço com força e me puxou para o lado da porta do banheiro, onde não poderíamos ser vistos por quem olhasse da cozinha.

— O que...

— Quero que escute com muita atenção o que vou dizer, pois serei bem claro. — Seu tom de voz era gelado. Seus olhos estavam fixos nos meus e pareciam irritados.

Eu me encolhi, assustada. Meu coração parecia prestes a pular pela boca e minha respiração travou. Eu o olhava sem piscar, gelada e fervendo ao mesmo tempo.

— Seu marido é um dos melhores homens que já conheci. É honesto, honrado e fiel. Fiel aos amigos e à esposa, que ele julga ser uma santa. Vi várias garotas se jogarem em cima dele no bar, e ele nunca aceitou. Sabe por quê?

Eu não conseguia me mexer. Mal conseguia respirar.

— Porque valoriza você. A santa Isabel. Imagino o que ele sentiria se soubesse que sua virtuosa esposa passou toda a festa olhando para o amigo dele.

— O quê? — arfei, arregalando os olhos.

— Acha que não notei? Não sei qual é a sua, mas vou deixar uma coisa bem clara: não traio meus amigos. Assim, se você continuar me devorando com o olhar, vou começar a dar uns conselhos para o Isaque. Vou abrir os olhos dele. Entendeu?

Humilhada, puxei meu braço. Enrico ainda exigiu:

— Volte para a festa e comporte-se, antes que mais alguém note.

Estremeci da cabeça aos pés.

— Seu... louco! Pode achar que é um deus para as mulheres, mas não para mim!

— Está avisada — disse ele, secamente, encerrando a conversa.

Eu cambaleei para trás, envergonhada, perdida. Parecia um pesadelo.

Abri a boca, mas não soube o que dizer. Seu olhar frio era tão cortante que me deixava sem desculpas!

Eu o empurrei e passei por ele aos tropeções, atravessando a cozinha o mais rápido que minhas pernas permitiam.

Só parei ao chegar à porta, com medo de que ele viesse atrás e sabendo que eu não poderia voltar para Isaque naquele estado. Andei rapidamente em direção ao banheiro cheio de mulheres. Em uma das pias, lavei o rosto, procurando me recuperar.

Fiquei lá até conseguir usar o banheiro. Voltei para perto do meu marido e dos amigos dele, apavorada com a possibilidade de ver Enrico outra vez. Mas, felizmente, ele não estava ali.

— Isabel... — Isaque veio até mim. — Que cara é essa? Está passando mal?

Eu odiava mentir, mas já estava me acostumando. Na verdade, mentia para todo mundo, fingindo ser alguém que eu não era. Disse a ele que sim e que queria ir para casa.

Ele ficou indeciso e sugeriu pedir a Enrico para me levar para dentro da casa, mas fui insistente e caminhei em direção à saída. No portão, ele tentou me convencer a voltar, mas continuei andando rumo ao ponto do ônibus. Ele foi comigo e pegou o celular.

Escutei sua conversa com Enrico, em que se explicava, mas não consegui prestar atenção em nada. Queria muito chorar. E ficar sozinha. Nunca tinha sido tão humilhada.

Isabel

Naquela semana, encontrei uma forma de me acalmar e conviver com minhas dúvidas: fingir que nada acontecia. Pelo menos, acreditei que daria certo.

Toda vez que Isaque falava de Enrico, eu fugia, trocava de assunto, obrigava-me a pensar em outra coisa. Decidi nunca mais vê-lo. Não tinha esquecido Enrico Villa, mas lutava todo dia para conseguir esquecê-lo. Ainda assim, a sensação de vergonha me acompanhava. Isso também me impediu de buscar depravações no celular.

Na quarta-feira, tudo parecia bem. Eu tinha passado roupa para uma vizinha e usado o dinheiro para fazer compras no sacolão. Preparei uma salada para acompanhar o jantar, um suco de laranja e uma salada de frutas para sobremesa.

A casa estava impecável e silenciosa quando Isaque chegou. Eu, de banho tomado e cabelos soltos, usava uma roupa um pouco mais justa. A mesa estava posta. Ele sorriu e veio me dar um beijo leve, elogiando:

— Está linda! — Olhou em volta. — Hoje é dia de festa?

— Não. Apenas fiz lasanha e salada, que você adora.

— Obrigado. Vou tomar um banho rápido.

E assim foi.

Jantamos em um clima de paz, conversando sobre amigos da igreja e sobre um projeto do meu pai em um orfanato no interior do estado.

Foi quando terminamos de comer a salada de frutas e fomos para a sala, onde sentamos lado a lado no sofá, que as coisas começaram a desandar. Todo o meu esforço para ser melhor, honesta e justa se mostrara uma farsa.

Isaque suspirou e me olhou.

— Falei com Enrico por telefone — disse ele, meio incerto.

Não esbocei nenhuma reação. Ele continuou:

— Não liguei para cobrar nada, Isabel. Mas ele havia dito que abriria uma vaga na agência e que a moça sairia nesta semana. E havia prometido a entrevista com você.

— Isaque... — comecei.

— Achei estranho Enrico não falar mais nada. Fiquei com a sensação de que ele vacilou na resposta. Parecia a ponto de dizer que não tinha mais vaga nenhuma.

— Talvez não tenha. Ou ele queira dar a vaga para algum conhecido.

Isaque se virou um pouco mais para mim.

— Pode ser. Mas, no fim, ele pediu que você se apresente no RH amanhã para uma entrevista. — Sorriu.

Senti um desespero. Eu não poderia trabalhar para Enrico Villa.

Primeiro, pelos desejos escusos que eu não conseguia controlar. Segundo, pela vergonha que senti com o modo como me tratou, dando a entender que me achava uma mulher sem moral.

Engoli em seco, buscando um meio de escapar. O nervosismo vinha do meu âmago.

— Isaque, escute. Enrico, como você mesmo já percebeu, não quer me dar esse emprego. Ele deve preferir alguém mais experiente. Talvez até já tenha uma pessoa em vista.

— Nada disso. Se ele falou para ir à entrevista, é porque vai nos dar essa chance.

— Só porque é seu amigo e não quer magoar você. Não podemos explorar essa amizade se...

— Não estou fazendo isso! — Ele ficou sério. — Desde o início, foi ele quem ofereceu.

— Mas depois não disse mais nada. Você teve que cobrar.

— Porque ele é muito ocupado. Agora está tudo certo. É só você ir lá amanhã e fazer uma boa entrevista. Tenho certeza de que vai conseguir a vaga.

Seria uma tortura ver aquele homem todos os dias. Meus pecados não me dariam paz. Eu explodiria de tanta culpa.

Isso me deu coragem para contrariá-lo.

— Eu não vou.

— O quê?

— Não vou.

Não era comum eu me rebelar. Em geral, Isaque dava a última palavra. E nunca precisava ser grosseiro, apenas insistente. Eu acabava acatando suas escolhas, como a boa esposa que fui criada para ser, mas, daquela vez, o medo me deu forças para ser firme.

— Como não vai, Isabel? Está desempregada há meses! Estamos em um aperto danado para pagar o aluguel.

— Estou fazendo bicos. Hoje, passei roupa para dona Araci.

— Um dinheiro que não dá para nada!

— Dá, sim. Faço compras pequenas, coisas para comer e...

Ele me interrompeu de novo.

— Quer comparar isso com um trabalho de verdade, com salário e todos os benefícios? Tudo isso só por causa da sua implicância boba com Enrico? — Isaque estava irritado. — Acha que está sendo fácil para mim trabalhar como um condenado e mal pagar nossas contas?

— Nós pagamos nossas contas.

— Com aperto! Não sobra nada! Isso que você está fazendo tem um nome: egoísmo! Estou achando que gostou dessa vida de madame, de ficar em casa pecando em preguiça e em gula, vendo televisão e fazendo as unhas enquanto me acabo de trabalhar!

Arregalei os olhos, surpresa:

— Gula? Preguiça? Quando me viu deitada sem fazer nada ou me ocupando com unhas? Estou sempre arrumando algo para fazer, limpando a casa de alguém, cuidando de crianças, passando roupas, ajudando na igreja, cuidando da nossa casa e da nossa comida, para que você tenha tudo pronto quando chegar. Posso estar desempregada, mas nunca deixei de ajudar.

— Isso não ajuda em nada! — Ele se levantou, irritado. — Está sendo infantil e egoísta, sim!

Eu me levantei também. Não sei o que me deu. Suas palavras me machucaram, mas também causaram raiva. Eu tinha meus pecados, mas não eram aqueles de que ele me acusara.

— Não sei do que está reclamando, Isaque! Sobraria dinheiro se não gastasse todas as quintas-feiras no futebol com seus amigos e depois em um bar!

— Mal tomo um refrigerante! Não gasto nada. O que você queria? Que eu só trabalhasse como um condenado enquanto você fica de pernas para o ar?!

— Não fico de pernas para o ar! Vou ser obrigada a trabalhar para uma pessoa de quem não gosto só porque você quer?

— Porque a gente precisa!

— Vou arranjar outro emprego!

— Vai nada! Gostou da vida mansa!

Fiquei estupefata.

— Você já foi dona de casa para me acusar de vida mansa? Você chega em casa e encontra tudo limpinho, suas roupas lavadas e passadas. Mesmo quando eu trabalhava fora, você nunca lavou um copo aqui. Eu fazia trabalho duplo, triplo, tudo! Nunca dei motivos para me chamar de preguiçosa!

— Não faz mais do que sua obrigação. A mulher tem que olhar por sua casa e por seu marido. Está escrito na Bíblia. Deus criou a mulher porque viu que o homem precisava de uma companheira. Você sabe disso, Isabel! No nosso casamento, você prometeu, perante seu pai e perante todos, ser submissa a mim, seu marido, como aparece tantas vezes na Palavra!

Eu conhecia tudo aquilo de cor. Cresci ouvindo as pregações do meu pai e os ensinamentos da minha mãe, mas agora me rebelava, principalmente pelo modo machista como Isaque virava tudo contra mim.

Seu olhar de desprezo me encolerizou.

Eu sempre soube que havia mais em mim do que eu queria ver, coisas que eu enxergava como defeitos e escondia até de mim mesma. Meus pensamentos pecaminosos eram apenas uma parte desse outro lado. Se deixasse, eu podia passar de obediente e calma para um vulcão, mostrando-me cheia de raiva. Tinha sido tolhida desde pequena e ensinada a só mostrar o meu melhor lado, mas eu podia perder o controle. Como naquele momento.

De repente, soltei tudo o que pensava:

— Você quer uma esposa ou uma escrava? Quer casa limpa, roupa lavada e uma santa obediente. E que eu trabalhe fora onde você mandar! Nunca se preocupou em me beijar de verdade. Nunca me fez um carinho mais íntimo. Nem ao menos pergunta como foi meu dia, o que fiz, como carnes e legumes apareceram de repente na geladeira. Parece que tudo o que faço não vale, é obrigação!

— E é mesmo — disse ele, fazendo pouco-caso.

— Você quer uma empregada! Nem na cama eu tenho direitos!

Isaque abriu bem os olhos, surpreso com minhas palavras.

— Você não gosta que eu saia sozinha com minhas amigas, mas não dispensa seu futebol às quintas! E agora até churrascos com mulheres de biquíni se expondo! Eu tenho que ser uma santa na cama, imóvel, sem gemer, sem me mexer, mas você pode deixar uma peituda qualquer se esfregar em você num bar! Você pode ter prazer quantas vezes quiser. E eu?!

Eu me calei de repente, vendo quanto Isaque parecia chocado. Também fiquei chocada, sem acreditar que tinha tido coragem de ir tão longe.

— Do que você está falando, Isabel? — Seu desconforto era evidente. As bochechas estavam coradas. — Quer ser tratada como uma mulher da rua?

— Não — murmurei. E, já que eu tinha ido até ali, tomei coragem e confessei: — Mas que mal pode haver em nos tocarmos? Eu sou sua esposa. Somos casados, e o que fazemos na cama não é pecado.

Isaque ergueu a cabeça, observando-me, sério. Apertou os lábios, e achei que não falaria mais comigo.

Abaixei o olhar, sentindo toda a minha coragem ser substituída pela vergonha.

— Nunca pensei que ouviria uma coisa dessas. Sabe o que é isso? Sabe o que a fez esquecer que para alcançar a salvação é preciso deixar a depravação de lado? Foi falta do que fazer. Fica em casa desocupada, e isso alimenta pensamentos diabólicos.

Estremeci e o encarei de novo, entre culpada e injustiçada.

— Não fico desocupada.

— Fica.

— E não estou falando em depravações. Se você pode ter prazer, Isaque, por que eu não posso?

— Sou seu marido e estou cumprindo minhas obrigações maritais. Eu a procuro o mínimo possível. Sabe por quê? Para não deixar o sexo subir à cabeça. Por acaso você me vê fazendo alguma pornografia? Desrespeitando você?

— Beijos e carícias não são desrespeito.

— Começa assim, mas depois vai querer mais. Sabe quem é o pai do pecado? O diabo! — Seu olhar era duro. — Quando quero pecar, estou dizendo que o diabo é meu mestre. Agora, se luto contra as tentações, se me policio para viver no caminho do bem, é porque escolhi Jesus para ser meu guia. Você conhece as Escrituras, Isabel. Tem a escolha de não pecar. É filha de um pastor e sabe como o sexo desvirtua uma pessoa, levando a traições, depravações. É isso que está cobrando de mim?

— Não...

Minha voz mal saiu. Eu estava paralisada, morrendo de vergonha e culpa.

Lembrei-me de um episódio que aconteceu quando eu tinha doze anos. Toda vez que eu tomava banho, sentia prazer ao me lavar e me tocar. Desconfiava de que isso era errado, mas não conseguia parar. Até que ouvi minha mãe aconselhando uma fiel da igreja que tinha ido à nossa casa em busca de ajuda. Escutei quando a senhora confessou que tinha pegado o filho se masturbando. Eu ainda podia ouvir a voz da minha mãe: "Corte o mal pela raiz. Mostre a ele que satanás o está tentando e que, se ele continuar, irá para o inferno. Nosso corpo é morada de Deus, e temos que, desde a mais tenra idade, lutar contra a animalidade. Faça-o orar de joelhos e praticar o jejum. Brigue, ponha de castigo. Até uma surra é melhor do que deixar o menino se desviar do Criador".

Dali em diante, passei a morrer de medo de ir para o inferno, sentindo vontade de me tocar e resistindo. Até um dia em que me masturbei, mas o desespero me fez ir me confessar à minha mãe. Implorei para que ela me ajudasse a tirar o mal do corpo.

Ela me deu uma lição de moral bruta e fria, como se não admitisse aquilo da própria filha. Obrigou-me a jurar que nunca mais me tocaria e arrematou abrindo a Bíblia e lendo em voz alta um trecho de Colossenses que diz que devemos amortecer os membros do nosso corpo contra impurezas e apetites sexuais, senão receberemos o furor de Deus.

Depois, ela me olhou com dureza e completou: "A masturbação é um desejo nocivo e uma sujeira, uma prática imoral aos olhos de Deus. Quando chegar o dia do juízo final e formos salvos, nada poderei fazer por você, se continuar pecando. Se eu souber que anda fazendo isso, contarei ao seu pai, e ele fará uma pregação na igreja sobre sua vergonha".

Morri de medo daquilo e lutei incontáveis vezes, embora tenha fraquejado em alguns momentos, principalmente nos últimos meses.

— Estou decepcionado. Nunca imaginei ouvir tantas barbaridades de você, Isabel. — A voz de Isaque me trouxe de volta para a realidade.

Tive vontade de diminuir até sumir. Eu me sentia imunda, rastejante. Era como se voltasse a ser aquela criança diante da decepção da mãe.

— É filha do pastor. Deveria ser aquela que mais preza pelo espírito de Deus na nossa vida, não aquela que traz tentações para nossa casa. Evitar formas de abuso contra o próprio corpo é muito mais proveitoso do que se entregar a elas.

Cansada, eu o olhei. Queria dizer que me referia apenas a mais carinho na cama, mais beijos, mais liberdade. Então, pensei nas vezes em que me masturbei sem nada de carinho e muito de depravação, nas imagens que vi na internet, nas coisas que li no WhatsApp dele sobre Enrico e que me excitaram. E vi como eu estava mesmo errada.

— Uma pessoa mundana, ignorante, tem desculpa, mas não você, Isabel. Você conhece a Palavra.

— Perdão — murmurei. — Não falava em coisas erradas, apenas em poder tocar você...

— Quantas desculpas mais vai arranjar para me tentar, mulher?

Quando baixei a cabeça, Isaque virou as costas e se afastou para o quarto. Meus olhos se encheram de lágrimas.

Voltei a me sentar, arrasada, chorando baixinho.

Isaque estava certo. Uma pessoa ignorante podia até pecar, e sua ignorância a perdoaria. Mas eu não. Tinha crescido sob os ensinamentos bíblicos e sabia o que devia ou não fazer. Já era para ter aprendido, muito tempo antes, a controlar meus impulsos carnais.

Um lado meu me condenava a ponto de sentir vontade de me machucar fisicamente, açoitar-me como castigo. Outro lado, aquele rebelde e sufocado durante a vida toda, ainda me alertava de que eu não estava tão errada. Se em outras religiões, inclusive evangélicas, as mulheres podiam ter uma vida sexual plena com o marido, por que nós não podíamos? Onde estava escrito que ter prazer com o marido era pecado?

Fiquei lá até as lágrimas secarem.

Levantei-me, exausta, e fui cabisbaixa ao quarto.

O cômodo estava na penumbra; Isaque já estava na cama, deitado de lado.

Sentei-me na beira do colchão.

— Isaque, perdão — falei, baixinho. — Nunca mais falarei algo assim. Você tem toda a razão.

Ele se mexeu e não disse nada.

— Você deve estar certo — continuei, humilde. — Ficar em casa está me desvirtuando. Preciso ocupar a mente.

Ele se virou devagar e me olhou. Ainda parecia chateado.

— Não reconheci você, Isabel. Em tudo aquilo que falou. Devia ser o diabo usando sua voz.

Eu bem que poderia colocar a culpa no diabo, mas sabia que eram pensamentos meus. Calei-me para não piorar minha situação.

— Realmente está arrependida?
— Sim. Vamos esquecer tudo. Por favor.
Ele concordou e se sentou.
— Vai amanhã à entrevista?
Eu quis muito dizer "não", mas como poderia? Como confessar que tudo relacionado a Enrico Villa me tentava?
Lentamente, fiz que sim com a cabeça.
Isaque me puxou para um abraço e se deitou, levando-me junto. Ficamos quietos na cama, olhando para o teto, abraçados.
— Vai dar tudo certo, Isabel. Nossa vida vai melhorar. Toda essa maluquice que você falou será esquecida. Só teremos motivos para comemorar.
Fechei os olhos, querendo acreditar.
— É assim que pessoas que se amam e se respeitam fazem — murmurou ele.
Acho que se referia a ficarmos juntos, abraçados, sem arrebatamentos sensuais.
Orei a Deus para que tivesse misericórdia de mim. E para que eu não entrasse em uma armadilha sem volta.

8

Enrico

A agência de publicidade Vitae ficava num casarão de esquina na Urca, perto de onde eu morava. Era bom ir para o trabalho a pé e chegar em poucos minutos. Nada do trânsito caótico do centro do Rio. Só uma caminhada leve e tranquila.

Eu tinha chegado cedo para cuidar de novos contratos que a agência tinha fechado. Seria preciso recusar algumas ofertas e indicar colegas da área, pois, felizmente, apesar da crise no país, a Vitae seguia de vento em popa.

Já era quase hora do almoço quando meu secretário, Cosme, anunciou que Lídia, a chefe do RH, queria falar comigo. Falei que ela podia entrar, pedindo um minuto. Espreguicei-me na cadeira, pensativo. Sabia qual seria o assunto.

— Oi, Rico. — A moça baixa e morena, com cabelos displicentemente presos no alto da cabeça, entrou, sorrindo. Apesar do blazer elegante, usava tênis. Tinha um jeito ao mesmo tempo profissional e jovial.

Apontei uma cadeira na frente da minha mesa, indo direto ao ponto:

— Como foi a entrevista?

— Foi ótima. — Ela me entregou uma pasta. — O currículo e a ficha da entrevista. Gostei de Isabel e acho que é perfeita para a vaga.

Abri a pasta e passei os olhos pelo currículo. Isabel trabalhava desde os dezoito anos na área administrativa e estava no sétimo período da faculdade quando perdeu o emprego e precisou trancar a matrícula.

— Ela é experiente. E parece séria e dedicada — continuou Lídia. — Ela pode começar na segunda-feira?

Eu ergui os olhos, um tanto incerto.

Tinha me esquivado de Isaque, achando que ele talvez esquecesse o pedido de trabalho para a esposa, mas o garoto parecia ansioso, e não tive coragem de dizer não. Preferi deixar a entrevista aos cuidados de Lídia e adiar uma resposta. Agora tinha que me decidir.

Por mim, evitaria contato com aquela mulher. Ela havia me perturbado muito na festa. Senti seu olhar intenso o tempo todo e, quando a encarava, ela desviava aqueles olhos escuros, com pálpebras sensualmente pesadas e cílios fartos. Na hora, ela disfarçava e parecia nervosa, mas depois voltava a me olhar.

Era verdade que eu tinha ficado excitado. Havia algo nela que me surpreendia, que escapava de sua aparência contida, quase frígida. Era a boca carnuda, o olhar sedutor, o corpo cujas curvas as roupas pesadas não disfarçavam. Cheguei a pensar que não fazia por mal, que talvez fosse naturalmente assim e tentasse esconder a sensualidade por conta da religião severa, mas isso não a desculpava por me encarar daquele jeito com o marido ao lado.

Perdi a cabeça quando disse o que pensava a ela. Eu gostava de Isaque, apesar de nos conhecermos havia pouco tempo, e sabia da adoração dele por Isabel. Ele não merecia uma traição. Mas talvez eu tivesse exagerado. Tinha ficado com raiva por ela mexer comigo. E me sentia engasgado com aquele fora que me dera no bar. Agora, que preferia esquecê-la, a mulher aparecia no meu trabalho. Eu não queria ter que vê-la todos os dias; já havia constrangimento suficiente entre nós.

— Rico? — Lídia esperava uma resposta.

— Três meses de experiência — falei, bem sério.

— O.k. — Ela se levantou. — Vou pedir que ela comece na segunda.

Voltei a me concentrar no trabalho, mas já tinha tomado algumas decisões.

Isabel

O Catete é razoavelmente perto da Urca, mas saí cedo de casa para não correr o risco de me atrasar no primeiro dia de trabalho.

Estava nervosa. No ônibus, pedi a Deus que me protegesse e que eu conseguisse manter uma relação profissional sem maiores tensões.

Cheguei cedo demais à agência, e não havia ninguém lá. Esperei alguns minutos até o primeiro funcionário aparecer e abrir o portão.

Talvez eu precisasse ocupar o lugar da recepcionista de vez em quando, mas, em geral, trabalharia no departamento administrativo, numa sala ampla, com mais cinco pessoas.

A casa, imensa, era pintada de branco por dentro, mas tinha muita vida e movimento. Nas paredes, havia pôsteres grandes e coloridos de propagandas feitas pela agência para clientes famosos, como uma grife de roupas e uma marca de cerveja.

Os janelões pintados de azul estavam fechados por causa do ar condicionado, mas eu os imaginei abertos, recebendo o frescor da manhã.

Havia plantas em grandes vasos nos cantos e sofás amarelos para descansar, perto de uma mesa com café e biscoitos. As mesas eram espaçosas, com computadores modernos.

Fiquei surpresa com a música clássica que tocava ao fundo e com o clima de camaradagem. Os funcionários brincavam uns com os outros e não pareciam já chegar cansados, como na empresa em que eu trabalhava.

Uma moça gordinha chamada Talita explicou minhas atribuições: atendimento inicial dos clientes, organização de documentos e reuniões, coisas desse tipo. Depois de anos de experiência nessa área, seria tranquilo para mim.

No andar de baixo, ficavam a recepção, a sala onde eu trabalharia e o espaço da equipe de planejamento. No andar de cima, as salas do pessoal de criação e mídia, além da produção. Era onde Enrico ficava.

Eu me concentrei, decidida a dar o melhor de mim. Estava ali por pressão de Isaque, nervosa com a possibilidade de lidar com Enrico no dia a dia, mas aquela também era uma oportunidade para melhorar nossa vida e sairmos do sufoco. Eu só tinha que focar, e, então, tudo ficaria bem.

Nem vi quando Enrico chegou e foi para sua sala. Eu já estava achando que seria mais fácil do que imaginara, que talvez mal encontrasse com ele, mas, no meio da manhã, um rapaz esguio, negro e bonito se aproximou da minha mesa e se apresentou como Cosme, secretário de Enrico.

— Venha comigo — disse ele, com simpatia. — Enrico quer falar com você.

Tive medo de levantar e minhas pernas trêmulas não me sustentarem.

— Está bem. — Não sei como consegui falar. Nem como me ergui e fui atrás dele, subindo as escadas de madeira brilhante com uma passadeira no centro.

Eu deveria ter me preparado para aquilo, mas não o fiz.

No segundo andar, havia algumas portas. Ele se dirigiu à do centro, de madeira maciça e polida. Quando ergueu a mão para bater, meu coração disparou.

Tentei me manter firme, com o olhar à frente e a aparência séria. Quando a porta foi aberta e Cosme me convidou com um sorriso, não pude fazer nada a não ser entrar na sala ampla e clara, cheia de luz vinda das janelas. Meus olhos foram direto para o homem que estava de pé em frente a uma delas, olhando para fora. Ele se virou quando entramos.

Tive uma vontade louca de me virar e sair correndo, mas parei ali, quieta. Por dentro, eu lutava uma guerra.

— Se precisar de algo, é só chamar. — Cosme se virou, sem perceber o caos dentro de mim.

— Obrigado, Cosme. — Enrico o observou sair e fechar a porta.

Seu olhar estava fixo em mim quando apontou uma cadeira em frente à sua mesa.

— Sente-se, Isabel.

Não consegui falar nada. Andei e me sentei. Apesar de tudo, eu o encarava.

Enrico não usava terno nem roupas sóbrias. Uma blusa de malha azul-marinho marcava seus músculos e seus ombros largos. O jeans caía displicente no corpo. O cabelo parecia desgovernado. A barba estava mais aparada. Era ainda mais lindo do que eu lembrava.

Ele se sentou à minha frente. Seu olhar era claro, direto e profundo. Não sorria nem parecia feliz em me ver ali.

O constrangimento se juntou a tudo o que me perturbava. Lembrei-me do seu toque bruto no meu braço, das palavras frias. Imaginei o que pensava a meu respeito. E eu nem podia reclamar da minha reputação, pois era a única culpada.

— Hoje é seu primeiro dia aqui, e temos que ter uma conversa sobre o que aconteceu. — Sua voz era grossa, com uma pontada de frieza.

Eu tinha pensado que ele ignoraria tudo. Ser tão direto estava me pondo à prova.

Não baixei os olhos, embora essa fosse a minha vontade. Lutei para ser firme.

— O que aconteceu foi um mal-entendido — falei. — Estou aqui porque preciso de trabalho e lhe agradeço por esse voto de confiança ao meu marido. Vou me dedicar ao máximo para que não se arrependa.

— Gosto muito de Isaque. E gosto do meu local de trabalho. Não quero ter problemas aqui.

— Não terá. — Senti minhas bochechas corarem.

Enrico parecia me avaliar, o que me deixava ainda mais nervosa. Eu precisava me explicar, nem que fosse para diminuir a minha vergonha.

— Você entendeu errado o que aconteceu na sua casa. Talvez eu tenha apenas ficado curiosa, mas nunca... nunca olharia para outro homem, muito menos sendo amigo do meu marido. Desculpe-me se passei essa impressão.

Eu estava tensa com aquele olhar, que parecia me perfurar. Minhas mãos tremiam, mas as mantive apertadas no colo.

Nós nos avaliamos por alguns segundos, e finalmente Enrico acenou com a cabeça.

— Muito bem. Vamos esquecer tudo e recomeçar do zero. Terá três meses de experiência na agência, e espero que possamos manter uma boa relação de trabalho.

— Manteremos, sim.

— Ótimo. Seja bem-vinda.

Ele não foi caloroso nem deu um daqueles seus sorrisos de arrasar. Seria assim comigo: atento, frio, desconfiado. De alguma maneira, isso me deu mais determinação para ser uma boa profissional e me manter longe dele até que a má impressão se desfizesse.

— Obrigada, sr. Villa.

— Aqui todo mundo se trata pelo primeiro nome, Isabel.

— Entendi. — Levantei-me. — É só isso?

— Sim.

— Um bom dia.

E, com o mesmo descontrole com que entrei ali, saí.

Desci as escadas com pernas trêmulas e voltei ao meu trabalho. Estava ansiosa, mas, por fim, respirando fundo, relaxei um pouco.

Cabia a mim realizar um bom trabalho e evitar contato com Enrico. Não podia mais ter nenhum daqueles pensamentos em relação a ele.

O problema era meu coração, que não se acalmava.

Isabel

Na semana seguinte, eu já dominava minhas funções. Rapidamente entendi como tudo funcionava e percebi que adorava fazer parte da equipe da agência.

Todos brincavam muito, e eu me divertia com as piadas. Uma sala grande servia de copa, onde esquentávamos a comida e nos sentávamos numa mesa coletiva para almoçar. Lá, eu nunca deixava de rir, pois alguém sempre tinha uma história engraçada para contar.

Apesar da minha timidez, eu me dei bem com todo mundo. O trabalho, além de me dar estabilidade financeira, também me distraía. O único porém continuava sendo Enrico.

Ele me tratava com educação, mas, a cada vez que eu o via, quando ia levar algum documento para Cosme ou quando ele ia à nossa sala, o nervosismo me invadia como uma praga.

Depois que ele saía, eu continuava perturbada. Talvez aquilo se abrandasse com o tempo, talvez não. Por mais que eu evitasse, sentia uma atração forte demais, uma vontade imensa de saber mais sobre ele, de ter mais dele. Eu combatia isso, mas parecia ser sempre uma batalha perdida.

Naquela segunda quinta-feira desde que eu começara na agência, tudo estava agitado. O setor de criação fervia com novos trabalhos, e as reuniões eram intensas. Vi Enrico mais do que o normal, tendo subido várias vezes para levar documentos nas salas.

Ele estava com uma energia contagiante. Seus olhos brilhavam. Ele sorria, discutia ideias com o pessoal do setor de criação. Eu ouvia sua voz e percebia que ele sentia prazer com seu trabalho. Era como se vibrasse e suas ondas chegassem até mim.

Mesmo perturbada por ele, eu gostava de observar quanto era intenso e se jogava no trabalho e como os funcionários o admiravam. Não precisava ser duro para ter a dedicação deles. Ele conquistava todo mundo.

Se fosse antipático, arrogante, seria mais fácil superar minha fixação, mas, a cada vez que via seu sorriso e percebia como era sedutor e querido, eu me encantava mais. Pensava nele quase vinte e quatro horas por dia.

No fim do expediente, as coisas acalmaram um pouco. Um grande projeto tinha sido finalizado e seria apresentado a um cliente importante no dia seguinte. Alex, um rapaz moreno e baixinho do setor financeiro, disse, por trás do computador:

— Amanhã, a gente podia comemorar o novo contrato.

— Boa ideia — concordou Talita. — Tirando que o contrato ainda não foi fechado.

— Tem dúvida de que vai ser? — Ele sorriu. — Já viu Enrico perder uma? Só vamos antecipar a comemoração.

A garota riu, concordando.

— Para você, tudo é motivo para beber — brincou Laíza, uma loira bonita e sempre bem maquiada.

— E isso não é bom? — perguntou Alex.

— Bom demais! Tô dentro! — Laíza riu.

— Gente, sou noiva! — comentou Madalena, a mais velha do grupo, com vinte e nove anos. — André já anda puto com esse lance de barzinho toda sexta.

— Chama ele, ué! — Elton, que voltava da copa com um cafezinho, sentou-se à sua mesa. — De vez em quando, minha namorada vai.

— André é um chato. — Madalena revirou os olhos. — Só quer saber do sofá.

— Quando casar, vai piorar — opinou Talita. — Por isso é que prefiro ficar sozinha.

Madalena não respondeu. Em vez disso, olhou para mim:

— Vai com a gente, Isa?

— Não vai dar. — Parei um pouco de digitar e olhei pra ela. — Amanhã vou jantar na casa dos meus sogros.

— Isa nunca vai sair com a gente. — Laíza se inclinou para mim e sorriu. — Confessa que não gosta de se misturar com os pecadores.

— Não é isso. — Corei.

— Sem problema, querida. — Madalena passou os olhos pela minha roupa fechada e percebi que as outras meninas fizeram o mesmo. — Entendemos que sua religião não permite certas coisas.

Corei, sentindo-me um pouco julgada, talvez por eu mesma me perceber muito diferente deles. Eles tinham notado que eu não falava palavrões, não fumava nem bebia e não saía com eles. Sabiam que eu era casada e ia à igreja no mínimo duas vezes por semana.

Eu não via nada errado no que faziam e sentia curiosidade em saber como seria sair com eles, ser jovem, jogar conversa fora, rir sem me preocupar. A sensação era de que eu sempre tinha sido adulta e contida. Desde criança.

A falta de risos na minha vida me perturbava. Meu pai pregava o afastamento de tudo que fosse mundano, desde músicas, passeios e costumes até companhias. Tudo era válido na intenção de criar um lugar nosso, que seguisse os ensinamentos de Deus. Eu só frequentava lugares onde estavam outros que acreditavam nas mesmas coisas que eu. Era um grupo à parte.

Sempre tinha sido assim. Na escola, minha mãe ficava atenta às minhas amizades. Eu nunca podia sair. Nada de cinema com as colegas aos domingos. Nada de clubes e músicas barulhentas. Eu ficava olhando de longe, sempre obediente.

Agora, ali, eu me via com vontade de sentir o gostinho daquele clima descontraído. Era apenas mais um desejo que eu precisaria esquecer.

— Essa empresa aí, para a qual Enrico vai apresentar o projeto, podia ser de uma mulher, né? — disse Talita. — Com aquele sorriso dele, não ia ter para ninguém.

Elas riram.

— Pior que é! Trabalho aqui há três anos e ainda fico toda boba quando ele sorri para mim. — Madalena suspirou.

Que bom saber que não era só eu que me sentia afetada por ele. A atração era normal. O problema era que eu não me sentia normal.

Bem no final do expediente, Talita pediu que eu levasse um documento para Cosme. Subi e encontrei a mesa dele vazia. Fui até a sala de reuniões, mas não havia ninguém. Estava saindo da sala quando percebi a porta de Enrico entreaberta. Antes que eu me movesse, fui pega desprevenida por sua voz, que soou carregada de sensualidade:

— Eu ia jogar futebol, mas deixo tudo de lado para mostrar minha casa para você.

Apertei os lábios, achando que ele estava com uma mulher lá dentro. Seu tom me deixou de pernas bambas ao mesmo tempo que senti um aperto no peito. Tinha que sair dali antes que alguém me pegasse espiando, mas era como se meus pés pesassem como chumbo.

— Claro que sim, minha linda. Hoje sou todo seu.

Percebi que ele falava ao telefone. Uma amante. Uma mulher que ele seduzia com palavras sensuais, com atenção. Apertei os documentos contra o peito.

— E que motivos eu teria além de preparar um belo jantar para uma bela mulher? — Havia algo divertido em sua voz. — Só vou querer comer a comida. A não ser que você ofereça algo melhor. Aí não terei como resistir, Celina.

Eu me movi, sem poder ouvir mais aquilo. O ciúme me corroía ao mesmo tempo que um desejo dolorido me perturbava. Desci as escadas em silêncio, mas meu coração batia forte.

Então, eu me dei conta de que nunca recebera uma atenção daquelas, nunca brincara de modo sexy com Isaque nem com homem algum. E saber que Enrico fazia isso, que tinha mulheres à vontade para provocar com frases de duplo sentido, risadas gostosas e olhares quentes, deixou-me quase doente.

Eu já estava no último degrau quando Cosme entrou no casarão. Entreguei os documentos a ele e retornei à minha sala com uma tristeza imensa.

Voltei para casa sentindo-me vazia. Isaque chegaria tarde, depois do futebol. E daquela vez Enrico não iria. Estaria tentando, fascinando, descaminhando outra mulher.

Tomei banho, preparei rapidamente o jantar e fui para a igreja. Não queria ficar sozinha com meus pensamentos, nem passar por momentos solitários ou ficar cheia de desassossego.

Naquela noite, meu pai falou sobre como Jesus Cristo nunca tentara anular os costumes dos povos não judeus e como convocava à prática da justiça e da solidariedade. Ele disse que deveríamos ter o mesmo espírito de praticar o bem não importando a quem. Por isso, era importante espalhar a Palavra, evangelizar, tirar o ignorante dos pecados, fazê-lo aceitar Jesus.

Sentada entre minha mãe e minha irmã, eu pensava sobre aquilo. Se Jesus nunca tentou anular os costumes alheios, como eu podia me sentir no direito de tentar fazer os outros pensarem como eu?

Lembrei-me dos meus colegas de trabalho. Alex e Talita não tinham religião. Elton era evangélico e frequentava a Igreja batista. Madalena era espírita, e Laíza, católica, mas apenas uma vez tinham falado sobre isso. Ninguém tentava convencer o outro de que sua religião era melhor. Cada um cuidava de sua vida.

Minha mãe achava que eu tinha que aproveitar cada lugar onde estivesse para evangelizar pessoas, mas eu nunca tinha me sentido confortável com isso. Até porque não me achava pura o bastante para pregar alguma moral. E também porque as outras pessoas pareciam mais felizes do que eu, e isso já devia dizer muito.

Lembrei-me também das coisas que dona Leopoldina tinha me falado, da minha conversa tensa com Isaque, das coisas que minha irmã Rebeca dizia antes de sumir no mundo. Cada um, à sua maneira, acreditava ter razão. Dona Leopoldina achava normal ter fé e liberdade, pois só assim uma pessoa poderia ser feliz. Isaque era radical e evitava tentações eliminando o prazer, ou ao menos grande parte dele, principalmente o meu. E minha irmã fazia loucuras inimagináveis para enfrentar o rigor da nossa família.

Quando o culto acabou, meu pai perguntou onde estava Isaque. Quando falei que tinha ido ao futebol, ele fez uma cara feia.

Saí desanimada da igreja. Cheguei ao apartamento apertado em que eu vivia havia três anos e sentei-me na sala, abatida. Sabia que era errado me sentir tão vazia e infeliz, mas não conseguia evitar a sensação de que a vida passava por mim.

Fiquei lá, sem ânimo nem para jantar.

Respirei fundo. Havia em mim uma Isabel rebelde que queria falar mais alto, soltar-se das amarras, arriscar-se, simplesmente viver, nem que fosse para perder feio, sofrer e entender que estava errada. Nem que fosse para pedir perdão a Deus e voltar de joelhos, mas com a certeza de estar firme e inteira. No entanto, mais forte que esse desejo era o medo.

Enrico veio à minha mente do modo como eu o via na agência, com sua presença sempre forte e visceral, junto com todos os sentimentos confusos que despertava em mim. Busquei esquecê-lo.

Calei novamente aquela Isabel. Ela era o meu lado maldito, a pecadora que habitava em mim.

— Ei, o que está fazendo aí no escuro?

Isaque me surpreendeu ao entrar no apartamento e acender a luz. Deixou a mochila escorregar para o chão, fechou a porta e se aproximou de mim.

— Oi. — Levantei-me, escondendo a tensão que me deixava dura, e sorri. — Só estava com um pouco de dor de cabeça. Cheguei agora da igreja.

— Está melhor?

— Sim. Vou esquentar nosso jantar.

Jantamos juntos, e Isaque falou do trabalho e do futebol.

— Perguntei a Enrico como você estava se saindo na agência, e ele elogiou o seu trabalho. — Ele abriu um grande sorriso. — Eu sabia que você se daria bem lá. Está gostando?

Fiquei agitada.

— Ele foi ao futebol hoje?

— Foi. Mas saiu cedo. Por quê?

— Ah, é que... ouvi quando ele disse algo sobre não ir ao futebol.

— Tinha um compromisso, mas conseguiu jogar a primeira partida.

Então, ele tinha mesmo saído com a mulher. Para fazer jantar para ela. Fazer muito mais. Forcei-me a não pensar naquilo.

— Sim, estou gostando — respondi à pergunta inicial.

— Não falei que esse emprego seria ótimo?

— Falou — admiti. — Tinha razão.

— Sempre tenho. — Ele brincou, mas mesmo assim o comentário me irritou.

Voltei a comer.

— Enrico pareceu até surpreso com a sua eficiência.

— Ele disse isso?

— Não, mas eu notei. — Ele estava orgulhoso. — Continue assim e vai longe.

Não falei nada. Não queria ninguém me dizendo o que eu devia fazer. Estava cansada daquilo.

Isaque reclamou de cansaço e cochilou no sofá. Fui passar roupa e cumprir outras tarefas domésticas, mesmo um tanto sem ânimo. Acabei acordando-o e fomos para a cama.

Com minha camisola longa e feia, eu olhava para o teto na penumbra. O sono não vinha, enquanto Isaque roncava livremente. Sentei-me na beirada da cama e olhei para ele. Incomodou-me sentir certo asco.

Levantei e fui para a sala. Liguei a televisão só por não ter o que fazer.

Meu corpo parecia necessitado, mas minha alma estava cansada.

Não fiquei muito ali. Voltei ao quarto e tentei dormir. A insônia me deixou mal, pois sabia que teria que acordar cedo para trabalhar no dia seguinte.

Rolei na cama até uma e pouco da manhã. Eu nunca mais tinha me tocado. E era melhor assim. Olhei para meu celular ao lado da cama. O celular de Isaque carregava na sala, sobre a mesa. Ele nunca se preocupava em usá-lo como despertador, pois era eu quem o acordava.

— Não faça isso... — murmurei para mim mesma, mas ainda assim agarrei meu celular e fui tremendo para a sala, como uma criminosa.

Sentei-me no canto do sofá, já ligando a tela e acessando o Google. "Você está errada! Deus está vendo!", berrou minha consciência, mas uma lascívia gostosa já começava a espalhar desejo em meu sangue.

Digitei nervosamente "vídeos de sexo". Cliquei no primeiro link que apareceu, tirando o som. Foi como injetar droga na veia. O desespero foi substituído por uma excitação já conhecida.

As cenas já começavam fortes. Um casal perto de uma piscina, ambos nus. O homem estava sentado em uma espécie de sofá; a mulher em pé sobre o sofá, de costas para o homem, inclinada para a frente com as pernas abertas. Assim, podia chupar o membro dele enquanto o homem segurava seu quadril e fazia sexo oral nela por trás.

Eu tremi, mas não senti frio. Meu sangue esquentou e senti minha vagina palpitar e meus seios se empinarem dentro do sutiã. Mal piscava, entre excitada e culpada. Olhei para o corredor, temendo ver Isaque por ali.

Soltei o ar, vendo o modo como a mulher molhava todo o pênis do homem, a expressão dele de prazer, os rebolados dela em sua boca. Logo, ela foi jogada no sofá e montada, sendo penetrada com força e abrindo os lábios no que pareciam gritos de prazer.

Mesmo afetada, não foi como das outras vezes em que tinha assistido àqueles filmes. Não gozei com pressa, com uma fome desconhecida. Uma parte minha analisava as imagens e chegava à conclusão de que tudo parecia falso demais, ensaiado.

Fiquei surpresa comigo mesma. Olhei para a mão que segurava o celular e cogitei me tocar, mas algo mais forte me impediu. E, quando vi, tinha saído do site e apagado o histórico. Desliguei o celular e o larguei no sofá, pensativa.

Eu deveria estar feliz. Tinha resistido sem um esforço grande demais. Poderia achar que estava vencendo as minhas tentações, que estava me purificando. Mas não. No fundo, eu sabia que era pior.

Não ficava mais satisfeita em assistir ao prazer dos outros, às cenas de entrega e paixão vistas numa tela, feitas por atores pagos para aquilo. Eu queria sentir. Na pele, no corpo, na alma. Ansiava por sensações só minhas, experiências que ficassem na lembrança, algo que suprisse aquela falta de vida que me sufocava cada vez mais.

Senti lágrimas surgirem em meus olhos. Eu estava me perdendo e queria mais. Isaque não me daria aquele prazer. Nem eu sabia se poderia ter aquele prazer, pois era difícil romper com o mundo de coisas em que fui criada. Tinha família e marido, mas mesmo assim estava infeliz e necessitada. Sozinha.

Pensei em Enrico.

Lembrei-me de como ele era animado na empresa, cheio de vida. Algo pareceu me preencher, gerando mais calor do que aquelas cenas explícitas. Fechei os olhos e imaginei como seria ter aquele sorriso para mim. Como seria sorrir de volta para ele, relaxar, deixar tudo que ele me fazia sentir vir sem controle e me envolver como o ar que entrava em meus pulmões.

Foi um momento em que realmente não lutei contra mim mesma.

E, depois que as lembranças dele vieram tão fortes, eu pequei mais uma vez.

Primeiro, veio a tristeza, seguida por uma espécie de raiva por saber que Enrico estava com outra mulher, que minha vida era tão diferente da dele.

Eu ficaria com Isaque até o fim da vida. Ao contrário de Rebeca, eu nunca me revoltaria. Não colocaria nenhuma daquelas depravações em prática. Mas eu precisava de algo, um alívio, uma forma de escape. Estava a ponto de enlouquecer.

Não sei o que me fez levantar, ir até a mesa e pegar o celular de Isaque. Não planejei. Foi instinto ou apenas desejo. Não sei. Talvez uma necessidade desesperada por uma fantasia quase real. Quase.

Busquei o contato de Enrico no WhatsApp de Isaque. Vi sua foto de perfil na praia e, daquela vez, não imaginei como ele seria pessoalmente. Eu sabia.

Enrico Villa era o homem que personificava minha luxúria.

Era aquele que me causava *frisson* a cada vez que eu me levantava para trabalhar, pelo simples prazer de poder vê-lo. Em minha vida árida, ele se tornou o meu desejo.

Copiei o número do celular dele e salvei no meu aparelho.

Eu sabia que aquilo era errado. Não deveria fazer aquilo por vários motivos, mas principalmente por ser casada. Eu camuflava meu pecado. E, mesmo assim, não me arrependia. Por enquanto, não.

Era uma euforia que passaria. Só precisava de algumas sensações e fantasias que fossem além do que eu tinha tido até ali. Algo que me livrasse daquela dor, daquele desânimo.

Troquei minha foto e o meu nome do WhatsApp por uma imagem de uma praia deserta.

No último segundo, parei, com medo, sentindo que Deus olhava para mim e me recriminava. Sabia que estava começando algo sem volta. E com muitas consequências.

Foi loucura.

Foi insanidade.

Mas digitei uma mensagem. E ali, por um momento, eu não parecia ser a Isabel de sempre. Era outra, adormecida, desconhecida.

Ainda assim, era eu.

10

Enrico

Fiz a barba e lavei o rosto, sentindo a pele macia. Em geral, eu gostava de deixar a barba um pouco crescida: não dava tanto trabalho, e a mulherada dizia que eu ficava mais sexy. Mas, naquele dia, eu apresentaria um projeto para uma grande empresa e queria estar bem-apessoado. Ia até usar roupa social, coisa que pouco combina com o clima do Rio e comigo.

Enxuguei o rosto, passei as mãos pelo cabelo molhado e fui para o quarto, descalço, com a toalha enrolada no quadril. Tinha deixado o som ligado e tocava "Rides on the Storm", da banda The Doors.

Eu tinha uma queda por músicas dos anos 1970, em especial as cantadas por Jim Morrison e por Janis Joplin. Gostava daquele estilo intenso e dramático.

Arranquei a toalha e movi o corpo na batida lenta, enquanto enxugava os cabelos. Fui até a cama e me sentei na beirada. Joguei a toalha ali perto e corri os dedos entre meus fios rebeldes. Pensei no meu dia. Ia ser corrido, mas eu estava animado com aquela sexta-feira. E com a minha apresentação. Senti que o projeto seria aprovado.

Peguei meu celular e dei uma olhada rápida nas mensagens. Já ia largá-lo, pouco interessado na maioria, que vinha de alguns casos e de amigos, quando percebi uma mensagem de um contato desconhecido.

A foto do perfil mostrava apenas uma paisagem. A primeira frase me chamou a atenção: *"Seria muito pedir para ter prazer?"*.

Franzi o rosto, pensando se era uma mensagem de alguma amante cujo número eu havia esquecido de salvar. Cliquei e li tudo.

"Seria muito pedir para ter prazer? Eu ardo, queimo, sou uma pecadora cansada dos bonzinhos, dos tolos do mundo. Acho que vou ter que buscar muito até encontrar um pecador como eu. Mas não vou desistir, querida. Beijos. Amanhã tomamos café juntas."

Querida?

Reli a mensagem e perguntei a mim mesmo se era uma brincadeira. Era uma das mulheres que conheci querendo chamar minha atenção? Ou um engano?

Achei o texto curioso. Estranho. Sorri sozinho. Se ela queria um pecador, tinha acabado de encontrar. Sem pensar duas vezes, digitei:

"*Oi, pecadora. Pode parar a sua procura. Estou aqui.*"

Achando graça, balancei a cabeça e deixei o celular de lado. Só podia ser alguma conhecida querendo me provocar.

Levantei, deixei a toalha sobre uma cadeira e fui ao closet buscar uma roupa. Coloquei um jeans escuro, sapatos pretos, blazer da mesma cor e camisa branca.

Quando peguei meu celular, ele vibrou, mostrando uma nova mensagem. Abri e li a resposta da pessoa que tinha mandado a mensagem por engano.

"*Quem é você?*", perguntava ela.

"*O seu pecador*", digitei.

Eu ainda tinha alguns minutos para jogar conversa fora e estava levemente curioso. Vi que a mensagem foi visualizada, mas não houve resposta. Eu já ia guardar o celular e esquecer aquilo quando chegou uma nova frase:

"*Pensei que tivesse mandado a mensagem para minha amiga.*"

"*Errou o número?*"

"*Acho que sim. Posso saber quem é você?*"

"*Assim que me disser o seu nome, pecadora.*"

Uma nova pausa. Sorri, achando aquilo uma loucura, mas ainda um pouco desconfiado.

"*Tem certeza de que não me conhece?*", perguntei. "*De que não é alguma brincadeira?*"

"*Não sei quem você é. Foi mesmo um engano. Contei para você algo íntimo. O que deve pensar de mim agora?*"

Achei curioso. Na verdade, tudo aquilo era bem esquisito, mas, ao mesmo tempo, algo que podia acontecer. Dois desconhecidos se conhecendo por algum equívoco da tecnologia.

"*Um número errado, e cá estamos nós, dois estranhos, a conversar*", escrevi, ainda de pé no quarto. "*E, já que não temos relação nenhuma e assumimos que somos dois degenerados moralmente, não se preocupe com o que vou pensar.*"

Ela viu a mensagem. Alguns segundos passaram.

"É verdade. A vergonha passou. Dá uma sensação estranha de... liberdade."

"É uma das melhores sensações. Concordo com Sartre quando diz que estamos condenados a ser livres. Pena que muitos não entendam o que é isso."

"Tem razão. Você é filósofo?"

"Um filósofo de botequim." Sorri. *"Gosto de ler e pensar sobre a vida, principalmente com algum álcool na cabeça. Mas tenho outra teoria."*

"Qual?"

"Na vida, precisamos de vinte por cento de pensamento e oitenta por cento de ação."

"Ou seja, não é bom pensar muito. Melhor agir logo."

"É o mal daqueles que não têm medo de errar. É o seu caso, pecadora?"

Nova pausa, mais curta dessa vez.

"Pensei que eu deveria me envergonhar disso, mas agora estou feliz por ter conhecido um homem que pensa como eu."

"Bom saber que não perde tempo. Ele é curto demais."

Parecia fácil conversar com ela. Ou com quem quer que estivesse do outro lado.

"Agora que nos conhecemos, vamos nos apresentar."

"Já me apresentei. Pecadora. Prazer em falar com você."

"Diga seu nome."

"Não."

Observei aquela pequena palavra. Ela poderia ter inventado qualquer nome, pois eu não teria como confirmar se era verdadeiro. Mas gostei do fato de se negar a dar um nome, de ser sincera.

"Por que não? É alguma bandida? Foragida?"

"Meus pecados não envolvem crimes, felizmente ou infelizmente. Não sei se sou boazinha demais ou covarde demais."

Meu sorriso se ampliou.

"Talvez só prefira outros pecados. Quais?"

"Sexuais, com certeza."

"Sabia!"

"Rs."

A risadinha dela me fez sentir vontade de ouvi-la, de saber como era.

"São os meus pecados preferidos também, mas me deixe fazer uma ressalva."

"Estou curiosa."

"Não existe pecado."

"Não? E agora, do que vai me chamar? Eu já tinha gostado de Pecadora..."

"*É só me dizer seu nome.*"
"*Não.*"
"*Por quê?*"
"*Só gosto de dizer meu nome para amigos.*"
"*E não somos amigos depois dos segredos revelados aqui?*"
"*Mas não revelei nada. Se eu contasse tudo que fiz e faço, você acreditaria em pecado.*"

Eu sabia que tinha que interromper a conversa e sair, mas queria ficar um pouco mais.

"*Sartre, mais uma vez, disse que o homem tem total responsabilidade sobre suas escolhas. Sua essência é aquilo que ele fizer de si mesmo. Não há um Deus criador que concebeu e influencia o homem. Então, vamos esquecer esses termos bíblicos que condenam ações. Se o homem faz o que quer e arca com suas responsabilidades, não há pecados, e sim escolhas. Não concorda?*"

Ela visualizou, mas ficou muda.

Olhei a hora e lamentei o pouco tempo que me restava. Antes que ela respondesse, eu emendei:

"*É só me contar suas escolhas. As sexuais, que são sempre as mais interessantes. Lamento não poder conversar mais com você. Meu dia vai ser corrido. Mas, antes de ir, diga seu nome. O verdadeiro.*"

"*Prefiro que continue a pensar em mim como Pecadora. Poderemos debater esse termo, já que continuo a acreditar em pecados. Quem sabe depois eu diga meu nome?*"

"*Depois de quê?*"

"*De falarmos no anonimato. Você não me conhecer e não saber meu nome me dá a liberdade de imaginar que posso contar todo o resto.*"

"*Vou satisfazer a sua vontade, Pecadora. Só por causa desse 'todo o resto'.*"

Ela não respondeu de imediato, e eu completei:

"*Foi bom filosofar com você. Aproveite seu dia. Lembre-se: oitenta por cento de ação.*"

"*Não vou esquecer. Já tive meus vinte por cento de pensamento com você.*"

Guardei o celular no bolso e saí do quarto. Eu adorava novidades. Talvez aquela rendesse bons momentos. Ou não.

Saí de casa já pensando nos meus projetos para aquele dia.

Isabel

Eu estava no banheiro da agência.

Tremendo, olhava para o celular na minha mão, desligado, mas até poucos segundos antes vibrando como se tivesse vida própria. Foi por meio dele que me senti pulsar, vivendo algo inédito, fora da minha realidade.

A conversa virtual com Enrico ainda me abalava.

Engoli em seco.

Tinha mandado aquela mensagem maluca na noite anterior, antes de me deitar, em um ato de rebeldia ou desespero. Não me sentia em condições de entender por que fiz aquilo.

Naquela manhã, fui trabalhar nervosa, como se o celular me queimasse, esperando uma resposta a qualquer momento. Cheguei cedo, organizei minhas coisas, mas estava ansiosa e com medo, ciente da minha loucura.

Quando chegou uma mensagem, e vi que era de Enrico, pensei que fosse morrer fulminada. Meus colegas ainda estavam chegando à agência.

Corri para o banheiro, tranquei-me ali e abri a conversa como se daquilo dependesse a minha vida. Li sua resposta espirituosa, e foi como ver Enrico diante de mim, com aquele olhar brilhante e seu sorriso ardente, seduzindo, convidando.

E eu fui. Mesmo sabendo que não deveria mergulhar naquela loucura, que ainda havia tempo para recuar, eu me vi digitando, querendo mais, sedenta, necessitada. E algo inacreditável aconteceu ali: por um momento, esqueci minhas condenações, todos os martírios pelos quais eu passava intimamente, recheados de culpa.

Foi como adquirir uma nova personalidade ou deixar uma parte minha, esquecida e adormecida, aflorar. Eu nunca havia me sentido tão solta, tão sexy, tão livre. Tão estranha e tão eu. Em que lugar aquela mulher se escondia em mim?

Respirei fundo. Minha culpa estava lá. No entanto, eu me justificava dizendo que não faria nada com Enrico, que não trairia realmente Isaque. Seria apenas uma conversa, um alento na aridez da minha vida, na tristeza dos dias vindouros.

Que Deus me perdoasse, mas, por enquanto, eu não podia recuar. Eu queria mais, como se aquele ópio tivesse contaminado meu sangue.

Minha cabeça girava, os pensamentos estavam embaralhados. O máximo que eu chegara a fazer fora ver pornografias, mas isso nem se comparava ao modo como eu me sentia naquele momento, como um vulcão prestes a entrar em erupção.

Consegui me ajeitar. Guardei o celular no bolso da saia e voltei ao trabalho. Sorri para os colegas, sentei-me, chequei o que tinha para fazer. Estava agitada demais para me concentrar.

Ainda não acreditava que eu tinha entrado naquele papel como uma atriz talentosa, daquelas que parecem viver realmente a ficção.

E estava surpresa com Enrico pelo modo como falou comigo, com uma sensualidade velada em palavras engenhosas.

Não aguentei pensar tanto naquilo. Liguei o computador e, percebendo que meus colegas não viam minha tela, fiz uma busca por Sartre no Google.

É claro que já tinha ouvido falar sobre ele, mas nunca tinha parado para ler seus livros. Parecia que a filosofia era uma inimiga direta da religião. Meu pai já tinha feito um sermão sobre isso.

Agora eu pensava nas coisas que Enrico falara e que me atingiram diretamente, deixando-me curiosa e pensativa.

A primeira coisa que vi foi um trecho de uma obra de Sartre intitulada *A náusea*. Com medo de ser pega ali sem trabalhar, li rápido:

Seria melhor se eu pudesse pelo menos parar de pensar. Os pensamentos são o que há de mais enfadonho. Mais enfadonho até que a carne. Eles se prolongam e deixam um gosto esquisito. [...] O corpo vive sozinho a partir do momento em que começa. Mas o pensamento sou eu que continuo, que desenvolvo. Eu existo. Eu penso que existo. Oh! [...] Não quero pensar... Penso que não quero pensar... Será que isso não termina nunca?

Fiquei lá, com os olhos fixos naquelas palavras que pareciam descrever o que eu sentia, aquela angústia de pensar tanto, de perder o controle, de não querer ter certos pensamentos e, ainda assim, perceber que se tornavam mais e mais fortes.

Era quase uma sensação de náusea mesmo, de me dar conta de que nunca poderia deixar de ter consciência de mim mesma, de indagar e de questionar. Por isso nunca fora fácil para mim simplesmente aceitar as coisas e acreditar nos ensinamentos do meu pai como verdades absolutas.

Li outro trecho:

Então a Náusea é isso: Eu existo – o mundo existe – e sei que o mundo existe. Isso é tudo. [...] Gostaria tanto de me abandonar, de parar de ter consciência da minha existência, de dormir. Mas não posso [...]. A Náusea não me abandona [...], a Náusea sou eu.

"A náusea sou eu." Li e reli essa frase. Foi um choque. Enquanto eu me sentia sozinha, isolada em meus pensamentos e culpas, achando que eu era diferente do mundo, um filósofo do século XX tinha expressado tudo o que eu sentia.

Em que ponto eu estava perdida no emaranhado que criara? E se eu não pudesse mais controlá-lo nem dele escapar? E se aquilo tudo que Sartre chamava de náusea já tivesse me dominado, deixando de me atormentar para virar parte de mim?

— Isabel, preciso que ligue para um cliente. Está com a pasta do anúncio de ontem? Aquele da internet?

A voz de Madalena me assustou. Fechei a aba do Google, nervosa.

— Estou, sim.

— Vamos precisar.

Acenei com a cabeça e busquei a pasta. Minhas mãos tremiam.

O medo me apertava, causando desconforto. Palavras e sentimentos pareciam girar num caleidoscópio. Soube que tinha dado partida em algo que ia muito além do que podia aguentar. Foi quando ouvi a voz dele.

Enrico entrara na agência e ali, tão perto, na recepção, conversava com alguém.

Olhar para ele, estar em sua companhia, já não era fácil antes. Como seria agora que somente eu sabia que tínhamos nos falado mais? Que, no segredo de um confessionário virtual, eu era a Pecadora?

O que seria de mim? Onde eu iria parar?

Náusea.

11

Isabel

— Conseguimos!

Ergui os olhos rapidamente para Enrico, que entrava na nossa sala, e fiquei paralisada observando ele, que vinha seguido por Cosme.

— O contrato? — Elton se animou.

— É nosso.

Seus olhos estavam radiantes. Era impressionante como podiam refletir a luz. As covinhas estavam evidentes devido ao riso fácil.

— Vim agradecer a vocês. Mais uma vez, nosso trabalho em equipe fez toda a diferença. — Seus olhos passaram por todos, e me forcei para permanecer calma quando chegaram a mim.

Já era fim de tarde, e ele tinha acabado de sair da reunião com o novo cliente. Meus colegas comemoraram, e Enrico explicou como seria o processo de trabalho a partir dali.

Evitei olhar para ele. Estava feliz pela vitória, mas não dava para ficar à vontade.

— Vamos comemorar em um restaurante legal. Todos são convidados da agência.

— Maravilha! — vibrou Laíza, com um sorriso largo, piscando seus cílios longos para Enrico.

— Oba! — Alex também estava animado. — Esta sexta promete!

— Quando sairmos daqui, vamos direto para lá. — Enrico se encaminhou para a porta. — Caprichem aí! É só mais um de vários clientes grandes que virão.

— Se Deus quiser! — emendou Cosme, saindo com ele.

— Vou beber todas! — Talita vibrava.

Acalmei-me um pouco quando Enrico saiu. Quando Madalena perguntou se eu iria, eu quis dizer que sim, mas não podia. Seria demais para mim.

— Não vai dar.

— Só hoje, Isa! — insistiu ela.
— Vamos lá! — incentivou Laíza. — É comemoração!
— Tenho um compromisso.

Madalena fez uma careta, e enrubesci, sentindo-me uma chata. Mas eu tinha meus motivos. Mesmo assim, imaginei o que pensariam ou falariam de mim.

Para evitar novas tentações, saí logo que o expediente acabou, antes que Enrico descesse da sala dele. Enquanto minhas amigas passavam batom, eu ia para casa imaginando como seria a noite de comemoração.

Fiz tudo o que estava acostumada a fazer ao chegar em casa, até que Isaque apareceu com uma expressão de desânimo. A primeira coisa que disse foi:

— Seu pai me ligou e me pediu para passar na casa dele antes de vir para cá.

Estávamos na cozinha, e eu acabara de lavar a louça. Eu o olhei, curiosa.

— Ele abriu a Bíblia e me deu vários motivos para não ir mais ao futebol. Disse que estou buscando tentações, que arranjarei problemas para nosso lar, que todas as quintas você vai à igreja sozinha enquanto eu me rejubilo com outros homens, a maioria sem noção alguma de fé e religião, mostrando meu corpo, expondo-me para atrair coisas ruins.

— Meu pai disse isso? — Naquele momento, entendi sua expressão fechada na noite anterior.

— Sim. Ele explicou que está escrito em *Gálatas* que algumas obras da carne são como prostituição, impureza, lascívia, feitiçaria, porfias, iras, pelejas, facções, invejas, bebedices etc. E que quem incentiva isso não vai para o Reino de Deus.

Ele me encarava muito sério e abatido.

Eu fechei a torneira e enxuguei as mãos. Senti uma pontada de medo, pois aquele texto parecia se dirigir a mim, não a Isaque. Ao mesmo tempo, me deu também uma espécie de irritação.

— E o que o futebol tem com isso?

— O pastor Sebastião citou os xingamentos ditos no jogo como impurezas. A lascívia está em expor as pernas, coisas que evitamos na igreja. Os times de futebol têm mascotes do candomblé, isso já foi comprovado, o que é feitiçaria. Porfia é a disputa e a competição, coisa que existe entre os oponentes dos times. Inveja também, quando um jogador se destaca mais do que o outro. Jogar bola envolve várias coisas que Paulo, cita, como "pelejas" e "facções" entre times e torcidas. Seu pai afirmou que não há aprovação bíblica para o futebol.

Fiquei olhando para ele por um tempo. Um incômodo me apertou e uma espécie de raiva me espetou.

Apesar de ter estranhado o envolvimento de Isaque com o futebol, ainda mais suas idas ao bar com os amigos, sem falar na festa de Enrico, com gente bebendo e seminua, achei um absurdo o que meu pai falou para ele.

— Não acho que nada disso que está na Bíblia tem relação com o futebol. Você não vai lá com a intenção de exibir seu corpo nem de provocar disputas ou invejas. Vai para se divertir. Se ele falasse que você devia deixar de ir ao bar, eu até entenderia, mas ao jogo?

Pensei que Isaque concordaria comigo, até porque eu sabia quanto ele gostava das noites de quinta-feira, mas ele ficou ainda mais sério e ergueu o queixo para mim.

— Está dizendo que seu pai, pastor, um homem de Deus, está errado?

— Não, só que não há nada na Bíblia que proíba jogar futebol. Acho que nem existia futebol naquela época. — Tentei ser cautelosa. — Isaque, Deus não vai julgar você porque gosta de praticar um esporte com seus amigos.

— Quer dizer que tudo o que não existia na época está liberado?! Como, por exemplo, cocaína?! Temos que ter consciência, observar, tomar cuidado! Eu estava mergulhando em algo que, lá na frente, cobraria um preço alto. Seu pai me abriu os olhos. Quanto tempo levaria até que eu quisesse provar uma cerveja? Ou deixasse aquelas mulheres sem-vergonha me tentarem? — Ele parecia nervoso e passou a mão pelo cabelo. — Eu me deixei levar pelo prazer, pelo obscuro. Estava seguindo num caminho sem volta e nem me dei conta disso!

Surpresa, eu o olhei sem conseguir pensar como ele. Pelo contrário, eu tinha achado tudo aquilo ridículo. Meu pai simplesmente impusera mais uma regra, e Isaque a aceitava sem reclamar e ainda se condenava pelos momentos de alegria que tivera.

Sabia que devia ficar calada, mas não me contive.

— Você nunca fez nada demais — falei. — E agora, atento, pode ir ao futebol sem buscar outras coisas. Você trabalha demais e só sai para ir à igreja. Era um momento de diversão.

Isaque apertou os olhos.

— Estou estranhando você, Isabel. Outro dia, você me acusou de sair com amigos, de ficar perto de mulheres oferecidas no bar, e disse um monte de heresias sobre nossa vida conjugal. Agora que decido ficar em casa, que seu pai me abre os olhos, você me incentiva a continuar pecando?

— Não é isso.

— Não vou mais gritar "gol" nem me dedicar às obras da carne. Vou gritar "glória!", vou enaltecer o nome do Senhor! Será que não percebe que estamos em uma batalha espiritual e que o diabo nos tenta de todas as maneiras? Não importam os prazeres terrenos. Importam a eternidade, a vida eterna de gozo e paz, o arrebatamento!

Fiquei quieta. Pela primeira vez, eu parecia estar com meus olhos bem abertos. Não senti culpa com suas palavras nem concordei. Pelo contrário, a impressão que ele me passou foi de fanatismo, de aridez emocional e de interpretação livre da Bíblia.

Como se percebesse isso em mim, Isaque se aproximou mais e, bem perto, disse, de modo veemente:

— Existem três inimigos do crente: o diabo, sempre a preparar armadilhas; o secularismo, oferecendo tentações mundanas; e a carne, que é o pior inimigo. José nos ensina a vencê-los fugindo. Sim, fugindo do mal, dos disfarces, das seduções. Fugindo para as orações, as palavras de Deus e a santificação. E é isso que faço agora. Fujo para uma vida digna no meu lar, na minha igreja e na minha família.

Continuei em silêncio.

Ele respirou fundo, ainda muito sério. Estava até pálido.

Por um momento, tudo o que senti foi pena. Mesmo com seu discurso fervoroso, eu via diante de mim a morte de um prazer que até então só o deixara mais leve e feliz. Não conseguia entender como Deus poderia querer aquilo para a gente.

Pensei em mim, na minha infelicidade, nas minhas culpas. Era tanta cobrança, tanta imposição que eu me via dividida, perdida, achando que não encontraria mais solução.

Ergui a mão e acariciei seu rosto.

— Faça o que vai deixar você feliz, Isaque — murmurei.

— Faço o que Deus manda, o que o pastor orienta. E você deve fazer o mesmo. Vigie, Isabel, porque eu vigiarei também.

Ele se virou e foi em direção ao quarto, decidido e frio.

Fiquei imersa em meus pensamentos, mais críticos do que nunca, e com medo de mim mesma.

Como na maioria das noites, Isaque dormiu cedo. Jantamos praticamente em silêncio, e ele parecia estar com raiva, mas imaginei que era de si mesmo, julgando-se pelos poucos meses em que jogara futebol.

Desconfiei de que ele não falaria mais de Enrico. Era o fim de uma amizade, pois os amigos que fizera nos jogos estavam relacionados ao erro que cometera. Era uma ironia que tivesse falado tanto de Enrico e quase me obrigado a trabalhar para ele para agora afastá-lo da sua vida. Mas não da minha.

Senti até receio de que ele me pedisse para largar o emprego. Eu não queria mais sair da agência. Os poucos momentos de prazer na minha vida eram me divertir com as conversas e as brincadeiras dos meus colegas, fazer um bom trabalho e ainda ver Enrico, sentindo coisas que nunca pensei existirem.

Sozinha na sala, eu me enrodilhei no sofá e peguei o celular, ansiosa, relendo minha conversa com Enrico. Passava das onze horas da noite e imaginei se eles ainda estariam comemorando o novo contrato.

Daquela vez, não tive vontade de ver imagens nem filmes eróticos. Eu sentia um pulsar intermitente por dentro, mas precisava de outra coisa. Queria aquela sensação que havia tido pela manhã, sendo livre e segura, dando vazão à desconhecida que existia em mim.

Busquei mais coisas sobre Sartre e fiquei um tanto abalada com o que li. Para mim, que estava acostumada a ver as coisas por um lado apenas, aquele com o qual fui criada, tão literalmente bíblico, ler sobre suas ideias foi como tomar um soco no estômago.

Não que eu já não tivesse questionado certas coisas, mas sempre levava meus questionamentos para o lado religioso e buscava explicações em tudo aquilo em que fora incentivada a acreditar. Agora, eu lia com atenção algo inteiramente diferente.

Busquei também outros filósofos, lendo sobre novas ideias. Ao final, pensativa, analisei tudo aquilo. Era muita informação de uma vez só para uma pessoa curiosa, mas contida, como sempre fui.

Uma vez, li que vemos sinais daquilo em que acreditamos porque esse é nosso foco, é aquilo que queremos enxergar. É como se ficássemos cegos para o resto. Era assim que havia passado minha vida? Ou tudo que eu lia ali eram falácias, meios de tentar o homem, de torná-lo menos temente a Deus e mais disposto a se arriscar?

Eu não tinha com quem conversar sobre aquilo.

Então, eu me dei conta de que agora eu tinha, sim. Enrico. Não era traição ter aquele escape na minha vida, aqueles momentos perdidos na minha realidade. Não precisava pecar, trair, falar de sexo. Eu poderia apenas me mostrar a alguém sem que ele soubesse quem eu era. Ouvir, falar, desabafar, ser livre no anonimato. Poderia ser quem eu quisesse.

Abri o WhatsApp. Sabia que era preciso apagar tudo o que falasse com Enrico por ali, pois Isaque poderia ver. Ele nunca pegava meu celular, mas e se o fizesse? Troquei o nome do contato de Enrico no meu celular para "Médica", já que Isaque também marcava consultas pelo WhatsApp.

Ser tão escorregadia me envergonhou, mas não o suficiente para diminuir a euforia que me envolveu quando digitei uma nova mensagem: "*É estranho pensar que nossa existência pode ser gratuita e ilógica, como Sartre revela em* A náusea. *Parece pessimista demais. Da mesma maneira, talvez eu seja pessimista ao me imputar pecados e sentir culpa por eles. Será que você está certo e é apenas uma escolha minha? Ou sou tentada por fatores externos e realmente uma pecadora aos olhos dos homens? E até de Deus?*"

Parei e esperei. Enrico nem visualizou a mensagem.

Na certa, ele estava se divertindo no restaurante, cercado pelos colegas e por bebidas, pouco ligando para filosofias. Enquanto isso, eu me sentia em uma cela, tanto física como emocional, querendo entender meu mundo lá dentro e o mundo lá fora.

Talvez tudo fosse mesmo tão simples quanto pensar pouco e viver mais. Será que todos aqueles filósofos, que pareciam entender tão bem a realidade, haviam vivido de verdade? Tido experiências? Ou se basearam apenas em teorias?

Cansei de mim mesma.

Parei e fui me deitar. Ignorei Isaque ao meu lado, fechei os olhos e consegui dormir quase imediatamente.

Acordei com uma vibração. Era o celular, que tremia embaixo do meu travesseiro. Sonolenta, eu o peguei. Era Enrico. Olhei para Isaque, adormecido, e pisquei até minha visão se adaptar à luminosidade.

Saí da cama de mansinho e fui para a sala, onde me sentei na penumbra, doida para ler o resto da mensagem. Já passavam das três horas da manhã.

"*Cara Pecadora, confesso que filosofar é a última coisa que quero agora. Aliás, depois de vários baldes de cerveja, não tenho nem condições para isso. Que tal deixarmos essa conversa para um momento mais propício? Prefiro que me conte agora os detalhes sujos dos seus pecados carnais. Aqui, deitado em minha cama, nu, isso seria bem mais proveitoso.*"

Meu coração acelerou. Minha mente trabalhou com as imagens que se projetaram nela.

"*Não foi você quem disse que não existe pecado?*", digitei, ferozmente.

"*Ah, está acordada, rs. O que uma mocinha faz acordada a uma hora dessas? Está se divertindo com um homem?*"

"*Ele está dormindo.*"

Não sei por que confessei aquilo.

"*Casada?*"

Encarei o celular, sem saber o que escrever. Por fim, com medo de me expor demais, de Enrico desconfiar da minha identidade ou até de perder o interesse em falar comigo, menti.

"*Tenho muitos homens. É difícil me prender a um.*"

"*Tenho pouquíssimas restrições na vida, mas me envolver com mulheres casadas é uma delas.*"

"*E você não é casado?*"

"*Não mesmo.*"

Pensei no que dizer para manter a conversa, com medo de que ele se cansasse.

"*Gostei dessa coisa de ser invisível para você, e você para mim. Não sei como você é, quantos anos tem, o que faz. Você também não sabe nada sobre mim. É a primeira vez que posso falar assim com alguém.*"

"*Poderia ir a um terapeuta.*"

"*É caro. Com você, não pago nada.*"

"*Kkkkkkkk!*"

Agora eu sorria abertamente, pois Enrico se divertia. E eu também.

"*Certo. Por enquanto, vou chamar você de Pecadora e não vou insistir em saber mais. Por enquanto.*"

"*E eu?*", perguntei. "*Vou chamar você de quê?*"

"*Que tal Santo? Não tenho pecados.*"

"*Kkkkkkkkkkk!*" Foi a minha vez de rir. "*Está certo, Santinho.*"
"*Santo. Nada de diminutivos. Macho não gosta de diminutivos.*"
Ri, pois achava que ele só estava brincando comigo.
"*Achei Santinho tão bonitinho!*", provoquei.
"*Mulheres!*"
Eu me divertia, mas ele logo me distraiu com mais uma mensagem.
"*E por que você está aqui conversando comigo se tem um homem na sua cama? Uma verdadeira pecadora estaria se lambuzando de sexo.*"
"*Quem disse que já não o fiz? E que não o deixei exausto?*"
"*Hum... Uma ninfomaníaca!*"
"*Não chego a tanto.*"
"*Vamos lá, conte seus ditos pecados para mim. Não vou julgar.*"
"*Já que você não tem uma mulher nua ao seu lado, e que o homem adormecido aqui não me faz feliz, vamos filosofar*", pedi, querendo apenas ficar ali com ele, falar de tudo, de coisas sérias e besteiras. Não importava que já fossem três horas da manhã.
"*O que me resta?*" Eu quase o ouvi suspirar.
"*Por que gosta de filosofia, Santinho?*"
"*Vou ter que me conformar com esse apelido*", reclamou, mas depois respondeu: "*Não é que eu goste de filosofia*".
"*Não?*"
"*Não. Sou apenas um homem curioso e um leitor voraz. Posso ler Nietzsche com o mesmo interesse com que leio um conto pornográfico. Vai do meu humor. Nelson Rodrigues ou Buda, não importa. Sou eclético.*"
"*Estou vendo.*"
Eu gostava daquela liberdade intelectual dele.
"*E você, Pecadora? Gosta de ler? De filosofar?*"
"*Sou curiosa*", desconversei.
"*Isso é bom. Toda pessoa inteligente é curiosa. Mas, me diga, essa curiosidade se estende a tudo? Ao sexo também?*"
Eu lambi os lábios, meio temerosa com o rumo que a conversa poderia tomar. Simplesmente estar ali, conversando com Enrico, já me fazia sentir viva, excitada, como havia muito tempo não acontecia. Talvez acontecesse pela primeira vez, na verdade.
Eu não sabia o que responder, mas nem tive tempo.
"*Ainda me custa crer que você é uma desconhecida. Pode ter me mandado aquela mensagem de propósito, com alguma intenção.*"

"*Mas com que intenção? O que eu ganharia falando sobre filosofia com você?*"

"*A minha confiança.*"

Temi que desconfiasse de quem eu era. Eu tinha que me diferenciar ao máximo da Isabel que ele conhecia.

"*Não imagino quem você seja, Santo. E é exatamente o que me atrai: o nosso anonimato.*"

"*Certo. Vou acreditar. Temporariamente.*"

"*O.k.*"

"*Está nua?*"

Eu me surpreendi. Pensei em responder que não, mas meus mamilos intumesceram, e eu disse a mim mesma que ali era livre. Repreendi qualquer vergonha e culpa e respondi:

"*Completamente. Na minha sala, no meu sofá... nua. Como você, aí na sua cama.*"

"*Porra. Meu pau ficou duro.*"

Estremeci, acesa, sentindo o coração bater mais rápido. Apertei minhas coxas uma contra a outra. Minha vagina se esquentou e se contraiu.

"*Mostre uma parte de você, pecadora.*"

Estávamos indo longe demais e rápido demais. Em que momento me enganei achando que Enrico e eu falaríamos somente sobre filosofia e coisas da vida? Ou nunca me enganei?

Uma sensação libertadora me envolveu. Nunca, nem quando me saciava em pornografias, eu tinha ficado tão excitada. Meu corpo formigou e minha respiração já estava descontrolada.

"*Só um pedaço da sua pele. Qualquer um.*"

Fechei os olhos. Ouvi a voz de Enrico, rouca e grossa, naquele tom que tinha usado com a mulher ao telefone, sussurrando aquelas coisas para mim. Fiquei melada. Perdi o controle.

"*Agora. Quero ver.*"

Parecia exigir. Era forte, decidido.

Eu salivei. Abri os olhos na penumbra e vi minha sala, o modo proibido como eu me comportava ali enquanto Isaque dormia na nossa cama.

Tudo o que ele me dissera naquela noite, o que meu pai falara para ele, passou rápido pela minha mente. Era o momento de me arrepender, de me despedir de Enrico, de excluí-lo, de acabar com aquela loucura, de fugir. Mas me dei conta de que não me sentia culpada como deveria. Ao contrário, eu tinha medo de perder aquilo. E garanti a mim mesma que seria passageiro, uma folga da minha vida, um erro que depois eu compensaria. Naquele momento, eu só queria mais.

"*Quero ver você também*", digitei como uma verdadeira pecadora, com dedos trêmulos. Era uma loucura que me arrebatava e me alucinava!

Perdi um pouco do meu ar na expectativa. Liguei a câmera do celular e o flash e ergui um pouco minha camisola longa, mirando partes do meu corpo.

"Não faça isso!", ainda gritou alguma consciência, mas eu calei aquela voz e me enchi de uma coragem e um desejo que me sacudiram como se uma ventania soprasse dentro de mim.

Busquei uma parte minha que Enrico nunca tivesse visto. Abri as pernas e bati uma foto do lado interno, mostrando o joelho e a coxa. Apenas isso. Nem Isaque tinha visto aquilo.

Enviei. Vi quando Enrico recebeu a foto.

Por um momento, pensei que ele fosse rir e comentar que era uma foto boba, ingênua. Para ele, que estava acostumado a ver corpos nus, aquilo não era nada.

"*Queria ver você na luz. Sua pele, esse sinal que parece ter no início da coxa. Adoro joelhos. Algum homem já chupou e lambeu os seus joelhos até que se sentisse como se a boca dele estivesse sugando a sua boceta?*"

— Ah... — gemi baixinho, sentindo-me molhada, latejante, pulsante.

Então, Enrico enviou uma foto.

Como eu, não mandou nada sexualmente explícito. Estava na claridade, ao contrário de mim, e tirara uma foto de um dos pés apoiado sobre o lençol branco. Havia uma frase tatuada na lateral do pé, que li: "Se não achar um caminho, eu faço um".

Deixei essa frase rolar na minha mente enquanto analisava o seu pé, grande, com unhas curtas e pele morena. O início dos pelos escuros no tornozelo. Adorei ter aquilo, uma imagem para guardar para sempre.

"*Você é assim, Santo? Não desanima? Nada o impede de seguir em frente?*"

"*Nada. Se alguém cortasse as minhas pernas, eu rastejaria. E ainda assim encontraria o caminho.*"

Suas palavras me fizeram sentir fraca. Eu nunca tinha feito nada por mim mesma. Sempre tinha obedecido, recuado, aceitado. Mas não ali. Ali eu seguia meus desejos e fazia novas escolhas, mesmo que fossem erradas.

"*Alguma vez se arrependeu do caminho escolhido?*", perguntei.

"*Várias vezes.*"

"*E o que fez?*"

"*Segui por outro*", escreveu. Depois, continuou, querendo mudar o assunto ou saber mais sobre mim: "*Quantos anos você tem?*".

"*O suficiente.*"

"*Para quê?*"

"*Para ter a consciência pesada.*"

"*Estou cada vez mais curioso sobre esses pecados. Conte pra mim.*"

Pensei no que dizer. Se eu contasse quais eram meus pecados, Enrico me associaria em segundos à religiosa Isabel. Mas que mentira eu poderia inventar?

"*Não é casada, então não se trata de traição. Vamos lá! Odeio brincadeiras de adivinhar.*"

"*Nunca tive prazer com um homem, somente sozinha*", contei a ele, dizendo parte da verdade. Depois, menti: "*Tive muitos. Incontáveis. E sempre me decepciono com eles*".

"*Isso porque não me conhecia. Até agora. Ponha esse fracote aí para correr e me dê o seu endereço. Vamos resolver isso logo.*"

Eu ri sozinha na sala.

"*Quem sabe um dia*", digitei.

"*Para falar a verdade, estou bêbado e morto de cansaço. Poderia mesmo correr aí para comer você. Teria uns dois orgasmos comigo facilmente. Mas minha fama ficaria abalada. Prefiro que me encontre quando eu estiver inteiro.*"

"*Dois orgasmos bêbado e cansado? E quantos me daria normalmente?*"

"*Cinco, no mínimo.*"

"*Você se acha muito!*" Eu ri sozinha.

"*Não duvide do que não conhece! Se bem que, para voltarmos aos assuntos filosóficos, a dúvida é mais uma mostra de inteligência.*"

"*É mesmo? E quem disse isso?*"

"*Aristóteles.*"

"*Ah!*"

"*O ignorante afirma, o sábio duvida, o sensato reflete. Já vi que você não sabe porra nenhuma de filosofia, Pecadora.*"

"*Você é o sábio ou o sensato?*"

"*Acho que sou os três, rsrs. E isso é bom. Pior é ser só um ignorante que se acha dono da verdade.*"

"*Acho que estou no caminho certo. Tenho duvidado de tudo. E refletido demais.*"

"*Por quê?*"

"*Porque talvez eu tenha um vazio por dentro. Já se sentiu assim?*"

Enrico não respondeu logo. Recostei-me no sofá.

"*Já.*"

Apenas uma palavrinha.

"*E o que fez? Como preencheu esse vazio?*"

"*Eu acreditei em mim. Percebi que nenhum milagre me salvaria.*"

"*Você já sofreu muito, para se tornar tão cético?*"

Percebi que a pergunta era pessoal demais. Enrico não responderia.

"*Não sou cético.*"

Ambos nos calamos.

Uma agonia apertava meu peito, e talvez isso me tenha levado a digitar.

"*Tenho medo das minhas vontades, Santo.*"

"*Já leu Schopenhauer?*"

"*Não.*"

"*O que você leu?*"

Tive vontade de responder "a Bíblia", mas me calei. Enrico continuou:

"*Para ele, a vontade é a essência de todas as coisas. É um impulso cego. Já pensou como seria se não tivéssemos vontade?*"

Enrico nem me deixou pensar sobre o assunto. Como se estivesse cansado daquele papo, foi direto:

"*Minha vontade agora é comer você. Calar a sua boca com meu pau*".

Eu me excitei.

"*E se eu for feia?*", perguntei. "*Velha? O pior ser que já viu?*"

"*Sua pele não é de velha. Seu joelho me fez imaginar muita coisa.*"

"*E como me imagina?*"

"*Linda, gostosa, insatisfeita. Deixando a vida passar. Dormindo com um homem que não quer, conversando com um desconhecido. Está se castigando?*"

Fiquei imóvel. Por fim, digitei, meio irritada:

"*E você? Se é tão esperto, por que está aí sozinho, conversando comigo? Talvez seja apenas um solitário que gosta de parecer feliz e realizado. No fundo, está tão perdido quanto eu.*"

Achei que ele se ofenderia e logo me arrependi.

"*Tem razão. Não há motivos para esse papo sem cabimento. Nunca gostei de conversar sem olhar nos olhos. Nem chegamos a falar umas sacanagens para animar as coisas. Vou dormir.*"

Fiquei nervosa. Não queria que ele me ignorasse nem que me bloqueasse.

"*Não quis ofender você*", escrevi.

"*Não me ofendeu. Estou morto. Durma bem, Pecadora. Estou começando a achar que você nem sabe o que essa palavra significa.*"

"*Eu sei. Pode ter certeza.*"

"*Se é o que diz... Boa noite.*"

Fiquei desesperada. Precisava de mais. E se ele passasse a me ignorar?

Vi que deixou de estar on-line. Sem opção, digitei apenas "*Boa noite*".

Demorei-me lá por alguns minutos, olhando. Mas Enrico não voltou a visualizar o celular. Levantei-me sentindo uma tristeza inexplicável. Fui para a cama e fechei os olhos. Demorei muito a dormir.

12

Enrico

Meu fim de semana foi ótimo. Encontrei amigos, fui à praia, surfei. Marquei um almoço com uma amiga, e depois passamos o resto do domingo na cama, trepando de modo pouco convencional.

Saí da casa dela à noite e agora estava deitado no meu sofá, de bermuda e camiseta, com certa preguiça. Assisti a um filme antes de ir dormir, com Cleópatra no meu peito. Ela havia feito uma massagem em mim com as patinhas minúsculas, ronronando, até se acomodar sobre minha barriga.

Olhei para aquele pedacinho de ser vivo que agora era tão confiante, como se tivesse esquecido que fora abandonada na rua, que quase morreu de fome. Estava mais gordinha e corria pela casa brincando e subindo nos móveis. Vivia atrás de mim e de Rosinha, e até os cachorros logo a aceitaram.

Acariciei o pelo macio e negro. Ela miou baixinho, mas continuou a cochilar.

É engraçado como até o ser mais desconfiado baixa a guarda ao receber carinho. Cleópatra sabia que ali não lhe aconteceria mal nenhum.

Não sei se cheguei a confiar em alguém depois que meu irmão foi assassinado, e isso talvez se deva a nunca ter sido acolhido como a gata foi. Talvez, no fundo, eu ainda estivesse com medo. E sozinho.

Pensei na Pecadora e na nossa última conversa, durante a madrugada. Ela tinha mandado outra mensagem no sábado, mas nem olhei. Na verdade, não sabia por que ainda não tinha bloqueado aquela estranha.

As palavras dela tinham me incomodado.

"E você? Se é tão esperto, por que está aí sozinho, conversando comigo? Talvez seja apenas um solitário que gosta de parecer feliz e realizado. No fundo, está tão perdido quanto eu."

Solidão. Falta de confiança. Medo. Eu odiava aquilo tudo. Pensei que havia extirpado esses sentimentos de mim quando tomei as rédeas da minha vida, mas, no fundo, ainda estavam lá, dando um tanto de amargor à minha vida.

Como uma completa estranha pôde ver isso?

Naquele fim de semana eu havia feito tanta coisa que mal tive tempo para pensar, mas bastou parar um pouco para aquele pensamento incômodo voltar.

Eu poderia estar com alguém. Amigos, mulheres, o que fosse. Família, não tinha mais, mas isso eu poderia resolver a qualquer momento. Sempre havia alguém a fim de mim. Bastava escolher uma mulher e deixar uma parte minha no mundo.

Eu me irritei só de pensar sobre isso. Estava onde e como eu queria. Não precisava de ninguém para ser feliz.

Tentei prestar atenção no filme, mas acabei lendo a mensagem dela.

"Quando lhe falta o objeto do querer, pela rápida e fácil satisfação, assaltam-lhe vazio e tédio aterradores, isto é, seu ser e sua existência mesma se lhe tornam um fardo insuportável. Sua vida, portanto, oscila como um pêndulo, para aqui e acolá, entre a dor e o tédio."

Ela dera um intervalo.

"Quem disse isso foi Schopenhauer, mas você deve saber. Será que é isso que me falta? Um objeto do querer?"

A última visualização dela tinha sido três minutos antes. Estaria esperando uma resposta minha?

Queria apenas jogar conversa fora. Perguntei-me por quê. Solidão? Infelicidade? Tédio?

Eu ainda não entendia por que perdia tempo com aquilo. Era uma estranha. No entanto, eu estava mais irritado. Até agressivo. Ela parecia mais estar jogando indiretas para mim do que qualquer outra coisa. E, pior, estava acertando o alvo.

Resolvi provocar e ver o que ela diria.

"Eu poderia dizer que falta sexo na sua vida, mas me contou que é quase uma ninfomaníaca. Então, devo supor que o que falta é você ser bem fodida. Com força e gostoso. Quer que eu vá aí fazer o trabalho? Resolver de uma vez essa insatisfação que faz você ficar caçando textos filosóficos na internet para prender a minha atenção? Por que falar de Sartre e Schopenhauer quando o que quer mesmo é um monte de putaria?"

Mal enviei, ela ficou on-line e visualizou a mensagem, como se esperasse ansiosamente por aquilo.

Não senti culpa por minha grosseria. Na verdade, gostei. Sorri sozinho, acariciei a gatinha e esperei. Quando ela não disse nada, larguei o celular e voltei a me concentrar no filme, mas sem sucesso. Estava estressado.

Depois de alguns minutos, o aparelho vibrou. Eu ia ignorar. Ia mesmo. Mas peguei o celular e vi a resposta.

"Talvez eu só queira companhia, Santo."

Sua resposta simples e honesta me surpreendeu.

A sensação de solidão me envolveu com ainda mais força.

É estranho como tanta coisa acontece dentro da gente independentemente do exterior. Um mundo de ruas, rios, mares, estados, países pode separar duas pessoas fisicamente. Elas podem nunca se ver nem falar a mesma língua. Talvez uma esteja curtindo em uma festa, cercada de gente e de música, e a outra esteja sentada em uma varanda, isolada de tudo. Mesmo assim, ambas podem se sentir do mesmo jeito: sozinhas.

Ridículo.

Cada um fica da maneira que quer. Eu odiava essa mania do ser humano de arrumar pretextos para justificar uma infelicidade ou uma covardia. Principalmente quando eu mesmo caía nessa armadilha.

Quase excluí aquela estranha sem mais conversa. Desconfiei mais uma vez de que fosse alguma conhecida. Seria fácil descobrir, tendo o número do celular. Com um pouco de investigação básica, eu teria a identidade dela, o nome completo e até o endereço. No entanto, ela não tinha feito nada grave. E era o mistério de tudo aquilo que me atraía.

"Companhia para conversar ou foder?", perguntei a ela.

"Conversar."

"Não estou a fim. Eu me recuso a dar aulas de filosofia em um domingo à noite, cansado do tanto que trepei e ainda querendo um pouco mais de sacanagem. Vai me mandar uma foto? Vai me dizer alguma coisa que desperte o meu interesse?"

"Por que está tão agressivo?"

"Por que continua me chamando aqui?"

Cleópatra se levantou e me olhou, ainda em minha barriga, como se meu movimento ao digitar a incomodasse. Pulou para a outra ponta do sofá e se enrodilhou ali, ignorando minha presença. Quase a peguei de volta, sentindo falta de seu calor, mas me sentei e corri os dedos entre os cabelos, achando uma tolice me importar tanto com o desprezo de uma gata.

"Você me fez pensar sobre muita coisa e gostei disso", respondeu ela. E foi além. *"Acho que sua transa não foi muito boa. Parece irritado."*

"Na verdade, foi excelente. Quer saber detalhes?"

"Quero."

Fiquei mais agitado. Quando vi, eu já digitava rapidamente:

"*Entre minhas amantes, tenho uma preferida. Não é a mais bonita, embora eu goste bastante de sua aparência, mas com certeza é a mais inteligente. Antes de transar, gostamos de sair para comer algo e tomar vinho. Ela é historiadora, professora universitária, e tem mais diplomas que qualquer pessoa que conheço. E é uma feminista acirrada. Na verdade, é feminista marxista. Sabe o que isso significa?*"

"*Sei o que é feminismo, mas não exatamente como funciona junto ao marxismo. Acho que vai ter que me explicar.*"

Eu me contive para não a provocar. Na verdade, gostava daquela sua sinceridade. Respondi:

"*As feministas marxistas dizem que a mulher é dominada pelo homem e pela sociedade devido a uma cultura machista, que a mulher se submete a cuidar da casa, do marido, da prole, a fazer sexo com o marido apenas para alimentar um sistema que a escraviza. Quando toma consciência de que faz isso e tenta escapar, percebe que vive em uma opressão sexual ditada pela utilidade e pela serventia. Por isso, a historiadora feminista marxista não quer casar, mas aproveitar sua vida escolhendo seus amantes, transando muito, trabalhando, fazendo o que der vontade, exatamente como os homens fazem.*"

"*Escrever tantos nomes assim cansa, rsrs*", enviou ela. "*Historiadora feminista marxista. Vou chamar de HFM, está bem?*"

Sorri sozinho. Na mesma hora, ela continuou:

"*A HFM quer ter a mesma liberdade que os homens, mas é difícil isso ser visto com naturalidade. Ainda somos cobradas demais em nosso papel submisso. Acho que as mulheres até estranham, mais do que o homem, o feminismo das outras mulheres.*"

"*Certamente. Mas não a HFM.*"

"*Entendi. Isso significa que na cama vocês têm direitos iguais?*"

"*Não.*" Meu sorriso se ampliava enquanto eu digitava. "*Na cama, ela gosta de apanhar.*"

Queria muito ver a cara dela naquele momento. Recostei-me no sofá, satisfeito. Eu estava dizendo a mais pura verdade.

"*Uma HFM que defende a igualdade entre homens e mulheres, que é contra a opressão masculina, gosta que você a domine na cama? Que bata nela?*"

"*Sim.*"

"*Mas isso não é o oposto do que ela acredita?! Não é feminista!*"

"*É, sim. Devo defender a historiadora. Aliás, sou um cavalheiro (medieval, é claro). Com ela, eu me sinto muito livre e viril, mais do que o normal. Isso é relevante para os homens. Ela sabe se portar na cama. Diz até que eu a criei. Posso ter contribuído, sim, é verdade, mas fiz apenas o que Michelangelo fez ao esculpir* David*: 'Tirei do bloco de mármore o que não era* David'. *Resumindo, Pecadora: a historiadora é tão livre que pode escolher o que quer, inclusive ser uma submissa que gosta de apanhar.*"

Ela leu e ficou quieta por um tempo. Depois, enviou:

"*Não precisa ser feminista marxista para isso.*"

"*A opção sexual dela nada tem a ver com sua postura política.*"

"*Talvez você se excite quando ela diz palavras difíceis e grita que nenhum homem vai jogá-la na armadilha de um casamento, enchê-la de filhos, obrigá-la a fazer o jantar dele todos os dias. Tudo isso enquanto vocês tomam vinho em um restaurante chique, e você também deve excitá-la falando de filosofia, mostrando quanto é culto, para logo depois vê-la de joelhos pedindo para você fazer tudo o que quiser com ela em um quarto de motel.*"

"*Na verdade, foi na cama dela*", falei inocentemente, rindo sozinho com as colocações, pois, no fundo, o jogo era bem daquela maneira.

"*No final das contas, todos nós dizemos um monte de coisas. Somos isso, somos aquilo. Mas, na verdade, tudo não passa de uma capa, de um disfarce. É na animalidade do sexo que nos mostramos de verdade.*"

"*Filosofando, Pecadora?*"

"*Estou aprendendo com você, Santinho.*"

"*Voltamos ao diminutivo?*"

"*Gosto de variar.*"

Sorri.

"*Está certa. O sexo, na verdade, é libertador. Você se acha uma pecadora por transar demais. No entanto, se tivesse prazeres absurdos, isso não a incomodaria tanto. O que a perturba é dar sua bocetinha por aí e não ter nenhum orgasmo com ela. Talvez só lhe falte uma coisa: libertar-se. Saber do que gosta.*"

"*Por que usa termos chulos?*"

Achei graça daquilo.

"*Você se refere a 'bocetinha'? Ficaria mais à vontade se eu dissesse vagina?*"

Ela se calou, e foi o bastante para que eu me animasse.

"*O que é isso? Uma pecadora com alma de donzela?*"

"*Você disse que era um cavalheiro (medieval, é claro).*"

"Cavalheiros medievais adoravam desvirginar mocinhas. Não tente me distrair. Tem certeza de que é quase uma ninfomaníaca?"

"Se a HFM pode gostar de apanhar, por que eu tenho que gostar de termos pejorativos só por que transo bastante? Talvez eu seja antagônica, como ela."

"Você é esquisita."

Eu fiquei sério, pensativo. Imaginei que tipo de mulher estava do outro lado da conversa e o que era ou não verdade em tudo que dizia. Voltei a me deitar no sofá e encostei meu pé no corpo peludo e quente de Cleópatra, que não se incomodou e continuou dormindo. Relaxei um pouco.

"Mande uma foto sua", exigi.

"Já fiz isso."

"Quero mais. Seu rosto. Seus olhos."

"Não."

"Tem medo de que eu reconheça você, Pecadora?"

"Isso destruiria a confiança que tenho em desabafar."

"Até agora, não desabafou nada. Só está se aproveitando dos meus conhecimentos intelectuais."

Nova risadinha, *"Rsrsrs"*, seguida de *"É isso que incomoda você, Santo? Queria que eu me aproveitasse do seu corpo?"*

"Seria mais prazeroso para mim. Vamos lá. Uma foto. Agora."

"Não me dê ordens. Não sou a HFM."

"Pare de enrolar."

Recebi um minuto de silêncio. Então, veio uma imagem.

Ela estava deitada no que parecia ser uma cama, com um lençol florido por baixo. Tinha abaixado um pouco o cós da saia, erguido uma blusa verde e tirado uma foto de uma parte da sua barriga esguia, lisa, de pele clara, com um contorno acentuado na cintura e um umbigo pequeno, delicado, que mexeu com minha libido.

Não dava para ver nada além disso.

Meu pau enrijeceu, como se eu a visse nua. Talvez vê-la nua não tivesse me excitado tanto, mas aquele pedaço de pele e de barriga, aquele umbigo, fez meu sangue correr mais rápido nas veias. O desejo me inflamou naturalmente, vindo das entranhas.

Minha boca ficou seca. Tive vontade de sentir se sua pele era tão macia como parecia, se aquela cintura se encaixaria nas minhas mãos. Quis lamber bem devagar aquele umbigo minúsculo, delicado, extremamente sexy.

Na minha mente, juntei seu joelho com a pequena pinta na parte interna, perto do início da coxa, àquela nova parte. Era como se a montasse na imaginação e a tornasse real. Meu pau encheu todo o jeans, estufando-se, ficando dolorido.

Abri o botão. Desci o zíper e também a cueca. Meus pelos pubianos negros apareceram junto com meu pau, que formava uma coluna grossa ali. Tirei uma foto e enviei.

Ela viu.

Ficamos quietos, olhando nossas partes naquela conversa, expostas.

"*Você é lindo, Santo.*"

Simples assim.

"*Seu corpo está excitado como o meu? Com vontade de lamber os lábios, de se tocar? De ter sua barriga coberta por meu corpo quando eu deitasse entre as suas coxas?*"

Aquele jogo me fez perceber que eu gostava do mistério. Em um mundo onde as mulheres eram tão fáceis para mim, tão expostas e nuas, onde o sexo era algo tão acessível, eu me descobria apreciando algo tão inocente quanto um joelho e um umbigo.

Ela viu, mas não respondeu. Agarrei meu pau e me masturbei devagar, movendo a mão para cima e para baixo, apertando minha carne, que as veias já ondulavam. Uma gota de lubrificação surgiu na ponta e tirei uma nova foto daquilo. Enviei e exigi:

"*Lambe a cabeça do meu pau. Está sentindo meu gosto?*"

Esperei. Ela olhou e ficou, muda por um momento. Continuei a me acariciar.

Pensei na historiadora dizendo palavras sujas e implorando por uns tapas na cara enquanto eu a comia, na morena que fez um boquete em mim no meio do vestiário, na infinidade de amantes que me deram prazer. E em quem eu era. Sexual, direto, prático, sempre dono das minhas emoções. Atento para que nunca me dominassem.

De alguma forma, ali, eu senti mais do que desejo puro. Talvez fosse só a sensação de que eu podia me mostrar mais do que diante de uma pessoa real me vendo nu. E de que podia sentir mais daquela desconhecida nas entrelinhas e nas poucas imagens que decidiu me enviar, como se o tempo todo ela quisesse me contar algo e escolhesse fazer isso por meio de conversas camufladas.

Não sei o que me deu. Mesmo com tesão, querendo levar aquilo adiante, eu me cansei de esperar e de brincar. Larguei meu pau e digitei:
"*Esquece.*"

Deixei de lado o celular. Senti que vibrou, mas o ignorei enquanto subia a bermuda de volta. O mistério podia ser atraente, entretanto eu havia aprendido a confiar no previsível.

Era muito mais seguro.

13

Enrico

Eu sempre almoçava em casa. Como eu morava perto do trabalho, dava para ir e voltar tranquilamente, além de tirar um tempo para descansar, assistir a um jornal ou bater papo com Rosinha, quando era dia de faxina.

Naquela segunda-feira, não demorei muito em casa e logo voltei para a agência, pois tinha contratos novos e estava agitado, como sempre ficava com os projetos. Entrei na minha sala cheio de planos, com a mente fervilhando.

As janelas estavam abertas, e o sol da tarde entrava na sala, esquentando um pouco o ambiente. De manhã, eu gostava da brisa, da claridade. Era só naquele horário que eu as fechava para ligar o ar-condicionado.

Ergui as mãos e segurei as laterais externas de madeira, pronto para puxá-las. Não sei o que me fez olhar para baixo, onde havia um pequeno jardim que contornava a casa, mas, quando o fiz, parei, vendo uma pessoa ali. Uma mulher.

Isabel.

Sob a janela, à direita, havia um banco de concreto embaixo de uma amendoeira. Ela estava sentada ali, sozinha, como se aproveitasse os raios de sol que atravessavam as folhas.

Eu me surpreendi. Em geral, os funcionários preferiam descansar nos sofás depois do almoço, jogando conversa fora, ouvindo música, ou caminhar um pouco até a Praia Vermelha, tão perto dali. Aquele banco era quase esquecido.

Soube que devia fechar a janela. No entanto, antes que minhas mãos se movessem, meus olhos se fixaram no rosto que ela erguia, com ar sensualmente doce, os lábios entreabertos, os olhos fechados. Era uma expressão prazerosa. Quase de oferenda.

Estava tão bonita que não resisti a olhar para ela. Depois do encontro no bar e do confronto na minha casa, eu evitava qualquer contato além do estritamente necessário. Sabia bem a atração que ela havia despertado em mim e me lembrava dos seus olhares famintos no meu aniversário e do fato de ser mulher de Isaque. Agora, era minha funcionária. Manter a distância era a melhor coisa a fazer, e tinha dado certo até então.

Ela também fizera o mesmo. Eu estava satisfeito com a sua eficiência e com o fato de parecer séria e contida, embora algo sempre me deixasse muito ligado quando Isabel estava perto. Até um pouco alerta.

Olhei seu rosto tão suave, tão incrivelmente belo e doce, naquela expressão de quase júbilo ao receber os raios do sol. Os lábios dela, rosados e carnudos, eram puro erotismo.

Meus músculos se retesaram, mesmo sem querer e sabendo que devia sair dali, deixá-la em paz. Mas era impossível, e meu olhar a percorreu devagar.

Usava aquelas roupas fechadas, feias. Saia estampada que ia até as canelas e blusa rosa fechada, com leves babados nas mangas. Roupas tão cafonas e velhas que cheguei a me perguntar em que loja comprava coisas tão fora de moda.

Recriminei-me por espioná-la e puxei as janelas sem fazer barulho. Antes que eu as fechasse, algo inusitado me paralisou. Ela baixou o rosto e, como se achasse que estava protegida ali entre os muros, ergueu suavemente a barra da saia, deslizando-a até os joelhos e expondo um par de panturrilhas bem-feitas em pernas longas.

Cerrei o maxilar, olhando aquelas pernas, os pés delicados em sandálias baixas.

Isabel parecia se tocar, mesmo de maneira inocente. Ela abriu o primeiro botão da blusa e passou os dedos no pescoço. Vi parte do seu perfil e do seu sorriso, doce, prazeroso, tão feminina que despertou alguma espécie de animal em mim, um predador com vontade de atacar.

O certo era ignorar tudo aquilo, mas meus olhos percorreram o caminho dos seus dedos e notaram quando puxou a trança longa para um dos ombros e, bem lentamente, começou a desfazê-la.

"Porra, Enrico", briguei comigo mesmo. "Sai daí!"

Não me movi.

A brisa brincava com as pontas dos fios conforme se espalhavam. Assim como faziam com o tecido da saia, quase descortinando seus joelhos.

A imagem que me veio foi de pureza e de feminilidade. De suavidade e gozo. De pele macia e lábios carnudos. E daquele cabelo todo que, com os dedos correndo entre os fios, ela espalhou como uma onda sedosa por suas costas e seus braços, caindo em volta do seu rosto, encantando como se fosse uma sereia à espera do primeiro apaixonado a quem seduzir.

Não sei o que foi que me deu. Um aperto por dentro, um desejo faminto. O tesão veio com força e me tornou totalmente consciente dela como mulher, mais do que eu jamais percebera. Esqueci os motivos que tinha para fechar aquela janela.

Isabel pareceu suspirar e ergueu novamente o rosto, olhos fechados, pescoço exposto, pernas esticadas à frente. O tecido marcava suas curvas. O sol dava às suas mechas longas matizes diferentes de castanho. A brisa brincava com elas.

Meus dedos comicharam com vontade de tocar aquela seda toda. Eu a vi nua, envolta apenas naquele cabelo longo, que se enrolaria todo em mim quando eu a puxasse para os meus braços, quando minha boca tomasse aquelas polpas macias da sua boca, quando suas coxas se abrissem e me mostrassem a sua boceta tão rosada quanto seus lábios. Eu não saberia o que provar primeiro, o que lamber, o que chupar, o que penetrar.

Meu pau ficou duro. O ar saiu pesado dos meus pulmões. Em momento nenhum perdi a razão, apenas a empurrei para ceder terreno à cobiça e àquela espécie de ânsia. Eu nunca tinha estado tão consciente de mim como homem, como macho na essência da palavra. Estava desperto, no auge.

Eu a apreciei. Somente a apreciei, deixando as sensações e os desejos virem, dominarem o meu corpo, esquentarem o meu olhar.

E, como se o espetáculo tivesse chegado ao fim, como se seus momentos íntimos tivessem terminado, eu a vi baixar a cabeça, descer as mãos e, com elas, escorregar a saia para o comprimento normal, escondendo sua pele de mim. Vi seus dedos juntarem o cabelo, puxarem todos os fios sobre um dos ombros, alisando-os, domando-os. Ela o trançou de modo simples, certo, como devia estar acostumada a fazer.

Em segundos, era a Isabel de sempre.

Ergueu-se, ajeitou a trança e fechou o botão da blusa. Ficou parada por um tempo, como se estivesse se despedindo do seu momento. Daquele momento que deveria ter sido só dela e solitário, mas que fora testemunhado por mim.

Ela se afastou com passos leves, etérea, como uma visão, deixando para trás o banco, a árvore, as folhas no chão. O vazio.

Fechei a janela. Andei, rígido, até minha cadeira e me sentei, vendo o controle do ar-condicionado diante de mim, sobre a mesa. Minhas mãos comichavam, e nelas eu queria pele, carne, cabelos, lábios. Foi difícil voltar à realidade, desligar-me daquele encantamento.

Finalmente, liguei o ar-condicionado e corri os dedos entre meus cabelos, um pouco nervoso, ainda excitado. Estranhei a força da pureza dentro de mim, mais até do que a luxúria. Eu estava acostumado com sexo, mas não com aquela provocação delicada. Mulher nenhuma tinha me deixado tão abalado.

Peguei meu celular no bolso e abri a conversa com a Pecadora. Ela não tinha mandado mais nada. Suas últimas palavras tinham sido na noite anterior, mas eu nem tinha olhado, deixando-a sem resposta: *"Santo? Está aí?"*.

Estranhei que, em tão pouco tempo, eu me deixasse afetar por coisas tão suaves e simbólicas quanto fotos de joelhos e umbigo, e agora de uma mulher tomando um pouco de sol, mais vestida do que todas que eu costumava ver de biquíni nas praias. Teria a Pecadora despertado em mim aquela predileção pelo sensual no lugar do sexual? Ou isso fora Isabel, quando a vi pela primeira vez no bar e a desejei?

Por um momento, cheguei a me perguntar se ambas não eram a mesma mulher. Era uma possibilidade ridícula, mas não impossível.

Isabel tinha me olhado muito. Isaque tinha meu número de telefone. E se ela fosse louca a ponto de me procurar com um motivo escuso, disfarçando-se de outra pessoa?!

Liguei o computador. Eu tinha acesso a tudo na minha agência, inclusive às fichas dos funcionários. Cliquei no nome dela e abri sua ficha. Fui direto às suas informações pessoais, como endereço e telefone. Vi o número do seu celular, mas era diferente daquele que a Pecadora apresentava no WhatsApp.

Não sei se senti alívio ou decepção, mas logo percebi que estava indo longe demais, sendo muito desconfiado. Isabel era casada, religiosa, contida. Nunca mais me lançara olhares cobiçosos. Não me dera motivos para achar que era tarada por mim.

A Pecadora confessara ter vários amantes, embora pudesse simplesmente inventar qualquer coisa. Mas parecia muito mais solta, curiosa, livre.

Talvez o celular dela tivesse dois chips e dois números.

Aquilo me perturbou e me incomodou.

Era loucura demais. Eu estava com mania de perseguição.

No fundo, seria fácil descobrir.

Não sei o que me deu.

Larguei meu celular e voltei a trabalhar, dizendo a mim mesmo para esquecer aquilo tudo.

Isabel

Só no fim do expediente tive um tempo para respirar e me dar conta de que estava quase na hora de voltar para casa, e eu nem sequer tinha visto Enrico naquele dia.

Desde sexta-feira, todo o contato que tivéramos foram nossas conversas pelo celular, que me deixaram mais agitada, esperando aquela segunda-feira com excitação.

Não sabia se ele ainda estava na agência. Talvez em sua sala, talvez já em casa. E não acreditava que teria que esperar mais um dia.

Uma música suave tocava na agência, e daquela vez não era clássica, mas internacional. Antiga e linda. Eu já a tinha ouvido em algum lugar, mas não sabia o nome da canção nem do cantor. Talita a cantarolava enquanto arrumava sua bolsa para ir embora.

Deu nossa hora de sair e me levantei, desanimada. Fui até a cafeteira, em um canto, e me servi do café feito à tarde, com leve gosto de requentado, adiando o momento de sair.

— Mais uma semana começa. — Laíza se espreguiçou e se ergueu também, buscando um batom na bolsa e indo em direção ao banheiro.

Assoprei o café quente e o bebi devagar, relembrando minha conversa com Enrico no dia anterior e a foto que ele havia mandado. Nunca tinha visto nada mais lindo e mais viril. O pedaço da barriga musculosa, algumas veias descendo para seu púbis, os pelos. E o pênis, enorme, duro. Assustador. Maravilhoso.

Meu coração bateu forte só de recordar. Tudo dentro de mim ardia em uma mescla de excitação, medo, desejo. Corei ao lembrar como eu havia ficado muda e chocada, sem conseguir me mover, só olhando para a imagem. Era como se meus anseios mais sujos se tornassem realidade ali, quando paramos de falar de filosofia, quando uma foto pudica deu lugar a outras mais explícitas e cruas.

Eu quis fazer e dizer muita coisa, mas as sensações foram tantas que demorei a me situar, e, quando Enrico disse "esquece", já era tarde demais.

Eu o chamei, com sua imagem e suas palavras sensuais dançando diante dos meus olhos, mas ele não respondeu.

Foi naquele momento que pequei mais uma vez. Eu me imaginei fazendo o que ele tinha mandado, lambendo aquela gota em seu membro, sentindo seu gosto. Deitando-me, abrindo-me, deixando que ele viesse para cima de mim e colocasse aquela carne toda dentro do meu corpo, da minha vagina que escorria e latejava. Não pude evitar. Toquei-me olhando aquela imagem dele. Gozei com os dedos dentro da calcinha, abafando meus gemidos, sentindo-me errada e certa ao mesmo tempo, traidora e, ainda assim, necessitada do meu momento de perdição.

Depois, veio a consciência pesada, a culpa. Eu tinha ido longe demais. Tinha ultrapassado todos os limites. E não sabia mais o que seria de mim, tão dividida, tão confusa, com tantos desejos e tanto medo.

Eu estava ali, segurando o copo perto da boca, perdida em pensamentos pecaminosos, quando a porta foi aberta e meu olhar se chocou com o de Enrico, que parou na entrada da sala. Seus olhos ambarinos se fixaram nos meus de um modo tão intenso que um arrepio forte subiu pela minha espinha e minhas pernas bambearam.

Por um momento, nenhum de nós reagiu.

Eu estava imobilizada. Minha mente entrou num turbilhão diante da realidade mais esmagadora do que tudo que eu imaginava dele. Pela primeira vez desde que tinha começado aquela loucura de Pecadora, eu me dei conta do perigo em que me metera.

Seus olhos pareceram escurecer, descendo lentamente até minha boca. Ficaram ali, e tudo dentro de mim se descontrolou, explodiu, viveu. Perdi qualquer controle que pudesse ter. Soube que estava fora de mim. Nas mãos dele.

— Rico, ainda bem que está aí! Queria mostrar uma coisa a você antes de ir embora.

A voz veio de longe, não sei de qual dos meus colegas. Enrico fechou a expressão e passou por mim, ignorando-me.

Não me movi, não me virei, não o olhei. Tive medo de mim. E medo dele. De que notasse de novo o que fazia comigo, de que me chamasse a atenção e até de que me mandasse embora. Tinha que ser mais atenta, tomar mais cuidado. Mas como, se agora eu tinha mais dele enchendo minha mente? Se sua parte mais íntima estava lá, tornando-me obcecada, fora de mim?

O problema havia sido o modo como surgira de repente, como se se materializasse dos meus sonhos. E como me olhou. Que olhar tinha sido aquele?

Terminei o café, trêmula. Demorei-me um pouco ali, jogando o copo descartável fora, pegando outro para beber água. Ouvi a voz grossa dele, a de Madalena, palavras soltas, mas me concentrei em mim, em me recuperar.

— Até amanhã — disse Enrico, alto, para todos.

Passou ao meu lado sério, sem me olhar. E saiu.

Não me acalmei.

Peguei minhas coisas e fui para o ponto do ônibus. Voltei para casa sem saber como seria dali para a frente. O que eu sabia era que estava louca e descontrolada. A culpa não era suficiente para me conter. Eu precisava de mais.

Em casa, chequei meu celular a cada segundo. Queria escrever a ele, mas não sabia o quê. Isaque chegou e me forcei a respeitá-lo, a ver a loucura das minhas ações, a pensar nas consequências dos meus atos. Eu me senti envergonhada. Não consegui olhá-lo nos olhos.

Depois que ele dormiu, eu me ajoelhei na sala e orei muito. Percebi que eu chorava quando lágrimas pingaram em meu colo e quando meu peito se sacudiu.

Pedi a Deus perdão e força, que ele me livrasse das tentações e daquele desejo insano, que acalmasse meu corpo e minha alma e que me mostrasse o caminho certo.

Depois, cansada e mais contida, sentei-me no sofá. Olhei para meu celular e para minhas mãos. Pensei na minha vida.

Gostaria de dizer que ali aconteceu um milagre, mas não foi assim. Não cheguei a conclusão nenhuma. Só fui sincera e admiti que estava infeliz, e não era de pouco tempo, que meu sangue pulsava por vida e que o mais perto que eu sentia de prazer e felicidade era o que Enrico despertava em mim.

Foi naquele momento que o celular vibrou. Meu coração pulou. Um calor abrasador, delicioso, proibido, percorreu meu corpo. Eu soube que era ele antes mesmo de abrir o WhatsApp e ler a mensagem.

"*Eu sei quem você é.*"

Gelei. Paralisada, reli as palavras. Senti medo. Tentei me acalmar ao digitar:

"*Claro que sabe. Sou a Pecadora.*"

"*Diga seu nome.*"
"*De novo isso?*"
"*Como descobriu meu número?*"
"*Você sabe que foi um engano.*"
Meus dedos tremiam.
"*Quem acha que eu sou?*"
"*Por que não me responde?*"
"*Se não quiser mais falar comigo, vou entender. Não quero que se sinta ameaçado.*"
"*Estou desconfiado, mas posso resolver isso a qualquer momento. Conheço pessoas que podem me dar todas as informações sobre você em minutos, tendo somente seu número de telefone.*"

— Ai... — murmurei, nervosa.

Tentei me lembrar do número que havia dado no trabalho e tive certeza de que foi o número do segundo chip, o que eu usava para contatos profissionais. O outro, com WhatsApp, era para contatos pessoais.

Com certeza Enrico chegaria até mim com facilidade. Como eu havia sido tola em achar que me manteria no anonimato!

Senti tanto medo que quase o excluí, mas soube que de nada adiantaria. O único jeito era tentar convencê-lo de que eu era uma estranha. Mas como?

Fiquei quieta. Foi ele quem digitou primeiro:
"*Hoje, uma pessoa me lembrou você.*"

Mordi os lábios.
"*Por quê?*"
"*Você me excitou muito com aquela foto do seu umbigo, mais do que se tivesse me enviado de uma vez uma imagem da sua boceta.*"

Eu quis dizer a ele que tinha feito muito pior me mandando aquela foto do seu membro, tocando-se, dizendo aquelas coisas, mas não tive coragem. Um misto de nervosismo e excitação me corroía.

Ele ficou quieto por um tempo. Depois, enviou:
"*Hoje, entrei na sala de alguns funcionários meus. Uma mulher tomava café. Seu olhar era pesado, lúbrico, como se pensasse em sexo. Seus lábios estavam entreabertos e eram tão carnudos e vermelhos que pude imaginar na hora como ficariam em volta do meu pau, chupando com vontade. Ou beijando a minha boca. Ela me encarou como se pensasse a mesma coisa. E foi tão quente que me excitei mais do que se visse uma cena explícita de sacanagem. Isso me lembrou o que senti quando vi o seu umbigo.*"

Eu estava chocada. Imobilizada.

Enrico falava de mim.

Aquilo foi tão surpreendente que, de início, não me apavorei ao vê-lo desconfiar da minha identidade. Eu só conseguia pensar em uma coisa: ele me desejava.

Minha respiração se descontrolou; eu arquejei, gemi, senti a cabeça rodar. Revi nosso olhar, o modo como fitara minha boca certamente avermelhada pelo calor do café, como seus olhos tinham me perfurado com o que agora eu sabia ser desejo.

Aquilo me descontrolou completamente. Deixava de ser um sonho, uma euforia, uma paixão platônica. Deixava de ser uma conversa tentadora entre dois estranhos. Toda a inocência estava perdida. Mas, afinal, a quem eu quis enganar achando que sairia impune daquela loucura toda? Que tinha controle sobre alguma coisa?

Enquanto aquilo só acontecia do meu lado, eu podia colocar a culpa no diabo a me tentar, em meus pecados, em meus desejos sujos. Mas agora... agora tudo mudava. Enrico me abria uma porta, e, mesmo que eu não quisesse assumir, aquilo me dava esperanças. E um medo terrível de mim mesma.

"*Diga alguma coisa*", exigiu ele.

O que eu diria? Tentei me concentrar.

"*Fiquei lisonjeada com suas palavras. E por ver uma mulher e pensar em mim. No meu umbigo.*"

Tive medo de que ele dissesse com todas as letras que achava que Isabel e a Pecadora eram a mesma pessoa, mas ficou em silêncio. Também não sabia o que falar. Era como se estivéssemos nos observando, sondando o terreno. Gostaria muito de saber o que se passava em sua cabeça, o que imaginava de mim.

Talvez estivesse cansado de tudo aquilo, porque enviou apenas:

"*Tenha uma boa noite.*"

Com essas palavras, Enrico encerrou o assunto e ficou off-line.

Deixei o celular resvalar para o sofá e me encolhi ali, tremendo. Sentimentos diversos me atacaram sem dó. Nem sei o que foi mais forte. Era tudo intenso e perturbador demais.

Apoiei a cabeça nos joelhos e fechei os olhos.

Enrico quis me tocar, quis me beijar.

Ele também desconfiava de mim.

Eu era casada. Eu tinha família e religião. Como podia ter ido tão longe? E pior, por que eu continuava a desejá-lo com uma loucura que ultrapassava qualquer medo?

Pensei em Isaque e em meus pais. Lembrei-me de Rebeca. Revi mentalmente a minha vida, os meus questionamentos, as minhas vontades, o momento em que não me conformei mais com filmes de pornografia e quis sentir a paixão na pele.

Eu não queria que acabasse. O que eu faria da minha vida se Enrico descobrisse e me demitisse? Se ele espalhasse a história e todos soubessem a pecadora horrível que eu era?

Fiquei apavorada, com vergonha, mas, acima de tudo, com temor de me ver privada de Enrico.

14

Enrico

Naquela terça-feira, trabalhei muito. Saí para acompanhar as filmagens de um comercial com a equipe de produção e não voltei para a agência. Cheguei em casa tarde, e Rosinha já tinha ido embora, mas havia deixado comida e salada prontas.

Na manhã seguinte, após voltar da corrida matinal, tomei banho, vesti-me e sentei-me para tomar café. Olhei para Rosinha, que lavava a louça.

— Não me acompanha?

— Já tomei café. Enquanto você se matava correndo, eu me fartei de comer. — Ela piscou, provocando-me. Ela achava uma loucura as pessoas se exercitarem tanto. Já bastavam as calorias que ela gastava no trabalho.

Sorri, já atacando meu café.

Era uma manhã bonita, e pensei no quanto tudo aquilo me dava paz: ter uma casa e um trabalho que eu amava, receber os cuidados de Rosinha, ter meus cachorros e minha gata, que naquele momento estavam aproveitando o sol no quintal. Muitas vezes, eu sentia que minha vida seguia, sem grandes surpresas, o curso que eu tinha escolhido para mim.

Pensei em Isabel, no modo como tinha me pegado desprevenido com sua sensualidade ingênua e me deixado desconfiado por lembrar dela ao falar com a Pecadora. Ainda não sabia o que pensar sobre aquilo. Cheguei a me achar ridículo por associar as duas, e essa sensação me fez nem querer olhar mais para minha última conversa virtual com aquela mulher.

Enquanto mordia uma fatia de pão, peguei meu celular. Não havia nenhuma mensagem da Pecadora, e percebi que isso me deixara decepcionado.

Respondi a outras mensagens. Então, vi uma conversa do grupo do futebol. Era uma mensagem de Isaque informando que, por motivos pessoais, não participaria mais dos nossos jogos. Era um discurso de despedida, em que ele dizia que tinham sido bons momentos. Os caras lamentaram, tentando ver se outro dia da semana seria melhor para ele.

Isaque respondeu, firme, que não jogaria mais e que não tinha outro dia disponível e se despediu.

Fiquei surpreso e incomodado. Por um momento, cogitei a possibilidade de sua decisão ter alguma coisa a ver comigo, mas percebi que era uma ideia ridícula. Ainda assim, o assunto não saiu da minha cabeça. Liguei para ele.

— Enrico? — Ele parecia surpreso. — Tudo bem?

— Oi, garoto. Tudo ótimo. Que história é essa de não jogar mais bola com a gente?

Foi estranho falar com ele. Mesmo não tendo feito nada, eu tinha olhado e desejado a mulher dele. Só isso já bastava para me dar uma sensação de culpa.

— Nada sério — respondeu ele, sem parecer chateado. — Só resolvi que futebol não é para mim.

Estiquei as pernas à frente, sob a mesa. Deixei a fatia de pão inacabada sobre o prato.

— O que isso significa? Você se estressou com algum dos caras?

— Não, Enrico. Foi Deus quem se chateou comigo.

— Deus?!

— Sim.

— Por você jogar futebol?!

— Exatamente.

Não falei nada, achando aquilo meio louco.

— Não percebi o caminho pelo qual eu seguia — explicou Isaque. — Precisei que o pastor Sebastião, meu sogro, abrisse meus olhos.

— Por qual caminho estava indo, Isaque?

— Talvez seja difícil para você enxergar, Enrico. Está mergulhado demais no mundo para notar o que Deus quer de nós. Sou um homem temente, sei quais coisas são permitidas e quais desvirtuam.

— Sua igreja proíbe jogar futebol?

— Não proíbe. Na verdade, tudo está na Palavra. Cabe a nós entender. Às vezes, a tentação é tanta que ficamos cegos. Foi o que aconteceu comigo. Veja bem... A Bíblia tem tudo de que precisamos para levar uma vida honrada. Como não fala sobre futebol, eu não tinha me atentado a isso, mas meu sogro apontou como eu estava errando. Não devemos expor nosso corpo. E você mesmo via quantas mulheres davam em cima. Era uma mistura de lascívia, bebidas, palavras obscenas, tentações. O pecado estava ali, me atraindo. E eu gostava cada vez mais, sem perceber o perigo. Deixava minha mulher ir sozinha para a igreja enquanto eu me metia em um mundo de perdição.

Ouvi tudo aquilo, absorvendo o que ele dizia. Pensei que aquele era o mundo de Isabel, filha de um pastor que julgava pecado jogar futebol. Pensei em como devia ser a vida dela, o que sentia e queria. Devia ser tão obediente e fanática quanto Isaque.

— Entendo, Isaque, mas não vejo nada demais no que você fazia. Jogava bola, conversava e ria com os amigos. Nunca o vi desrespeitar sua religião tomando cerveja nem traindo sua mulher.

— Enrico, quando nos afastamos dos ensinamentos de Deus, abrimos uma porta para o diabo. Acha que eu não admirava aquelas mulheres? Que não fiquei abalado quando a mulher entrou no vestiário e fez aquelas coisas com você? Hoje, vejo que ela estava possuída, que foi ali para nos corromper com luxúrias. Cheguei a pensar em como seria beber, provar, paquerar e até que Isabel era uma mulher de casa, pura, que eu respeitava, mas que eu também podia ter uma mulher da rua para meus desejos sujos. Estava tudo lá, a armadilha preparada, e eu caía sem perceber. Mas, sabe, Deus não abandona seus cordeiros. Ele falou comigo através do pastor, que me abriu os olhos.

— Pensamos muito diferente, garoto, mas, se é assim, tudo bem. Vamos sentir sua falta no futebol.

Na verdade, eu não entendia aquilo de se esconder da vida, ter medo, pôr a culpa da sua covardia em Deus. Era o oposto de mim. Eu engolia a vida, usava meus medos para crescer, aprendia com meus erros. Mas quem era eu para julgar suas escolhas? Cada um sabe de si.

— Sei que pensamos diferente, Enrico — disse ele, cuidadoso. — Gostaria que você encontrasse a Palavra de Deus. É um homem bom, mas vive em meio a tudo de que o demônio gosta. Precisa acreditar que existe uma força maior. Você…

— Não se preocupe comigo, Isaque. Assim como você em suas ideologias, eu tenho as minhas. — Preferi cortá-lo antes que falasse em salvar a minha alma.

— Não são ideologias. Falo de Deus, de Jesus, da salvação. — Sua voz ficou mais exaltada. — Não posso me afastar sem dizer a você os projetos que Deus tem para a sua vida. Ninguém é feliz sozinho, fartando-se de sexo, bebendo e…

— Sou feliz. E você?

Ele se calou um pouco. Depois, disse, com a voz embargada:

— Sou feliz demais! Na paz de Jesus! Ele vê nosso coração, mas também nossas ações.

— Isaque, acima de tudo, preocupe-se com o que você sente. Eu me preocupo comigo.

Não falei de modo grosseiro, mas o fiz com firmeza. Rosinha se aproximou, curiosa, enxugando as mãos no pano de prato. Nem disfarçou que ouvia a conversa. Sentou-se ao meu lado e fez movimentos com a cabeça, como se quisesse saber o que era tudo aquilo. Fiz um gesto com a mão para que esperasse.

Isaque ficou calado por uns segundos e, então, falou:

— Obrigado, Enrico. Estou feliz na paz do nosso senhor Jesus Cristo.

— Ótimo. Sentiremos sua falta. Qualquer coisa de que precisar, estou aqui. Cuide-se, garoto.

— Cuide-se também. Sirva a Deus, que sempre estará na sua vida! Amém!

— Boa sorte — falei antes de desligar.

— Quem é esse cara? — indagou Rosinha. — Um crente? Queria converter você?

— Estava ouvindo a minha conversa?

— Era segredo?

— Não. — Tomei um gole do café, já frio. Um pouco irritado, comentei: — Fico imaginando o que leva uma pessoa a achar que deve se meter na vida dos outros.

— Isso é o que mais tem, Enrico.

— Eu sei. E não falo só de religião. As pessoas chegam a matar, a agredir, por ódio das opções dos outros. É por política, por religião, porque o outro é gay, até por futebol.

— Estão todos loucos. — Ela balançou a cabeça e passou manteiga numa fatia de pão. — Nem gosto mais de ver jornal. É tanta violência que a gente pensa que só existe gente ruim neste mundo. Mas qual foi a desse cara?

— Ele jogava bola com a gente e decidiu parar. Disse que é errado, segundo sua religião. — Terminei meu café e olhei para ela. — Eu já ouvi muita coisa, mas que jogar futebol é pecado é novidade.

— Nossa! Lá na minha rua, tem mulher que não pode raspar o sovaco. Nem as pernas. Será que Deus se importa que você se depile ou não, jogue bola ou não?

— Está perguntando para a pessoa errada, Rosinha. Nunca questionei nem se Deus existe ou o que quer de mim. Tenho consciência do que me faz bem ou mal, do que julgo certo ou errado. É uma coisa chamada livre-arbítrio.

— Eu até concordo com você, Rico. — Ela se levantou e, antes de dar uma última mordida no pão, completou: — Mas não faz mal ter um pouquinho de fé. Tem hora que só ela nos dá forças. Vai me dizer que nunca sofreu a ponto de suplicar a Deus por um conforto?

Senti uma pontada de dor, velha conhecida. O desespero. A revolta. Aos doze anos, achei que só Deus poderia me ajudar. Até perceber que não. Somente eu pude ajudar a mim mesmo.

— É o meu jeito de pensar — respondi para desconversar.

Fui escovar os dentes para sair, ainda perturbado pelas palavras de Isaque. Por mais que eu não quisesse me meter na vida dos outros, não entendia certas coisas.

Isabel

Eu estava quase saindo quando ouvi Isaque ao telefone e percebi que falava com Enrico. Só peguei o final da conversa, mas ouvi as coisas que disse. Parei à porta, olhando para ele, surpresa. Quando desligou, parecia agitado e veio na minha direção, pronto para sair.

— O que foi isso?

— Enrico me ligou. — Ele fechou a porta e fomos até as escadas, já que o prédio era antigo e não tinha elevador.

— Para falar do futebol?

— Sim. Aproveitei e disse umas coisas que eu sempre quis dizer a ele. — Ele me olhou e ergueu o queixo, decidido: — Não me arrependo. Temos que salvar quantas almas pudermos. Ele é um pecador.

Enquanto descíamos, eu o escutava, imaginando o que Enrico devia ter pensado.

— Todos somos pecadores — falei.

— Mas escolhemos a salvação. Ele escolheu as tentações. — Isaque suspirou, exaltado.

Saímos do prédio e andamos até o ponto de ônibus. Ele continuou:

— Sei que ele é um homem bom, Isabel, só que agora enxergo o que você sempre viu e tentou me mostrar, mas que eu nunca tinha visto.

— Eu? Quando?

— Quando me criticou por ir ao bar e quando não quis ir ao aniversário de Enrico. Eu estava cego. Todo mundo se exibindo, querendo prevaricar, bebendo... Era mesmo má influência. E eu admirava Enrico a ponto de, às vezes, querer ser como ele. — Ele me olhou quando paramos. — Entende isso? O perigo que existia? Queria ser como um homem sem fé, mulherengo, farrista.

Fiquei quieta. Quis defender Enrico, elogiá-lo, dizer que ele parecia mais feliz e realizado que nós, mas me calei.

Ele ainda parecia nervoso. Antes que o ônibus chegasse, completou:

— Precisamos ficar atentos o tempo todo, Isabel. O demônio usa disfarces. Felizmente, estamos no caminho certo.

Isaque parecia esperar uma confirmação minha, mas seu ônibus chegou. Ele deu um beijo em minha testa, e, com alívio, eu o observei se afastar.

Eu me sentia oprimida e preocupada. Foi assim que parti para o trabalho.

Dei de cara com Enrico depois do almoço. Eu gostava de ir para o pequeno jardim na lateral do casarão e me sentar ali para sentir a brisa, ouvir os passarinhos, pegar um pouco de sol. Parecia um refúgio de paz.

Estava prestes a entrar na agência quando me deparei com Enrico, vindo da rua e fechando o portão.

Eu sempre sentia uma espécie de avalanche dentro de mim quando olhava para ele. Sua beleza tão masculina, seu olhar intenso, aquela força que parecia me esmagar.

— Oi — falei, meio tímida, procurando parecer serena.

Eu só pensava na confissão dele de que tinha olhado minha boca e me desejado. Mais do que tudo, no momento era isso que me desconcertava.

— Oi, Isabel.

Sua voz foi baixa e seca. Ele passava por mim em direção às escadas. Ia subir ao lado dele, mas fiquei parada onde estava quando algo me fez perguntar:

— Ficou chateado com o que Isaque disse ao telefone?

Ele estava na minha frente; o pequeno brinco na orelha brilhava, talvez tanto quanto seus olhos quase dourados.

— Você ouviu a conversa?

— Só uma parte, mas entendi do que se tratava.

— Está feliz por ele parar de jogar bola? — Seu olhar parecia me perfurar.

— Eu não... — Tentei buscar as palavras. — Isso é escolha dele.

Ele me observou. Estremeci quando seu olhar desceu para minha boca e, rapidamente, para meu corpo. Meu coração bateu forte. Quando me encarou de novo, disse, secamente:

— Tudo é pecado para vocês?

— Tudo, não. Mas minha religião é severa. Meu pai é pastor.

— Eu sei.

Era como se Enrico quisesse falar algo mais, como se estivesse incomodado.

Eu também queria falar, dizer a ele como estava dividida entre coisas em que acreditei a vida toda e outras nas quais não acreditava mais, como era infeliz e sentia necessidade de viver, arriscar. E como a culpa ainda me martirizava. Se eu abrisse a boca, sairia tudo. Fiquei calada.

— Eu só lamento porque Isaque gostava do futebol.

— Gostava — concordei. — Você o julga? Julga a gente?

— Quem sou eu para julgar alguém? — Seu semblante sério se abrandou. — O que importa é que cada um seja feliz à sua maneira, Isabel. Você é feliz?

Eu não esperava por aquela pergunta.

— Não — murmurei tão baixinho que não soube se ele tinha ouvido.

Aquela confissão me fez corar. Subi rapidamente os degraus e corri para a sala em que eu trabalhava, trêmula. Sentei-me e olhei para a porta, com medo de que ele me seguisse, mas não o vi durante o resto do dia.

Naquela quarta-feira à noite, Isaque estava atacado. Falou tanto de religião, de pecadores e de Enrico que fiquei cansada. Não via a hora de ficar sozinha com meus pensamentos. Por fim, chegou a hora de dormir.

Quando Isaque veio para cima de mim, eu fiquei quieta, como sempre. Tinha mais de uma semana que ele não me procurava e, de certa forma, eu estava agradecida por isso.

Ele teve dificuldade na penetração. Eu estava seca e rígida. Não o queria ali. Parecia errado que ele tocasse em mim. Aliás, não tocasse. Só me penetrasse. Daquela maneira fria de sempre.

De olhos fechados, senti meu peito se apertar em agonia. Disse a mim mesma que Isaque era meu marido, que tinha direito, mas, por dentro, eu me revoltava por ter que me submeter sem vontade, por levar uma vida que não me fazia feliz.

Lembrei-me de Enrico naquela tarde. "Você é feliz?"

Não! Não! Não!

Mordi os lábios. Senti dor quando Isaque forçou o pênis. Ele suspirou e se afastou um pouco. Ouvi seus movimentos e o barulho de saliva. Acho que molhou o membro, pois tentou novamente e entrou, ainda incomodando, mas um pouco mais fácil.

Permaneci com as pernas abertas e os olhos fechados enquanto ele me penetrava e gozava sem demora, rolando depois para o lado após dar um beijo em minha testa.

Levantei-me, estranhando a raiva que me dominava. Eu me lavei no banheiro, e, quando voltei ao quarto, Isaque já dormia.

Olhei ao redor, nosso quarto, a vida que tínhamos, o sexo ruim que fazíamos, tudo que me aguilhoava, então me dei conta de que seria horrível esperar os anos passarem ali, naquele lugar, naquele casamento que mais parecia uma prisão.

Fui para a sala e me sentei no sofá, segurando o celular.

Nas outras vezes, eu costumava ter esperança de que o sexo pudesse se tornar melhor, de que em algum momento eu teria prazer. Só isso me deixava úmida e preparada. Mas, naquela noite, havia sido horrível. E não era só o sexo, era tudo, principalmente o fato de ter que ficar calada, de aceitar, de ter que me submeter.

No celular, pesquisei sobre dominação masculina. Sobre a mulher na religião e na sociedade. Sobre feminismo marxista.

Pensei em quantas mulheres, naquele momento, se sentiam como eu, subjugadas, infelizes, sem poder manifestar sua vontade. Eu até poderia, mas quem ficaria do meu lado no mundo em que eu vivia?

Acessei minha conversa com Enrico e digitei rapidamente:

"'*As feministas querem reduzir a mulher a um macho mal-acabado.' Você deve saber quem disse essa frase. Nelson Rodrigues. Isso me fez lembrar da nossa conversa sobre sua amiga feminista. Será que é assim? Tenho me irritado muito com os homens. Até com você. Achou engraçado, no final das contas, ter o domínio sobre a historiadora, como se fosse uma vitória, não é? Quando tentamos fugir do machismo, somos comparadas a machos mal-acabados e a mulheres que gostam de apanhar durante o sexo.*"

Enviei a mensagem, raivosa. Quando Enrico respondeu, o alívio me envolveu. Como uma criança que recebe um doce, fui ler suas palavras. Bastou aquilo para parte do meu desânimo e da minha irritação ceder. Era como sair do meu mundinho chato e ir para outro, que me trazia emoções, que me tornava outra mulher.

15

Enrico

Eu tinha chegado de um jantar de negócios com um cliente em potencial. Estava no quarto, tirando a roupa, tonto de vinho. Não havia percebido que tinha bebido tanto.

Sentei-me na beirada da cama e tirei os sapatos, as meias e a camisa, que larguei no chão. Estava abrindo a calça, pensando na delícia de um banho, quando escutei o aviso de mensagem no celular.

Imaginei que fosse a Pecadora, embora pudesse ser qualquer um. Não nos falávamos havia um tempo.

Era ela. Por um momento, pouco me importou se ela era uma conhecida ou uma estranha, o que me surpreendeu.

Nunca tive tempo nem disposição para fantasias. Enquanto eu tentava sobreviver, aprendi a acreditar no que era real e concreto. Por isso, não entendia como aquela incerteza, aquela conversa virtual com uma pessoa que eu não via, me atraía tanto.

Eu me encostei nos travesseiros, relaxei e li. Sorrindo, digitei:

"*Já que estamos falando de Nelson Rodrigues e da HFM, olha o que ele disse: 'Nem todas as mulheres gostam de apanhar, só as normais'.*"

"*Que absurdo!*", respondeu ela, e meu sorriso se ampliou, imaginando sua irritação.

"*Qual é o motivo de tanta revolta?*"

"*O mundo, a sociedade, os homens. Em todo lugar tem machismo.*"

"*Já deveria estar acostumada. É uma questão até cultural. Quanto ao que disse sobre mim, confesso que é excitante saber que uma feminista tão inteligente quer ser submissa a mim. Homens gostam de achar que dominam tudo, mas, pense, a escolha foi dela. No final, quem teve suas vontades satisfeitas?*"

"*Os dois. Aposto que você aproveitou cada segundo.*"

"*Acertou.*"

"*Você é descarado. Tarado. E machista.*"

"*Tudo verdade. Mas sou um santinho também, não esqueça.*"
"*Rsrsrs.*"

Eu gostava quando ela mandava risadinhas. Percebi que eu sorria como um bobo. Talvez o vinho tivesse me relaxado.

"*Voltando ao feminismo, ele é combatido até na Bíblia*", escrevi.

Não sei por que puxei esse assunto. Provavelmente por ter pensado sobre religião desde minha conversa com Isaque e depois com Isabel e pelo modo como ela pareceu infeliz ao fugir de mim e entrar correndo na agência. Aquilo tinha me perturbado.

"*Por que diz isso?*"
"*Eva é acusada do pecado original. Ela tentou Adão.*"
"*Pensei que não fosse religioso.*"
"*Leio muito. E teve uma época que me interessei pelos livros sagrados, não só pela Bíblia, mas também pela Torá e pelo Alcorão. Fiquei curioso para entender por que tantas pessoas seguem o que foi escrito tanto tempo atrás, a ponto até de perderem o senso crítico.*"

Ela não respondeu logo. Então, enviou:

"*Realmente, a Bíblia é uma referência para muitas pessoas. Acha isso errado?*"

"*Errado, não. Todos os povos precisam acreditar em algo. Pena que acreditem apenas no óbvio. Por exemplo, os livros apócrifos da Bíblia. São mais de cento e trinta livros que foram extirpados do Velho Testamento e do Novo Testamento. Alguns, por serem considerados heresias. Muita coisa que não interessava sumiu.*"

"*Não interessava para a Igreja?*"
"*Para a Igreja, para o poder, para o controle da sociedade.*"
"*Como sabe disso?*"
"*Sou curioso por natureza.*"

Meu lugar favorito no orfanato era a biblioteca. Para quem não podia sair dali e era obrigado a viver no meio de estranhos, os livros eram uma forma de conhecer outros mundos e outras culturas. Devorei todos que tinha lá, os que eu gostava e os que eu odiava. Todos serviram para me trazer conhecimento, para me dar senso crítico.

"*Nem todo mundo acredita nos livros apócrifos.*"
"*Eu sei, Pecadora. Não é interessante acreditar neles. Como também não é interessante crer que Eva não foi a primeira mulher de Adão, e sim Lilith. E aí voltamos ao nosso assunto inicial, que é o feminismo.*"

"*Não há provas da existência de Lilith.*"

"*Já ouviu falar dela?*"

"*Sim, mas não sei muito. Alguns dizem que é um demônio.*"

"*Para alguns, Lilith foi a primeira feminista da história, pois teria se recusado a se submeter a Adão por acreditar ter sido criada da mesma matéria que ele. Assim, ela o abandonou, e Deus teve que criar Eva a partir da costela de Adão para evitar novas revoltas. Para mim, tudo isso é lenda, mas é interessante observar que até uma lenda pode ter sido condenada por interesse de alguns. Uma teoria da conspiração.*"

Acomodei-me melhor nos travesseiros e continuei:

"*Adoro teorias da conspiração.*"

"*Eu tenho dúvidas sobre muitas coisas. Nem sempre sei o que é real ou inventado.*"

"*Isso é fácil, Pecadora. O real é o que você vê, aquilo de que tem provas ou sente com tanta força que tem certeza.*"

"*Você é real. Eu sou real. Nos nossos mundos. Aqui, podemos ser qualquer um, Santo.*"

"*Podemos fingir ser*", retruquei. Lembrei-me de uma frase de Oscar Wilde e escrevi: "'*Dê uma máscara a um homem e ele dirá a verdade.*' *É mais ou menos o que acontece aqui, Pecadora. Estamos usando máscaras. Por isso acabamos dizendo a verdade*".

Ela visualizou a mensagem, mas ficou quieta, como se pensasse.

Eu também pensei sobre aquilo. Embalado pelo vinho, pelo silêncio no quarto, pela liberdade de estar sozinho ali, entendi, pela primeira vez, por que aquelas conversas me atraíam. Elas eram reais, mas mascaradas, como se tudo que eu contasse ficasse ali, numa espécie de universo paralelo.

De repente, comecei a digitar coisas que nunca tinha contado a ninguém, nem a meus amigos nem a Rosinha, que vinham do instinto, da alma.

"*Tenho dificuldades com fraquezas, lágrimas, sofrimentos. São coisas que vivi e extirpei da minha vida. A fé não me levou a lugar nenhum, mas a determinação, sim. Há uma coisa que não dá para vencer: as lembranças. Elas ficam quase adormecidas, mas às vezes arranham, rugem, berram, dão a sensação de que posso fraquejar. A dor tem esse poder de deixar a gente na dúvida, temendo que coisas ruins aconteçam e tragam de novo o desespero.*"

Eu não me sentia mais relaxado. Fragilidade não era comigo, mas, por vezes, vinha. Continuei digitando, ferozmente:

"*Nasci na pobreza. Alguma vez sentiu fome de verdade? Meu pai preferiu ir embora, foi beber longe da gente, abandonando a mim, ao meu irmão gêmeo e à minha mãe. Ela era doente. Tinha surtos, momentos de loucura e violência. Precisava ser medicada o tempo todo, mas nem sempre conseguíamos remédio. Tínhamos medo de que os vizinhos a denunciassem e de que nossa mãe fosse internada, e nós, enviados a um orfanato. Só tínhamos um ao outro. A gente se virava, vendia laranja na rua, fazia o que fosse possível.*"

Parei e respirei fundo. Era como se eu estivesse num transe, revivendo tudo na minha mente, o coração batendo tão forte que eu o sentia bombear o sangue. Ao mesmo tempo, estava consciente de que a Pecadora lia minhas mensagens. Continuei:

"*A miséria era tanta que, um dia, cortaram nossa luz e nossa água. Não tinha comida. Nem remédios para nossa mãe. Tudo fedia naquela casa apertada. Fomos dormir com fome. Acordei com os gritos e com um cheiro que só senti naquela madrugada: cheiro de sangue. Muito sangue. Meu irmão engasgava ao meu lado enquanto minha mãe o esfaqueava e dizia que o estava livrando do mal. Eu tinha doze anos. Lutei contra ela, vendo seus olhos loucos e sabendo que meu irmão morria. Minha mãe achava que devíamos partir para outra vida. Lutei tanto que consegui tirar a faca da mão dela. Os vizinhos vieram ajudar. Peguei meu irmão nos braços, só para ver que ainda me olhava, como se me pedisse algo. Algo que nunca entendi e nunca pude dar. Algo que talvez o salvasse. Ele morreu ali. E acho que morri também.*"

Eu estava cansado. Desabei nos travesseiros e nem me dei conta de lágrimas escorriam em meu rosto. Eu nunca mais tinha chorado. Nunca mais tive tempo de ser fraco, mas, ali, naquele momento, era como eu me sentia. Fraco, como naquela noite, com meu irmão me banhando em seu sangue, deixando-me sozinho.

"*O que aconteceu?*"

Li a pergunta dela. Percebi que eu tinha mesmo contado tudo. Minha vontade era deixar o celular cair, fechar os olhos e apenas dormir, mas respondi:

"*Minha mãe foi internada. Em crise, achou que estava fazendo o melhor para nós. Nunca mais a vi, mas soube que morreu naquele ano. Fui mandado para um orfanato, de onde só saí aos dezoito anos.*"

"*Meu Deus.*"

Ela devia estar sem palavras. Talvez achasse que eu estava inventando aquela história.

Assustei-me quando o telefone começou a tocar. A Pecadora me ligava pelo WhatsApp, mas eu não queria atender.

"*Quero ficar sozinho e dormir*", digitei. "*Outra hora você me mostra sua voz, Pecadora.*"

"*Estou preocupada com você.*"

"*Não fique. Faz tanto tempo. Vou dormir.*"

"*Não fique sozinho.*"

"*Isso não me assusta mais. Boa noite.*"

Desliguei o celular para que não o sentisse mais vibrar nem tocar. Resvalei para baixo do edredom, deitei-me de lado e me encolhi em posição fetal. Senti falta de um abraço. Por muitos anos, lamentei não ter meu irmão comigo, rindo enquanto planejávamos como seríamos ricos e felizes, como nunca mais a miséria e o medo fariam parte da nossa vida.

Consegui quase tudo com o que sonhamos. Luan teria orgulho. Mas nunca consegui o principal: salvá-lo. Eu estava ao seu lado e só acordei quando era tarde demais. Não fui atacado primeiro porque estava no canto da parede na cama. E, por mais que eu soubesse que havia feito o que podia, nunca perderia aquele medo.

Deixei a dor vir, como se falasse comigo. Tinha medo de perder tudo o que conseguira, de me abrir a alguém e acontecer outra tragédia, de ter herdado a esquizofrenia da minha mãe e, em algum momento, vê-la se manifestar, de acreditar no amor, casar, sofrer, passar aquela doença para meus filhos. Medo de quem fui e de quem me tornei, porque, por mais seguro que fosse, ainda não conseguia olhar para mim por inteiro.

Perdi a batalha contra a dor. Deixei o sono vir e me reconfortar, abraçar-me como eu gostaria que alguém fizesse. Dormi. Esse foi o meu maior alívio.

16

Isabel

Cheguei à agência antes de todo mundo naquela quinta-feira. Fiquei na calçada, em frente ao portão fechado, olhando em volta, com o peito apertado. Eu queria ver Enrico, confirmar que estava bem, falar qualquer coisa só para olhar e estar perto.

Desde a noite anterior, o celular dele estava desligado.

Eu não tinha dormido direito, preocupada com ele, sem acreditar que havia vivido uma tragédia tão grande. Chorei tanto que agora sentia dor de cabeça. Chorei por ele, por seu irmão, por sua dor, por tudo de horrível que passou. Senti vergonha das minhas dores, tão minúsculas diante das dele.

Enquanto estava ali, sozinha, muita coisa passou pela minha cabeça. Lembrei-me das primeiras vezes em que Isaque falou de Enrico e de como o imaginei um mulherengo vazio, daqueles que só despertam uma coisa nas mulheres: vontade de transar.

E agora, tendo conhecido ele um pouco mais, vendo como tratava bem seus funcionários, conversando com ele ao celular, sabendo das suas dores, eu me dava conta do quanto tinha sido injusta ao julgá-lo.

Será que todo mundo era assim? Olhava para alguém e tirava suas próprias conclusões, como se tivesse o direito de decidir quem era bom ou não?

Eu tinha me enganado tanto.

Ele era um homem forte, que tinha se feito sozinho. Poderia ter passado a vida usando sua tragédia como desculpa para fracassar ou se revoltando, envolvendo-se com crimes e drogas, mas não. Ele foi pelo caminho mais difícil. Lutou por si mesmo, fez sua vida.

Eu me senti covarde. Vivia cheia de medos, culpas e vergonha. Estava infeliz, mas preferia ficar assim, camuflada, satisfazendo-me com conversas escondidas com um homem que não era meu marido e tentando me convencer de que bastava vê-lo todos os dias no trabalho para ser mais feliz.

Eu não teria o apoio de ninguém caso resolvesse me separar e seguir minha vida de maneira menos dura e proibitiva. Meus pais me renegariam, Isaque e a família dele me desprezariam. Mulher separada, ainda mais por escolha própria, sem "motivos", nem pisaria na igreja do meu pai. Seria preciso muita força e coragem.

Eu estaria sozinha. Mas não tinha sido assim com Enrico? E ele só tinha doze anos quando ficou sozinho.

Senti que a tristeza estava a ponto de me derrubar, mas uma força parecia ganhar terreno em meu interior. Muita coisa rebulia e me levava ao limite, a uma decisão. Tinha vindo devagar, como uma onda, mas aquela onda tornara-se um maremoto.

A primeira pessoa a chegar foi Lídia. Ela puxou assunto, mostrando-se simpática, querendo saber se eu estava gostando de trabalhar ali. Depois veio Cosme, que abriu a porta.

Os funcionários foram entrando, conversando, rindo. Eu não estava em paz.

Lamentei não ter como assumir minha identidade para Enrico, pois eu poderia conversar com ele sobre o que me contou.

Quando ele entrou na sala, tomei um susto tão grande que perdi o ar.

— Bom dia. — Ele parecia bem-disposto e à vontade, vestindo calça jeans, uma blusa branca justa e um gorro preto.

Sua expressão não era de dor e ele não estava abatido. Estava másculo e viril, os olhos brilhantes, a barba escura aparada. Sorriu para todos, inclusive quando o seu olhar encontrou o meu.

— Alex, preparou aquele relatório sobre custos? — perguntou, indo à mesa do rapaz.

— Tudo pronto, Rico. Eu mando por e-mail.

— Obrigado. Soube que amanhã teremos uma aniversariante... — Ele sorriu para Talita. — Vai ter festa?

— Ah, tô ficando velha! — Ela riu com vontade. — Queremos tomar umas cervejas no Matuto's, aproveitar que amanhã é sexta-feira. Vem com a gente, Rico.

— Passo lá, sim. — Ele acenou para todos. — Bom trabalho!

Eu dividia minha atenção entre ele e o computador, agitada, sentindo sua energia contagiante. Estava surpresa por não aparentar nenhuma tristeza e me dei conta de que era sempre assim. Se Enrico não tivesse me contado aquilo, eu nunca imaginaria. E, no entanto, ele devia se lembrar daquilo todos os dias.

Uma onda de ternura me envolveu, uma vontade de pegar aquele homem grande no colo e abraçá-lo.

Acenou com a cabeça para mim quando passou por perto, indo em direção à porta. Eu o acompanhei com os olhos, sugando tudo que podia ver dele. Ele saiu, e me senti sozinha.

Não o vi mais naquele dia. Na hora do almoço, fui ao banheiro, acessei o WhatsApp e mandei uma mensagem:

"*Você está bem? Fiquei preocupada.*"

Até a hora que saí do trabalho, ele não tinha visualizado.

Voltei para casa da mesma forma como tinha chegado: com uma vontade imensa de falar com Enrico.

Enrico

— Monstro, tem dia que você está impossível! — berrou Roberto quando entramos no vestiário. — Porra, dois golaços! E um passe para o Gustavo fazer o terceiro!

— Hoje vim com vontade. Tudo o que a gente faz com vontade fica melhor — brinquei, indo para o chuveiro.

Eu me sentia bem-disposto, cheio de energia que precisava extravasar. O futebol caiu muito bem naquele fim de dia.

Tomei um banho rápido, ouvindo o falatório. Enxuguei-me, vesti uma cueca e uma calça e estava sentado, calçando os tênis, quando Luís comentou:

— E o Isaque, pessoal? Vocês acreditam que ele me disse ao telefone que deixou de jogar bola porque é contra a religião dele?

— Não é contra a religião — corrigiu Aloísio. — Pelo que entendi, ele acha que o futebol pode levar a outras tentações, como sair para beber e querer comer a mulherada por aí.

— Maluquice! — soltou outro.

— Cara, sou evangélico, mas na minha igreja não tem nada disso. — Gustavo deu de ombros. — Saio com meus amigos, jogo bola, ninguém se mete. Somos felizes lá, sem essas proibições todas!

— Fico pensando na mulher dele... — Carlos estava perto de mim, e o olhei, prestando atenção. — A mulher dele é linda! Mas tem uma cara de triste, coitada. O garoto não deve nem saber o que fazer com ela. Se bobear, nem transa, achando que é pecado.

Pensei em Isabel. Estava virando rotina tê-la em mente, ainda mais a imagem dela sentada no jardim, pegando sol. E o modo como me olhava.

Talvez o que Carlos havia dito fizesse sentido. Isaque tinha contado que se casaram virgens. E mais de uma vez dera a entender que o sexo tinha que ser respeitoso. Pelo comportamento dele, eu duvidava de que Isabel soubesse o que era prazer.

Lembrei-me do que me respondeu quando perguntei se era feliz: "Não". E depois saiu correndo, como se tivesse medo da verdade que contou.

Ela me deixava desassossegado. Não podia negar que me atraía, que eu evitava vê-la para não imaginar bobagens. Tinha que me lembrar de que era esposa de Isaque. Proibida. Complicada. Devia ficar longe dela.

Não me meti nas conversas sobre Isaque. Acabei de me arrumar e me despedi. Só quando cheguei em casa e fui recebido pelos meus cães e por Cleópatra foi que deixei meu pensamento vagar sobre a noite anterior, sobre meu desabafo com a Pecadora.

Pensei que eu acordaria arrasado e estranhei o alívio, como se um peso tivesse sido tirado do meu peito, talvez por ser a primeira vez que eu contava aquilo a alguém. E tinha sido necessário uma estranha, uma pessoa fora do meu convívio, para que isso acontecesse. Como uma catarse.

Não voltei a pensar em quem ela poderia ser. Naquele momento, não me importei. Bastava o bem que tinha me feito só de me deixar falar.

Peguei o celular. Tinha evitado falar com ela, pois queria estar mais seguro, como naquele momento. Vi sua mensagem dizendo que estava preocupada.

"*Oi, Pecadora. Estou bem.*"

Era impressionante como ela sempre visualizava em segundos.

"*Graças a Deus. Passei o dia angustiada.*"

"*Não precisava.*"

"*Como não?*"

Sorri.

"*Até me ligou. Ia me deixar ouvir a sua voz?*"

"*Nem me preocupei com isso.*"

"*Então não se importa se eu ligar para você agora?*"

"*Sua chance passou. Só valia ontem.*"

Meu sorriso aumentou.

"*Tem medo de que eu reconheça a sua voz?*"

"*Não, já que nunca a ouviu. Usamos máscaras, lembra?*"

"*Lembro.*"

"*Olha, sinto muito por tudo que passou. Por suas perdas, por sua solidão, pelo que deve ter vivido no orfanato. Era muito novo para enfrentar tudo sozinho. Isso poderia ter destruído você.*"

"*Aquilo que não me destrói me fortalece*", citei. "*Friedrich Nietzsche.*"

"*Sempre filosofando, Santinho.*"

Eu estava em paz, à vontade, como se já fôssemos grandes amigos.

"*Sexo e filosofia cabem em qualquer momento, Pecadora. Se não quer me ouvir filosofar, talvez queira se divertir com um pouco de sacanagem.*"

"*Estava demorando!*"

Dei uma risada.

"*Eu sei que você quer. E sabe o que quero?*"

"*Tenho até medo de perguntar.*"

"*Ver você nua. Tire a roupa. Mostre mais. Como eu me mostrei a você.*"

Ela ficou quieta por uns segundos. Eu esperava uma foto e me surpreendi quando veio sua resposta:

"*Quer me ver nua mesmo? Eu, a Pecadora? Ou quer uma foto só para admirar e se lembrar de outra mulher?*"

"*Que mulher?*"

"*A dos lábios carnudos e vermelhos.*"

Isabel. Pensei nela e a imaginei naquele banco no jardim, despindo-se totalmente, erguendo a cabeça, soltando os cabelos longos. Meu corpo ficou quente, duro, tenso.

"*Tanto você como ela estão me ensinando algo que nunca fiz: contemplar. É uma excitação diferente da que sempre experimentei.*"

"*E isso é bom?*"

"*Ainda não descobri.*"

"*E por que só a contempla? Não a deseja?*"

"*Por que a curiosidade?*"

"*Achei que essa coisa de fantasiar não combinasse com você. Lembra-se do que me disse na nossa primeira conversa? Oitenta por cento de ação?*"

"*E sou assim mesmo.*"

"*Então, você a deseja?*"

Era estranho falar sobre algo que eu ainda tinha dificuldades em admitir. Verbalizar aquilo tornaria concreto o que eu sentia. Vacilei, olhando para a pergunta dela. Por fim, optei pela sinceridade:

"*Desejo. Mas ela é proibida para mim.*"

"*Por quê?*"

"*Casada.*"

"*Por que isso impede você?*"

"*Não gosto de dividir. Nem de conseguir qualquer coisa à custa do sofrimento de outra pessoa.*"

"*Um homem honrado. Não para de me surpreender. O nome Santo combina bem com você*", enviou ela. "*Admiro você. Sua determinação. Seu caráter. Aposto que essa mulher também já percebeu tudo isso.*"

Ela acabou me deixando sem graça e desconversei.

"*Melhor nem saber. Agora, pare de me enrolar e mande logo a foto.*"

"*Sabe, eu gostaria apenas de jogar conversa fora hoje. Coisas inocentes. Sem sexo. Sem filosofia.*"

Eu me dei conta de que também queria aquilo, um momento de descontração, de poder falar sem medir as palavras.

"*É engraçado. Falei sobre a foto só para não perder minha fama de conquistador. Na verdade, estou em paz hoje. Vamos falar sobre o que quiser.*"

Eu me estiquei no sofá, bem-humorado. E, antes que ela escrevesse algo, eu o fiz:

"*Você puxa o assunto. Aliás, pode fazer o que quiser hoje. Tem crédito comigo.*"

"*Crédito? Como assim?*"

"*Eu nunca tinha contado a ninguém sobre a minha vida. E hoje acordei me sentindo outra pessoa, como se, enfim, tivesse aceitado que não posso mudar o que aconteceu. Obrigado, Pecadora.*"

"*Não precisa agradecer.*"

Depois, ela mudou de assunto:

"*Que músicas gosta de ouvir?*"

"*Sou bem eclético, mas tenho preferência por rock dos anos 1970. Tipo Janis Joplin e The Doors.*"

"*Não conheço.*"

"*Porra, Pecadora, em que mundo você vive?*"

"*Quero dizer, já ouvi falar, mas não tenho o costume de escutar.*"

"*E o que gosta de ouvir?*"

Ela pensou um pouco.

"*Nunca me liguei muito em música. Mas tenho ficado curiosa. Poderia me indicar algo.*"

De repente, eu senti que a Pecadora era Isabel. Podia ser loucura ou tolice, mas parecia ela. O jeito doce e ingênuo. Sua falta de contato com músicas e com as coisas mundanas. Seu apelido de Pecadora. Tudo a ver com religião.

Perguntei-me se tive certeza daquilo o tempo todo e fiz de conta que não ou se apenas não quis confirmar minha suspeita para poder continuar falando com ela sem precisar trair meus valores.

Eu tinha meios para confirmar quem ela era e não o fazia. Queria que fosse Isabel e, ao mesmo tempo, para minha paz de espírito, que fosse uma estranha. Isabel era casada. Estava fora da minha realidade. E agora sabia mais sobre mim do que qualquer outra pessoa no mundo.

Uma indecisão incômoda me espezinhou.

"*Tem uma música que acho muito interessante. Você vai gostar. Já ouviu falar em Oswaldo Montenegro?*"

"*Sim.*"

"*Ainda bem! Já ia dizer que você é um ET!*"

"*Bobo! Rsrs.*"

"*Espera aí. Vou mandar a letra para você.*"

"*Tá.*"

Acessei a internet e copiei o link da música "Eu quero ser feliz agora". Colei-o na conversa, enviando-o para Isabel. Depois, copiei a letra e colei também. Não era nenhuma indireta. Era para deixar claro o que eu desconfiava.

Fiquei quieto e coloquei a música para tocar enquanto via que ela havia recebido tudo. Li a letra:

Se alguém disser pra você não dançar
Que nessa festa você tá de fora
Que você volte pro rebanho
Não acredite, grite, sem demora...
Eu quero ser feliz agora

A música chegou ao fim. Ela não respondeu por um bom tempo. Não a apressei. Apenas esperei. Por fim, veio a resposta dela, em forma de pergunta:

"*Por que me mandou essa música?*"

"*Achei que tinha a ver com você, Pecadora.*"

Ela se calou de novo.

Imaginei Isabel lendo aquilo, ouvindo a música. Aqueles lindos olhos castanhos fixos no celular, as roupas feias. Estaria com os cabelos soltos? Com os lábios entreabertos? Com a mente entreaberta também, deixando o sentido de tudo aquilo entrar?

"*O que achou?*", perguntei.

"*Eu quero ser feliz agora*", respondeu.

Foi como se eu a ouvisse murmurar.

Não perguntei mais nada. Acho que ficou lendo, ouvindo, pensando, conjecturando, perdida nas palavras que podiam acertar alvos infinitos mundo afora. Também não puxou mais assunto.

Levantei-me e espreguicei-me. Fui para meu quarto querendo dormir.

Tinha sido um longo dia.

17

Isabel

Desde a noite anterior, eu não fazia outra coisa além de pensar na música que Enrico me enviara. Era como se soubesse quem eu era, o que eu precisava ouvir, minhas lutas internas. Agora, a letra martelava em mim, como se o autor a tivesse feito sabendo da minha história. Eu estava perplexa e abalada. Tudo o que eu sentia estava exposto ali. Perfeitamente.

> *Se alguém disser pra você não cantar*
> *Deixar teu sonho ali pra uma outra hora*
> *Que a segurança exige medo*
> *Que quem tem medo Deus adora*

Não havia sido isso o que me disseram a vida toda? Não faça isso, não faça aquilo, não caia em tentação. Adiar meus sonhos, esconder meus desejos, ter medo para me sentir segura, para não pecar. Assim, Deus me protegeria, salvaria minha alma, gostaria de mim.

Talvez outras pessoas concordassem e se sentissem confortáveis com isso. Eu, não. Fiz o que mandaram que eu fizesse, o que esperaram de mim, mas nunca o que eu desejei. Sempre latejei por algo mais e senti um vazio estranho, como se eu fosse um cordeirinho no meio do rebanho, mas querendo correr livre pelo campo, mesmo arriscando cair.

Eu trabalhava, e minha mente fervia. A sala estava silenciosa. Todo mundo estava concentrado em seus afazeres e nem música tocava, como se para me deixar concentrada só naquela música, que eu já conhecia de tanto lê-la e ouvi-la desde a noite anterior.

Fugi. Foi o que sempre fiz. Fugi da vida.

Pensei na minha irmã Ruth, na sua expressão de júbilo toda vez que estava na igreja louvando a Deus, na sua felicidade em seguir as Escrituras, em ser uma filha boa, uma esposa correta, uma mãe perfeita. Ela não estava errada. Era o que lhe dava prazer. Se tinha seus defeitos, era gulosa, mesquinha e um tanto invejosa, teria que vencer tais coisas por si mesma. Afinal de contas, era humana.

Pensei em Rebeca, na saudade que eu sentia dela, na vivacidade que eu nunca mais vira igual. Ela nunca se adequou àquela casa, pois seus sonhos eram outros. Ela se revoltou, talvez de modo até exagerado, mas preferiu seguir sozinha seu caminho, correr riscos, não se submeter ao que não queria.

E eu... Eu capenguei entre uma e outra. A vida toda foi assim, buscando me limitar, ser quieta como Ruth quando tanto de mim era como Rebeca. Nada nem ninguém poderia me dizer o que fazer nem como agir. Somente eu mesma encontraria meu caminho e minhas respostas.

Eu ainda não conseguia ter a dimensão do quanto tinha mudado, mas sabia que tinha.

De repente, uma música linda começou a tocar. Eu não conhecia. Olhei em volta e perguntei:

— Que música é essa?

Elton, um pouco curioso, respondeu:

— Adele, Isa. Essa música está tocando em todas as rádios. O nome é "Hello".

— Isa só deve ouvir rádios evangélicas, não é? — Laíza sorriu para mim, parecendo ligeiramente debochada.

— Na maioria das vezes, mas nada me impede de gostar de outras músicas — respondi.

— Claro. — Seu olhar passou por mim como se duvidasse.

— Gostei de ver, Isa! — Talita piscou para mim. — Já que está mais soltinha, vamos com a gente no Matuto's?

Eu já a tinha parabenizado pela manhã, inclusive lhe dando um presentinho.

— Eu vou. — As palavras saíram antes que minha consciência me alertasse. Senti meu coração disparar com aquela ousadia. E aí me lembrei de mais um pedaço da música:

Se joga na primeira ousadia,
Que tá pra nascer o dia do futuro que te adora.

— Sério?! — Alex estava surpreso. — Vai mesmo com a gente?
— Vou.

Eles me olharam entre sorrisos e dúvida. Sorri, sem graça, e voltei a trabalhar, nervosa. Eu me sentia como um bebê dando os primeiros passos. Uma euforia nova me dominava.

Deixei Adele me encantar com sua voz potente. Suspirei e senti uma paz desconhecida.

— Como assim você vai chegar tarde? Pensei que iríamos à casa do seu pai. Hoje é dia de oração pela saúde, e alguns adoentados vão comparecer — disse Isaque, na hora do almoço, quando liguei para ele.

— Não tínhamos combinado nada.

— Eu me esqueci de falar ontem. Agora já sabe.

Era uma oportunidade para renunciar ao perigo, ao desconhecido, mas não recuei.

— Lamento, mas prometi a Talita. Vou jantar com ela e meus colegas de trabalho. Não vou demorar.

Isaque reagiu na mesma hora.

— Não estou entendendo, Isabel. Você nunca deixou de ir às orações para sair com amigos, com pessoas estranhas, mundanas. O que está acontecendo?

— Não vejo problema algum.

— Não vê?

— Quantas vezes saiu com seus amigos para jogar bola e ir ao bar?

— Eu não tinha me dado conta do meu erro! Agora que sei, eu me afastei de tudo! Deveria se espelhar nisso para não cometer o mesmo erro.

— Isaque, não estou fazendo nada errado. Vou sair do trabalho, jantar com meus colegas, comemorar o aniversário de Talita. Depois, volto para casa. Apenas isso. Já deixei a comida adiantada e...

— Isso não é uma brincadeira?

— Não.

Eu sentia sua irritação.

— Vou para a casa do seu pai. Ele não vai gostar nada de saber que preferiu farrear.

— Não estou farreando. E depois me entendo com meu pai.

Também me irritei com a ameaça velada dele, o que me tornou ainda mais decidida.

— Se é isso o que quer, Isabel... Espero que Deus mostre o caminho a você. Lembre-se de que Ele deve estar sempre em primeiro lugar.

— Não esqueço. Até mais tarde, Isaque.

Ele desligou sem se despedir, na certa com raiva por não ter me convencido a ir para casa.

Voltei ao trabalho e não me deixei abalar. Até me surpreendi por sua raiva não me incomodar como imaginei.

Não vi Enrico naquele dia, embora tenha ouvido sua voz e sabido que estava ali. Fiquei imaginando se ele iria ao bar também, o que me deixou nervosa, mas, independentemente disso, eu estava decidida a sair, experimentar um pouco da liberdade e do meu direito de escolha.

No final da tarde, todo mundo estava animado, querendo que o expediente acabasse logo. Talita era a mais feliz; sua mesa estava cheia de presentes, além de um lindo buquê de flores que Enrico lhe dera quando ela passara em sua sala mais cedo.

Cada um partiu em um horário diferente para o bar. Fui com Talita, Laíza e Madalena para segurarmos uma mesa grande. Era na Urca mesmo, perto da praia, e deu para ir a pé.

O bar ficava na parte de baixo de um pequeno prédio de dois andares, revestido de azulejos brancos e azuis que lembravam uma casa portuguesa, com janelas amplas e plantas ornamentais na entrada. Por dentro, era grande, com luzes suaves e nichos um pouco mais escuros perto de um palco pequeno e baixo, onde um homem cantava ao vivo e tocava violão, acompanhando uma mulher ao teclado. Ainda não estava cheio, por isso pudemos escolher uma mesa perto do palco e da pista.

Eu olhava tudo em volta como uma adolescente ao sair pela primeira vez. Tudo que era comum para tanta gente era novidade para mim.

As meninas falavam sem parar, animadas, enquanto nos acomodávamos. Chamaram o garçom e pediram cerveja. Madalena brincou:

— Já tomou cerveja, Isa? Quer brindar com a gente?

Eu a olhei, surpresa. Achei que aquilo já seria demais. Laíza comentou:

— Gente, ela não bebe. Mas pode brindar com suco ou refrigerante.

— É mesmo — concordou Talita.

Eu as olhei, todas à vontade, donas do próprio destino. E eu agindo como um bichinho espantado. Uma parte minha se perguntava o que eu fazia ali e me mandava voltar correndo para casa. Outra se encantava com as possibilidades.

— Vou tomar uma cerveja. Só um copo, para experimentar.

Vi o choque no rosto delas. Eu também estava um tanto chocada comigo mesma.

— Cacete! — Madalena riu.

— O que deu em você hoje, Isa? Foi abduzida? — Talita riu também, erguendo as sobrancelhas. — Nossa, por essa eu não esperava! Garçom, uma cerva gelada e quatro copos!

Sorri como uma boba, perdida ali naquele bar, ouvindo músicas que tinha escutado apenas de longe. Olhei para o casal no palco, as pessoas que apareciam, os risos e as conversas fáceis. Relaxei um pouco.

A cerveja chegou, e o garçom a abriu, colocando um pouco em cada copo. Segurei o meu, fitando o líquido que era quase da cor dos olhos de Enrico. Os olhos dele eram apenas um pouco mais escuros.

O gelado da cerveja chegou aos meus dedos, mas eu me sentia quente, ardente.

— À Talita! — brindou Laíza, erguendo seu copo. — Que tenha muitos anos de vida!

— À Talita! — ecoou Madalena.

— A mim! — riu Talita.

— À Talita! — brindei, pela primeira vez na vida.

Elas tomaram um gole e me espiaram. Quase me acovardei, mas levei o copo à boca e tomei um pouco. O líquido gelado e um tanto amargo desceu por minha garganta e fiz uma careta.

— Mas isso é ruim!

Riram. Laíza fez que não.

— É uma delícia! É só uma questão de se acostumar com o sabor. O problema é você gostar, querida. Aí vai querer tudo de uma vez!

De vez em quando, eu achava que Laíza era irônica comigo, como naquele momento, olhando-me de um jeito cínico.

Tomei mais um pouco, e o líquido não pareceu tão amargo. Acabei indo para o terceiro gole, já apreciando o sabor diferente, a refrescância, a pitada de álcool.

— Meu noivo queria vir, mas barrei. André é muito chato, gente! Não podia ser um Enrico da vida? Eu mereço! — disse Madalena, e todas riram.

Sorri, bebendo e achando que brincavam. Imaginei se também tinham pensamentos pecaminosos envolvendo Enrico. Como eu. A culpa queria me espezinhar. Lembrei-me de Isaque, mas empurrei os pensamentos para longe. Queria apenas esquecer tudo.

Relaxei de um modo que nunca havia julgado possível. Solta, eu conversava, ria, observava. Achei que a cerveja era, em parte, culpada pela descontração, mas não reclamei.

Quando pediram outra, Laíza disse mais perto:

— Isa, você está muito saidinha! O que mais anda escondendo da gente?

— Nada — garanti. Olhei em volta, e elas sorriram, erguendo os copos.

— Vamos pedir petiscos? Assim a cerveja não sobe — sugeriu Madalena.

— Ainda estou surpresa com a Isa. Gente, você veio e está bebendo! — Talita levou as mãos ao rosto. — Conte aí, o que deu em você?

— Não vi problema. É seu aniversário e estou comemorando.

— Claro que não tem problema — garantiu ela. — Mas não deixa de ser chocante!

Senti uma espécie de calor, de euforia, mas também de vergonha. E, logo, muita vontade de fazer xixi. Tomei um susto quando me levantei para ir ao banheiro e percebi que estava tonta.

— Nossa!

— Está ventando aí? — Madalena riu e se levantou, dando-me o braço. — Vamos lá, vou ao banheiro também.

Era uma sensação estranha de leveza, um certo torpor. Eu também sentia uma alegria inexplicável, que me fazia rir o tempo todo. Entramos no banheiro e fui direto fazer xixi. Quando saí, Madalena passava batom e me olhou pelo espelho. Parou um pouco e falou:

— Isa, o macete é intercalar a cerveja com muita água, assim não ficará tonta. Ainda mais você, que nunca bebeu. Pare, peça uma água, uma Coca-Cola, coma alguma coisa. Aí ficará boazinha.

— Está bem — concordei, indo lavar as mãos e olhando minha imagem no espelho.

Estava corada e meus olhos brilhavam. Achei graça e sorri para Madalena.

Ela sorriu de volta e terminou de passar seu batom vermelho. Tinha lábios finos, mas o batom pareceu enchê-los. Ajeitou os cabelos escuros, cacheados, virando-se de lado para arrumar a blusa dentro do jeans justo. Era levemente cheinha, bonita, curvilínea, feminina.

Eu olhei para mim mesma. Meu cabelo estava puxado para trás e trançado; meu rosto, limpo e exposto; meus lábios, naturalmente rosados. A blusa azul-clara, com bordados no peito, estava fechada até o último botão. A saia azul-marinho caía sem atrativos quase até meus tornozelos. Parecia que eu havia saído de outra época. Totalmente fora de moda.

Minha mãe sempre dizia que a moda era coisa do demônio e servia para fazer as pessoas gastarem dinheiro à toa, deixando as mulheres quase nuas em roupas indecentes.

Olhei novamente para Madalena e não a achei vulgar. Estava bonita e levemente sensual. Tentei ser crítica sobre suas roupas, mas não consegui.

— O que foi, Isa? — Ela já guardava o batom na bolsa.

— Pode me emprestar?

— Isso? — Ela ergueu o batom e observou meus lábios. — Jura?

— Queria experimentar.

— Claro! — Estendeu a mão, curiosa. — O que aconteceu? Você saiu da igreja?

— Não.

Fiquei um pouco envergonhada. Abri o batom e olhei para aquele tom escuro de vermelho. Algumas vezes, tinha sentido vontade de experimentar, mas me faltara coragem.

— Acha que estou indo longe demais? Que Deus vai me castigar? — Por um momento, vacilei.

Madalena ficou pensativa. Ela se aproximou e se encostou na pia, ao meu lado.

— Olha, não acho que Deus nos castiga à toa. Você não está fazendo nada de mais, mas deve se sentir bem ao fazer qualquer coisa, sem culpa. Sabe, fazer porque quer, não como um desafio nem nada assim.

— Não é um desafio — falei, sinceramente.

— Faça o que sentir vontade. Quer se sentir mais feminina, mais bonita?

— Sim.

Ela acenou. Segurou minha trança.

— Posso?

Não soube ao certo o que ela queria dizer, mas acenei que sim.

Madalena começou a desfazer minha trança. Eu deixei, olhando-nos pelo espelho.

Quando meu cabelo se esparramou brilhante e ondulado por meus ombros, meus braços, minhas costas, descendo até minha cintura, os olhos dela brilharam.

— Que lindo! Parece seda! Nossa, Isa, você ganharia uma fortuna se cortasse e vendesse seu cabelo.

— Não posso cortar.

— Ah, nem eu cortaria, se fosse meu.

Eu me olhei e, criando coragem, passei o batom. A diferença foi absurda. Nunca tinha me visto tão linda, tão espetacularmente feminina.

— Arrasou, amiga — disse ela, olhando-me de cima a baixo.

Devolvi o batom, encantada comigo mesma. Passei a mão pelo cabelo. Talvez a vaidade fosse mesmo um pecado, mas me sentir bem, feminina, era maravilhoso.

— Vamos lá?!

— Vamos — concordei.

Saí do banheiro sentindo um misto de insegurança e alegria. Senti os fios roçarem meu braço, os lábios com gosto de morango, a alma preenchida por algo novo.

À mesa, Alex, Elton, Lídia, Cosme e um casal que trabalhava com mídia e produção tinham chegado. Cumprimentamos a todos, e eles me olharam, admirados.

— Quem é essa gata? — Alex arregalou os olhos. — Caramba!

Fiquei vermelha. Sentei-me, sem saber se trançava meu cabelo rapidamente ou deixava os elogios e os olhares me inflamarem.

Brincaram comigo. O rapaz de mídia me lançou um olhar de sedução e me senti o centro das atenções. Disfarcei, sem graça, perguntando-me se não teria ido longe demais. Quase me levantei e fui ai banheiro tirar o batom, mas logo todo mundo se acostumou, e a conversa rolou solta. Fiquei quieta, curtindo as novas sensações.

Os petiscos chegaram. Segui o exemplo de Madalena e bebi água e comi. Conversei muito com Lídia, que me contou que estava casada havia pouco tempo e ainda se sentia em lua de mel. Disse que, por enquanto, não queria filhos e perguntou o que eu achava.

Respondi que também não queria filhos por enquanto, até ser um pouco mais velha, terminar a faculdade e ter minha vida profissional mais estabilizada.

Percebi que sair com amigos era muito mais natural e gostoso do que eu pensara. Uma alegria rolava no ar, o clima era de camaradagem, todo mundo falava um pouco de si, mostrava-se mais.

Olhei para a entrada do bar, imaginando se Enrico viria. Sentia a falta dele, mas achava que talvez fosse demais para mim. Tanta coisa nova naquela noite e ainda o ter ali, tirando minha paz. Ou me fazendo querer coisas impossíveis.

Alguém perguntou por ele. Já eram quase oito horas, e nada.

Relaxei e apreciei a noite. Eu me sentia bem e tranquila, imersa em uma conversa com Laíza, falando sobre trabalho, quando ouvi exclamações de alegria.

Eu me virei e me deparei com os olhos de Enrico cravados em mim. Foi como se uma energia vibrasse em meu peito. Meu coração saiu em disparado, meu ar sumiu. E me embriaguei de vez no seu olhar.

Enrico

Isabel estava linda.

Eu não tinha esperado que ela estivesse no bar, muito menos com o cabelo solto, esparramado daquele jeito, cheia de uma sensualidade pura, casta, doce, mas desmentida pela boca ainda mais carnuda e voluptuosa com batom vermelho.

Fui pego desprevenido. Meus olhos não conseguiam desgrudar dos dela.

— Rico, bom demais você ter vindo! — exclamou Laíza, toda animada.

— Senta aí! — Madalena riu.

Com muito custo, puxei uma cadeira e tentei me acostumar com a presença de Isabel, com sua beleza mais exposta do que nunca.

— Pensei que não viria mais — disse Talita, sorrindo, já chamando o garçom.

— Passei em casa para tomar banho.

— Bom demais morar tão perto! — suspirou Lídia.

— Quer beber o quê? — indagou Elton, com o garçom ao seu lado.

— Cerveja.

— Mais uma rodada! — exclamou ele.

Fixei novamente os olhos em Isabel, à minha esquerda. Entre nós, somente Laíza.

Ela estava quieta, com as faces coradas, os olhos brilhantes. Parecia levemente nervosa e me espiava, mas desviou rapidamente o olhar.

Uma música tocava ao fundo. Não prestei muita atenção. Estava concentrado nela, querendo apreciar seu cabelo, sentir o cheiro dele, tocá-lo, saber se era macio como parecia. Fiquei agitado com as sensações que esquentavam meu sangue.

Falaram comigo. Respondi. Mas minha mente trabalhava, conjecturava por quais motivos ela estava ali, tão diferente e feminina. E sua religião? E Isaque?

Não gostei das coisas que senti, da perturbação intensa que ela me causou. Tudo aquilo era perigoso demais.

A cerveja chegou, e o garçom a serviu. Semicerrei os olhos quando vi um copo cheio diante de Isabel. Ela segurava o copo e o olhava, mas parecia ligada em mim, pois virou o rosto devagar e me olhou, levemente arfante. Continuei a encará-la, bem sério.

Sem perder a suavidade, nem aquela agitação óbvia, ergueu o copo e tomou um gole. Apertei ainda mais os olhos, sem acreditar. Era como se me mostrasse que fazia o que quisesse, independentemente da minha observação silenciosa.

Parei de olhar para ela, sem saber o que aquilo significava. Quando Alex falou comigo, virei-me para ele e Elton e começamos uma conversa sobre futebol.

Ignorei Isabel propositalmente, ao menos para que ela pensasse assim e ninguém percebesse o que fazia comigo. Mas, na verdade, estava alerta. Percebi que bebeu a cerveja toda e sorriu, cochichando com Madalena e Laíza.

Eu sabia que a vida era dela e cabia a ela fazer suas próprias escolhas, mas o pouco que Isaque me dissera sobre eles deixava claro que ela estava indo por um caminho totalmente inédito, e isso me preocupava.

A certa altura, Talita se levantou e chamou todo mundo para dançar, já indo para a pista. Laíza e Madalena foram atrás dela, rindo, e a única coisa que passou a me separar de Isabel foi uma cadeira vazia.

Virei-me para ela e a encontrei encarando-me. Perguntei sem preâmbulos:

— Isaque sabe que você está aqui?

— Sim — murmurou, erguendo um pouco o queixo. Seu ar desafiador me excitou demais. — Por quê?

— Estou surpreso.

— Todo mundo ficou, mas não vejo problema em comemorar o aniversário de uma amiga.

Eu já pouco ligava se alguém na mesa prestava atenção em nossa conversa e fitava os olhos dela fixamente.

— Também não vejo. Mas está diferente. Com batom e cabelo solto. Tomando cerveja. Não pode me culpar por estar surpreso.

— Parece irritado comigo.

Ela falou suavemente, mas sem recuar. Dei-me conta de que estava mesmo e de que era ridículo.

— Estou preocupado — falei, mais baixo.

— Não precisa. — Ela sorriu, e algo dentro de mim deu um salto, sacudiu-me. Cerrei o maxilar. — Sei me cuidar.

Eu queria perguntar a ela muitas coisas, entender aquela mulher, mas sabia que não era meu direito.

Não que a julgasse. Só não sabia o que pensar, com medo de que se machucasse com mudanças tão bruscas. Sentia como se devesse protegê-la.

Não consegui parar de olhar para ela. Sua expressão era doce e ansiosa, e sua respiração estava um pouco irregular. Percebi como estávamos atraídos um pelo outro.

— Rico, não vai dançar? — perguntou Amanda. Virei-me para ela, aproveitando para colocar minha cabeça no lugar.

— Por enquanto, não.

Ela me perguntou algo mais, e conversamos, eu de modo meio distraído. Percebendo que Isabel tinha tomado toda a sua cerveja, quis dizer a ela para ir com calma, mas me controlei. Não era problema meu.

Madalena veio correndo até a mesa, suada, rindo. Tomou toda a sua cerveja e gritou para Isabel:

— Vem dançar com a gente, Isa!

— Não, obrigada. — Sua voz era risonha.

— Vamos lá! Para coroar suas estreias da noite, amiga!

— Não. Talvez mais tarde.

— Tá! — Ela voltou correndo para a pista.

Outras pessoas se levantaram para dançar e insistiram para que eu me juntasse a elas. Também falei que não. Na mesa, ficamos só eu, Elton e Isabel.

Elton e eu trocamos mais algumas ideias, mas não estendi o assunto, sem vontade de conversar. O que eu queria mesmo era me virar e ficar contemplando Isabel sem precisar me controlar. Só admirá-la, como se fosse um privilégio meu.

Elton chamou o garçom, que veio com outra cerveja. Serviu-a no copo dele e no meu e foi até Isabel. Ela permitiu que enchesse o copo dela.

Quando o garçom se afastou, passei os dedos entre os cabelos, virando o rosto e observando-a. Ela fingiu não notar. Tomou um gole da cerveja e ainda teve a petulância de lamber os lábios úmidos. Eram carnudos e pareciam incrivelmente macios.

Meu pau inchou. O desejo veio sem pedir licença. Quando eu pensei que era melhor ir logo embora dali e acabar com aquela tortura, Isabel deixou o copo sobre a mesa e afastou o cabelo do pescoço, como se estivesse com calor.

As mechas se moveram como seda, jogadas para as costas, no momento em que me olhou com certa inocência, com a face corada talvez pelo calor, talvez pela excitação. Era óbvio que estava tão agitada quanto eu.

Meu corpo estava rígido; meu olhar, duro. Minha vontade era agarrar aquele cabelo todo e beijar sua boca, esquecer quem ela era, fartar-me do jeito que eu queria.

Abriu mais os olhos, como se pudesse notar o que fazia comigo. E, como a dar o golpe fatal, ergueu as mãos até a gola da blusa recatada e abriu o primeiro botão. Não foi muito e não expôs quase nada da pele, mas foi o suficiente para me deixar de pau duro, imaginando-a se despir para mim.

Desviei o olhar. Ela só podia estar me provocando. Se o objetivo era me descontrolar, estava conseguindo.

Talvez fosse melhor ir embora, mas eu odiava fugir. Tentei ignorá-la de vez. Se quisesse, poderia ficar nua na mesa e dançar diante do meu nariz que eu não a encararia mais.

Os outros voltaram à mesa. Consegui sorrir e até me divertir. Uma parte de mim. A outra, só com o canto dos olhos, notava tudo que Isabel fazia. Percebi que era a primeira vez que eu a ouvia rir. Foi ao banheiro e voltou. Mexeu nos cabelos, e pude jurar ter sentido o perfume deles de onde eu estava.

Já passava das dez horas da noite quando Lídia se levantou, dizendo que precisava ir embora. Foi logo, seguida por Amanda.

Isabel olhou para o relógio de pulso e comentou algo com Talita. Percebi que ela ia embora.

Levantou-se e deu uma risada quando percebeu que estava tonta.

— Querida, sente-se e beba uma água — disse Talita.

— Estou bem — garantiu ela, sorrindo. — Preciso ir. Onde é o ponto de ônibus mais perto daqui?

— Pior que nem sei se é o mesmo ponto que fica perto da agência. — Ela se virou para mim, que era quem mais conhecia o bairro. — Rico, sabe onde Isa pode pegar o ônibus?

— Sei, Talita.

Isabel me encarou, ainda de pé.

Eu soube que deveria só falar onde era o ponto, que isso bastaria.

Entretanto, arrumei desculpas: estava tarde, o ponto ficava na rua de trás.

Porra, eu odiava me enganar, mas queria um pouco mais dela, nem que fosse só uma discussão.

Eu me levantei.

— Espera, Isabel. Vou mostrar a você.

Ela acenou com a cabeça, quieta.

Fui até o caixa. Dei o número da mesa e paguei a conta até ali. Peguei o recibo e voltei. Entreguei-o à Talita.

— Acertei até aqui. Feliz aniversário!

— Ah, Rico! Não precisava!

Beijei-a no rosto, e ela me abraçou.

— Vou indicar o ponto para Isabel e ir para casa.

Despedi-me de todo mundo. Isabel estava muda, segurando sua bolsa, com os olhos bem abertos e a face corada.

— Vamos?

— Vamos — murmurou.

Ela sorriu e acenou para todos. Vi que estava nervosa quando passou por mim, mas eu estava distraído, só sentindo o perfume do seu cabelo.

Isabel

Saí do bar sentindo o coração alucinado e as pernas bambas, sabendo que Enrico vinha atrás de mim.

Minha cabeça rodava, mas não era apenas por causa da bebida, que eu havia tomado sem comedimento. Era pela presença dele, que arrepiava minha pele, que enchia meu olfato de novas fragrâncias, que deixava meu corpo em suspenso. Parei de ser pensamento e razão; tornei-me pele, boca, língua, pelos eriçados, sentidos aguçados. Tornei-me algo único, nunca alcançado, com uma essência diversa do que sempre havia sido.

A brisa fria que vinha do mar me recebeu em cheio quando saí. Quis fechar os olhos e só senti-la. Talvez abrir os braços, deixar o frio entrar em mim, refrescar aquela ardência que me tomava por inteiro. Eu estava estranha, consciente do meu corpo, dos meus sentidos.

Uma mecha de cabelo veio para meu rosto, roçou minha face, meus lábios, e só aquilo bastou como uma carícia. Arfei, drogada de sensações, de tudo o que tinha sufocado durante a vida toda e agora estrondava em mim. Deixei o cabelo ali, parei entre as plantas da entrada e virei-me para Enrico.

Ele me olhou. Tão íntimo e tão denso que seus olhos pareciam parte dos meus. Parou também, perto, mas suficientemente longe. Atento, sério, até mesmo duro. Era quase como se estivesse com raiva, o que me desconcertou.

Eu não sabia o que dizer. Faltavam-me palavras para dimensionar tudo o que eu sentia. E o modo como seu olhar passeou pela mecha em meu rosto e a sua expressão firme só pioraram minha embriaguez mais emocional do que física.

Foi Enrico quem reagiu primeiro. Não disse muito. Apenas andou, passou ao meu lado e me chamou:

— Vem comigo.

Corri os dedos entre os cabelos, afastei-os e ergui um pouco o rosto para receber o ar e me recuperar. Segui até a rua, onde vários carros estavam estacionados no meio-fio.

Enrico seguiu mais um pouco, e achei que andaríamos até o ponto do ônibus. Eu me concentrei em manter as pernas firmes, mas era difícil. Ele diminuiu o passo, prestando atenção em mim. Talvez pensasse que eu poderia tropeçar e cair a qualquer momento.

— Aqui. — Quando parou, eu o fiz também, sem entender.

Ele desativou o alarme de um grande Hyundai preto e destravou as portas. Quando abriu a porta do passageiro para mim e me olhou, franzi o cenho.

— O ponto é na outra rua. Entre aí que deixo você lá. — Sua voz era fria, seca.

— Tá.

Entrei. Ele bateu a porta e deu a volta. Quando se sentou ao volante, eu o espiei, puxando meu cabelo para um dos ombros, meio tonta. A pergunta saiu antes que eu me contivesse:

— Acha que estou bêbada? Que cairia na calçada se fosse andando até o ponto?

Seus olhos brilhavam em um tom ambarino.

— Era bem provável — resmungou. — Por que bebeu desse jeito?

Pisquei, incerta. Coisas estranhas subiram pelo meu peito.

— Eu não sei — confessei, baixinho. — Cheguei lá e senti como se fosse minha única e última chance de fazer coisas que nunca experimentei. Eu só tinha que ver como era um momento fora da minha realidade. Talvez tenha sido apenas uma rebeldia.

Seu olhar duro amansou, como se me entendesse. Eu me lembrei do que ele disse no WhatsApp: que tinha aprendido a me contemplar. Era o que fazia naquele momento.

Desejo, admiração, paixão, tudo se misturou em mim. E se intensificou, pois eu conhecia mais de Enrico do que ele imaginava. Saber que eu o atraía piorava tudo.

Soltei o ar e abri os lábios. Eu o olhei tanto que o mundo perdeu o foco para mim. Senti necessidade de me mostrar, de ir além, de tocá-lo. Cheirá-lo. Levar além as loucuras que eu havia começado naquela noite, ir até as últimas consequências.

Enrico sentiu minha intensidade. Sua expressão mudou, ganhando uma intensidade viril, sensual. Seus olhos queimaram os meus, e perdi o ar, pois soube o que queria. Beijar-me, puxar-me para si. A eletricidade pulsava entre nós. Nosso sangue parecia correr no mesmo ritmo.

— Vamos sair daqui — disse ele, alto, cortante, virando-se para a frente e ligando o carro como se estivesse com raiva.

Eu me encostei no banco, sem saber o que sentia. Alívio, por ter me poupado de mais uma culpa na consciência? Decepção, por ter me privado do que mais desejava? Do único homem que me arrebatava sem nenhum limite?

Ele saiu da vaga e dirigiu pela rua estreita. Uma música começou a tocar no som do carro e me assustou. Virei-me para Enrico. Ele dirigia concentrado enquanto a melodia sensual só piorava meus sentidos alarmados.

— Que música é essa? — perguntei.

— "Maybe", da Janis Joplin.

Lembrei que ele tinha dito que gostava dela. Nunca tinha ouvido suas músicas e me surpreendi pelo calor que transmitia, pela voz rascante e feminina, aguda, forte, impactante. Pela melodia dramática.

Se eu já estava além da minha razão, aquela música piorou tudo. Sacudiu meus sentimentos, deixou-me ainda mais consciente de tudo o que me agitava.

Não tirei os olhos de Enrico. Não fugi. Não me neguei nem me culpei. Apenas me senti mulher, solta, livre, cheia de desejo e de paixão, cheia de vontades exacerbadas por aquele homem. Eu o quis com uma força assustadora, com uma necessidade que chegava a doer.

Eu respirava irregularmente. Abri os lábios e os lambi. Estava seca, alucinada. Por dentro, pulsava com os crescentes da música, minhas emoções se misturando à letra em inglês, que eu desconhecia, mas cujo tom vibrante me atingia em cheio.

Enrico ficou mais rígido. Sentia meu olhar, mas me ignorava. Virou em uma rua silenciosa, pacata, e parou no acostamento. Só então me olhou, apertando os olhos com certa fúria e dizendo entre os dentes:

— Seu ponto é aqui.

Não me movi. Não desviei o olhar nem disfarcei. Arquejei, doida para tomar coragem, para ir além. Sua voz me cortou:

— Desce, Isabel.

— Não — murmurei. Aproximei-me dele.

Talvez mais tarde eu pudesse rir da sua expressão de alarde. Talvez eu chorasse de vergonha ao lembrar do meu descaramento. Mas, ali, naquele momento, nada daquilo fazia sentido. Eu fui apenas o que sempre tinha desejado ser: uma mulher livre.

Enrico não recuou, não me impediu. Ficou imóvel, consumindo-me com os olhos quando cheguei perto. Senti seu cheiro e sua respiração quando parei minha boca junto à dele, quase tocando-a. Eu tremia tanto, sentia aquilo com tanta intensidade, que temi morrer ali, sem o provar.

— Você está bêbada — disse ele, baixo, rouco.

— Só se for de você.

Gemi quando suas mãos agarraram meus cabelos com firmeza, os dedos se entranhando nos fios, imobilizando minha cabeça. Apoiei minhas mãos no seu peito duro e senti que seu coração batia tão louco quanto o meu.

Ficamos nos olhando, mal respirando, esperando viver um no outro. Eu quis chorar. Quis gritar. Quis contar a ele como eu me sentia, o que fazia comigo, como tinha mudado a minha vida. Mas quis também me calar e só sentir, só me entregar sem reservas, sem nada além daquela paixão que extravasava por todos os meus poros.

Choraminguei quando ele encostou os lábios nos meus, segurando-me com força suficiente para me conter, para me tomar se quisesse. Bebi seu ar, cheirei-o, supliquei em tremores. Entreabri a boca, pronta, necessitada. Ávida.

Agarrei sua camisa, querendo sentir sua pele na minha. E foi então que Enrico me arrasou de vez ao sussurrar perto da minha boca, encostando suavemente a face na minha, a ponta do nariz perto dos meus lábios:

— Eu respiro você. Eu sinto você. — Ele aspirou, cheirou. — Respiro e beijo você.

E foi assim que tomou meus lábios com os dele, tão macios, tão firmes que eu pensei ser um sonho. Movi meus lábios, senti como eu explodia e exaltava, entreguei-me sem vacilar.

Ele me beijou. Com fome, com doçura, com febre. Delirei ao sentir sua boca na minha, sua língua me dominar, entrar, seduzir. E aquele gosto delicioso, aquela entrega, aquela loucura maravilhosa. Eu o beijei de volta, e foi o primeiro beijo verdadeiro da minha vida. Intenso, profundo, gostoso, sem reservas, sem medos. Totalmente único.

Enrico me puxou mais. Eu o agarrei, envolvi seu pescoço em meus braços, colei-me em seu peito. Nossas bocas se comeram esfomeadas. Uma das suas mãos ficou em meu cabelo, a outra foi para minhas costas, apertando-me, sentindo-me.

Queríamos romper a barreira do corpo, fundir-nos num só, compartilhar nossas energias, misturá-las, trocá-las. Nossas línguas se reconheciam, dançando perfeitamente juntas, como se aquele beijo fosse de saudade, de reencontro. Um desvario perfeito, delicioso, descontrolado.

Eu gemia em sua boca, mas não sozinha. Enrico também o fazia, rouco, intenso, movendo a boca na minha, acariciando-me com suas mãos grandes, moldando-me a si.

Meu corpo explodia de sensações. Era tesão, paixão, delírio, sedução. Era entrega e perdição. Era pele e boca, respiração e tato, loucura e certeza. Eu ardia, escorria, pronta, melada. Meus seios doíam, minha vagina palpitava, apertada. Era tanta coisa, tanta vida e tanto sentido, que tudo parecia arder junto em uma coisa só.

De repente, Enrico agarrou meu cabelo e me puxou para trás. Descolou sua boca da minha e abriu os olhos afogueados.

Eu estava tonta, mole, sôfrega. Não deixei que se afastasse. E não era o que ele queria, pois ergueu as mãos e disse, rouco:

— Quero mais de você, Isabel.

— Sim...

Eu daria tudo, faria tudo, perdida na maior delícia da minha vida. Gemi quando agarrou meu cabelo na nuca e puxou minha cabeça para trás e para baixo, expondo meu pescoço, atacando-o com mordidas e chupadas deliciosas, que me deixaram fervendo e, ainda assim, arrepiada. Segurei-me nele com desespero, perdendo o ar quando sua outra mão passou a abrir os botões da minha blusa.

— Seu cheiro... sua pele... seu cabelo... me deixam louco — sussurrou, subindo os lábios até atrás da minha orelha, beijando-me ali.

— Ah, Enrico... Ah...

Eu não conseguia pensar nem falar. Subi as mãos por seu pescoço, senti sua pele quente e firme, embrenhei meus dedos entre as ondas dos seus cabelos. Não podia acreditar que enfim os tocava, sentia-os.

Aquelas mordidas no pescoço, as lambidas na pele, os beijos ardentes estavam acabando comigo. Minha vagina tinha espasmos involuntários, quente, e meu ventre se contorcia sem domínio. Eu virava o rosto, beijava seu maxilar rijo, esfregava minha pele na sua barba cerrada e macia, gemia sem parar.

Era desejo demais, loucura demais. Respirávamos alto, gemíamos juntos, soltávamos sons desconexos. Eu estava quase no colo dele, precisando de mais contato, de um alívio para tanto tesão. Solucei quando suas mãos seguraram as laterais da minha blusa aberta até a metade e as puxaram para meus ombros.

Enrico ergueu a cabeça e olhou para meus olhos, minha boca, meu queixo, meu pescoço. Apreciou a pele nua do meu colo, do início dos seios pequenos cobertos pelo sutiã. Sua expressão era de puro deleite, de tesão. Eu nunca fora olhada assim, desejada assim. Nunca me sentira tão linda e feminina.

Quando voltou a me olhar nos olhos, não nos movemos. Os olhos dele estavam inflamados, mas ternos. Um misto de sentimentos que eu lia em mim também.

— Como pode ser tão linda?

Mordi os lábios quando seus dedos foram além, segurando as alças do sutiã e puxando-as para baixo com a blusa. Pensei que me envergonharia, mas ansiei por mais, almejei que me visse, que eu fosse colocada ao seu escrutínio. Ele baixou minha roupa e me apreciou, vendo os seios, a pele suave, os mamilos rosados, arrepiados.

Parou ali, com uma expressão mais pesada. Segurou-me sob as axilas e me levantou um pouco, o suficiente para sua cabeça se aproximar do meu peito.

Eu bem que quis olhá-lo enquanto beijava minha pele com uma espécie de adoração, enquanto seus lábios deslizavam em meu seio. Mas cravei as unhas nos seus ombros e deixei a cabeça pender para trás, os cabelos balançando, os olhos fechando, os lábios emitindo sons desconexos. Bastou que fechasse sua boca quente e firme no meu mamilo para que eu gritasse de modo abafado e estremecesse em êxtase.

Enrico sugou forte, gostoso. Minha vagina se convulsionou e meu corpo pareceu despencar. Gemi sem parar, alucinada, com lágrimas nos olhos. Nunca experimentara aquilo, nunca fora tão deliciosamente beijada. Eu o tateei, perplexa, arrebatada, tentando me segurar, mas também me deixar cair naquele mar de sedução.

Sua boca foi ao outro mamilo, chupou-o, mordeu-o. Gritei de novo. Fui para o colo dele e senti seu pau enorme contra minha nádega, aquele que nunca tinha saído da minha mente desde que ele mandara a foto. Agora estava ali, sob mim, real, vivo. Eu me esfreguei nele, já fora de mim, contraindo minhas coxas, a ponto de gozar. Eu o abracei, ergui a cabeça, beijei seus cabelos. Supliquei em silêncio. Perdi qualquer controle que eu ainda tivesse.

Ele me apertou em seus braços, pressionou-me contra seu pau, subiu a boca pelo meu pescoço, mas, para meu desespero, parou ali, daquele jeito, imobilizando-me. Lábios na minha pele, cabelo nos meus dedos.

— Por favor... — Pedi mais, querendo me mover, querendo me abrir.

— Pare. — Sua voz veio baixa e dolorida.

O medo me engolfou. Tentei olhar para ele. Eu latejava por inteiro, em seus braços, em seu colo.

— Enrico...

Ele ergueu a cabeça e a encostou no banco do carro. Seus olhos estavam nos meus, sua expressão era dura.

— É uma loucura sem volta — disse ele, com voz rouca.

— Não me importo.

Fui beijá-lo. Estava além de qualquer coerência, sendo intempestiva, irracional, mas ele não deixou. Agarrou novamente meu cabelo, mas decidido, e disse, com voz mais forte:

— Eu me importo, Isabel.

Arfei, sem acreditar, ainda mais quando me colocou de volta em meu banco e me soltou. Seus olhos ardiam olhando meus seios nus, os mamilos ainda úmidos e intumescidos dos seus beijos.

— Porra. — Ele correu os dedos entre os cabelos e olhou para frente. — Ajeite a sua roupa — ordenou.

— Por quê? — Eu não entendia. Queimava de desejo, de desespero.

— Ajeite sua roupa, Isabel.

Trêmula, fechei minha blusa. Afastei o cabelo do rosto e o olhei confusa, com vontade de chorar. Fiquei muda, perdida, sem saber o que pensar ou o que falar. Somente então Enrico me olhou, sério e mais contido. Mesmo assim, estava excitado. Dava para ver em cada parte dele.

— Você se arrependeria.

— Não — garanti.

Corei sob seu olhar penetrante. Não aguentei e, com os olhos cheios de lágrimas, confessei:

— Nunca me senti assim. Nunca fiz nada disso. Soltar meu cabelo, usar batom, beber cerveja, mas nada se compara ao que vivi agora com você. Prazer sempre foi errado e proibido para mim, mas agora não! Com você, não!

— É proibido. Você é casada. Eu conheço Isaque. — Sua voz era dura, mas seu olhar, não. Tinha angústia em seus olhos. — Posso não crer em Deus nem em pecado, mas sempre fiz o que acho certo. E isso pode ser gostoso demais, Isabel. Pode ser muito difícil parar. Mas é certo parar.

Senti a vergonha me arrebatar com força total. As lágrimas desceram por meu rosto e abaixei a cabeça.

— Não fique assim — murmurou ele, e foi sua doçura o que mais me abalou. Segurou meu queixo e me fez olhá-lo. — Você não tem culpa. Eu estava errado naquele dia, na minha casa, quando a acusei de dar em cima de mim.

— Não estava errado. — Engoli em seco e tentei me controlar. — Eu tenho religião e nunca duvidei de Deus, mas sempre quis mais. Eu duvido de mim, do que sinto, do que quero. E, mesmo sabendo que Deus vê tudo, mesmo sendo casada, eu não evitei! Se me falar agora que me quer, eu me dou para você. Eu me dou toda para você!

Comecei a chorar.

— Isabel... — Enrico me puxou para seus braços, mas foi diferente, com ternura, com sentimento, com agonia. — Estou louco por você — confessou. — Tudo que quero é levar você para minha casa, tirar sua roupa, respirar seus beijos. Quero entrar em você e ficar dentro do seu corpo, emaranhado em seu cabelo.

— Ah... — Agarrei seu braço com força e mordi meu lábio, tremendo de pura necessidade.

— Mas, em algum momento, eu pensei em Isaque. Eu pensei em você. A razão veio, Isabel. A porra da razão veio!

Fechei os olhos. Queria implorar a ele, mas meus sentidos agora tinham aquela ponta de culpa. Eu, que sempre tinha lutado contra meus instintos, que era temente a Deus, começara uma jornada de dúvidas fazia algum tempo, levada por minhas necessidades físicas, mas já não era só aquilo. Não era só me satisfazer com imagens de sexo nem sonhar com um homem desconhecido. Era saber como me sentia ali, nos braços de Enrico, depois de provar seus beijos, seu toque. Era muito mais do que eu pensara um dia.

Ficamos ali, imóveis.

Eu teria dado tudo para me entregar a ele, mesmo que isso custasse a minha alma. Mas não podia lutar contra sua decisão. Contra o que ele dissera e que era certo.

Enrico me fez voltar ao meu lugar e me soltou com delicadeza.

— Onde você mora?

— Catete — murmurei, sem coragem de olhá-lo.

— Vou levar você em casa, Isabel.

Fiquei quieta enquanto ele colocava o carro em movimento e dirigia. Olhei para fora, através do vidro escuro da janela.

Eu me sentia cansada, sem coragem de pensar. Meu corpo ainda ardia. Minha vagina estava melada. Eu guardava seu gosto em mim. E o desejava tanto, mas tanto, que doía. Até por dentro. Principalmente por dentro.

Ficamos em silêncio. Enrico tinha desligado a música. A única pergunta que fez foi sobre meu endereço. E minhas únicas palavras foram para responder.

Quando o carro parou na minha rua feia, eu fui infantil. Ou covarde. Não sei se por vergonha ou por medo de aquilo ser uma despedida definitiva, abri a porta e saí correndo, tola e tonta, arrasada e triste.

Entrei no prédio sem olhar para trás. Subi os degraus lutando para não chorar mais. Acho que pela primeira vez na vida não pedi a ajuda de Deus na minha dor, pelo simples fato de me sentir indigna Dele.

Somente quando cheguei à minha porta tive medo de que Isaque esperasse por mim. Como eu olharia para ele?

Ali, entendi Enrico. De alguma forma, ele me poupou daquilo. Da culpa de uma traição. Mas não havia adiantado. A culpa estava lá. Porque a traição existira, independentemente de ter ido até o final ou não. Ela estava nos beijos, no toque, no desejo. Estava na paixão e naquele sentimento abrasador que Enrico despertava em mim e que era maior do que tudo que eu já sentira.

Abri a porta e entrei.

É claro que Isaque estava acordado, sentado na sala, vendo televisão. Ele me olhou irritado, de cima a baixo, meu cabelo solto, meus lábios já sem batom, mas talvez rubros de tantos beijos, meus olhos culpados.

Eu me senti muito mal. Envergonhada.

Isaque se levantou.

— Isso é hora de chegar? E que aparência é essa, Isabel?

— Eu...

Não soube o que dizer. Baixei a cabeça.

Ele se aproximou. Cheirou o ar à minha volta. Pareceu perplexo.

— Você bebeu?!

Bebi, sonhei, permiti-me, traí. Tinha feito tanto naquela noite!

Ergui os olhos. Tive vontade de contar a ele, de confessar tudo, mas precisava pensar em tanta coisa antes, fazer minhas escolhas, ser honesta comigo mesma.

— Não posso acreditar que chegou em casa a uma hora dessas, descabelada, com cheiro de bebida! — Isaque estava abalado. — O que deu em você? Enlouqueceu?

— Desculpe — murmurei.

— Desculpe? Só isso? Meu Deus, em que mulher você se transformou?

— Acho que em Lilith. — Não sei o que me fez falar aquilo, mas me surpreendeu tanto quanto a Isaque, que deu um passo para trás.

— Uma demônia?

— Não.

Lembrei-me de tudo que Enrico tinha falado sobre ela, mas não era o lugar nem o momento para pensar naquilo. Lilith ou Eva, não importava. Ambas pecaram, como eu.

— Estou assustado e decepcionado. Imagine o que sua família vai dizer quando souber. Está louca?

— Só quero descansar um pouco. Podemos conversar amanhã, Isaque?

Ele parecia a ponto de perder o controle. Não respondeu, só me olhou com ar acusador.

Envergonhada, passei por ele. Fui para o quarto, e ele não me seguiu.

Durante o banho, minha mente continuava preenchida por Enrico, meu corpo sofria, minha alma se dividia em remorsos e anseios. Voltei ao quarto, vestida com minha camisola, os cabelos já trançados. Isaque estava saindo do quarto com um travesseiro e uma colcha. Encarou-me e declarou:

— Não suporto dormir perto de uma pecadora.

Foi para a sala.

Deitei-me na cama e fiquei quietinha, pensando em seu olhar de raiva, em suas palavras.

Pecadora.

Lembrei-me das palavras de Cristo quando quiseram apedrejar Maria Madalena: "Atire a primeira pedra quem não tiver pecado".

Todos nós éramos pecadores. Somente uma coisa diferenciava um pecador: as escolhas. Saber o certo e escolher seguir pelo caminho errado em vez de fazer o melhor, o correto.

Fechei os olhos.

Apesar de tudo o que tinha feito naquela noite, não me arrependi. Era pecado, era perdição, mas também era mais do que eu já tinha sonhado em ter.

Isabel

Acordei com a sensação de que tinha sido um sonho.

Não me levantei de imediato. Apenas deixei as lembranças fluírem, como se a noite anterior pertencesse a um universo paralelo.

No entanto, meu corpo ainda parecia febril, e as lembranças me envolviam como um manto. Como negar o desejo que me corroía por dentro? A felicidade de experimentar algo delicioso, o gosto dos beijos de Enrico ainda na língua, as sensações maravilhosas vividas pela primeira vez? Eu não esqueceria nunca.

Mas também não podia esquecer quem eu era. Uma mulher casada.

Sabia que tinha que levantar e enfrentar a realidade, mas me encolhi, percebendo a gravidade dos meus atos, revivendo tudo, como fizera até de madrugada, sem conseguir dormir direito. A culpa me envolveu, mas o remorso, este não veio.

Enrico parecia impregnado em mim. Eu sentia minhas mãos comicharem, meu ventre gelado, meu coração acelerado. Como se ele ainda estivesse ali, causando-me sensações únicas.

Com muito custo, levantei-me. Era sábado e já passava das nove horas da manhã. Eu nunca acordava tão tarde.

Quase escorreguei para o chão para me penitenciar e implorar a Deus que me desculpasse, mas nem sabia ao certo o que era mais forte: minha necessidade de perdão ou meus sentidos despertos, exaltados por Enrico.

Suspirei e fui até o banheiro pensando que Isaque provavelmente me esperava e que eu não escaparia de uma conversa com ele.

Quando fui para a sala, vestida, mas com meu cabelo solto, tomei um susto. Meu pai e minha mãe estavam lá, sentados no sofá, conversando em voz baixa com Isaque. Todos olharam para mim, sérios. Muito sérios.

Fiquei paralisada. Uma vergonha imensa me fez descer o olhar para meus pés. Tudo rodopiou dentro de mim, mas olhei-os de novo, sentindo-me errada, imoral, suja.

Isaque não tinha perdido tempo.

Aproximei-me, tentando disfarçar tudo o que eu sentia.

— Bom dia. Pai, mãe — cumprimentei.

— Bom dia, Isabel. Está surpresa com nossa visita? — indagou meu pai.

Sentei-me na outra ponta do sofá, distante de Isaque. Ele tinha a expressão fechada e a Bíblia nas mãos.

Tive vontade de dizer a ele que deveríamos ter tentado resolver nossos problemas primeiro, antes que ele corresse para chamar meus pais, mas, como sempre, não emiti opinião.

— Sim — murmurei.

— Não deveria estar. Não depois do seu comportamento ontem. — Foi minha mãe quem falou.

Reparei que tanto ela como meu pai tinham levado suas Bíblias. Para quê? Expulsar o demônio de dentro de mim? Dar-me aulas?

Eu estava me sentindo culpada. No fundo, sabia que tinha errado. Não tanto por sair, divertir-me e até beber, mas por trair. Por ter sentido vontade de ser de Enrico, sem me preocupar em ser casada.

Eu poderia encontrar desculpas e dizer a mim mesma que havia tido meus motivos, que Isaque era machista e egoísta na cama, que nunca me dera um beijo de verdade ou com prazer, que eu estava num momento complicado. Mas nada compensaria o simples fato de que eu era comprometida com ele, e isso queria dizer ser fiel, coisa que eu desrespeitara.

Fiquei quieta, assumindo intimamente meus erros.

— Isaque nos contou sobre seu comportamento e tivemos que vir aqui para ouvir de seus lábios — disse meu pai, chamando minha atenção.

Foi incômodo demais ser alvo dos olhares de condenação deles. Eu já deveria estar acostumada, depois de tantos anos sendo tolhida, aprendendo a obedecer e calar. Entretanto, aquilo ainda me causava certa humilhação, como se me diminuísse perante eles.

— O que a levou a desonrar seu marido e sua casa?

Minha língua parecia colada no céu da boca.

— Isabel? — insistiu minha mãe.

Como não falei nada, ela perguntou:

— É verdade? Isaque nos disse que resolveu sair com seus amigos do trabalho, que chegou tarde, desarrumada, bêbada. Não posso crer em tanta blasfêmia. Essa não é você!

— Não estava bêbada — murmurei.

— Mas bebeu — acusou Isaque, ainda raivoso.

— Sim — admiti. Não baixei os olhos. — Eu experimentei.

Meu pai cerrou os lábios, mostrando-se severo. Minha mãe me acusou com o olhar.

— Cheguei a pensar que tinha vindo da cama de um homem, tamanha era a aparência desregrada dela. — Isaque apontou para mim.

— An, não! — Minha mãe se assustou. — Isabel?

Acho que corei. Fiquei imobilizada. Enrico enchia minha mente, bombardeando-me de lembranças. Tinha sido a melhor coisa que eu experimentara na vida, mas, naquele momento, eu me enchia de vergonha.

— Não — afirmei e, de certa forma, não era mentira. Não havia ido para a cama dele. Não tivemos relações, embora não por escolha minha.

Ela pareceu aliviada, mas ainda desconfiada.

— Conte o que aconteceu — exigiu.

Nunca, na minha vida, eu tinha desrespeitado meus pais. Nem mesmo respondido a eles. Mas, ali, sendo tratada como uma criança, observada por eles e por Isaque como uma meretriz, uma louca, fiquei irritada. Olhei para cada um deles e falei baixo, mas claramente:

— Não entendo por que Isaque chamou vocês aqui. Temos que resolver nossos problemas sozinhos antes de preocupar vocês. — Fitei meu marido. — Você tinha que ter esperado eu acordar e falado comigo.

— Falei ontem, mas você não parecia preocupada em conversar. Seus pais têm o direito de saber o que a filha deles está se tornando.

— E o que seria isso? — Ergui o queixo.

— Você não é mais a mesma! — exclamou, acusando-me. — Não é a primeira vez que me assusta com comentários tolos e até indecentes. E agora isso! Chegar em casa tarde, depois de farras, como se não fosse uma mulher casada! Filha de um pastor!

Fiquei nervosa. Por um momento, vi ali minha chance de desabafar, de contar como eu vinha me sentindo, mas ainda temia ser condenada por eles. Era muita novidade. Muita coisa ao mesmo tempo.

— Isabel. — A voz do meu pai, rígida, clara, chamou a minha atenção e me fez olhar para ele. — O que você fez?

— Eu saí com colegas do trabalho. Conversei, ri, comi e experimentei cerveja. Soltei meu cabelo. Passei batom. — Parei ali. O resto era só meu.

— Diz isso tudo com essa calma? — Minha mãe pareceu horrorizada. — Depois de ser criada sabendo diferenciar o certo do errado?

— Se foram erros meus, vou conversar com Isaque. Vamos chegar a um acordo.

Eles estranharam, e meu pai elevou o tom de voz:

— Está dizendo que não é da nossa conta?

— Estou dizendo que não sou mais criança, pai. Não precisam vir aqui me mostrar o que devo ou não fazer. Posso entender. Posso chegar às minhas próprias conclusões.

Todos estavam surpresos. Era como se, de repente, eu tivesse me tornado outra pessoa diante de seus olhos.

Corei por minha coragem, que eles poderiam entender como um desafio. Mas estava chateada por Isaque ter corrido para chamá-los, como se assim pudesse me envergonhar, forçar-me a pedir perdão. Se fôssemos católicos, juraria que aquilo era uma Inquisição.

— Essa não é você. — Minha mãe apertou sua Bíblia.

— Está tentada pelo demônio. — Isaque foi ríspido. — Só pode ser isso. Ontem, até falou em Lilith. Lembra, pastor? De como falou no culto que estão tentando dizer que aquela demônia foi a primeira mulher criada por Deus?

— O que você falou de Lilith, Isabel? — Meu pai apertou os olhos.

Lembrei-me de tudo que havia lido sobre ela depois da minha conversa com Enrico, que para alguns era uma deusa e para outros apresentava uma coisa ruim ou uma invenção.

— Só falei de Lilith porque Isaque me acusou de estar com o demônio, de ser pecadora. Lembrei-me dela e de Eva.

— Você ouviu mais de uma vez nossas conversas sobre esse assunto, em casa e na igreja. Sabe que esse ser nunca existiu, que foi criado para desmerecer a Bíblia. Chegam a cogitar que a Bíblia esteja errada. Só falta me dizer que crê nisso também! — Ele estava perdendo a paciência.

— Duvida disso? — perguntou minha mãe, erguendo sua Bíblia. — Duvida das palavras de Deus?

— Não — murmurei.

Ela respirou fundo, menos tensa.

Lambi os lábios e tentei explicar:

— Acredito em Deus e nas Escrituras, mas não entendo como tantos livros da Bíblia sumiram nem por que católicos e evangélicos não concordam sobre alguns desses livros, privilegiando alguns e desprezando outros. Traduções foram feitas, palavras foram mudadas. Nada disso diminui a minha fé, mas tenho o direito de tentar entender! E tenho o direito de saber por que ser infeliz nesta vida garante a felicidade na vida eterna.

Eu tinha falado mais do que queria e só me dei conta das minhas palavras quando minha mãe arregalou os olhos e meu pai se ergueu, possesso.

— Infeliz? Você nasceu e cresceu no meio de conceitos bíblicos e me diz que é infeliz? Está agindo como aquela ingrata da sua irmã! — Ele falava alto, apontando o dedo para mim. — Depois de tantos anos, tenho que passar por isso de novo! É o capeta querendo me derrubar! Usando a minha filha!

— Não! — Levantei-me, angustiada. — Não quero desonrar o senhor, pai! Nem a Deus!

— Está fazendo isso! — Isaque se ergueu também, raivoso. — Desconheço você, Isabel!

Eu arfei, nervosa. Balancei a cabeça e tentei me justificar:

— Por favor, entendam. Eu posso ter cometido erros ontem e talvez não tenha me expressado bem hoje. Deixem-me explicar.

— Sente-se, Sebastião — pediu minha mãe. — Deixe Isabel falar.

Isaque foi o primeiro a voltar ao seu lugar. Meu pai se sentou, sem tirar os olhos de mim.

Sentei-me, sentindo meu corpo tremer. Busquei me acalmar, mesmo sabendo que o que eu diria ali não seria bem aceito. Mesmo assim, desabafei:

— Falei em ser infeliz porque sinto falta de algumas coisas. De ter mais carinho de Isaque. Como esposa. De poder me vestir de modo mais leve, ter amigos, ter alguma liberdade. Há várias igrejas em que as pessoas vão aos cultos vestidas normalmente. São felizes em seu lar. Em seu casamento. Não têm tantas proibições. Errei em beber. Isso não faz bem nem para a saúde. Mas que mal pode haver em passar batom? Será que Deus vai me condenar por isso, vai se importar tanto assim? Eu só...

— Cale-se — murmurou minha mãe, e eu obedeci na hora. Sua expressão era dura. — Você quer mostrar o corpo?

— Não...

— Usar batom e bijuterias, roupas mais curtas, sair com amigos. É isso que quer. Provocar os homens, ter mais tentações, abrir a porta para problemas com seu marido. Começa assim. Pequenas coisas. Aí passará a querer mais.

— Mãe, não é isso. Dona Leopoldina sempre foi evangélica. E na igreja que ela frequentava se falava em Deus, liam a Bíblia, mas...

— Então é essa senhora que anda colocando besteiras na sua cabeça? — perguntou Isaque. — Como assim quer mais carinho de mim? Não tem vergonha de ser tão explícita na frente dos seus pais?

— Não! Dona Leopoldina não tem nada a ver com isso... — Eu não sabia mais o que dizer sem complicar as coisas.

— Você está indo por um caminho errado. Está fora de si — disse meu pai. — E nem enxerga isso.

Eu me calei, sabendo que não adiantaria dizer mais nada. Baixei os olhos.

— Você não está vendo que está cheia de pecados, Isabel?! — disse Isaque.

Pensei em Enrico. Meu maior pecado era desejá-lo sem limites. Isso eu nunca poderia admitir a eles. Teria que ser uma conversa minha com Deus. E comigo mesma.

— E todos os pecados têm consequências. Até Cristo pagou a pena do pecado. Para termos certeza da salvação, somente pelo arrependimento e pela fé em Jesus — recitou meu pai. — Você se arrepende, minha filha?

Continuei de cabeça baixa. Ele insistiu:

— O que ainda não entendeu? Diga a verdade. Arrependa-se. Peça perdão. Ou quer ser castigada?

Senti vontade de chorar. Não queria ser castigada por Deus nem mentir mais, fingindo que continuava aceitando aquelas regras, o que não era verdade. Fingindo que era feliz. Mas haviam sido anos de obediência. Meus pais e Isaque não entenderiam nada além disso.

— Perdão, meu pai. Perdão, minha mãe. Perdão, meu marido. Perdão, meu Deus — disse, angustiada.

O pior era que, no fundo, eu não tinha vontade de pedir perdão pelo que havia feito com Enrico no carro. Eu tinha consciência da minha traição, mas não queria enganar a mim nem a Deus.

— Isso, filha — incentivou minha mãe. — Você vai deixar esses pensamentos impuros de lado? Nunca mais passará batom nem provará drogas nem desrespeitará seu marido saindo sem ele?

— Sim. — Meus olhos ardiam.

— Não pudemos salvar Rebeca, mas vamos salvar você, filha — completou ela.

Lágrimas escorreram pelo meu rosto. Não aguentei, ergui a cabeça e os olhei.

— Não entendo como podem falar dela como se estivesse morta. Nunca a procuraram nem me deram informação alguma para que eu a pudesse encontrar. Pode ter agido errado, mas era nossa família, nosso sangue. Estava grávida. Não pararam para se perguntar se ela está viva? Se o neto de vocês está vivo?

— Você só fingiu se penitenciar! — Meu pai perdeu a paciência. — Ainda está nos confrontando!

— Não, pai! Só quero saber da minha irmã!

— Ela nos ofendeu até o limite! Criou discórdia e vergonha!

— Deus é amor, não ódio! — Perdi a cabeça e comecei a chorar. — Eu a amava! Eu sempre quis saber onde ela estava! E vocês, que falam tanto em perdão, nunca nem ligaram para Rebeca!

— Não é verdade. Não diga o que não sabe. Fomos atrás dela.

As palavras da minha mãe me surpreenderam. Senti meu coração disparar e minha esperança crescer. Enxuguei o rosto.

— Rebeca escolheu o caminho dela. Deus dá perdão a quem se arrepende de verdade, e esse não foi o caso dela. No dia em que isso acontecer, nossa casa e nossa igreja a receberão.

Eu duvidava. Já tinha visto ex-drogados voltarem à congregação do meu pai, sendo até bem-aceitos, mas nunca uma ex-adúltera ou uma mulher como minha irmã, que teve filho sem casar.

— Quando foram atrás dela? Como ela está? Onde? O bebê nasceu?

— Não importa. — Meu pai se levantou.

— Importa para mim.

— Para quê? Para seguir os exemplos dela? — acusou Isaque.

Eu o encarei, irritada. Naquele momento, não sentia nem ao menos carinho por ele.

— Ela mora em uma favela. Pelo menos morava dois anos atrás. Com um homem e o filho dela. Não quis nos receber. — Minha mãe se levantou também, parecendo cansada.

Eu me acalmei e os olhei de modo diferente.

Senti remorso e pena. E vergonha das minhas acusações.

Ambos tinham um aspecto sofrido. Haviam levado uma vida dura e nunca se aproveitaram dos fiéis para ganhar dinheiro. Fui testemunha de quantas pessoas ajudaram, indo a presídios, hospitais, orfanatos, asilos. A vida deles era em nome de Deus, era fazendo o bem.

Chorei mais, pois, mesmo com suas crenças rígidas, tinham ido atrás de Rebeca. Aquilo bastou para que meus olhos se abrissem, para que eu me desse conta de como devia ter sido difícil, e talvez ainda fosse, conviver com o desprezo de uma filha.

Eu me senti injusta. Minha mãe e meu pai pregavam aquilo em que acreditavam. E talvez não fossem infelizes como sempre pensei, mas felizes dentro de suas escolhas.

— Ela está bem? — murmurei.

— Não sei. Vive do jeito que quer.

— Sim, mãe. Em qual favela?

— Não vai atrás dela — disse Isaque. Eu o ignorei.

— Deixe sua irmã onde ela deseja ficar. Preocupe-se com a sua vida. — Meu pai estava sério e cansado. — Vigie a sua vida, pois eu vigiarei você. E Deus também.

Olhei para minha mãe, suplicante. Ela me encarou de modo mais brando, como a me garantir algo. Entendi que mais tarde me daria outras informações sobre Rebeca e me acalmei.

— Nunca foi minha intenção preocupar vocês — murmurei. — Prometo que vou continuar temente a Deus.

Meu pai recitou mais um trecho da Bíblia, e, então, eles foram embora. Isaque os acompanhou até a porta e depois voltou, ainda com expressão raivosa.

— Prometa que não me desrespeitará mais, que tudo isso foi uma loucura passageira.

Eu não sabia o que dizer a ele. Nem entendia por que certo asco me dominava, mas também sabia quanto devia estar chocado com meu comportamento.

— Como você saiu com seus amigos e se arrependeu, entende o que aconteceu comigo. Vamos esquecer o assunto. Mas, da próxima vez, converse comigo antes de chamar meus pais.

— Eu quis cortar o mal pela raiz. E acho que consegui.

Suspirei, cansada.

— Vou cuidar da casa e fazer a comida.

Não queria mais discutir aquele assunto.

Isaque se sentou para ver televisão.

Eu fui para a cozinha. Chegando lá, respirei fundo, pensando em Rebeca. Um alívio imenso me envolveu. Ela estava viva e com o filho! Agradeci a Deus. E jurei a mim mesma dar um jeito de vê-la.

20

Enrico

— Ei, Rico! Qual é?! Está no mundo da lua hoje?

A voz de Fernando, sentado ao meu lado na areia, interrompeu meus pensamentos. Tínhamos acabado de jogar vôlei de praia com outros amigos e agora estávamos batendo papo naquela manhã de sábado.

Sorri, sem jeito.

— O nome disso é mulher — brincou ele.

Todos riram. Minha mente se concentrava mesmo numa mulher: Isabel.

Eu estava perturbado. Não apenas porque ela me atraíra a ponto de eu ter perdido a razão e quase ido até o fim no carro, mas pelo modo como tudo continuava mexendo comigo no dia seguinte.

Eu sabia que o melhor a fazer era me afastar, tanto pessoalmente como pelo WhatsApp, pois tinha quase certeza de que a Pecadora era ela.

Eu tinha errado em tudo, desde o momento em que deixara as coisas chegarem tão longe, contando minha vida, abrindo-me, querendo mais dela. Até a noite anterior, quando não tomei a iniciativa de ir embora do bar ao perceber quanto ela me excitava.

Foi loucura entrar no carro sozinho com ela sabendo como eu me sentia, com aquela necessidade nova e pulsante. No dia seguinte, racionalizando, eu vi quanto tinha ajudado a provocar aquela situação. Ainda mais tendo notado que Isabel estava alterada pela bebida.

— Mais uma partida? — perguntou Ronald, jogando a bola para o alto.

— Vamos lá! — Levantei-me, sem querer me martirizar por algo que não tinha volta.

Armamos as duplas e voltamos para a quadra. Tentei me concentrar no jogo e fiquei meio puto quando perdemos, sabendo que parte da culpa era minha.

— Tá difícil hoje, hein? — comentou Fernando, minha dupla.

— Estou meio desligado — confessei, dando um tapinha no braço dele. — Fica para a próxima.

— Tá certo, Rico. Se cuida, cara!

— Tranquilo.

Deixei minhas coisas perto do grupo e fui dar um mergulho antes de ir para casa.

A praia estava cheia, mesmo com o tempo nublado. Turistas, banhistas, pessoas caminhando e andando de bicicleta, crianças correndo até a beira do mar e soltando gritinhos por causa da água gelada.

Eu gostava daquele cenário, daquela sensação de que a praia é um dos lugares mais democráticos do mundo. Praia e futebol são a cara do carioca.

Não me importei com o mar frio. Mergulhei e achei uma delícia sentir o choque, deixar aquele azul me envolver, entregar-me às ondas um pouco mais fortes naquele dia.

Dei braçadas vigorosas até estar longe da arrebentação. Relaxei, mas o frio estava demais, e ficar parado não era agradável. Voltei nadando, já me sentindo mais desperto. Saí do mar sacudindo os cabelos com a mão.

Coloquei a bermuda e calcei os chinelos, acenei para os amigos e voltei para casa.

No Rio de Janeiro, sábado é um dia cheio de opções para os solteiros. Eu sempre tinha um amigo chamando para sair, uma garota sugerindo um encontro casual, mas preferi ficar quieto, sem fingir prestar atenção em alguém. Pelo menos durante o dia, ficaria em casa.

Apolo e Zeus fizeram uma farra quando cheguei. Brinquei um pouco com eles enquanto Cleópatra, no muro da varanda, miava com certa inveja da atenção que eu dava aos cachorros.

— Já vou aí pegar você, sua mimada — falei para ela enquanto Zeus fazia festa.

Meu quintal sempre me dava uma sensação boa, de natureza e liberdade no meio da cidade. Não sei por que estar ali com meus animais me fez pensar em Luan.

Talvez por termos vivido apertados num lugar tão diferente de tudo aquilo. A única natureza que existia perto do nosso barraco era uma vala fedorenta que passava ao lado e vivia cheia de lixo. Mais do que eu, Luan adorava animais e árvores. Queria ser biólogo ou veterinário. Doía saber que nunca teve a chance. Eu sentia culpa por estar ali, cercado por tudo aquilo, e ele, não.

Apolo correu na minha direção com uma bola na boca, e Zeus veio junto, tentando disputar com ele. Cleópatra deu um miado preguiçoso.

Tomei a bola de Apolo e arremessei longe, e os dois cachorros correram para pegá-la. Já que estava melancólico, deixei-me imaginar em como seria ter filhos e vê-los ali brincando com os cachorros ou mimando Cleópatra.

Era estranho pensar em família, algo tão distante da minha realidade, mas às vezes eu pensava, ainda que só para concluir que não era para mim.

Foi Apolo quem trouxe a bola novamente, e voltei a arremessá-la.

Observei a piscina, o terreno, as árvores. Era muita coisa para uma só pessoa. Para quem eu deixaria tudo aquilo? Quantas vezes chegaria ali sozinho, como naquele dia, e brincaria com meus animais, em anos que se tornariam décadas? Talvez no futuro eu colocasse uma cadeira de balanço ali. Então, sentaria e pensaria na minha solidão, sabendo que, com meu último suspiro, a família Villa seria esquecida. Luan, minha mãe, eu.

Fiquei irritado com meu sentimentalismo. Fui até a varanda, e os cachorros vieram atrás de mim com a bola. Olhei para eles.

— Depois a gente brinca de novo.

Latiram, como se me respondessem, e sorri. Subi os degraus da varanda, e Cleópatra pulou aos meus pés.

Eu a peguei e entrei em casa com ela, acariciando-a.

— Queria atenção, não é?

Deixei a gatinha comendo sua ração e subi para tomar banho. Imaginei como Isabel estaria, como Isaque a teria recebido, como tinha sido a manhã dela, o que estaria pensando sobre mim.

Por mais que não quisesse pensar nela, não conseguia evitar. Sentia um misto de culpa e desejo, emoções que eu sempre controlara, mas naquele dia me desorientavam.

No chuveiro, ensaboei o corpo e senti meu pau enrijecendo só de lembrar o gosto do beijo dela e sua pele quando abri a blusa e vi o colo, os seios, os mamilos.

Eu não fazia ideia de com quantas mulheres já tinha transado, mas sempre, sempre, com o controle da situação. Na noite anterior, eu tinha perdido o controle antes mesmo de tocar em Isabel, quando a vi, quando imaginei aquele cabelo em mim. Nada me impediu de colocá-la no meu carro, nem mesmo a culpa por saber que ela era casada. E com um cara que eu conhecia e de quem gostava.

Eu não tinha desculpa. Tudo o que havia conseguido na vida fora por ser seguro, decidido, sem me entregar a vontades que não me levariam a lugar nenhum e que magoariam outras pessoas. Mas eu ainda não sabia lidar com os sentimentos que Isabel despertava em mim.

Seria fácil manter a impressão errada que tive dela quando achei que havia dado em cima de mim no meu aniversário. Eu poderia dizer a mim mesmo que ela me tentava, pois era linda e proibida e me atraiu desde a primeira vez em que a vi. Mas não podia deixar de admitir que havia muito mais ali e, conhecendo-a um pouco mais, eu a entendia. Principalmente se ela fosse mesmo a Pecadora.

Era uma mulher cheia de dúvidas e desejos não satisfeitos, tolhida em um mundo que talvez começasse a incomodá-la, muito possivelmente sem satisfação sexual. Estava em um momento de confusão, que geralmente antecede tomadas de decisões. Muitas vezes, passei por aquilo. Nada ligado à religião, mas ao sentimento de precisar mudar.

Talvez eu só fosse uma fantasia para ela. E como condená-la, se ela também tinha virado uma fantasia para mim?

Eu me lavei, tentando ignorar meu corpo, minha pele ardida. Tentei esquecer aqueles beijos, o modo como a respirei e quanto parecia entranhada em mim.

Precisava me afastar de Isabel, evitar que tivéssemos mais momentos a sós. Não ia fugir. Ia apenas estabelecer limite e distância, romper algo que poderia ser perigoso para mim pelo simples fato de fugir do meu controle.

Eu me enxuguei e, nu, fui ao quarto buscar uma roupa. Foi só quando desci e segui para a cozinha que espiei meu celular. Parei perto da bancada ao ver que havia novas mensagens da Pecadora.

"Não leia. Exclua o contato dela", ordenei a mim mesmo.

Fiquei parado, vendo apenas o início da primeira frase, imaginando se era mesmo Isabel. Senti uma vontade absurda de ler o que ela escrevera, de deixar aquilo rolar, somente aquilo, longe do contato físico.

Abri a mensagem e li:

"Eu e Mim estão sempre em diálogos acalorados. Como suportaria isso se não houvesse um amigo? Para o solitário, o amigo é sempre o terceiro, a boia que impede a conversa alheia de afundar nas profundezas. Ai! Existem abismos demais para todos os solitários. Por isso ambicionam a um amigo e à sua altura. Nosso desejo de um amigo é nosso delator."

Ela dava uma pausa e continuava:

"Li num livro de Nietzsche: Assim falou Zaratustra. *Sabe que me lembrei de você? Na verdade, quando fui buscar (na internet, confesso) um texto de*

algum filósofo que expressasse o que eu sentia, fiz a pesquisa pensando em você. Devo agradecer por ter aberto meu horizonte intelectual. E pela companhia: a sua, por aqui, e a dos filósofos que, em algum momento, pensaram como eu. Talvez tenham tido as mesmas dúvidas e buscado as mesmas respostas."

Meus olhos passaram pelas frases. Continuei:

"Gostaria de dizer que só penso em você em um nível filosófico, mas é mais. Não se preocupe: não farei declarações que possam deixá-lo desconfortável. Entre todos os meus sentimentos neste momento (alguns inconfessáveis!), percebi, neste texto de Nietzsche, uma verdade. Todos buscam um amigo. Acho que busquei aqui algo, e você se tornou, entre outras coisas, um amigo."

Eu respirei fundo, um tanto mexido. Seria Isabel? Seria um meio de me dizer que eu era importante para ela?

"Vi, nesse texto, um pouco da minha solidão. Somente 'eu e mim'. Até você aparecer, eu tinha esses 'diálogos acalorados' comigo mesma. Ainda tenho. Mas, como Nietzsche falou, eles se tornam insuportáveis sem a presença de outra pessoa. Você me ajudou a enxergar muito de mim. Virou a boia que me impede de me afundar em mim mesma. Não sei se entende, se estou sendo confusa demais ou jogando alguma responsabilidade para você. Só queria que soubesse quanto é importante."

Eu não estava preparado para aquilo e me arrependi de não a ter excluído. Agora eu não sabia o que fazer.

Puxei uma cadeira da mesa ao lado e me sentei. A razão me dizia uma coisa, mas o sentimento me alertava para outra. Talvez o certo fosse exigir saber se a Pecadora era Isabel. Ainda assim, existia a chance de não ser. E, mesmo que fosse, podíamos manter apenas aquilo, uma espécie de amizade. Máscaras que não exigiriam responsabilidades.

Larguei o celular ali, irritado por ela me desconcertar. Levantei-me e fui preparar um suco. Talvez devesse rever minha decisão de ficar em casa. Seria melhor sair e esquecer. Viver minha vida como se Isabel não tivesse entrado nela.

No domingo, eu estava de mau humor.

Sair com os amigos não tinha adiantado. Eu até me divertira. Conheci uma mulher, joguei charme, mas decidi voltar para casa sozinho. Era como se o celular queimasse no meu bolso.

À tarde, peguei o celular e respondi, sem delicadeza:

"*O nosso erro é buscar no outro o equilíbrio que não conseguimos ter. Estamos todos nadando, buscando não afundar. As boias podem socorrer. Ou enganar. Você pode se agarrar na primeira boia que passar, por cansaço ou por medo de se afogar, mas essa boia pode levar você a um lugar aonde não queria ir. Você pode até se acomodar na primeira parada, que parece mais segura. Talvez com mais esforço, mais braçadas, fizesse outro percurso. Assim é a vida. Algumas pessoas são boias. Eu prefiro nadar. E parar onde eu quiser. Sem boias.*"

Enviei a mensagem sem saber se ela entenderia. Eu mesmo estava confuso.

Visualizou na mesma hora.

Ficamos lá, on-line. Imaginei que ambos líamos aquelas palavras, cada um tendo a sua impressão.

"*Entendo. Não tinha visto sob essa perspectiva meu 'mar', minha 'resistência', meu 'fôlego'. Mas tem dias em que é quase impossível nadar. Falta o ar, falta a vontade, falta a coragem. Aprendi a usar boias. Tem dias em que me perco. Como hoje, quando sinto que preciso ir além, mas o medo me impede.*"

Ela não estava usando palavras tiradas de algum site de filosofia. Era ela mesmo.

"*Não pode ficar parada, senão morrerá afogada.*"

"*Já fiquei parada por muito tempo. Agora eu quero nadar. Eu preciso.*"

Falava por metáforas. Foi assim que respondi:

"*Então, nade. Mas para onde você escolher, sem afundar ninguém no caminho.*"

"*Nunca afundaria ninguém.*"

"*Pode fazer isso sem perceber. Se olhar em volta, verá que não está sozinha neste mar.*"

"*É verdade.*"

Afastei os olhos por um momento. Olhei pela janela. Imaginei Isabel em sua casa.

Pensei que provavelmente Isaque estava com ela. E tive dois sentimentos ao mesmo tempo: culpa e ciúme.

"*Não somos amigos*", digitei. "*Nem boias um para o outro. Você já tem a sua e deve se preocupar com ela. E eu, como falei, prefiro nadar sozinho.*"

"*Quem disse que eu tenho a minha?*"

"*Eu estou dizendo. Por que não paramos com joguinhos? Estou cansado disso. Não sou criança.*"

"Nunca joguei com você."
"Nem vai. Estou fora do jogo."
"O que quer dizer?"

Era o momento de acabar com tudo, mas alguma coisa me segurou. O desabafo dela tinha mexido comigo, mostrado parte do seu sofrimento. Como simplesmente virar as costas?

Resolvi não tomar nenhuma atitude drástica e apenas desliguei o celular.

Eu tinha que ser o que sempre fui: um homem.

Isabel

Eu estava na agência, tentando me concentrar no que fazia. Meus colegas trabalhavam, e uma suave música tocava ao fundo. Era quase meio-dia daquela quinta-feira e tudo parecia normal, menos eu.

Havia passado o fim de semana febril, culpada diante de Isaque e dos meus pais, esperançosa com as notícias da minha irmã, arrasada pela última conversa com Enrico. As palavras dele foram tão definitivas.

Eu tinha sentido tanto a falta dele. Ficara tão temerosa pensando no nosso reencontro que mandei aquela mensagem. Eu me abri. Fiquei exposta, e me dei conta de que ele tinha se tornado minha única companhia.

Mas deu tudo errado. Não o vi mais durante a semana e acabei dizendo a mim mesma que era melhor assim. Enrico me evitava, e eu devia seguir o exemplo dele antes que tudo chegasse a um ponto sem volta.

Eu gostava de ficar no jardim depois do almoço, mas, naquele dia, comi e fiquei no saguão na frente do casarão. A solidão era grande e causava incômodo por dentro.

Sentei-me no degrau mais alto da entrada e ajeitei a saia longa. O sol não chegava aonde eu estava. Estremeci um pouco, sentindo frio. Meus braços se arrepiaram, a nuca também, exposta pelo cabelo preso num coque. O nervosismo só aumentava todas aquelas sensações.

Eu não deveria estar ali. Sabia que era só uma desculpa para ver Enrico. Pelo menos olhar para ele e matar a saudade, já que não nos falávamos nem mais no WhatsApp. E foi o que aconteceu. Não demorou nem dez minutos para que ele passasse pelo portão. Ele me viu na mesma hora.

Engoli sua imagem com um desespero silencioso. Meu coração deu um salto. Nós nos olhamos por segundos que pareceram eternos. Não me movi, não pisquei. Esqueci de respirar. Busquei respostas, alguma reação, algo que me mostrasse como Enrico se sentia.

Então, ele se moveu, bem sério, e toda a sua expressão e seu corpo demonstraram uma frieza que me pegou desprevenida.

Não desviou o olhar. Pelo contrário, encarou-me de forma tão séria que só pude continuar a olhá-lo, muda.

— Boa tarde, Isabel.

Passou ao meu lado. Seus tênis mal fizeram barulho nos degraus. Foi como se a noite de sexta não tivesse existido. Como se eu fosse nada.

Levantei-me rápido, virei-me e o vi na recepção, indo em direção à escada para sua sala. Meu coração doeu. Abri a boca, pronta para chamá-lo, para ter qualquer coisa, mesmo o seu desprezo, mas perdi a coragem e só observei suas costas, sua nuca, seu cabelo negro.

Voltei a me sentar, arrasada. Fiquei lá sem saber o que pensar, com medo de que me demitisse, como parecia ter feito com a Pecadora. Ele sabia que era eu. E me evitava de todas as formas.

Depois de um tempo, no qual a tristeza pareceu demais para suportar, voltei para minha sala. Não o vi mais durante o resto do dia e fui embora pensando que ao menos não tinha me chamado à sua sala para me demitir.

Cheguei em casa e cuidei do jantar. Fiz tudo mecanicamente. Tomei banho. Isaque chegou.

Ele estava frio, e só falamos o necessário. Não tentei puxar assunto, embora entendesse o lado dele. Estava surpreso e confuso comigo.

À noite, Isaque e eu fomos para a igreja. Meu pai pregou sobre o papel da fé e do arrependimento na vida das pessoas, e achei que falava para mim. Ouvi, quieta e atenta. Quando o culto terminou, dona Leopoldina veio me abraçar.

— Ah, Isabel, que saudade! Gostava tanto das nossas conversas! A menina que meu filho colocou lá é uma chata!

Isaque ficou ao meu lado, sério. Eu sorri e a abracei.

— Estou trabalhando fora.

— Eu soube. Estou feliz por você, mas triste por mim. Quando der, faça uma visitinha. Podemos tomar café com bolo.

— Vou, sim.

Depois que ela se foi, Isaque resmungou:

— O que ela pode querer falar com você? Colocar mais caraminholas na sua cabeça?

— Dona Leopoldina nunca fez isso, Isaque.

Ele não disse nada.

Fomos falar com meus pais.

Eu gostava daqueles finais de culto. Desde pequena era assim: quando o culto terminava, todos pareciam mais leves, trocando amenidades. Poucas vezes isso não aconteceu.

Era engraçado como a igreja me dava uma sensação de paz enquanto muito do que era pregado ali me perturbava. Tudo ser tão duro, tão proibido, não abalava minha fé em Deus, mas tirava minha tranquilidade.

Meu pai pareceu satisfeito em me ver ali. Não tocou no assunto que o tinha levado até minha casa no sábado, mas nem era preciso. Já havia feito isso durante o culto. E talvez achasse que naqueles últimos dias eu tinha voltado à normalidade esperada de mim. Mal sabia como eu me sentia.

Aproveitei um momento em que minha mãe estava um pouco mais afastada e me aproximei dela.

— Onde Rebeca está morando, mãe? — perguntei rapidamente e baixinho.

Ela me encarou, carrancuda. Não desisti.

— Ela é minha irmã. Tenho o direito de saber.

— E de que isso vai adiantar? Não quero que a procure, muito menos agora, depois das besteiras que você andou fazendo.

— Não vou fazer nada. Só quero ver se está bem.

— Já falei que ela está bem.

— Como sabe, se ela não quis receber vocês? — Eu segurei suas mãos. — Mãe, por favor. Por favor.

— Seu pai não vai gostar.

— Prometo que não farei nada de errado. E acho que ela pode me receber.

Isso a deixou mais alerta.

— Você acha que pode convencer a sua irmã a se arrepender dos pecados dela, Isabel?

Não soube o que dizer. Era importante para minha mãe, só que ela não sabia que eu mesma tinha meus pecados para acertar com Deus.

— Não sei — murmurei. — Só vou saber se falar com ela.

Ela lançou um olhar para meu pai, cheia de dúvidas.

— Vou pensar.

— Por favor!

Suspirou.

— Lá é perigoso — emendou ela. — Fica na entrada da favela Rio das Pedras, pros lados da Freguesia, da Barra, sei lá. Nem sei se Rebeca ainda está lá.

Insisti, e sua resposta final foi a de que pensaria sobre o assunto.

Voltei para casa chateada e ansiosa.

E foi assim que fiquei por dias, pois ela não me deu o endereço da minha irmã.

Na quarta-feira da semana seguinte, cheguei à agência no mesmo momento que Enrico. Eu já estava perto quando o vi abrir o portão.

Fiquei nervosa. Quando me olhou, então, quase morri. De novo, aquela frieza.

Pensei que fosse me ignorar, mas segurou o portão para mim.

— Bom dia, Isabel.

— Bom dia. — Passei perto dele, firme.

Senti seu perfume, e as lembranças me arrebataram. Seu cheiro em minhas narinas, seus cabelos em meus dedos, sua boca na minha, ele dizendo que me respirava.

Quando entrou e ouvi o portão bater, virei-me num impulso.

— Vai me tratar assim para sempre?

— Assim como? — Enrico parou, parecendo um pirata perigoso com a barba mais cheia, o cabelo despenteado, aqueles olhos brilhando tão intensamente. — Trato você como um empregador trata uma funcionária. Não é isso que somos?

Senti meu rosto pegar fogo.

Sabia que devia ficar quieta, mas estava cansada de fazer o que esperavam de mim.

— Não é só isso que somos — falei, baixo.

— É exatamente isso que somos. — Como se eu não significasse nada, ele passou ao meu lado. — Não temos nada a conversar além do que for relativo ao trabalho.

Eu o observei subir os degraus.

— Enrico...

— Mande lembranças a Isaque — disse ele, sobre um ombro, deixando mais do que claro qual era meu lugar. Funcionária e mulher de um amigo dele. Nada mais.

Eu mereci. Deveria ter ficado no meu lugar, ter me comportado, agido como uma mulher de respeito. Estava cheia de vergonha, ainda mais de mim mesma. Tinha raiva daquele lado meu que ficava sem controle, que ansiava, que desejava coisas erradas.

À noite, depois que Isaque dormiu, eu abri minha Bíblia e li bastante. Tentei achar uma resposta ou até um milagre, algo que acalmasse meu coração, meu corpo e principalmente minha alma. Por fim, recostei-me no sofá e fechei os olhos.

Pensei em Rebeca. Lembrei-me das nossas brincadeiras enquanto crianças, da nossa cumplicidade, da coragem de Rebeca. Ela subia em árvores enquanto eu ficava embaixo, cheia de vontade e medo. Não de cair, mas, sim, dos nossos pais, que nos diziam para não fazer aquilo. Ela ria e nem ligava. Pegava frutas para ela e para mim.

Não desistiu nem quando caiu de uma árvore e quebrou o braço. Foi só tirar o gesso e lá estava ela de novo. Quando eu perguntava por que fazia aquilo, ela dizia que era livre. E que lá de cima tudo parecia mais bonito.

Lembrei-me do quanto chorei quando fiquei menstruada, e ela me consolou, dizendo que eu tinha virado uma moça. E acabou me fazendo rir.

Pensei nas vezes em que chegou das suas farras, escondida, entrando pela janela. E de como se sentava em minha cama de madrugada e contava o que tinha feito com os rapazes. Eu sentia um misto de repugnância e excitação. A curiosidade me fazia olhar para os meninos com uma vergonha e um desejo que eu não entendia.

Senti uma solidão absurda pensando na minha irmã. Junto ao meu estado emocional já abalado, foi difícil aguentar. Chorei ao me dar conta de que tinha vivido sozinha durante a maior parte do tempo depois que ela desaparecera. Ninguém sabia nada sobre mim, ninguém se interessava em saber.

De alguma forma, Enrico tinha diminuído aquela solidão. Ele me deu coisas em que pensar, surgiu num momento em que eu queria sair do casulo, fez com que eu me sentisse viva. E agora, ali, eu parecia morta. Só.

Peguei meu celular. Fui até nossas conversas e reli as últimas palavras. Saí dali e acessei o Google. Fazia tempo que eu não buscava vídeos de sexo. Minhas necessidades tinham mudado. Busquei outra coisa. Filosofia, mensagens, algo que me desse algum alento.

Foi quando esbarrei em um poema de um português chamado Pedro Abrunhosa. Aqueles versos tinham sido cantados por Maria Bethânia em uma música chamada "Quem me leva os meus fantasmas".

A música começou a tocar baixinho. Começava com o poema declamado, e isso tocou fundo na minha alma.

De que serve ter a chave
Se a porta está aberta?
De que servem as palavras
Se a casa está deserta?

E, então, ela começava a cantar. Quando percebi, estava chorando como se a música tivesse sido feita para mim.

Pensei em Enrico. Aquela música também era para ele. A tragédia que viveu, o modo como aquilo ainda era um fantasma na vida dele. No fim, eram duas formas de solidão, cada um de nós em um canto.

Foi como se algo se abrisse em mim, como se eu me sentisse inteira. Eu, a Isabel que fui com Rebeca, a Isabel que fui depois dela, a Isabel que era naquele momento. Que olhava em volta e queria sair dali, que conhecia o sabor de beijos e o gosto da esperança, que pulsava de dor, mas também borbulhava de emoções.

Voltei à minha conversa com Enrico e soube que não resistiria. Precisava apenas de um pouco mais da companhia dele, nem que fosse por ali. Enviei parte da letra da música.

"De costas voltadas não se vê o futuro/ Nem o rumo da bala nem a falha no muro."

Emocionada, digitei:

"Eu só tinha a minha irmã. E ela se foi. Não quero que você se vá também. 'Quem me salva desta espada e me diz onde é a estrada?'"

Foi um desabafo talvez injusto, pois Enrico não tinha nenhuma responsabilidade em relação a mim. Quem percorreria todo o meu caminho seria eu. Não podia esperar tirar forças dele, mas ele parecia ter uma parte importante demais em tudo aquilo.

Meu coração disparou quando o vi visualizar a mensagem.

Sequei meus olhos e esperei qualquer coisa, até que me cortasse com palavras frias, qualquer coisa.

Não veio nada.

Ficou off-line e não voltou.
Eu ainda esperei quase meia hora.
Ouvi a música tantas vezes, mas tantas, que a gravei dentro de mim.
Acabei dormindo no sofá.

22

Enrico

Na semana seguinte, a agência ficou agitada com a visita de um grupo de clientes, e todos ajudaram na apresentação do projeto. Vi Isabel mais vezes do que eu gostaria. Fui profissional em todas as ocasiões, mas a cada vez que meus olhos encontravam os dela eu me lembrava do seu desabafo de dias atrás.

Havia algo tão triste em sua expressão que ela não saía da minha cabeça. Mas eu tinha decidido evitá-la, e era isso que faria. Ela tinha marido. Que desabafasse com ele. Que olhasse para ele com aqueles enormes olhos castanhos cheios de emoções. Não para mim.

Saí cedo com os clientes e não voltei naquele dia. A caminho de casa, deixei a música de Pedro Abrunhosa tocar no carro.

Era linda, profunda, um reflexo das nossas escolhas, que muitas vezes nos deixam na nossa zona de conforto.

Combinava muito com Isabel. Ela estava na sua zona de conforto. Eu já tinha me metido na frente da bala. Mas ambos tínhamos nossos fantasmas. Não era assim com todo mundo?

Eu estava curioso com muita coisa. Aquela irmã. Teria morrido? Partido? Eu não sabia. Sentia vontade de pegar o celular e perguntar a ela. Eu sentia um carinho, uma preocupação, talvez mais por nossas conversas ao celular do que pela convivência no trabalho.

Cheguei em casa e não olhei nossa conversa. Estava decidido a romper com aquilo. Não a demitiria. Não a excluiria do WhatsApp. Eu só a manteria longe de mim.

Isabel

Depois de uma quinta-feira atribulada na agência, a sexta-feira foi mais branda. Mesmo assim, movimentada. Tivemos que preparar vários trabalhos para os novos clientes, e precisei subir duas vezes para levar documentos para Enrico.

Na primeira vez, deixei-os com Cosme. Na segunda vez, ele estava conversando com Cosme e senti uma avalanche de sentimentos ao vê-lo, mas fiquei séria, entreguei os documentos e voltei para a minha sala.

Eu não queria vê-lo. Estava decidida a me manter longe. Aliás, eu me sentia estressada desde a hora em que acordava. Com a cara emburrada de Isaque, com minha vida, comigo. Com vontade de jogar tudo para o alto e sumir.

Mas eu tinha sido adestrada demais para fazer aquilo. Tinha meus pais, tinha Isaque, tinha tudo. Só me dei o direito de, naquele dia, ficar de mau humor.

— Gente, hoje a coisa aqui está foda! — disse Alex, sem parar de digitar. — Preciso de uma cervejinha mais tarde. Quem topa?

— Tô dentro! — disse Elton.

— Hoje vai ser difícil. André anda reclamando que saio com vocês todas as sextas. Vou ligar pra ele — disse Madalena.

— Vamos, Isa? Solta esse cabelo de novo e arrasa! — Talita riu.

— Hoje não dá. — Sorri para ela, sem graça. — Senão vou ser expulsa de casa.

— Nossa! Que violência!

— Adorei ver você de cabelo solto e batom, Isa. — Alex piscou. — Ainda bem que não vem trabalhar assim, senão eu perderia a concentração.

— Eita! Que cantada! — Elton riu.

Fiquei ainda mais sem graça.

— Não é cantada. Só falei a verdade.

Perguntei-me se Enrico também ficaria perturbado se eu fosse trabalhar de cabelo solto e batom.

No meio da tarde, pediram-me para fazer vários telefonemas a clientes e fiquei tão focada que não senti o tempo passar, até que Laíza se levantou e foi até minha mesa.

— Não vai com a gente ao bar?

— Não. Vou terminar aqui e ir para casa.

— Está bem. Bom fim de semana.

Eu os observei saírem. Fiquei com vontade de encontrá-los lá, mas isso só me traria problemas. Estava falando com um dos últimos clientes quando Cosme parou ao meu lado. Depois que desliguei, ele perguntou:

— Conseguiu falar com todos?

— Falta um. — Apontei para a lista que ele tinha me dado, na qual eu havia feito anotações dos encontros e horários ao lado de cada nome.

— Enrico vai precisar dessa lista. — Ele olhou para o relógio, preocupado. — Será que demora? Tenho um compromisso.

— Não sei. Esse último cliente demorou. Se quiser, eu levo a lista para ele quando terminar.

— Olha, vou aceitar, viu? Não posso faltar hoje.

Nós nos despedimos, e ele saiu. Meu coração disparou com a ideia de ver Enrico antes de ir embora e de que ele, mesmo querendo me evitar, teria que falar comigo.

Fiz o telefonema, sozinha na minha sala. Perguntei-me se todos os outros também tinham ido embora, se só estaríamos eu e Enrico. Isso me deixou ainda mais ansiosa.

Quando acabei de falar com o último cliente, fiz as anotações e me levantei, percebi que minhas pernas estavam bambas.

Ele não teria como fingir que eu era invisível.

Lembrei-me de Alex dizendo que eu deveria soltar o cabelo.

Não sei se foi vaidade ou pura vontade de provocar. Foi um orgulho meu, causado pela irritação. Queria que Enrico me visse bonita, que me olhasse como fez no bar, que se desse conta de que não era indiferente a mim. Deixei a folha sobre a minha mesa e fui ao banheiro.

Soltei o coque e sacudi os cabelos. Haviam sido lavados pela manhã e guardavam um perfume gostoso. Sem pente na bolsa, passei os dedos entre os fios. Olhei-me no espelho e lamentei não ter um batom. Mordi os lábios várias vezes, até ficarem vermelhos e úmidos.

Saí do banheiro garantindo a mim mesma que não queria seduzi-lo. Estava com raiva e queria apenas que me visse. Desejava perturbá-lo como ele me perturbava.

Peguei a folha sobre a mesa e saí da sala. A recepção estava vazia, com as portas fechadas. Na sexta-feira, todo mundo saía correndo ao fim do expediente.

Subi as escadas sentindo o coração bater rápido. Ajeitei a saia e passei a mão pela blusa branca de pregas. Sabia que estava fazendo o que não devia quando abri o primeiro botão. E, alguns degraus acima, o segundo botão. Meu corpo ardia. Minha respiração se alterava em um misto de excitação e medo.

Quase recuei, mas, num ímpeto, bati na porta e ouvi a voz grossa dele. Segurei o ar enquanto girava a maçaneta e entrei.

Enrico estava em sua mesa, de cabeça baixa, concentrado no que escrevia. Seus cabelos negros estavam desalinhados e a blusa cinza, colada no peito forte e nos braços musculosos. O brinco brilhava, refletindo um resto de luz que entrava pela janela entreaberta.

— Cadê as anotações? Preciso...

Enquanto falava, ergueu a cabeça e tomou um susto ao me ver. Não conseguiu disfarçar a surpresa nem o modo como seu olhar se tornou intenso e profano. Um fogo interno pareceu brilhar, completamente focado em mim. Não poderia ter sido mais bem-sucedida em chamar sua atenção.

— Onde está o Cosme? — A voz saiu dura.

Ele se sentou ereto na cadeira, com a expressão fechada, mas era tarde. Eu já tinha percebido todo o resto.

O problema foi que, ao notar sua reação, tive outra tão intensa quanto. Meus mamilos estavam duros sob o sutiã. Meus olhos não desgrudavam dos dele.

Uma energia vigorosa parecia ter enchido a sala, como se estalasse no ar. Eu a sentia na pele, nos sentidos. Enrico tinha se apossado de todos eles.

— Ele teve que ir embora — respondi, conseguindo respirar. — Pediu que eu trouxesse isto. — Mostrei a folha e, com passos trêmulos, caminhei até a mesa.

Enrico não disse nada. Seu olhar era frio, o mesmo que mantivera durante a semana inteira.

Fiquei com raiva. Quis falar algo para demonstrar que eu não estava nem aí para isso, mas era uma ingênua no jogo de palavras cara a cara, desacostumada a lidar com homens. Principalmente com um homem que mexia comigo daquele jeito.

— Pode deixar sobre a mesa. Já passou da sua hora.

Larguei o papel na mesa.

— Se fiquei até agora, foi porque estava trabalhando. Ou acha que tenho outro motivo? Por mim, já estaria em casa.

— Não me importam seus motivos. — Seu olhar para meu cabelo e minha blusa não tão fechada parecia dizer que ele sabia bem o que eu queria.

Eu me senti tão envergonhada de ter exposto tão claramente meus desejos que tive vontade de sair correndo dali. Fechei as mãos com força e senti as bochechas queimarem.

— Não? Por que, então, está me olhando tanto?

Mal falei aquilo, arrependi-me.

Nós nos encaramos como se disputássemos algo. Soube que eu sairia perdendo em um embate, por todos os motivos possíveis, principalmente por ser sua funcionária e estar tão atraída por ele.

— Pode ir, Isabel.

— Por que não me responde?

— Estou olhando para sua ridícula tentativa de me seduzir, entrando aqui com o cabelo solto e a blusa aberta. Poderia ser menos óbvia.

Meu rosto pegava fogo. Se eu não me controlasse, choraria. De raiva e de vergonha. Mas o mirei com irritação.

— Quem disse que é para você? Posso estar assim porque vou sair daqui e encontrar meus amigos no bar. Posso estar assim por uma infinidade de motivos que não tem nada a ver com você, Enrico Villa.

— Certo. O tolo sou eu — ironizou ele.

— Ainda bem que sabe — retruquei. E, com medo de me descontrolar, dei-lhe as costas e caminhei em direção à porta.

Achei que me chamaria, nem que fosse para dar a última palavra e me fazer sentir pior, mas ele não disse nada.

Quando saí de sua sala, desci as escadas, arrasada, querendo sumir. Entrei na minha sala só para pegar minha bolsa, com os olhos ardendo.

Abri a porta da frente, desci os degraus e fui até o portão. Então, vi que estava trancado.

— Ah, não... Meu Deus... — murmurei, sabendo que precisaria voltar e pedir a Enrico que o abrisse. Meus olhos se encheram de lágrimas de humilhação.

Caminhei desanimada até o jardim lateral, cercado pelos altos muros brancos e protegido por uma amendoeira. Sentei-me no banco, de onde eu tinha uma visão parcial do portão. Esperaria ele sair. Não tinha condições de falar com Enrico naquele momento. Sentada, esperei.

Enrico

Eu me levantei, passando a mão pelo cabelo.

— Porra... — falei, baixo, andando até a janela.

Estava com raiva de Isabel, por aparecer e tirar a minha paz, mas principalmente de mim, por reagir com aquela violência de desejos.

Aquilo tinha tudo para dar errado. Se fosse adiante, entraria num caminho sem volta, pois Isabel não era como qualquer outra mulher. Aquele seu poder de me tirar do sério me assustava.

Deixei o ar levemente frio entrar nos meus pulmões. Apoiei as mãos no peitoral da janela. Meus olhos seguiram sem direção até a verem no jardim.

Quase xinguei, furioso por ela ainda estar ali, como a me lembrar do que eu queria e não podia ter. Só esse pensamento já me deixava revoltado.

Minha vontade era descer e ser realmente grosseiro, mandá-la embora para nunca mais voltar. Estava testando os meus limites.

Eu a vi se curvar até apoiar os cotovelos nos joelhos e enfiar o rosto entre as mãos. Seus cabelos se espalharam em volta dela como um manto. Parecia chorar.

Minha ira se desvaneceu, dando lugar a uma ternura, a uma sensação grande de solidão que passou por mim. Fiquei admirando-a em uma contemplação silenciosa.

Ela não se sacudiu, não fez nenhum movimento brusco. Só ficou um tempo ali, como a mergulhar em pensamentos. Imaginei que estava triste, que eu havia sido grosseiro demais.

Lentamente, sentou-se direito, afastando os cabelos do rosto e puxando as mechas para um dos ombros, onde as deixou. Virou a cabeça, fitou o portão e continuou quietinha. Então, ergueu a cabeça e expôs a mim parte do rosto, com os olhos fechados numa expressão de dor.

Foi como ouvir uma frase da música que me mandara: "Quem me leva meus fantasmas?". Era o que parecia indagar ao céu.

Eu me afastei da janela. Saí da minha sala. Desci as escadas. Fui até a entrada do casarão e virei à esquerda. Sua visão ali me encheu. Tão linda, tão pura, tão exposta.

Fiquei mudo, tenso, sem saber o que dizer.

Isabel me ouviu ou sentiu minha presença. Baixou o rosto e abriu os olhos brilhantes para mim. Foi o meu fim. Ela me envolveu sem nem chegar perto. Ela continuou sentada. Quem se aproximou fui eu.

Um pouco confusa, nervosa, ela disse baixinho:
— O portão está fechado.
— Você tinha que ter ido embora.
— Mas...
Lembrei-me da primeira vez em que a vi ali, de como se entranhou em mim. Sua fragilidade, sua entrega. A feminilidade doce que eu gostava de admirar. E vê-la de novo, no mesmo lugar, do mesmo jeito, depois de me perturbar tanto, foi o meu fim.

Fiz uma loucura.

Fui até ela.

Seus olhos enormes, no rosto confuso, pareciam me fazer um pedido quieto e explícito. Ela fez menção de se levantar, mas não permiti. Eu meti uma das mãos naquele cabelo infinitamente macio e me ajoelhei no chão.

Ali, deixei de lutar.

23

Isabel

Foi como sair do inferno e ir direto para o céu.

Em um instante, eu estava em meio às minhas tristezas. Em outro, via aquele homem que tinha sido minha perdição desde o início. Seus olhos quase penetravam os meus enquanto vinha na minha direção. Sem vacilar. Só vindo, decidido, firme, poderoso.

Pensei que estivesse irritado por ainda me ver ali, mas o sentimento que o queimava não era raiva. E só fui me dar conta disso quando ele já agarrava o meu cabelo e se ajoelhava diante de mim.

Quando me dei conta, sua boca tomava conta da minha, seu beijo me jogava em um redemoinho, seu cheiro me derrubava sem dó. Eu me assustei com seus lábios nos meus, sua língua na minha, seu sabor me drogando.

Enrico não foi delicado. Seus dedos em meus cabelos não admitiam fuga, e sua boca aprisionava a minha em um beijo profundo. Sua outra mão envolvia minha cintura, trazia-me mais para a frente, colava-me em seu peito. Era um ataque viril, delirante, arrebatador.

Eu fui. Eu me dei. Mergulhei no emaranhado de sentimentos que só ele despertava. Beijei-o com um desespero que me fez soltar gemidos de prazer. Minhas mãos foram para suas costas, fundindo-o no meu corpo.

Nossas línguas se envolveram, nosso paladar foi um só. Minha pele parecia queimar. Eu o sentia em cada parte do meu corpo.

Enrico era minha salvação e meu tormento, minha contradição e meu alento. Minha fé e minha perdição. Minha loucura e minha razão. E eu não podia conter nada daquilo. Eu só podia me dar, agarrar-me a ele. Sem pensar em mais nada.

Abri minhas pernas e nos encaixamos com perfeição, agarrados da boca até o sexo, o dele cheio e duro, enlouquecendo-me. Sua mão subiu pelas minhas costas, pela linha da coluna, entre as mechas do cabelo. E cada milímetro em que ele tocava causava um arrepio a mais na minha pele.

Aquelas mãos firmes me imobilizaram enquanto ele descolava os lábios e abria os olhos, perto, encontrando os meus. Respirava tão irregularmente quanto eu e fez aquela coisa que me deixava insana: cheirou minha pele. Perto da boca e do nariz. Murmurou, rouco:

— Quando eu beijo você... Quando eu respiro você... Eu sinto você, Isabel. Seu cheiro, sua alma.

Estremeci e apertei meus dedos em suas costas, aproximando-o mais, querendo-o tanto que doía por dentro, por fora, nos poros, nos seios, na pele, na vagina. Enrico estava certo: eu me dava até a alma.

Abri os lábios e também respirei fundo perto da sua boca. Roçamos de leve o nariz, cheirando, sentindo, querendo. Era uma conexão única e intensa, que me excitava e, acima de tudo, me emocionava. Mas nada tinha me preparado para o que ele fez em seguida.

Consumindo-me em seu olhar, largou meus cabelos e se afastou o suficiente para descolar nossos peitos, mas continuou encaixado entre as minhas coxas, fazendo-me sentir sua ereção pesada sob as roupas.

— Preciso tocar você — murmurou.

Fiquei quieta, embora tremesse sem controle, ainda mais quando suas mãos grandes desceram das minhas costas para a cintura e até o quadril. Havia um precipício em seu olhar, onde eu caía vertiginosamente.

Vê-lo tão perto, tão lindo, os raios castanhos nas íris amareladas, as sobrancelhas negras franzidas, o nariz fino, o modo como a barba contornava seus lábios, tudo me hipnotizava.

Arfei quando seus dedos longos tocaram as minhas coxas, descendo, firmes, até os joelhos. Mantive as unhas em suas costas, esperando, permitindo tudo. Minhas forças eram dele.

Enrico desceu mais, até que as pontas de seus dedos deixassem de sentir o tecido da saia e encostassem na pele das minhas panturrilhas. Estremeci e abri os lábios. Quando voltou para cima, erguendo a saia, fechando suas mãos em volta das minhas pernas, eu já tinha virado um amontoado de sofreguidão.

Ele me olhou até me deixar tonta, com os sentidos agitados. Seus dedos subiam e levavam o tecido, mais e mais, expondo meus joelhos e minhas coxas até juntar todo o tecido em volta do meu quadril. Sua respiração estava pesada; sua expressão, carregada de desejo.

— Preciso ver você — disse ele, baixo.

E baixou a cabeça. Olhou. Contemplou. Minhas pernas nuas e abertas em volta dele. Olhei também, vendo-me tão exposta pela primeira vez, ali, ouvindo ao longe o barulho das folhas, sentindo a brisa em minha nudez parcial.

Não foi nada escasso e rápido, na penumbra de uma sala, na escuridão de um quarto. Não foram toques apressados. Foi lento, irresistível, contagiante.

Olhei para minha pele clara, nunca exposta ao sol. Lisa, com pelos tão fininhos que pareciam mais penugens. Meu contorno, minha forma, como eu era. Exatamente como eu era e como pouquíssimas vezes me olhei, nunca tão evidente para mim mesma.

Mordi os lábios para não gemer alto quando vi as mãos grandes, com veias masculinas, unhas curtas, dedos longos, morenos, passarem suavemente nas minhas coxas. Um pedaço da minha calcinha branca aparecia, cobrindo a minha parte mais secreta, que se molhava toda. Meus pelos se arrepiavam. Agarrei sua camisa, como se fosse cair, com o coração acelerado.

Ele me tocou com delicadeza e uma espécie de admiração. Acariciou os meus joelhos. Passou levemente o dedo indicador no sinal que eu tinha ao lado do joelho. Respirou forte; eu ergui os olhos, fitando seu rosto. A expressão dele era quase de dor, de algo que reconheci como tesão. Havia muito mais, que não dava para decifrar, mas que deixava claro que ele estava tão abalado quanto eu.

Levei minha mão esquerda até o seu rosto e acariciei a barba com um carinho imenso, uma necessidade de extravasar. Enrico me olhou, intenso, penetrante.

Não dissemos nada com palavras, mas os olhos diziam muito. Era um silêncio carregado de paixão, de doçura, de tudo misturado. Suas mãos subiram para as laterais do meu quadril e para a cintura. Ele as abaixou suavemente e as deixou ali, bem na parte inferior da minha barriga. E, então, levantou um pouco a barra da minha blusa.

— Preciso ver mais — disse, rouco.

— Sim... — Foi tudo que consegui murmurar.

E viu. Minha barriga suave e lisa, meu umbigo. Não tirei os olhos do seu rosto, absorvendo suas reações, o modo como franziu mais as sobrancelhas, como me admirou como ninguém nunca havia feito. Nem eu mesma.

Eu nunca tinha me sentido tão mulher. Não havia vergonha. Havia um estupor e um orgulho, uma vontade de deixar que me despisse toda, que me deitasse naquele banco e fizesse seu espetáculo. Meti minha mão em seus cabelos, agarrei-me nas ondas, permiti tudo.

Meus olhos o seguiram quando baixou mais a cabeça, quando beijou minha barriga perto do umbigo.

— Ah... Enrico... — gemi, pois tudo em mim reagiu. O tesão me derrubou sem pena.

Nunca tinha vivido nada mais sexy nem sentido nada mais íntimo do que Enrico lambendo meu umbigo. Minha cabeça pendeu para trás, meus olhos se fecharam de prazer, minha boca se abriu em gemidos entrecortados.

E, então, ele me mordeu. Beijou. Lambeu. Virei uma massa a ser moldada. Minha vagina latejava melada, minha barriga se contorcia, meus seios imploravam por atenção.

Agarrei seus cabelos com as duas mãos, enfiando os dedos. Abri mais minhas pernas nuas, pedindo consolo para meus desejos. A delicadeza cedia espaço à necessidade, que se tornava fremente, enlouquecedora. Puxei suas mechas com força, fazendo-o erguer a cabeça e me olhar. Ver seus olhos devassos só me descontrolou de vez. Fui para a beira do banco e busquei sua boca.

Enrico me puxou com a mesma fome, engoliu minha língua, comeu meus lábios. O beijo foi feroz, libidinoso, bravio, enquanto nos colávamos e suas mãos me apertavam contra si, esmagando meus seios. Eu passava meus dedos por todo o corpo dele, cabelos, nuca, barba, ombros, costas. Eu precisava senti-lo, como se fosse morrer se não o fizesse.

Puxei sua camisa, e um abalo me percorreu quando senti sua pele quente perto do cós da calça, nas costas, a carne dura. Seu sexo grudou no meu, separados apenas pela calcinha. Eu me molhei mais.

Enfiei minhas mãos por baixo da roupa dele e foi delicioso sentir sua pele nas minhas palmas, o contorno dos músculos, quanto era forte e lindo, quanto eu o tinha ali só para mim.

Enrico agarrou meu cabelo e mordeu meu lábio. Ele o lambeu e me beijou, voraz. Eu me esfreguei em seu membro. Toquei sua barriga dura, subi pela lateral do peito, passei o dedo em seu mamilo. Arfamos juntos, num devorar de bocas e peles.

Pressionei mais meu corpo contra o dele, o ar sendo sugado, precisando de mais. Quando minhas mãos desceram e buscaram o cós da sua calça, com meus sentidos totalmente despertos, murmurei em sua boca:

— Por favor... Quero ser sua.

Ele soltou um gemido alto e sofrido. Descolou os lábios, segurou-me, encarou-me. Parecia perturbado. Abri a boca para pedir mais, para suplicar.

— Isso é uma loucura — disse ele, baixo e rouco. — Parece impregnada em mim.

— Está assim em mim... — confessei.

Sim, era loucura. A maior da minha vida. A que tirava meus medos e minha razão.

Não tive tempo de dizer mais nada. Enrico me soltou tão bruscamente que não acreditei. E se ergueu, baixando a camisa. Passou as duas mãos entre os cabelos e deu um passo para trás. Disse com mais firmeza:

— Eu comecei isso. Eu tenho que parar.

Permaneci em choque, com os olhos nos dele, a mente entorpecida. Quando entendi que aquilo era um "não", uma recusa, senti o rosto pegar fogo. Baixei minha saia e fechei as pernas, confusa, nervosa.

Por um momento, fiquei perdida. Levantei-me, com as pernas bambas, os cabelos desgrenhados, a respiração acelerada.

— Pare de brincar comigo! — exclamei.

— Não estou brincando com você.

Tentei me controlar.

— Não entendo você... Não consigo entender...

— E acha que entendo isso, Isabel? Esse descontrole que você causa em mim? — Ele estava tão feroz quanto eu, nossos sentimentos exaltados pela paixão não satisfeita, pela razão que cobrava seu preço. — Você é casada, porra! Eu nem devia chegar perto de você.

E, então, senti culpa.

Ele tinha razão. Eu era casada. Era também temente a Deus. Por que tinha esquecido tudo isso? Por que ainda queria me manter na ignorância, cheia de tanto desejo, para que o arrependimento ficasse para depois?

Não dava para seguir com aquilo. Enrico tinha razão.

Eu lhe dei as costas, ajeitei a roupa, peguei minha bolsa, que estava caída no chão, e caminhei para o portão.

— Quero sair daqui.

— Isabel...

— Abra o portão.

— Vem aqui. Quero falar com você.

Continuei a andar. Tinha medo de ficar e fraquejar. Porque, se ele quisesse, eu pecaria. Eu me daria. Eu seria infiel e indigna, mais do que já tinha sido até ali.

Virei-me e o encarei. Respirei fundo e pedi, séria:

— Abra o portão para mim. Por favor.

Enrico também não parecia seguro de que ficar perto de mim seria bom naquele momento, quando ainda sentíamos demais um ao outro. Não falou mais nada. Pegou um pequeno controle que estava em seu bolso e apertou.

Ouvi o ranger suave do portão.

Por um instante de insanidade, quase corri de volta para ele, quase me joguei em seus braços e o toquei, beijei, mergulhei no desvario da paixão e dos sentidos.

Seus olhos brilharam como se, apesar das suas palavras, ainda me convidassem, mas a culpa já pesava demais.

Virei-me e saí. Ouvi o portão se fechar e quase corri pela calçada. De mim, dele, do que eu sentia e queria. Tudo se avolumou. Respirei fundo.

Não sabia mais o que fazer da vida.

Tentei chegar em casa com uma aparência normal. No ônibus, trancei os cabelos, orei em silêncio, pedi perdão a Deus. Por mais que parecesse impecável por fora, por dentro eu era um aglomerado de sentimentos exaltados.

A minha maior vergonha era que, mesmo sendo eu a religiosa e a casada, era sempre Enrico quem tomava a atitude certa. Eu parecia pronta a pecar com ele, sem razão, sem moral. Isso me encheu de angústia.

Entrei em casa, e Isaque já estava lá, vendo televisão. Ele me olhou, mas pareceu não notar nada enquanto eu deixava a bolsa sobre uma cadeira.

— Estou morrendo de fome. Deixou algo adiantado? — perguntou.

Eu me irritei por não ter se dado nem ao trabalho de conferir isso. Abri a boca e quase falei algo de que mais tarde me arrependeria. Quase disse que era um preguiçoso, que não me ajudava em nada na casa. Quase o acusei de ser machista. Mas me dei conta de que descarregaria nele meu descontrole e que devia, na verdade, tentar me redimir.

Fiquei calada. Olhando-o com toda a atenção, compreendi muita coisa.

Eu não havia tido realmente o direito de escolher. Havia casado com ele porque era o que meus pais queriam para mim. Naquela época, eu estava cheia de curiosidade e desejos, mas com medo de me tornar alguém como Rebeca, então fiz questão de obedecer a meus pais. Não namorei de verdade. Não me perguntei se era o homem que eu queria para mim.

Eu tinha me casado jovem demais. Não tive a satisfação de que precisava, e ela se acumulou. Não queria mais aquilo. Simplesmente abrir as pernas e ser um receptáculo de esperma. Nem olhar para ele e me irritar, saber que não o amava, que apenas teria que aceitar meu destino sem ter voz ativa sobre ele.

— O que foi? — Isaque estranhou.
— Nada.
— Vai fazer o jantar?
— Vou.

Caminhei para o quarto. Decidi tomar banho primeiro, para me acalmar, porque estava a ponto de tomar uma decisão que abalaria toda a minha vida: separar-me de Isaque.

Eu não podia me precipitar. Sabia quais seriam as consequências. Temia. Ainda era obediente demais para ter certeza de que conseguiria seguir em frente.

Enquanto eu pegava uma roupa limpa para vestir depois do banho, respirei fundo, lembrando-me de Enrico. Tinha medo de virar uma pecadora de vez. Talvez Deus não quisesse aquilo para mim. Mas somente eu poderia saber.

Tomei banho e me acalmei.

Isaque ficou na sala enquanto eu preparava o jantar, imersa em pensamentos. E em lembranças. De Enrico. Do que fizemos. Do que despertava em mim. Cheia de paixão e de incertezas. Cheia de culpa também.

Jantamos quase em silêncio, interrompido quando ele começou a reclamar de um colega que aparentemente era tão cotado quanto ele para uma promoção na empresa em que trabalhava.

— Somos os dois mais indicados. Posso ganhar um pouco mais e crescer na empresa. Sei que sou melhor.

— Então, vai conseguir — comentei, comendo mais um pouco do ensopado. Eu não o olhava. Sentia-me mal.

— O que me irrita é que o Mauro gosta de se mostrar. Vive contando piadas, e todo mundo gosta dele. Até o chefe! Eu não fico fazendo graça, faço meu trabalho. Além disso, ele é macumbeiro.

Eu acabei olhando para ele.

— Tenho que orar muito, pois ele pode fazer macumba para me tirar do caminho — continuou.

— Isaque, não é porque esse rapaz tem uma religião diferente que vai fazer maldade contra você.

Ele me encarou, surpreso.

— Mas... é macumbeiro! Segue esse negócio de umbanda! Usa até guia no pescoço!

Não prolonguei o assunto nem interferi. Embora não julgasse os outros como ele fazia, deixei Isaque desabafar. Quando terminou, apenas falei:

— Vai dar tudo certo. Fique calmo.

— Vai, sim. Deus está comigo.

Acabamos de jantar. Lavei a louça e guardei tudo. Isaque voltou para a sala.

Lembrei-me de que algumas vezes meu pai condenou o costume de ver televisão, pois trazia para dentro de casa ensinamentos errados que destruíam famílias. Meus pais nem ligavam a televisão. Mas Isaque não parecia se importar com aquilo.

Era como o futebol. Ele continuaria vendo televisão até meu pai resolver alertá-lo com mais veemência.

Suspirei. Em breve, ele não faria mais nada de que gostasse.

Eu estava no quarto, arrumando umas roupas, quando o telefone tocou. Era minha mãe.

— Não me faça me arrepender desta decisão — disse ela. — Talvez você consiga trazer sua irmã de volta para Cristo. Anote o endereço.

Meus olhos se encheram de lágrimas e agradeci muito. Guardei o papel com o endereço, colocando-o na bolsa, e fui para a sala, emocionada, doida para que o dia seguinte, sábado, chegasse logo.

Sentei-me no sofá, cheia de esperança. Isaque parecia concentrado e mal me notou.

Eu me acalmei e ajeitei os pensamentos.

— Isaque.

— Hum...

— Amanhã vou a Rio das Pedras.
Ele me olhou.
— Fazer o quê?
— Ver a minha irmã.
— Ruth? — Ele franziu as sobrancelhas.
— Rebeca.
Surpreso, ele se sentou ereto.
— O quê?
— Tenho o endereço dela.
— Você não vai — disse ele, categórico. — Está maluca? Depois de tudo o que sua irmã fez, do que causou para seus pais, você ainda quer saber dela?
— É minha irmã!
— É uma pecadora!
— Continua sendo a minha irmã.
— É uma traição aos seus pais. — Ele balançou a cabeça, como se não pudesse crer. — Não vou deixar que faça isso, que se suje com aquela mulher.
— E eu não vou deixar que fale assim dela. Onde está o seu comportamento cristão? — repliquei, lutando para não me irritar.
— Está aqui para ser direcionado a quem merece, a quem se arrepende e aceita Jesus no coração. Será que não vê que essa mulher pode trazer mal para nossa vida? É como mexer em um vespeiro, Isabel! Não permito que vá — afirmou ele, decidido.
— Não estou pedindo permissão, Isaque. Estou informando que vou ver a minha irmã amanhã.
Ele ficou chocado, de boca aberta.
Eu me mantive quieta, sem desviar o olhar.
— Está me confrontando? — perguntou, devagar.
— Não.
— Sou seu marido.
— Sim. Não é meu pai. E eu não sou menor de idade.
— Você me deve respeito! E obediência!
— Algumas decisões são minhas, e tenho o direito de tomá-las. — Eu me levantei, decidida.
— Não reconheço mais você. — Ele estava confuso, com raiva. — Por que está agindo assim? O que a está fazendo deixar de ser uma mulher doce e submissa a Deus para se parecer com essa... essa...

— Mulher livre?

— Impura! Fria!

— Isaque, não é nada disso. Estou dizendo a você que vou ver a minha irmã, não que vou abandonar a igreja.

— Não me admiraria mais se o fizesse! Do jeito que está! Seus pais precisam saber que...

— Conte a eles o que quiser. E, só para informá-lo, minha mãe sabe que vou ver Rebeca.

Aquilo o deixou mais surpreso. Balançou a cabeça.

— É uma loucura! Além do mais, é em uma favela. É perigoso.

— Vou tomar cuidado.

Ele não falou mais nada. Não se ofereceu para ir comigo, muito menos se alegrou por mim.

Seu olhar se tornou frio. Como sua voz, ao ameaçar veladamente:

— Não espere que eu apoie isso. E, se você se der mal, não venha chorar depois, Isabel. Está avisada.

— Fique tranquilo. Não o perturbarei.

— Já perturbou.

— Lamento.

Mas não lamentava. Eu apenas me sentia ainda mais distante dele. Quando aquilo havia sido um casamento de verdade?

Fui para a cama e me deitei, cobrindo-me com o lençol fino.

Fechei os olhos.

E tudo em mim se encheu de Enrico. Eu o deixei ficar.

24

Isabel

Desci do ônibus bem cedo e andei pelas ruas movimentadas da entrada da comunidade Rio das Pedras. Diferentemente de tantas outras no Rio de Janeiro, aquela não ficava em um morro, mas em uma área plana.

Eu tinha buscado pontos de referência na internet, mas, mesmo assim, sentia-me perdida ali. Estava ansiosa, com medo de não encontrar Rebeca. Ou de vê-la e tudo ser diferente. Muita coisa podia acontecer. A única certeza era a saudade.

Eu não via Rebeca fazia cinco anos. O que eu tinha comigo era sua risada, sua alegria, sua rebeldia. Vida e explosão. Não sabia se tudo isso ainda fazia parte dela.

Pensava também no meu sobrinho. Ele estaria com quatro anos. Como seria?

Pedi informações numa casa que vendia gás em botijão. O vendedor me explicou onde era a casa e disse que eu ainda andaria um pouco. Aquele lugar parecia um labirinto.

Após passar por algumas vielas, cheguei à rua dela. Acompanhei o número das casas humildes, muitas ainda no tijolo. Meu coração parou quando me deparei com a casa de Rebeca.

Guardei o papel com o endereço e respirei fundo, aflita. Olhei para o muro alto pintado de azul, levemente escurecido nos cantos pela água da chuva. Dei dois passos à frente, em direção ao portão de alumínio. Vi a campainha simples e antiga. Apertei e esperei. Eu tremia.

Ouvi uma porta abrir. Uma voz de criança saiu de dentro da casa:

— É o moço do picolé?

Depois, ouvi passos com chinelos, um pouco arrastados, que fizeram o tempo parar. Eu conhecia aqueles passos. Enquanto se aproximavam do portão, meus olhos se enchiam de lágrimas.

— Vamos ver se é o moço do picolé? — Sua voz era risonha, como eu a conhecia.

Era engraçado como Rebeca sempre parecia sorrir quando falava. Meu peito ardeu e minha vista embaçou.

O portão foi aberto.

Então, vi os olhos castanhos e queridos da minha irmã.

Ela me olhou e parou. Eu também não me movi.

Quando me dei conta, meu rosto estava encharcado de lágrimas. O amor que nunca tinha acabado se espalhava no meu peito, renovado. Era um renascimento dentro de mim.

— Isa... — murmurou ela, surpresa. Seus olhos se iluminaram para, logo em seguida, molharem-se como os meus. Aí, ela gritou: — Isa!

Rebeca, pulou nos meus braços, abraçou-me, agarrou-me daquele jeito só dela, enchendo-me de beijos, rindo, fazendo tudo ao mesmo tempo. Eu ri também e chorei e a abracei de volta, feliz como havia tempos eu não me sentia.

— Rebeca...

— Isa...

Nós nos apertamos naquele abraço que nos fez sentir uma à outra com exatidão. Fechei os olhos, senti seu cheiro, recebi sua energia. Ficamos assim por um intervalo que pareceu eterno e, ao mesmo tempo, pouco para matar a saudade.

— Mãe? Quem é?

A voz infantil me fez perceber que não poderíamos só nos abraçar pelo resto do dia.

Rebeca riu, notando aquilo também. Ela se afastou o suficiente para me olhar e segurar minhas mãos. Sorrimos uma para outra, extasiadas.

Ela parecia quase a mesma: olhos brilhantes, pele bonita, cabelo mais crescido, preso meio de qualquer jeito em um rabo de cavalo. Ainda assim, parecia mais madura, mais suave.

Rebeca se virou um pouco, soltou uma das minhas mãos e puxou um garotinho lindo para perto da sua perna.

— Filho, essa é sua tia Isa — disse ela. — Querida, esse é seu sobrinho Gregório.

Eu o olhei, emocionada. Olhos escuros, cabelos escuros também, cheios de cachinhos. Sobrancelhas grossas que o faziam parecer um homem minúsculo.

Era muita coisa dentro de mim. Sorri para ele, que me olhava, curioso.

— Ela é minha tia?

— Sim, aquela de quem eu sempre falo.

— Tia Isabel? — Ele olhou para Rebeca.

— Ela mesma.

Os dois me encararam. Surpresa, perguntei a ela, baixinho:

— Fala de mim pra ele?

— Sempre.

Mais lágrimas escorreram pelo meu rosto.

— Deixe de ser boba! — Rebeca me empurrou, de brincadeira, como sempre fazia quando éramos mais novas, e eu dei uma risada.

Eu a soltei e me abaixei, segurando as mãozinhas do meu sobrinho e puxando-o com carinho para mim.

— Queria muito conhecer você, Gregório — disse a ele.

— Pode me chamar de Greg.

— Greg. — Eu o abracei, já o amando com loucura.

Fechei os olhos, sem acreditar que tudo aquilo era real. Agradeci intimamente a Deus por me deixar viver aquele momento.

Quando me afastei um pouco e sorri, ele disse, com sinceridade:

— Você é tão bonita!

— Ih, fique longe desse Don Juan mirim! — Rebeca sorriu e me puxou para cima, toda animada, abrindo mais o portão. — É um sedutor nato! Nem eu escapo! Venha, vamos entrar.

Greg correu na frente. Eu passei pelo portão aberto, e Rebeca veio logo atrás após fechá-lo.

Havia uma pequena área com chão de cimento. Num canto, vi brinquedos, um carrinho vermelho de pedalar, um banquinho verde, muitas bolas. Então, a casa, com uma varanda pequena, onde havia mais brinquedos, e uma porta de ferro e vidro, que estava aberta.

— Esta é minha casa — apresentou Greg, todo animado, indo pegar um boneco. — E este é o Batman!

— Ah, que legal! — Sorri, passando a mão no cabelo dele.

A sala era pequena, mas cheia de vida. A televisão estava ligada e passava um desenho. No sofá, uma manta colorida e muitas almofadas. As paredes eram amarelas, em um tom bem claro. Tudo ali lembrava Rebeca, que sempre gostou de cores.

Virei-me para ela, que parara perto e me encarava.

— Você ficou ainda mais linda — falou, com carinho.

— E você continua linda.

Sorrimos de novo.

— Só você para me fazer rir desse jeito — murmurei.

— Está me chamando de palhaça? — Ela me puxou pela mão para o sofá, onde sentamos, meio de lado, sem deixarmos de olhar uma para outra. Suspirou. — Diga-me que você está feliz, Isa.

— Eu ia fazer essa pergunta a você — brinquei.

— Estou. Muito feliz. Agora, você.

Antes que eu respondesse, Greg veio para perto de nós com um monte de super-heróis nos braços e jogou-os no meu colo.

— Este aqui é o Homem-Aranha, e este, o Super-Homem. O nome deste aqui é Capitão América. Ele tem um escudo, e minha mãe me deu um igualzinho! Você já viu o martelo do Thor, tia?

Eu o olhei, apaixonada, e acariciei de novo seu cabelo.

— Já vi, sim. E de qual super-herói você gosta mais?

Pensou um pouco até se decidir.

— Do Hulk! Mas o meu está sem perna.

— Coitado! Quando eu vier aqui de novo, vou trazer um Hulk novinho para você.

— Êêêêê!!!

— Agora, deixe a mamãe conversar com a tia Isa, filho. Vá ver o seu desenho.

— Tá. — Greg deixou os bonecos no meu colo e deitou-se no tapete, em frente à televisão.

— Ele é tão lindo — murmurei de novo, encantada.

— É mesmo. — Rebeca sorriu, mas respirou fundo e me olhou, mais séria. — Você não me respondeu.

— Você nunca esquece nada — resmunguei.

— Porque eu conheço você e sei que está sempre fugindo de uma resposta. Pelo visto, não mudou.

Balancei a cabeça. Olhei para ela e fui sincera.

— Estou em busca da minha felicidade.

— Menos mal. Ao menos não está parada esperando um milagre acontecer! Mas não quero pensar que está triste. Sabe, Isa... — Rebeca falava comigo como se o tempo não tivesse nos separado por cinco anos. — Quando fui embora, soube que não podia voltar. Nem para saber como você estava.

— Você prometeu que voltaria — falei, baixinho.

— Tive medo de atrapalhar sua vida. Quando me aquietei, quando fiquei mais velha, passei a achar que sempre fiz um pouco isto: atrapalhar sua vida.

— Não! Nunca! — Segurei sua mão, e ela entrelaçou os dedos nos meus.

Era impressionante como sempre precisávamos encostar uma na outra. Em casa, com nossos pais e com Ruth, aquilo não era comum, mas entre nós, sim. Ela vivia na minha cama, abraçando-me, dando-me a mão.

— Eu fazia você querer as mesmas loucuras que eu.

— Sempre fui medrosa.

— Só metade de você. A outra metade ficava cheia de vontade de experimentar o que não podia, admita...

— É verdade.

— Eu sei. E me perguntei se isso não foi ruim. Talvez, se eu não estivesse lá, se não a perturbasse, você fosse conformada e feliz como Ruth.

Nós nos olhávamos, ainda com os dedos unidos.

— Não dá para saber, Rebeca. Eu admirava sua coragem, mas também temia por você.

— Fiz muita maluquice, não é? — Ela riu.

— Muita. Ainda faz?

— Eu? — E riu mais. — Sou uma santa!

— Duvido! — Foi minha vez de rir, e ela me acompanhou.

— Não tanto, mas você nem me reconheceria mais, Isa. Minha vida mudou muito depois que Greg nasceu. Ele dependia de mim para tudo. Eu não queria sequer imaginar que algo de ruim poderia acontecer a ele. Sabe, ter filho mexe com a gente. Paramos de pensar só na gente.

Eu fiquei quieta, e ela continuou:

— No início, foi barra. Trabalhei, mas tive que me colar com um cara para ter casa e comida. Não ia passar fome na rua, ainda mais grávida. Não deu certo com ele. Bom, sabe que nunca tive muita paciência com os homens. Mas aí eu já tinha um cantinho alugado e consegui me virar sozinha. Vim morar aqui e fiz amizades com algumas vizinhas, que me ajudaram quando ele nasceu.

— Podia ter ligado para mim. Eu teria vindo ajudar você — murmurei.

— Sei que sim. Mas não daria certo. Nossos pais pegariam no seu pé. Tudo que fiz foi escolha minha, e eu tinha que arcar com as consequências. Mas não pense que não senti saudade, Isa. Eu sempre quis falar com você.

A emoção deixou minha voz embargada:

— E depois? Como foi?

— Greg nasceu. Fui me ajeitando. Tem gente boa neste mundo, sabia? Tive apoio no trabalho e de vizinhos. Uma senhora que mora aqui ao lado passou a tomar conta dele. Tempos depois, um dos sócios da empresa em que trabalho me chamou para uma vaga melhor, e fui parar em uma loja na Barra. Hoje trabalho lá e ganho direitinho. Pude até comprar esta casa em parcelas a perder de vista. Vou morrer pagando, mas estou tão feliz!

Alegrou-me saber que as coisas não haviam sido ruins para ela.

— É uma luta. Ser mãe solteira não é mole, Isa. Mas até que estou me saindo bem. Greg é a maior alegria da minha vida.

— Não pensou em se casar?

Ela ergueu as sobrancelhas, cínica.

— Pra quê? Arrumar perturbação?

— Pensei que estivesse com um homem.

— Vivi com um cara um tempo atrás, mas não deu certo.

— Por quê?

— Eu não o amava.

Pensei em Isaque e invejei a praticidade de Rebeca.

— Quer dizer que agora acredita no amor? — perguntei, brincando.

— Eu nunca confessei, mas sempre acreditei. — Ela sorriu.

— Que declaração!

— Boba.

Apertamos mais as mãos.

— Isso não quer dizer que eu não namore. Tenho uma vida normal. Tô na pista, querida!

Rebeca parecia livre e solta como antes, só que mais madura, sem a antiga agressividade, como se estivesse em seu lugar no mundo.

Morava em meio à pobreza, numa região que parecia perigosa. No entanto, tinha sua casa, seu trabalho, sua vida, seu filho.

Eu não esperava aquela calmaria. Tinha imaginado uma Rebeca ainda mais louca e rebelde ou triste e arrependida, mas ela era normal, sem dramas, como qualquer pessoa que segue a vida segura do que quer.

No fundo, eu pensava que Deus a teria castigado por suas loucuras. Com minha criação, era impossível não pensar assim. Foi um alívio ver que, pelo contrário, Deus parecia ter provido o caminho dela de pessoas que a ajudaram.

— Não sabe como estou feliz por ver você. Por saber que está bem e que tem um filho lindo. — Aproximei-me e abracei-a. Rebeca me apertou forte.

— Que saudade! — murmurou.

Ficamos ali, juntas. Era como se Deus tivesse me dado um presente. E eu nem me achava merecedora.

— Vocês estão namorando? — perguntou Greg.

Nós nos separamos, rindo. Olhamos para ele, que nos observava deitado no tapete.

— Ué, só namorados podem se abraçar? — perguntou ela.

— Não. Mas abraço forte só namorados e mãe e filho! — decretou.

— Irmãs também! Todo mundo que se ama! — exclamou Rebeca, deixando-o pensativo.

— Tia, sabia que tenho três namoradas? — perguntou para mim, de repente.

— Três? Nossa! Você dá conta?

— Dou!

— E onde estão as namoradas? — indaguei.

— Na escola.

— Como elas se chamam?

— Gabriela e... e... — Ele ficou tentando lembrar. — Como é mesmo?

Eu e Rebeca rimos, e ele se apressou em explicar-se:

— É que eu amo tanto as outras duas, tanto, que até esqueço o nome delas! Mãe, fala nomes de mulher aí para ver se eu lembro.

Rebeca deu uma gargalhada. Eu achei graça, pois, na sua inocência, ele mal percebia que sua mentira era óbvia. Ele deu de ombros e voltou a ver o desenho.

— Sou famoso na escola. Depois eu lembro o nome delas.

— Esse aí puxou a mim... — Rebeca suspirou.

Ficamos em silêncio, olhando-nos, ela perguntou o que provavelmente queria saber desde o começo:

— O que deu em você para vir aqui, ainda por cima sozinha?

— Sempre quis saber de você, mas não tinha pistas. Até uns dias atrás, quando nossos pais disseram que sabiam onde você morava. — Ela ficou calada. Continuei, com cuidado: — Você não quis receber os dois.

— Não — concordou, ajeitando o rabo de cavalo e afastando os fios que haviam caído no rosto. Só então me encarou novamente, séria. — Eu estava na cozinha, e o cara com quem eu vivia na época veio me dizer que eles estavam aqui. Pedi para avisar que eu não falaria com eles.

Meu coração doeu. Pensei em meu pai, tão duro em seus conceitos, e em minha mãe, tão austera, ambos ali. Sabia que não tinha sido fácil para eles.

— Não teve pena de mandá-los embora sem nem falar com eles? Não quis nem saber como estavam?

Ela pareceu envergonhada, buscando as palavras.

— Eu quis. Mas sempre fui muito pé no chão, Isa. Não daria certo.

— Como pode saber? Eles vieram aqui, e isso já diz muita coisa.

— Diz, sim. Vieram ver se ainda poderiam salvar a minha alma. Quando eu dissesse que nunca mais pisaria numa igreja, começariam os sermões, as brigas... — Ela parecia triste, mas também segura.

— Não pode ter certeza de que seria assim.

— Posso. E você sabe que tenho razão.

Eu sabia que eles só a aceitariam se mostrasse arrependimento e assumisse a fé deles. Isso era algo que eu também teria que enfrentar, se um dia resolvesse me divorciar.

— Não fiz por maldade. Só evitei novos problemas. Foi um custo para mim montar a vida que tenho hoje. Não moro num palácio, mas sou feliz. Tenho amigos, tenho meu filho, tenho paz. Não quero ser a Rebeca de antes, sempre precisando me justificar. A liberdade tem um preço, Isa. E paguei o meu.

Doía imaginar que eu teria que abrir mão dos meus pais pela minha liberdade. Eu tinha muito medo de onde meus anseios me levariam.

Minha irmã parecia abalada.

— Como eles estão? — perguntou, baixinho.

— Bem. Eu costumava achar que eram infelizes, mas hoje não sei. Vivem do jeito que escolheram. É difícil dimensionar a felicidade a partir do nosso ponto de vista, porque ninguém sente e pensa do mesmo jeito.

— Nossa! — Ela sorriu. — Está me surpreendendo! Sempre soube que você não era igual a eles nem igual a mim, mas imaginei que casaria com Isaque e tentaria se adequar.

— Imaginou certo.

— Está casada com ele?

— Sim. — Olhou meu cabelo trançado e minhas roupas fechadas e acenou com a cabeça. Para fugir um pouco do seu escrutínio, continuei: — As coisas por lá não mudaram muito durante esses anos. Papai continua pastor da mesma igreja, ajudando as pessoas. Mamãe é o braço direito dele. Ruth parou no terceiro filho e continua com Abílio.

— Chata como sempre?

— Infelizmente — confessei.

Rebeca sorriu, mas balançou a cabeça.

— Hoje, acho que ela vive no mundo dela. E me arrependo do tanto que a perturbei.

— Perturbou mesmo.

Ela riu, sem parecer arrependida.

— Não tem vontade de voltar a conviver com a gente?

— Só com você. Com eles, quem sabe no futuro. Agora, é assim que prefiro.

— E Greg? Ele tem avós, outra tia, primos.

— Tem. Mas não quero que meu filho seja criado no meio dessa loucura religiosa, Isa, achando que tudo é proibido, cheio de culpas. Quero que seja livre, cheio de vida, feliz. E que, mais tarde, quando souber escolher, se quiser, opte por uma religião.

Concordei.

— Agora me fale de você. Casou-se com Isaque. Pelo visto, continua firme na igreja. Tem filhos?

— Não.

— Evita?

— Sim.

— Mamãe permite isso? Que use preservativos ou anticoncepcionais?

— Nunca falou nada. Acho que prefere fingir que sexo nem existe — brinquei, e ela riu. Então, fui mais séria: — Não são a favor de anticoncepcionais, mas eu e Isaque ainda estamos apertados, construindo nossa vida. Não dá para ter filhos agora.

— E você quer?

Olhei para Greg e acenei.

— Sim. — E me calei, pois me dei conta de que não queria ter um filho com Isaque.

— Eu sempre achei que aquele cara não era para você. Fanático demais. Bobo demais. Você merecia um homem de verdade, que mostrasse o mundo a você.

Não a encarei, mas corei, pensando em Enrico.

— Por que ficou vermelha?

Fiquei em silêncio, sem saber o que dizer.

— Conte tudo. Falei demais sobre mim. Quero saber de você. É essa vida que quer? Está satisfeita?

— Não.

— Eu sabia.

Suspirei, sem saber se seria correto contar tudo. Mas era Rebeca ali. Minha irmã, que sempre amei, que sempre me contou o que fazia, a única para quem eu abria minha alma.

— Fale, Isa. O que está acontecendo?

E eu falei. Abri a boca e saiu tudo, desde as dúvidas que eu tinha quando ela ainda morava com a gente até sua partida e meu casamento realizado às pressas por nossos pais. Tudo, tudo.

Ela não me interrompeu em nenhum momento; permaneceu séria, ouvindo.

Omiti apenas a procura por pornografia na internet, mas dei a entender que estava sexualmente insatisfeita com Isaque. Contei meus desejos e falei sobre minha vida sem graça e morta. Dividi meus medos e angústias, minha culpa, a vergonha por ansiar coisas que eu não deveria querer.

E, então, cheguei a Enrico. Ela ficou surpresa, ainda mais quando falei que o procurei no WhatsApp e que me apresentei com Pecadora. Nossas conversas, trabalhar para ele, a atração, o beijo, tudo. Até o dia anterior.

— Meu Deus! — exclamou, arregalando os olhos.

— Você ainda acredita em Deus?

— Não tente me distrair!

— Não é isso. Só fiquei curiosa.

Na verdade, eu sentia alívio por ter tirado aquele segredo enorme de cima de mim.

— Acredito em Deus. Tenho fé, Isa. Só não tenho religião.

— Entendi.

— Mas vamos lá... — Ela se ajeitou melhor no sofá, curiosa. — O que vai fazer agora?

— Não sei.

— Claro que sabe!

Eu tinha medo de falar. Se colocasse meus planos em palavras, pareceriam mais reais. E eu ainda me agarrava à covardia.

— Ele parece sentir o mesmo que você. O seu Enrico.

— Não é o meu Enrico.

— Não?! Vai dizer que não está caidinha pelo gostosão? — Ela me empurrou, e acabei sorrindo.

— Não deveria. Sou casada. Estou indo contra tudo em que deveria acreditar. Nossos pais não vão aceitar a separação. Todo mundo vai ficar do lado de Isaque e me acusar. Não tenho casa própria, comecei a trabalhar agora e nem sei se Enrico vai me deixar continuar a trabalhar na agência. Está tudo contra mim.

— Tudo, não. Só o seu mundinho. Além daquela vila no Catete, daquelas pessoas, há muita coisa a viver, Isa.

— Aquele mundinho é o meu, com nossa família, com nossos amigos.

— Mas não é o único.

Fiquei pensativa e, enfim, murmurei:

— E se tudo tivesse dado errado para você? Se tivesse ficado sem trabalho, sem a ajuda de ninguém, na rua com um bebê? Teria voltado?

— Não sei. — Ela deu de ombros e falou, com firmeza: — Muita coisa poderia ter acontecido, só que não tive medo. Eu acreditei que conseguiria e foi com isso que trabalhei. Não foi fácil. A única coisa que eu não queria era que Greg passasse necessidades. Só isso faria eu me sujeitar a ser infeliz.

Concordei, acenando com a cabeça.

— Isa, escute. A vida é curta demais. Se não a agarrar, se não fizer as escolhas que quer, ninguém fará por você. Passará os anos esperando um milagre, até estar velha demais para tomar uma atitude.

Pensei em Enrico, que dissera algo parecido.

— Vai ser difícil demais — falei, baixo.

— Vai.

— Eu queria ter a sua coragem. E a de Enrico.

— Tem a coragem necessária. Já vem maturando a ideia há algum tempo. E sabe o que quer. — Rebeca segurou novamente a minha mão. — Não quero influenciar você. Quero apenas que seja feliz. Isso é o mais importante.

— Eu sei.

— E, se não tiver casa nem colo, eu estou aqui. Recebo você e dou carinho. Podemos dividir de novo a cama. — Ela sorriu. — Lembra como era?

— Sim. — Sorri também, com vontade de chorar.

— Falo sério. Pode vir morar comigo a qualquer hora. Eu e Greg vamos adorar.

— Não poderia. Nossos pais achariam que me levou para o mau caminho de vez.

— E acha que me preocupo? Já levo a fama mesmo!

Ela me abraçou. Eu a apertei forte.

A vontade de chorar deu lugar a uma sensação de conforto e carinho.

— Abraço de novo? — perguntou Greg. Nós rimos.

— Vão ser muitos, filho! Vá se acostumando! — Rebeca pulou do sofá e puxou-me pela mão. — Venha, vamos fazer o almoço. Você vai passar o dia com a gente!

Eu a acompanhei por um corredor estreito, cheio de fotos de Greg na parede.

— Aprendeu a cozinhar sem queimar nem salgar demais? — Sorri.

— Tive que aprender! Senão, nós dois morreríamos de fome.

Eu me senti em casa. Em paz pela primeira vez em muito tempo.

Isabel

Fiquei na casa de Rebeca até o final da tarde.

Isaque mandou mensagens e ligou, querendo que eu voltasse para casa, irritado. Eu disse a ele que voltaria pouco antes de escurecer e foi o que fiz.

Fazia tempo que eu não passava um dia tão delicioso. Almocei com Rebeca e Greg, rimos, vimos um filme, fizemos bolo. Foi tudo tão simples e tão diferente do meu cotidiano que eu não conseguia parar de sorrir.

Trocamos números de telefone. Ela e Greg me levaram até o ponto do ônibus, e eu os beijei e abracei muito ao me despedir, garantindo que voltaria mais vezes. Fui para casa sentindo-me bem mais leve.

Cheguei a pensar que encontraria meus pais novamente na minha casa, alertados por Isaque, mas ele estava sozinho e com raiva. Mal entrei no apartamento, veio até mim.

— Você não tem mais respeito por mim, Isabel.

Fechei a porta, devagar. Não sentia culpa por ter visitado minha irmã nem deixaria que ele estragasse a minha felicidade.

— Eu só passei o dia com a minha irmã, que eu não via fazia cinco anos — expliquei com calma. — Avisei que voltaria antes de escurecer.

— Eu falei para voltar antes!

Eu o encarei, séria.

— Não tenho que obedecer a você.

Ele ergueu o queixo e apertou os lábios. Por um momento, avaliamos um ao outro. — Você não é mais a Isabel doce com quem me casei — desabafou.

Deixei a bolsa numa cadeira, fui até a cozinha e abri a geladeira para pegar uma garrafa de água. Não queria brigar.

— Eu precisava ver minha irmã. E meu sobrinho. É um garotinho lindo de quatro anos.

— Não quero saber de nada disso! Quero saber de você. Quem é essa mulher em quem se transformou?

Despejei um pouco da água em um copo e tomei. Deixei o copo sobre a pia e me virei para Isaque.

— Essa mulher sou eu.

— Não! Não é.

Estava cada vez mais difícil nos entendermos. Isaque estranhava minhas mudanças, e eu sabia que não conseguiria voltar atrás. A cada dia, conhecia e gostava um pouco mais da nova Isabel.

— Precisa ir à igreja mais vezes. Tirar o mal que parece estar na sua cabeça. Abrir-se para Deus. — Ele respirou fundo, tentando acalmar-se. — Ou vai pagar caro por dar mais atenção a uma pecadora do que a nós.

— Não fale de Rebeca.

— Mas ela...

— Não fale da minha irmã — repeti, mais firme.

— Ela só a fará piorar!

— Piorar o quê?

— Você! Não é só ter bebido, saído com essa gente do seu trabalho e agora passado um dia com uma mulher que fez seus pais sofrerem, que desestabilizou sua família... É esse pouco-caso comigo e com o que eu digo, é essa frieza!

Por um momento, tive vontade de contar tudo, de dizer que queria recomeçar minha vida, mas não tive coragem. Havia ainda muito que pensar. Muito a resolver.

— Isaque, estou cansada. Vou tomar um banho.

— Não. Preste atenção, Isabel! Na Bíblia, o casamento é sagrado para Deus, e nenhum casal pode se separar! Somente Deus tem esse poder! Você entende o que é isso? Ainda se lembra dos ensinamentos e do que significa um casamento?

— Eu me lembro — murmurei.

— Você está querendo separar o que Deus juntou com esse seu comportamento! O que espera que eu faça? Que a observe calado? Que permita seus abusos? O matrimônio não foi criado por lei humana. Agir como você tem feito é não aceitar as condições de Deus!

— Condições de Deus ou suas condições? — Eu estava cansada de ouvi-lo colocar Deus no meio das proibições que a igreja do meu pai determinava. Olhei bem no fundo dos seus olhos. — Sempre impôs tudo a mim, e eu sempre obedeci. Mas não vou parar de ver a minha irmã, não vou mais fazer nada que eu não queira. Sou crente, sou mulher, mas sou independente de você. Não tenho que aceitar o que diz só porque é meu marido!

Ele pareceu chocado. Balançou a cabeça, sem palavras.

Não recuei nem me desculpei. Estava cansada de abaixar a cabeça.

Por fim, sua voz saiu, cheia de surpresa, mas também de certeza nas palavras que proferiu:

— Você sabe que uma mulher sábia edifica a sua casa, mas você está igual a uma mulher rixosa, como a Palavra cita, e também insensata. Está destruindo o nosso lar! Não sei mais lidar com você. Só pode estar possuída pelo demônio!

Eu queria enfrentá-lo, perguntar do que me acusava, mas a culpa, por me saber errada em coisas que ele desconhecia, calou-me.

Respirei fundo e tentei agir com sabedoria.

— Estou cansada — falei, com mais calma. — Preciso de um banho. Depois, vou fazer nosso jantar.

— Quero que me prometa uma coisa.

— Prometer o quê?

— Que vai parar com essas rebeldias e voltar a ser a mulher com quem me casei.

— Eu prometo ser eu mesma. Sempre.

— Vou ter que chamar seu pai aqui. Você vai se entender com ele.

— Faça o que quiser.

Perdi a paciência e fui para o quarto, um tanto angustiada.

Isaque ficou quieto durante o resto da noite. Pegou sua Bíblia e orou muito. Também me observou enquanto eu arrumava a cozinha. Quando acabei, não senti vontade de estar com ele, mas de me isolar.

— Boa noite, Isaque. Vou me deitar.

Ele não respondeu.

Suspirei e fui para o quarto. Coloquei minha camisola e me deitei.

Quis pegar o celular e mandar uma mensagem para Enrico, contar a ele como o meu dia havia sido maravilhoso, falar de Rebeca, esquecer aquela briga com Isaque. Mas fiquei quieta, de olhos fechados. Sabia que não podia, nem devia.

Isaque foi para a cama. Deitou-se ao meu lado. Apagou toda a luz, até o abajur.

Quando ele colocou uma das mãos no meu ombro, soube que queria fazer sexo. Meu estômago se embrulhou tão fortemente que até me assustei. Não esperava por aquilo, principalmente depois da nossa briga.

Ele afastou a coberta, pronto para vir para cima de mim.

Abri os olhos para a escuridão do quarto e senti uma agonia tão grande que só soube uma coisa: eu não o queria. Cada parte de mim o renegava.

Sabia que deveria me calar e suportar. Isaque era meu marido. Mesmo assim, tudo se acumulava em mim: nossas discussões, minha falta de prazer, o fato de nunca me tocar e só se satisfazer. Para piorar, depois dos toques e dos beijos de Enrico, aquilo, sim, parecia uma traição. A mim mesma. Senti que era errado me subjugar a um homem que eu não queria, mais do que senti quando fui infiel e deixei Enrico me beijar.

— Isaque... — Ergui as mãos e segurei seus ombros, mantendo-o longe. — Hoje eu não quero.

Ele ficou imóvel. Só ouvi sua respiração pesada.

— Está se negando a mim? — murmurou.

— Eu não... Eu quero dormir.

— Sou seu marido.

— Eu sei.

Ele se afastou e acendeu o abajur, sentando-se na cama e olhando-me de modo acusador.

— Está atraída por Satanás? Prefere prevaricar com ele do que dormir comigo?

— Não diga besteira. — Sentei-me também, nervosa. — Tenho o direito de estar cansada.

— Nunca se negou a mim, Isabel!

— Mas hoje eu não quero. — Fui firme.

— Não quer mais nada! Nem ser uma boa esposa nem ser uma mulher devota a Deus!

— Por favor, tudo foi estressante entre nós hoje, e sexo não resolveria nada. Vamos dormir em paz. Amanhã poderemos conversar e...

— Fora daqui!

Tomei um susto quando gritou e agarrou meu braço. Era a primeira vez que se descontrolava daquele jeito comigo. Ele me puxou para fora da cama, e cambaleei, com medo.

— Impura! Não quero você na minha cama, sujando meus lençóis!

— Me solta! — Tentei puxar o braço, mas Isaque parecia fora de si e me arrastou. Eu estava tão surpresa que não resisti, sentindo o medo crescer dentro de mim. Ele me largou na sala e apontou o dedo para mim.

— Amanhã vamos resolver isso! Por hoje, fique aí! Se voltar ao quarto, eu a arrastarei para a casa dos seus pais e a deixarei lá! Não é mais uma esposa! É uma mulher suja!

Quis gritar, defender-me. Fiquei com muita raiva, sentindo-me humilhada, mas ergui o rosto e o enfrentei.

— Prefiro mesmo dormir no sofá. E fazer o que quero.

Isaque ficou vermelho de raiva. Cheguei a pensar que me agrediria, mas se virou, entrou no quarto e bateu a porta.

Eu tremia ao caminhar até o sofá. As coisas começavam a se precipitar. Quanto mais eu me mostrasse a Isaque, mais ele perderia o controle; no entanto, eu não poderia mais fingir que minha vida era boa, submeter-me a algo que me fazia tão infeliz.

Imaginei o que Isaque faria se soubesse como eu me sentia em relação a Enrico, quão longe eu tinha ido com ele.

Eu precisava ser cuidadosa e agir da maneira correta. Não adiantava mais me enganar achando que tudo ficaria bem. Eu estava indo além, desejando mudanças.

Não consegui dormir. Tudo estava em silêncio na madrugada quando vi minha bolsa ali, em uma cadeira. Peguei meu celular e acessei minha conversa com Enrico. Não tinha nada lá, pois eu apagava tudo o que dizíamos.

Deitei-me, querendo muito falar com ele. Precisava dizer quanto me sentia sozinha, contar-lhe ao menos a parte boa daquele sábado. Comecei a digitar.

Sabia que não devia, mas a vontade era muita. E eu sentia alívio só em escrever.

Enrico

Eu ri, na mesa cheia de amigos, de um caso que um colega contou.

Estávamos num movimentado bar em Ipanema, em um festival de cervejas artesanais. Eu já tinha provado tantas que dei graças a mim mesmo por ter deixado o carro em casa e ido de táxi.

A música tocava alto. Todo mundo falava ao mesmo tempo. Era um sábado gostoso, e eu me divertia.

Então, senti o celular vibrar no bolso. Imediatamente me ocorreu que podia ser uma mensagem de Isabel.

Fiquei sério. Minha mente se encheu dela. Estava assim desde a última vez em que a vira e a tocara. Quando quase me entregara a uma loucura. Quando soubera com certeza que Isabel e Pecadora eram a mesma pessoa.

O sinal na coxa, perto do joelho. Aquele umbigo. Aquela pele. Tive as provas, comparando a realidade com as fotos que mandara. No final das contas, meu instinto nunca estivera errado.

Talvez eu devesse sentir raiva, mas não era isso o que acontecia. Não era nem uma grande surpresa. Enquanto eu a tocava e beijava naquele banco, eu entendia que Isabel era a Pecadora, que sabia muito de mim, que me envolvera com conversas, a mulher casada que eu não deveria desejar.

Aquilo tinha que parar. Não dava para agir como um adolescente, perdendo a cabeça diante daquela atração, mas eu ficava mal só de pensar que teria que tomar uma decisão definitiva. Ficava com raiva.

Peguei o celular. Era ela.

Não responderia. Estava apenas adiando o momento de excluí-la de uma vez.

"Acho que falei para você que tenho uma irmã. Tenho duas, na verdade, mas essa é especial. Não a via fazia cinco anos. Hoje, eu a reencontrei. Sabe quando parece que o tempo não passou? Foi assim. Nós nos olhamos, abraçamos, e tudo voltou a ser como antes."

Depois de uma pausa, outro texto:

"É engraçado como algumas pessoas chegam a nossa vida e não saem mais. Podem estar longe, mas estão perto. Não sei explicar por que a encontrar me fez bem. Eu me senti um pouco como a pessoa que fui antes, quando ela ainda morava comigo. Eu sorria mais. E, hoje, sorri também, como se recuperasse uma parte de mim. Mas não qualquer parte. A melhor. Hoje, a saudade me deu trégua. E a felicidade ocupou o lugar dela."

Suas palavras me emocionaram. Não sei se ter bebido me deixara mais sensível, mas era Isabel ali comigo, e disso não havia mais dúvidas. Era a mulher que eu deveria evitar, mas também a pessoa para quem tinha contado minhas tragédias. Vê-la ali, falando da irmã, trouxe Luan ao meu pensamento.

Não aguentei ficar em silêncio.

"É bom saber que está assim. Sei que a saudade, por um lado, é uma coisa boa, porque nos faz lembrar momentos bons. Mas ela também pode ser uma espécie de dor, porque certos momentos e certas pessoas não voltam mais."

Isabel viu. Mandou-me uma mensagem curta, na certa escolhendo as palavras.

"*Desculpe-me. Não me toquei de que isso faria você pensar em seu irmão.*"

"*Eu queria, só por alguns momentos, ter o que você teve hoje. A oportunidade de abraçar. De sentir.*"

A saudade de Luan era tanta que eu a sentia como uma dor física.

— Rico, vai mais essa? — berrou um dos meus amigos, apontando a garrafa para o meu copo.

— Depois — respondi, olhando-o, antes de me concentrar de novo na conversa.

"*A morte traz uma saudade diferente*", disse ela. "*Gostaria que não estivesse triste. Desculpe-me.*"

"*Não precisa se desculpar. Estou feliz por você. Não deixe sua irmã se afastar de novo. O tempo passa rápido demais.*"

"*Não vou deixar. Nunca mais. Como também não vou permitir que me obriguem a ficar longe dela.*"

"*E por que fariam isso?*"

"*Porque ela é diferente. Fez escolhas que minha família não aceita. Mas, sabe, eu também fiz. Em algum momento, não vão aceitar as minhas escolhas também. Sofro por antecipação. Só que, como você disse, o tempo passa rápido.*"

Fiquei quieto. Imaginei o que seriam essas escolhas. Estaria pensando em se separar de Isaque?

Aquilo me deixou nervoso.

Seria um hipócrita se não admitisse que Isabel tinha se apossado de uma parte de mim que eu nunca dera a ninguém; ao mesmo tempo, odiava o poder que ela tinha sobre mim.

Se fosse só atração, tudo seria mais simples. O perigo maior era a vontade de puxá-la para a minha vida, saber dela, ouvir sua voz, descobrir sua história. Era ter seu corpo sem culpa. E entender o que tudo aquilo representava para mim.

Mas havia mais do que isso. Isaque, um garoto que conheci, de quem gostava, apesar de ser tão diferente de mim. Desejar o que era dele, sabendo que o prejudicaria, nunca me faria bem. Eu não podia influenciar as decisões de Isabel.

"*O que quer que decida fazer em sua vida, faça por si mesma*", enviei. "*Por mais ninguém.*"

"*Eu sei. São coisas das quais preciso. Mas não é fácil. Mudar não significa mexer apenas na minha vida, mas na vida de pessoas próximas.*"

Eu me calei. Adiava um pouco mais o momento de acabar com tudo aquilo e olhava para suas palavras com uma espécie de saudade.

"*Engraçado… Hoje não falamos através de frases de filósofos nem de letras de música*", disse ela. "*Eu só falei, e você respondeu, Santo.*"

"*Não me chame mais de Santo.*"

"*Resolveu assumir o Santinho?*"

"*Você sabe quem eu sou, Isabel.*"

Ela ficou quieta. Eu também.

— Rico, é uma delícia! Você tem que provar! — Meus amigos me chamaram, e respondi, distraído.

— Já vou.

— Larga esse celular, cara! Vem beber!

Acenei para eles com a cabeça. Voltei a digitar:

"*Vi o sinal na sua coxa, seu umbigo. E as fotos que me mandou. No fundo, já desconfiava. Agora, tenho certeza.*"

Ela começou a digitar imediatamente.

"*Enrico, preciso explicar por que fiz isso.*"

"*Hoje não. Falaremos depois, pessoalmente.*"

"*Quando?*"

"*Segunda-feira.*"

"*Está bem.*"

Não me despedi. Haveria tempo para aquilo.

Guardei o celular, tomei a cerveja que restava no copo e o estendi para que me servissem mais.

Minha animação tinha acabado.

Eu só conseguia pensar em Isabel.

26

Isabel

Na segunda-feira, fui nervosa para o trabalho.

O domingo tinha sido difícil. Fomos para a igreja de manhã, e achei que Isaque se queixaria de mim aos meus pais. Tinha me ignorado desde que acordara e falado apenas o primordial.

Assistimos ao culto, e ele me informou que almoçaria com os pais. Não me convidou, o que até foi um alívio. Fui para casa sozinha e comi uma besteira por lá. Tirei o dia para os trabalhos domésticos.

Quando voltou, ele parecia ainda mais frio. Não perguntei nada, nem puxei assunto. Dormimos lado a lado, tomando cuidado para não nos tocarmos.

Durante todo o tempo, pensei em me separar. Preparei a mim mesma para ter coragem e não recuar, pois sabia que a pressão viria de todos os lados. Os problemas também. Mas não via outra solução. Não amava Isaque, nem sequer suportaria ter relações com ele. Nem todas as orações do mundo mudariam aquilo.

Na agência, eu estava ansiosa, tanto por ver Enrico pela primeira vez desde que havíamos nos beijado no banco do jardim como pela conversa que teria comigo. Estava com medo. Ele sabia que eu era a Pecadora. Tudo entre nós se tornava mais intenso e perturbador, mas também mais óbvio.

Imaginei se também sentia por mim aquela atração descomunal, aliada ao desejo de estar perto, de tocar, de conhecer, de querer mais, ou se seria somente uma atração por algo desconhecido e que passaria logo. Estava confusa. Só tinha certeza de que estava apaixonada por ele. Porque aqueles sentimentos incontroláveis que eu nunca tinha experimentado só podiam ser paixão.

Eu sabia também que isso não desculpava tudo o que havia feito, como entrar em contato com ele fingindo ser uma estranha ou cair em seus braços para só sentir culpa depois. Por isso, tentava me preparar para uma condenação vinda da parte dele. E para outra muito maior vinda de Deus, que via todos os meus atos e pensamentos.

O serviço foi tranquilo naquele dia, mas eu ficava mais nervosa conforme as horas passavam. Quando faltavam dez minutos para o expediente acabar, Cosme ligou para a minha mesa.

— Oi, Isabel. Enrico pediu para você falar com ele antes de sair.

Meu coração disparou.

— Está bem, Cosme. Obrigada.

Desliguei e terminei meu trabalho, calada, com os dedos trêmulos digitando no teclado do computador.

Todos começaram a se levantar para ir embora. Guardei minhas coisas, despedi-me e fui ao banheiro. No espelho, vi que estava pálida. Lavei o rosto e procurei me acalmar. Somente então peguei minha bolsa e saí da sala.

Todos tinham ido. Subi as escadas e me deparei com Cosme, já descendo. Ele sorriu.

— Enrico disse que não vai demorar, então não se preocupe. Vou andando, pois o trânsito é uma droga quando a gente se atrasa.

— Obrigada, Cosme. Até amanhã.

— Até.

Ele se foi, e terminei de subir as escadas. Minhas pernas pareciam gelatina, meus braços pesavam e não me obedeciam direito. Até respirar estava difícil.

Lembrei-me do nosso último encontro na sexta-feira, e minha aflição aumentou, junto com o desejo, a saudade e o medo. Não sabia o que esperar.

Enrico

Eu esperava Isabel, recostado na cadeira.

A janela estava fechada, e, dentro do escritório, o ar-condicionado deixava tudo meio frio. Eu preferia assim, sem olhar o jardim lá embaixo, o banco, tudo que me fazia lembrar dela. Não sabia se algum dia eu poderia olhar para aquele lugar sem imaginar Isabel ali, erguendo um pouco a saia, soltando os cabelos.

Eu me dei conta, talvez um pouco tarde, de que não tinha condições de controlar o que ela despertava em mim. Achei que poderia ter o WhatsApp dela e ignorá-la. Que poderia vê-la todos os dias sem cair em tentação. Mas, depois de sexta-feira, quando ela se entranhou ainda mais em meus pensamentos, quando me fez fraquejar em minhas determinações, entendi que seria muito mais difícil do que supunha.

Tudo isso me fez tomar a única decisão possível.

Isabel bateu na porta e abriu-a, buscando-me com seus olhos. Seu rosto lindo estava levemente pálido. Vi como respirou fundo ao me ver.

Foi assustador o modo como meu corpo reagiu: minha mente se encheu de lembranças, seu cheiro penetrou em meus sentidos. Estava longe, mas eu a conhecia, eu sabia como era seu cheiro e seu beijo, como se encaixava em meus braços. Conhecia parte da sua pele, suas coxas, sua barriga, seus mamilos.

Foi um custo me manter imóvel enquanto ela entrava, devagar, e fechava a porta atrás de si. Apertou aqueles lábios carnudos e veio até mim num andar incerto.

Não havia explicação para aquilo entre nós. Isabel havia mexido comigo antes mesmo que eu soubesse quem ela era, parada naquele bar, tão linda e tão deslocada. Desde então, eu lutei. E nada do que fiz foi o bastante. A cada vez, ela tomava um pouco mais do que era meu e que eu não queria dar.

Irritava-me não ter controle. Eu, que passara a vida me protegendo, agora me via com medo do que aquela mulher despertava em mim. Só isso já deveria ter sido o bastante para me manter afastado. E, além disso, Isabel era casada com Isaque. Eu não podia fazer isso com ele. Nem fazer parte de decisões que ela tomasse e o fizessem sofrer. Aquela história não era minha.

— Oi, Enrico. — Ela parou em frente à mesa. Seus olhos sondavam os meus, seu peito estava arfante.

— Oi, Isabel. Sente-se.

Ela obedeceu.

Senti saudade, antes de qualquer coisa, vendo-a se sentar, o modo como seu cabelo se apertava no coque, como a pele era macia, como as curvas se escondiam sob a roupa. Senti falta do que não veria mais. Do que excluiria da minha vida. Não por covardia. Por retidão.

Ela me fitou, apertando as mãos no colo. Seu desconforto era tão evidente quanto sua fascinação. Havia aquilo entre nós. Uma fascinação mútua.

Eu me desencostei da cadeira, mexi em um papel sobre a mesa e fui o mais sério e contido possível.

— Chamei você para falarmos sobre o seu trabalho aqui.

Percebi sua surpresa, que ela não escondeu.

— Mas eu pensei que... que fosse sobre as nossas conversas no celular e sobre o que aconteceu na sexta. O que...

— Não há muito que conversar sobre isso. Somos adultos e entendemos muito bem o que aconteceu — respondi, cortando-a.

Isabel me observou como se tentasse ler o que eu pensava.

— Enrico, talvez pense que fiz tudo de caso pensado. Quer dizer, eu errei em pegar seu número de telefone e fingir ser um engano ao falar com você. Admito isso. Mas, naquela época, não pude me conter. Eu...

— Não estou julgando você — falei, seco.

— Se fizesse isso, eu aceitaria. Sou casada, sou religiosa e sou também uma pecadora, porque muita coisa me perturba, tira minha paz, mas não qualquer homem. Só você.

Suas palavras me desestabilizaram. O pior era ver a sinceridade em seu olhar. Eu podia imaginar o que ela estava sentindo, tendo que fazer uma coisa e desejando outra. Queria entender o que a tinha levado até aquele ponto, mas só tinha uma ideia, por isso não a julgava, tampouco me julgava.

Entre o certo e o errado, o que uma pessoa deve ou não fazer, há uma infinidade de coisas. Quem vive e se arrisca, quem sai da zona de conforto, pode compreender isso. No entanto, para mim, seria mais seguro não lidar com ela.

Era melhor ver Isabel apenas como uma mulher se descobrindo sexualmente e pensar em mim como um homem atraído por ela. Com isso, eu poderia lidar de modo mais prático. Tentando pensar assim, comecei a falar de maneira calma:

— O que começou entre nós, seja aqui, seja nas conversas que tivemos, não importa. O fato é que você é uma mulher casada, e estamos atraídos um pelo outro. Eu conheço Isaque e gosto dele. Não quero prejudicá-lo. Nem a você.

— Eu sei — murmurou.

Empurrei a folha na direção dela. Minha voz soou mais fria:

— Estou demitindo você, Isabel. Pagarei todos os direitos e vou pedir para Lídia fazer uma ótima carta de recomendação e buscar algum conhecido que possa empregá-la imediatamente.

Isabel ficou imóvel, ainda mais pálida. Olhou para a folha, para minhas mãos, para meus olhos. Então, balançou a cabeça.

— Não.

— Você sabe que estou fazendo o que é certo. Fomos longe demais. Aceite o que estou oferecendo.

— Não está certo, Enrico! — Sua face se corou, e ela se inclinou para a frente, apoiando as mãos na mesa. — Sou uma ótima funcionária. Não pode me demitir assim.

— Eu posso.

— Você não entende.

— Quem não entende é você. — Levantei-me, querendo acabar logo com aquilo. — Não temos mais o que discutir. Chega de conversas no WhatsApp, de olhares, de atração. Lídia vai resolver tudo com você, e garanto que não será prejudicada. Agora, eu preciso ir.

— Está fugindo! — acusou-me, levantando-se também.

Eu a olhei com uma expressão séria e apontei para a porta.

— Vá, Isabel.

— Eu não vou. Não posso ir assim. — Deixou a bolsa sobre a cadeira. Ela movia as mãos, mostrando ansiedade. — Enrico, eu posso ter errado em muitas coisas. Aceito se me acusar dos meus erros. Mas gosto de trabalhar aqui. Estou conseguindo minha liberdade, lutando por ela. Se me mandar embora, tudo vai acabar!

— Mas é pra acabar mesmo — falei, olhando-a duramente. — Já disse que Lídia vai arrumar um trabalho para você. Aqui, não dá mais.

— Aqui estão meus amigos! Aqui me sinto bem! Aqui está você! — confessou, dando um passo à frente. Seus olhos brilhavam.

— Estou sendo justo. Não deveria nem ter contratado você, sabendo da atração que já existia entre nós. Resolva sua vida, Isabel. Eu vou resolver a minha.

Ela arfou, nervosa. Balançou a cabeça.

— Por favor, não faça isso. Ainda tenho muitos medos. Foi difícil conseguir coragem. Acreditei em tanta coisa que me disse, em como enfrentou seu destino e venceu, em como há um mundo além daquele em que vivo!

— Eu sei o que é melhor para mim, e, neste momento, não é ter você aqui.

Ela ouviu e abriu a boca, mas não disse nada. Achei que aceitaria, que se viraria e sairia da minha vida.

Por um momento, tive raiva de mim. Estava recuando diante do que ela havia despertado em mim, ainda que fosse pelo bem dela, de Isaque e meu. De qualquer forma, eu agia contra algo mais instintivo, que me mandava jogar tudo para o alto e descobrir que loucura era aquela.

— Não quero ser o causador da infelicidade de ninguém — falei na última hora.

— E da minha? — perguntou ela, num desabafo, com os olhos enchendo de lágrimas. Em vez de sair, aproximou-se. Fiquei alerta. — Não vê que não posso fingir que você nunca existiu? Eu tive medo durante a minha vida toda, de mim e do que eu queria, Enrico. Fui covarde, deixei que todo mundo me dissesse o que sentir e fazer. Ainda tenho muito medo.

Não me movi. Meu coração bateu forte quando se aproximou. Nenhuma outra mulher no mundo seria uma ameaça, mas Isabel mexia com as minhas entranhas, principalmente agora, que eu sabia como era tocá-la e desejava aquilo de novo.

Eu estava pronto para recuar, como havia feito das outras vezes. Iria ignorar meu corpo se endurecendo, minha respiração se agitando. Iria simplesmente sair, tirá-la do meu sistema, afastá-la da minha vida.

Antes que conseguisse reagir, ela parou muito perto de mim, com seus olhos nos meus, cheios de desespero. Seus lábios se abriram para murmurar:

— Você me ensinou a ser mais forte, a lutar pelo que quero.

Isabel me surpreendeu ao erguer a mão e tocar meu rosto.

— Não fiz nada. — Segurei seu pulso para afastá-la de mim, mas algo me impedia, fazia com que eu apreciasse aquele toque, aquele olhar, como se me custasse admitir que não poderia ter mais nada dela.

— Fez muito. Fez tanto! — A voz saiu trêmula.

Percebi que eu não a impedia. Enquanto minha boca dizia não, meus olhos e tudo o mais em mim gritavam sim. Vacilei, já sem pensar nos motivos que tinha para tirá-la da minha vida.

— Não me mande embora, Enrico... Preciso de você.

Vi sinceridade no fundo dos seus olhos, junto com uma variedade de emoções, e fui atingido por um sentimento que me tomou até me fazer chegar a um limite. Apertei mais seu pulso e virei o rosto para o lado, o suficiente para beijar sua palma. Eu explodiria se não a tocasse.

Isabel estremeceu. Chegou tão perto que senti o perfume do seu cabelo e sua respiração próxima ao meu pescoço. Nem me dei conta de que a abraçava e colava a mim, de que a puxava para me consumir em seu calor.

Ela arquejou baixinho quando a agarrei bem forte. Mandei tudo para o inferno e soltei sua mão para buscar sua boca, beijando-a com uma fome que eu não podia conter, que veio de dentro como um rugido e me devorou vivo. Foi minha perdição sentir seu corpo, seu perfume, seu gosto.

Eu me dobrei ao desejo. Soube que, daquela vez, não conseguiria recuar. Era tesão além do corpo, era um vício impetuoso, era uma mistura de sofreguidão e explosão que inebriava, entorpecia, ardia por fora e por dentro, tomava.

Eu a beijei, e lábios e línguas se entregaram à volúpia, mãos vaguearam em loucura, gemidos se misturaram.

Eu a empurrei. Não fui calmo, e sim bruto. Tinha esperado demais, e agora tudo se atropelava dentro de mim enquanto eu mandava a razão para o inferno. Queria, mais do que tudo, enterrar-me dentro dela e esquecer o mundo, ser macho, ser carne, ser instinto.

Eu a encostei na mesa, empurrando com a mão o que estava ali em cima, devorando a boca dela. Seu gosto tinha algo de droga, pois me desnorteava.

Sentei Isabel ali, abrindo suas pernas com força, agarrando sua bunda e arrastando-a para mim até sua boceta se apertar contra meu pau. Não fugiu; grunhiu, abriu-se mais, puxou-me, devorou-me.

Comi sua boca, e minhas mãos subiram, desfizeram seu coque, infiltraram-se entre os cabelos, que me deixavam louco. As mechas se espalharam, e eu as agarrei com uma das mãos, a outra já em sua perna, erguendo a saia. Tinha pressa, tinha adrenalina, tinha calor.

Era muita roupa entre nós. Cansei-me daquilo tudo, das convenções, dos pudores. Eu a soltei, e ela cambaleou. Seus olhos se abriram e encontraram os meus quando segurei sua blusa e comecei a abrir os botões, dizendo, rouco:

— Vai ser minha. Nua, aberta, exposta. Pra tudo que eu fizer com você. Agora.

Arfou e gemeu baixinho. Não lutou. Ficou mansa, submissa, deixando que eu a despisse. Arranquei a blusa feia, com raiva do pano que escondia

Isabel de mim. Agarrei o elástico da sua saia, soltando um palavrão para tudo aquilo que existia entre nós, e a abaixei. Parte da calcinha foi junto.

Vi seus seios sob o sutiã grande, a pele clara e macia, o contorno acentuado da cintura e da barriga. Vi aquele umbigo que me deixava doido, o quadril que se descortinava, o início dos pelos pubianos escuros. Tirei toda a sua roupa em um ímpeto só, arrastando-a por suas pernas, olhando para sua boceta.

Ela não se depilava, e isso fez algo animal gritar no meu peito.

Fiquei na frente dela, largando saia e calcinha no chão, com minha respiração agitada.

Isabel estava sentada na beirada da mesa. Suas mãos protegiam o púbis, e ela fechou as pernas em uma vergonha imediata. Olhei para seu rosto corado, com aqueles cabelos em volta, os olhos arregalados, os lábios inchados. Era como um quadro lindo, atemporal, virginal. Um quadro que nunca mais sairia da minha mente.

— Pensa que vai se esconder de mim? — Segurei seus joelhos e exigi: — Tire as mãos da sua boceta.

Abri suas pernas com fúria. Estava puto, faminto, alucinado. Totalmente fora de mim. Meti-me entre suas coxas o suficiente para deixá-las arreganhadas enquanto levava minhas mãos ao sutiã e o abria nas costas, olhando-a com tanta firmeza que ela foi afastando as mãos.

— Não quero me esconder... — murmurou.

Se queria acabar comigo de vez, conseguiu. Enquanto eu ardia como se estivesse no inferno dos sentidos, uma parte minha mais sentimental se abalava, encantava-se com a doçura, a entrega pura, o modo apaixonado e extasiado como me olhava, os lábios entreabertos, os olhos pesados de tesão, a face corada.

Senti meu coração dar um salto e a olhei toda, nua. Nunca tinha visto nada tão lindo. Gemi, agoniado, sentindo meu pau quase rasgar a calça. Agarrei sua nuca, colei-a em mim e espalmei a outra mão na sua vagina, segurando-a, cheirando sua pele perto da sua boca. Não tirei os olhos dos dela quando movi os dedos, acariciando-a, sentindo os lábios vaginais já melados.

— Você me deixa louco, Isabel. Quero tudo... Sua boca, sua voz, seu cheiro, sua pele. Seu cabelo em mim. Quero ser lento, mas não posso esperar.

— Ah... — Isabel estremeceu e agarrou meus bíceps. — Enrico...

— Não vou demorar. Preciso entrar em você. — Mordi seu lábio inferior, cheio de tesão, mais louco ainda ao acariciar seu clitóris e senti-lo duro, encharcado. — Mas antes vou sentir sua bocetinha, cheirar, lamber...

— Preciso de você — choramingou ela, esfregando sua boca na minha, arfando, abrindo-se toda. Ela me segurava com firmeza e, instintivamente, erguia o quadril, buscando a massagem dos meus dedos. Gemeu alto, e eu a beijei, enfiando minha língua entre seus lábios, gemendo também.

Eu a devorei com fome e passei a masturbá-la mais firme. Meus dedos se perdiam em tanta cremosidade e maciez, minha boca tomava a dela, que me beijava de volta, arrebatada, segurando firme meus braços, ondulando sem controle. Era como cair em um furacão.

Eu tinha pressa. Estava ávido, necessitado. Meu coração disparava, minha pele se arrepiava. E meu pau doía, preso, contido, ansiando pelo prazer que já me dominava por inteiro. Tudo era intenso, corrosivo.

Agarrei seu cabelo na nuca, desgrudando-me da sua boca para me enfeitiçar com seus olhos lânguidos, puxando sua cabeça para trás. Eu a deitei devagar sobre a mesa. Segurei-a ali, maravilhado com o modo como o cabelo se espalhava, como seus seios pequenos e bicudos se ofereciam aos meus olhos.

— Linda. — Inclinei-me sobre ela, com meu pau pesado em sua coxa, e usei o dedo do meio para penetrar a carne quente e molhada até o fundo.

Isabel soltou um grito e abriu mais as pernas. Seus lábios se entreabriram em um novo convite, mas não resisti aos mamilos arrepiados e lambi um antes de metê-lo na boca e chupá-lo com força.

Esfreguei o polegar em seu clitóris enquanto metia o dedo, firme e fundo, gemendo ao imaginar meu pau ali, naquele calor, lambuzando-se naquela delícia toda. Eu ainda estava vestido, com vontade de só abrir a calça e enfiar tudo nela. Foi uma luta conter o desejo avassalador, mas mamei em seu seio com força e meti o dedo mais forte.

Ela se acabava em gemidos e sacudidas involuntárias do corpo, parecendo perdida, deixando a cabeça desabar em minha mão. Seu quadril ondulava enquanto ela se esfregava em meus dedos.

— Ai... Enrico... — choramingava. Tive que erguer a cabeça, soltando aquele mamilo gostoso, para contemplar sua feminilidade descoberta e entregue, ser alvo daqueles olhos escuros e pesados, da expressão de prazer absoluto.

Saber que ela estava ali, para mim, nua e aberta, sentindo sua boceta na mão, podendo fazer o que eu quisesse, enlouqueceu-me. Senti meu coração bater tão forte que parecia chegar à minha boca. E, em meio ao tesão que gotejava, deitei-me mais em seu corpo, senti o contorno dos seios no peito, apreciei seus lábios. Eu a cheirei só o suficiente antes de a beijar em um misto de paixão e de algo mais profundo que me tomava por inteiro.

Isabel enlouqueceu, agarrando-me, tateando-me com suas mãos. Puxou minha camisa, chupou minha língua, moveu-se sugando meu dedo. Tremia, ardia, debatia-se. Beijou-me com um desespero que me deixou mais desvairado.

Eu estava prestes a gozar na calça, tamanho era o desejo que me corroía. Ela reclamou e tentou me segurar quando me ergui.

Olhei para toda aquela beleza pura enquanto segurava a camisa e a arrancava pela cabeça. E ela também me olhou, grogue, lasciva, mole, respirando irregularmente, lambendo os lábios. Desceu os olhos por mim, para minhas mãos que abriam a calça e a baixavam, com a cueca, livrando-me de tudo.

— Olha o que faz comigo... — Agarrei meu pau completamente duro e movi minha mão em volta dele enquanto um líquido melava a ponta.

Ela pareceu querer dizer algo, sem voz, com os olhos arregalados.

Soltei meu pau e afastei mais suas coxas, amparando-as sobre meus braços enquanto olhava para sua boceta rosa e melada e descia minha boca até lá. Respirei fundo e apreciei seu cheiro de fêmea e de sexo antes de chupar bem gostoso.

Isabel gritou. Sacudiu-se tanto que tive que segurar mais firme enquanto abria a boca naquela bocetinha e sugava aquela delícia toda, firme, fundo.

— Ai... Ai... Ai... — Suas mãos tentaram segurar na mesa algo que ela não encontrou enquanto jogava a cabeça para trás.

Coloquei seus pés na ponta da mesa e os segurei, com meus dedos firmes em seus tornozelos, mantendo-a aberta para mim. Passei a língua bem no meio dela, enfiei, puxei para dentro da minha boca aquele seu gosto inebriante de mulher. Queria ser lento, apreciar, mas minha cabeça zunia, meus sentidos explodiam, e eu a lambi, fartei-me.

Abri meus olhos, pois precisava dela por completo. Eu cheirava, engolia, olhava, tocava, ouvia seus gemidos. Amparava seus tremores e adorava senti-la mover o quadril e buscar minha boca, como se já estivesse viciada nela.

Chupei um lado dos lábios vaginais e depois o outro. Abri a boca e a suguei, deixando-a ensandecida. E eu, mais ainda; meu pau estava tão duro que doía, meu sangue corria rápido. Então, fui para o clitóris, lambendo com mais suavidade, fazendo-o crescer.

— Ah!!! — gritou ela, e vi que ia gozar.

No último segundo, eu me lembrei da camisinha. Busquei-a na carteira, dentro da calça, lambendo meus lábios, ainda maravilhado com o gosto dela. Cobri meu pau e puxei-a mais para mim. Deitei-me em seu corpo e senti um choque com seu olhar lascivo, entregue, todo meu.

Segurei meu pau e esfreguei a cabeça naquela bocetinha que já palpitava, que me chamava.

Isabel me abraçou, emocionada, excitada, lamentando:

— Preciso... Quero tocar você... — Suas mãos apertavam meus ombros, minhas costas, em uma agonia que só um prazer imenso provocava.

— Depois. Agora preciso comer sua boceta.

Investi. Penetrei aquela carne macia e fervente, aquele aperto que me puxou para dentro enquanto eu enfiava meus braços sob suas costas, no emaranhado dos seus cabelos, segurando sua nuca. Ela gemeu e estremeceu, reagindo ao meu tamanho, esticando-se em volta de mim. Houve uma pequena parada para que me aceitasse. Parecia um pouco assustada. Nossos olhos se consumiram, as respirações se misturaram. Eu a cheirei e a senti. Investi mais fundo, até não restar nada de mim fora dela, entrando apertado.

— Enrico... — choramingou, fora de si, engolindo-me apertadinha, molhadinha.

Era como ver um turbilhão de emoções e mergulhar nele. Perdi a razão, movi meu quadril, meti dentro da sua boceta com força, com fome. Isabel gritou.

Fui arrebatado. Ela se apertou em volta de mim, e a segurei tão firme que senti desespero só de imaginar que uma hora precisaria soltá-la. Arquejei, penetrando, roçando minha boca na dela. Foi a coisa mais perturbadora que vivi com uma mulher, muito além de sexo e tesão. Perceber isso me comoveu, mas também me fez sentir medo.

Isabel se ergueu um pouco, abraçando-me forte, amparando-se em mim. Abriu-se mais. Senti seus pés resvalando em meu quadril, tentando se dar mais, alucinada.

Eu a apertei nos braços. Ela mordeu meu ombro e começou a chorar a cada investida do meu pau, a cada vez que nos colávamos mais do que dois seres humanos podiam se colar. Seus seios espalmaram contra meu peito. Ela foi toda minha, entregue, oferecida.

Busquei seus olhos, que se focaram nos meus, tão ardentes e emocionados que pareciam um reflexo do que eu sentia. Não consegui me controlar.

— Nunca foi assim... — murmurei.

— Nunca foi assim... — repetiu ela, que choramingou ainda mais quando beijei sua boca.

Dançamos juntos, cheios de paixão. Línguas, peles e sexo se buscaram, colaram-se e afastaram-se só para se grudarem ainda mais. Eu ia e vinha nela, ela me buscava e me tomava, apertava e estremecia enquanto eu metia e gemia. Era tudo louco e tudo certo. Eu me desconhecia naquele homem sensibilizado, enternecido, fora de eixo.

Fechei os olhos e gemi. Cheirei o cabelo dela, abri a boca e chupei o lóbulo da sua orelha. Era um tesão absurdo, mas também uma necessidade fremente de sabê-la minha, de tocar e cheirar, de senti-la e tê-la na língua, na pele, no pau.

Comi com força aquela mulher que tinha se tornado minha perdição, meu delírio. Arremeti com tudo, em meio ao prazer extasiado, aos gemidos entrecortados.

Isabel se perdeu no próprio desatino. Começou a tremer, chorando. Fui mais firme, mais rápido, metendo, comendo sua boceta sem dó, sentindo quanto se apertava em volta de mim, me engolia todo. Quando explodiu em um orgasmo, meteu as unhas nas minhas costas e se contraiu toda. Apertou-me mais, e meu pau a devorou até que eu também gozei, forte, desatinado de tanto tesão.

Ficamos agarrados enquanto ondas nos percorriam.

Parecia que um furacão tinha passado por mim e me derrubado.

Segurei sua cabeça na curva do meu ombro e mantive minha boca perto da sua orelha. Continuei enterrado nela, nossos corpos suados, unidos. Tremores a percorriam, e eu a amparava, firme.

Abri os olhos, devagar. Vi seu cabelo. Todos os meus sentidos estavam despertados por ela. Temi soltá-la. Eu não queria.

Fechei de novo os olhos e fingi que o tempo não passava.

Isabel

Eu estava dopada.

Não queria largar Enrico. Poderia ficar ali pelo resto da vida, nascer e morrer nos braços dele. Nunca mais me sentir sozinha e vazia. Sempre com sua pele na minha, seu suor no meu, seu membro dentro de mim.

Não imaginei que fosse daquele jeito. Por mais que seus beijos e suas carícias tivessem me dado uma prova da delícia que era ser uma mulher saciada, tocada, penetrada, ter um orgasmo daquele foi diferente de tudo o que imaginava que fosse possível sentir.

Respirei fundo, aspirei seu perfume e não me movi, temendo quebrar o encanto. Estava maravilhada. Depois de anos privada do prazer e conhecendo-o apenas por toques furtivos e culpados, aquilo era como descobrir o paraíso.

Enrico se moveu e fui invadida pelo medo. Não queria soltá-lo e voltar à minha vida árida, às decisões a tomar, à realidade. Segurei-o firme, retive-o o máximo que pude, mas não teve jeito.

Ele passou o nariz pelo meu pescoço, pelo meu rosto. Parou ao encostá-lo no meu nariz. Abri os olhos e vi os dele fechados, os cílios longos, uma expressão que talvez se equiparasse à minha, parecendo querer adiar o afastamento.

Abriu os olhos e me encarou. Ficamos assim por um tempo, em silêncio, só respirando e olhando-nos. Esqueci de pensar. Apenas guardei aquele momento. Sabia que o relembraria vezes sem conta, que estaria comigo para sempre, até meu último suspiro. Minha vida poderia seguir por diversos caminhos, mas ninguém nunca me tiraria aquilo.

Enrico aliviou o toque em minha nuca e começou a se afastar, erguendo-se e levando-me junto, até ficar de pé entre minhas pernas, eu ainda sentada na beira da mesa.

Nós nos olhávamos quase sem piscar quando deslizou para fora de mim, e o vazio ficou em seu lugar, deixando-me infeliz. Suas mãos desceram pelas minhas costas até espalmá-las na mesa ao lado do meu quadril. Somente nossos olhares continuavam juntos, mas as marcas estavam lá: a pele suada, minha vagina encharcada, minha respiração ainda agitada, o coração demorando a voltar ao normal.

— Nunca fui tão feliz. — Minha voz saiu baixa, sem que eu nem mesmo me desse conta de que tinha falado. Era verdade.

Enrico ficou sério, como se não quisesse ouvir ou se protegesse. Porque uma coisa eu sabia: nós dois tínhamos sentido aquilo.

Ele se afastou e me olhou. Todo o meu corpo, nu e saciado, estava exposto. Não senti vergonha. Era a primeira vez que eu era mulher, tocada e marcada de verdade por um homem. Como poderia me envergonhar?

Subiu de novo o olhar, passou-o por meu cabelo. Eu também o olhei. Aquele homem grande e lindo, os cabelos negros desgrenhados, os olhos brilhando, o corpo maravilhoso, de ombros largos, peito musculoso, barriga dura, pernas fortes. Os braços grandes, as tatuagens de tigre e de águia que pareciam só intensificar sua beleza.

Tive vontade de tocá-lo, adorá-lo. Conhecer cada pedaço com a ponta dos meus dedos. Cheirar, lamber, beijar. Olhei para seu pau grande, grosso, ainda semiereto. A camisinha cheia. O contorno de pelos escuros e aparados. Tudo tão perfeito que só Deus mesmo poderia ter esculpido tamanha masculinidade.

Corei, pois, apesar de tudo, eu não estava acostumada com aquela liberdade toda. Meus sentidos ansiavam por Enrico, mas minha razão me questionava se eu teria coragem. Era até chocante me sentir tão fêmea, estar ali tão evidenciada em minha nudez e apreciando o corpo dele.

Mesmo com lábios fechados, nossos olhares se falavam. Era uma troca silenciosa, uma admiração mútua, enquanto a razão voltava aos pouquinhos, meio que escorregando no prazer recente.

Enrico pôs a mão direita sobre a minha coxa. Acariciou-me de leve, como se ainda não pudesse se afastar totalmente. Aquilo me deu esperança e afugentou um pouco o medo que eu tinha.

Respirou fundo e parou a mão onde estava. Eu coloquei a minha mão sobre a dele e busquei seu olhar. Dava agonia ter tanto dentro de mim e temer falar. Queria beijá-lo, abraçá-lo, ficar em seus braços enquanto meu coração voltava ao normal.

Enrico tirou a mão e deu um passo para trás, levando os dedos aos cabelos, dizendo, meio tumultuado:

— Não dá para explicar o que foi isso.

— Eu sei.

Nenhum de nós esperava tanta entrega, tanta emoção, tanto prazer.

Senti que ele estava perturbado, até um pouco nervoso, mas, antes que pudéssemos conversar, sua voz grossa me tirou dos meus devaneios.

— Vou ao banheiro e já volto.

Eu o olhei se afastar. Admirei seus ombros largos, as costas e a bunda musculosas, as pernas longas. Fiquei ansiosa, sem saber o que esperar. Quando Enrico sumiu, saí da mesa devagar, percebendo que estava trêmula.

Busquei minha roupa e as sapatilhas que, sem nem notar, largara no chão. Coloquei a calcinha, ainda melada, sentindo minha vagina incrivelmente viva. Nunca foi tão difícil me vestir. Estava pronta, passando os dedos entre os cabelos, quando Enrico voltou.

Ele me olhou em silêncio. Pegou sua calça e se vestiu.

Eu nunca tinha passado por aquilo e não sabia como agir. Sentei-me, nervosa. Minha mente rodava.

— Temos que conversar, Isabel — disse Enrico, correndo os dedos entre os cabelos, parecendo nervoso. Sentou-se em sua cadeira.

A distância entre nós tinha sido estabelecida outra vez.

Nós nos encaramos sobre a mesa vazia, os papéis ainda no chão. A mesa onde fizéramos amor, onde estava a prova do que ainda nos abalava. Senti o desejo latejar em meu âmago, a vontade de voltar aos braços dele, a necessidade física e emocional de ter mais.

— Era isso que eu queria evitar quando a demiti — disse Enrico.

— Está arrependido? — murmurei.

— Não.

— Eu deveria, mas não estou.

Ele cruzou os braços, mais fechado, mais sério.

— Não vou dizer para você que foi casual. Ou que foi apenas sexo. Eu perdi o controle, mas fiz amor com você porque desejei.

Não esperava que fosse tão sincero. Saber que eu não era qualquer uma, que Enrico tinha escolhido dizer "fazer amor" em vez de "transar", deixou-me trêmula.

No entanto, seu olhar era duro e sua expressão me inibia. E eu sabia de uma coisa: agora eu era realmente uma pecadora.

Tive um misto de sentimentos. Minha consciência gritava que eu tinha ido longe demais, meu lado mais racional avisava que eu pagaria por aquilo, que não teria para onde fugir, mas uma parte minha, uma parte que era apenas mulher, apenas emoção, pulsava pelo que vivi com Enrico.

— Isso não vai se repetir.

A segurança em suas palavras me alertou. Ainda mais quando continuou:

— Não vou ser hipócrita nem agir com infantilidade. Somos adultos. Mas não quero essa sensação de culpa na minha vida.

— Nem eu. — Fui bem sincera e emotiva ao falar: — Eu só queria que você soubesse uma coisa, Enrico. Antes de conhecer você, eu já repensava a minha vida. Estava infeliz, cansada de me privar de tudo e das proibições que nunca entendi. Nem meu casamento foi uma escolha inteiramente minha. Mal fiz dezoito anos, e meus pais prepararam tudo. Hoje eu me conheço mais. Quero ser responsável por minhas decisões. Sei que nada é desculpa para a minha infidelidade. A casada sou eu, mas...

— Não estou julgando você, Isabel. Falo por mim. Quando estávamos nessa mesa, transando, a última coisa que senti foi remorso. Mas conheço Isaque e sei que o que fiz não foi honesto. Não quero me sentir assim depois de cada vez que eu gozar com você. Então, vamos ser honestos. Não dá certo.

— Eu sei. — Baixei os olhos. A culpa estava lá, crescendo como erva daninha. Soube que era o fim, pois eu tinha uma vida inteira para resolver, pecados para pagar.

Respirei fundo até conseguir olhar para ele novamente.

— Só gostaria de pedir uma coisa — murmurei.

— O quê?

Eu me ajeitei na cadeira, tentando reunir coragem.

— Não me mande embora. Trabalhar aqui, saber que vou receber meu salário no fim do mês, que estou entre pessoas legais, que gosto do que faço, tudo isso me ajuda. Eu fico mais forte, mais decidida. E, por mais que não queira ouvir, você também faz isso comigo.

— Não vai dar certo.

— Vai. Por favor, não me tire isso. Prometo que ficarei longe, que vou fazer tudo direito, que não ficarei no seu caminho.

Enrico me encarava quase sem piscar.

Talvez eu apenas me enganasse, pois não confiava em mim quando estava perto dele. Ainda mais agora, que eu sabia tudo que ele me fazia sentir. Acho que Enrico também sabia. A expressão dele parecia confessar que não confiava em si mesmo o suficiente para se manter longe.

— Vamos ao menos tentar — pedi, baixinho.

Ele passou a mão na barba e assentiu, muito sério.

— Você fica, Isabel. Com uma condição.

— Qual?

— Isso que existe entre nós acaba aqui e agora. Não vamos mais transar nem nos falar pelo WhatsApp. Se algo acontecer, será demitida sem conversa. Estou dizendo que vou ficar longe de você. E quero que fique longe de mim.

Ele foi tão direto que, por um momento, temi que tudo o que sentimos juntos fosse imaginação minha. Mas seus olhos... Eles ardiam nos meus. Tão profundos, tão cheios de emoções, que compreendi que Enrico só se agarrava à sua razão.

Seria uma tortura, mas era o correto. E eu precisava lembrar que, acima de tudo, havia aprendido, na vida, a buscar o que era certo.

Era melhor me privar de Enrico em parte do que completamente. Demitida, eu nunca mais o veria. Ali, eu teria ao menos isso.

Assenti.

— Sim. Vamos combinar assim.

— Estou falando sério, Isabel.

— Eu também.

Ele não falou mais nada.

Poderíamos ter ficado ali mais tempo, adiando o inevitável, ou ter jogado todas as certezas e todos os argumentos para o alto e decidido sermos amantes. Havia tanto que eu sentia pulsar, tanto que eu queria dele!

Mas falamos o necessário e decidimos pelo afastamento. E a culpa... Ela estragava tudo, deixava um gosto amargo na boca, mesmo em meio ao prazer.

Levantei-me. Minhas pernas ainda estavam moles, estranhas. Senti minha calcinha toda melada. Arrepiei-me, sabendo que guardava ainda as sensações e uma espécie de euforia pelo que vivi. Acho que, por isso, sorri para ele.

— Até amanhã, Enrico.

— Até amanhã.

Palavras que escondiam tudo o que eu queria dizer de verdade.
Virei-me e saí.

Nos dias seguintes, eu mal o vi. Tratei de trabalhar, de me fortalecer, de tomar decisões.

Em casa, foi difícil encarar Isaque, sabendo da minha infidelidade. Eu era casada e o desrespeitei. A culpa e a vergonha ressurgiam ao olhar para ele. Eu podia não o amar e estar infeliz, mas continuava sendo meu marido, e eu o traíra. Deus estava vendo, ainda que eu escondesse aquilo de todo mundo.

Mesmo me sentindo indigna Dele, orei muito, li salmos da Bíblia e tive uma conversa íntima com Deus. Tentei me desculpar. Pedi ajuda a Ele. Chorei de joelhos, sabendo que precisava tomar decisões. Não queria mais aquele casamento, mas o medo me corroía. Eu ainda criava coragem para dar o primeiro passo e não voltar atrás.

Enrico não saía da minha cabeça. Eu dormia e acordava sentindo-o, pensando nele, recordando cada toque, cada beijo, cada penetração. A sensação de ter meu corpo preenchido por ele, tão longo, tão grosso, tão gostoso. Ficava nervosa e excitada só em lembrar. Até a dor no início, por ele ser tão grande, não saía da minha cabeça.

Eu não entendia aquela confusão de sentimentos. Era claro que Enrico era um acelerador de todo o processo que eu vinha vivendo e também uma paixão, mas eu não queria me agarrar a ele como se fosse minha salvação. Tinha que me garantir por mim mesma.

Até quinta-feira, só o vi uma vez. Eu estava saindo da agência com meus colegas para dar uma volta na praia, depois do almoço, quando o vi entrar. Nossos olhares se encontraram e fiquei nervosa e excitada, mas me contive e cumprimentei-o como se não fosse nada. Foi rápido, mas passei o resto do dia com saudade.

Naquela noite, eu estava fazendo o jantar quando Isaque chegou. Passou para o quarto sem nem me olhar. Fomos para a igreja naquele mesmo silêncio, e, quando o culto acabou e todo mundo ficou por ali, conversando, a mãe dele me puxou para um canto.

— Posso falar com você, Isabel?
— Sim, dona Gilmara.

Ela parecia séria, com um olhar um pouco condenatório.

— Isaque nos contou o que está acontecendo. Confesso que estou surpresa com seu comportamento. Gostaria de desabafar comigo, pedir conselhos?

— Não, senhora. — Corei, mas tentei encará-la. — Acho que eu e Isaque temos que conversar primeiro.

— É verdade. Mas ele contou que você não o escuta. Estamos com medo de que o diabo perturbe você, tente destruir sua família. Por isso quero ajudar. Converse também com a sua mãe. Podemos organizar uma oração na casa de vocês.

— Obrigada, d. Gilmara. Por enquanto, Isaque e eu teremos que resolver sozinhos.

— Resolver o quê? O que está acontecendo?

Ela estava preocupada, mas também irritada, como se já soubesse que a culpa só podia ser minha.

— Desculpe-me, mas é coisa nossa. Com licença. — Antes que me segurasse, voltei para perto dos outros. Novamente, a vergonha surgiu com força em mim.

Minha mãe e Ruth me observavam. Uma espécie de temor me envolveu. Sabia que logo todos ali me condenariam, até elas, mas fiquei quieta.

Antes de sair, foi minha mãe quem me puxou e murmurou:

— Você foi ver Rebeca?

— Sim. — Sorri para ela, com carinho. — Ela está bem, mãe. Bem mesmo. E tem um filho lindo, Greg.

Ela ficou quieta por um momento, tão séria que não dava para dizer se tinha se emocionado. Presumi que tivesse ficado mexida por dentro.

— Está casada?

— Não. Sozinha.

— Falou da gente?

— Um pouco. — Fiquei incomodada, não queria magoá-la. — O que importa é que está bem. Está mais calma, trabalhando e cuidando do filho.

— Bem? Morando naquela favela, sem marido, matando-se de trabalhar e na certa largando o filho com estranhos?

— Mãe, não é assim. Rebeca leva uma vida que muitas mulheres levam. Quantas precisam se virar? E Greg fica com pessoas de confiança. É bem cuidado e feliz.

— Ela não aceitou Jesus, Isabel. Como pode estar bem? Continua sozinha e longe da salvação, repudiando os pais.

— Não é assim.

— Você sempre a defendeu.

— Não. Apenas quero que todos fiquem bem.

Ruth se aproximou, curiosa:

— Do que estão falando?

— Nada — murmurei.

Minha mãe não respondeu. Ruth, sempre atenta, sondou:

— Você e Isaque estão com problemas, Isabel? Desde a semana passada ele nem olha para você.

— Estão? — Minha mãe se preocupou.

— Nós vamos resolver. — Olhei em volta e o vi perto da porta. — Tenho que ir.

— Isabel... — começou minha mãe.

— Não se preocupe. Está tudo sob controle — garanti, embora me sentisse nervosa. Acenei para elas. — Preciso ir. Amanhã acordo cedo.

Em casa, tive vontade de chamar Isaque para conversar, mas achei melhor deixar para depois, para quando eu me sentisse mais forte. E menos errada.

Os dias passaram. Eu trabalhei, orei, voltei para casa, fiz o que esperavam de mim. No entanto, tive muito medo de Isaque me procurar de novo na cama. Por isso, eu o evitava, ficava longe. Percebia seus olhares de raiva e sabia que as coisas entre nós só pioravam. E caminhavam para uma decisão.

Conversei com Rebeca por telefone, sem contar a ela que havia me dado a Enrico. Ainda era algo forte demais para pôr em palavras. Também não contei sobre a minha situação em casa, as minhas dúvidas. Só quis ouvir a voz dela, tê-la perto de alguma maneira.

Enrico e meus pecados continuavam guardados comigo. Olhava o celular e sentia falta das nossas conversas. Ouvir sua voz na agência ou vê-lo rapidamente eram os únicos alentos que eu tinha.

No entanto, cumpri o prometido e fiquei longe. Mesmo com a saudade, era melhor assim, pois, a cada dia que passava, eu me julgava mais e mais.

Foi na sexta-feira seguinte que tudo aconteceu.

Eu tinha chegado do trabalho e feito o jantar. Em casa, o silêncio reinava, com aquele clima pesado entre mim e Isaque.

Depois que ele comeu e foi para a sala, resolvi ir para o quarto, mas ele me chamou:

— Quero falar com você.

Eu me sentei no outro sofá, olhando para ele.

— Quando vai voltar a cumprir suas obrigações de esposa?

Foi difícil olhar nos olhos dele. Entendi que se referia à cama, mas também ao fim das desavenças entre nós. Não tive coragem de dizer a ele que não queria mais que me tocasse. Só sabia que não deixaria mais acontecer.

Eu queria tomar uma decisão, mas ainda me acovardava. Minha culpa piorava tudo.

Ele se cansou de esperar uma resposta. Desligou a televisão e disse:

— Pense na mulher que se tornou.

Não se referia à minha traição, pois não tinha conhecimento dela.

— Estou cansado, Isabel. Isso não é mais um casamento.

Eu, por fim, olhei para ele com firmeza, sentindo a ansiedade aumentar. Achei que Isaque me dava uma brecha para ser sincera.

— Concordo. Não é mais um casamento. Eu acho que...

— Ainda bem que concordamos. Volte a ser quem era, e eu esqueço suas últimas rebeldias. Inclusive querer ver sua irmã.

Seu tom me irritou, dando ordens. Foi então que tomei coragem.

— Quero o divórcio — falei, de uma só vez.

Vi sua expressão de susto e me arrependi de não ter preparado melhor a conversa. Comecei a tremer, pois finalmente tinha falado o que desejava.

— O que você disse?

— Isaque, eu pensei muito. Não estou feliz, nem você. Desculpe-me por não ter falado com mais calma. Eu quero me separar.

— Está louca?

Ele parecia não acreditar.

— Só pode ter enlouquecido! — repetiu.

— Isaque...

— Não podemos nos separar! Somos casados diante de Deus. Somente em caso de adultério, e eu nunca traí você. Não tem motivos para pedir o divórcio!

Tentei não me envergonhar quando ele falou em adultério.

— Há várias interpretações da Bíblia sobre esse assunto — respondi, continuando firme.

— Só há uma! Adultério! Sabe bem disso! — Ele estava furioso e apontou o dedo para mim. — Você quer se separar de mim por outro homem?

Eu gelei. Paralisada, murmurei:

— Não.

— Para pecar?

— Não.

— É o demônio! Meu Deus, eu já deveria ter tomado uma atitude! — Ele se levantou, nervoso, e pegou seu celular.

— O que vai fazer? — Ergui-me também.

— Chamar seu pai. Ele há de saber como lidar com você!

— Não! Isaque... — Fiz uma loucura: corri e agarrei o celular dele antes, apertando-o no peito e dizendo: — Pare de colocar nossos pais no meio de tudo! Quero conversar com você. Escute!

— Devolva — exigiu ele, avançando. — Não falo com você até seu pai tirar as potestades do mal do seu corpo!

— Não há demônio nenhum. — Andei para trás, tentando fazê-lo ouvir. — Eu estou infeliz, e você também. Tenho o direito de escolher.

— Devolva meu celular, mulher! — exclamou mais alto, encurralando-me contra a parede. Senti medo da sua ira, mas continuei com o aparelho. Respirei fundo.

— Vamos conversar como adultos, Isaque. Chame quem quiser depois, mas me escute.

— Não vou cair na sua armadilha, demônia! Quer me tirar do sério, quer me fazer perder a cabeça. — Ele recuou e caminhou para longe de mim.

— Isaque!

Fugiu, como se eu o perseguisse. Fiquei sem ação. Então, ele voltou, colocando a carteira no bolso e caminhando para a porta.

— Aonde vai?

— Chamar ajuda.

— Por favor, pare com isso!

Ele saiu.

Nervosa, deixei o celular dele na mesa e sentei-me no sofá.

Soube que logo minha casa estaria cheia. Que todos se voltariam contra mim e tentariam me convencer a ficar. Tive vontade de chorar.

Levantei-me, tremendo, e peguei meu telefone. Liguei para Rebeca.

— Isa?

— Rebeca, eu falei com Isaque. — Minha voz saiu trêmula.

— Calma. Falou o quê?

— Que quero me separar.

— Nossa! E o que aconteceu?

— Ele ficou nervoso, disse que o demônio está em mim e saiu para chamar nossos pais. Eles vão vir para cá.

— Isa, olha, você já devia esperar algo assim. Não vai ser fácil. — Sua voz era comedida. — Você tem que enfrentar. Se é isso mesmo que quer, precisa ser forte. A pressão vai vir de todos os lados.

— Eu sei. — Comecei a chorar.

— Querida, calma. Não fique assim. Tem certeza de que é isso que você quer?

— Sim. Mas estou com medo. Sempre fui obediente, nunca me rebelei. Todo mundo vai estranhar. E se eu não aguentar? Não quero mais esta vida, Rebeca. Se eu continuar assim, vou enlouquecer!

— Entendo você. Sei quanto tentou se adequar. Mas pense o seguinte: por mais que todos insistam, e eles vão fazer isso, ninguém poderá obrigar você a nada. Deus nos deu o livre-arbítrio, Isa.

— Fiz tanta coisa! Não sei se Deus pode me perdoar! — solucei, agoniada.

— Claro que sim! Escute, depois você vê e se entende com Ele. Pense no que quer, no que deseja para si. Seja forte! Sei que é corajosa!

— Nunca fui...

— Sempre foi, só não sabia. Agora, erga a cabeça. Se estiver chorando quando eles chegarem, vai ser fácil dominar você.

Enxuguei as lágrimas, mas não conseguia parar de tremer.

— Isa, eu queria estar aí com você, mas não posso. Tenho certeza de que já tomou suas decisões e de que vai saber o que fazer. Se precisar, venha para cá. É só ligar que espero você no ponto do ônibus. Ouviu?

— Ouvi.

— Querida, tudo se resolve, cedo ou tarde.

— Mas Rebeca... — Novas lágrimas inundaram meus olhos. — E se papai e mamãe não me aceitarem mais? E se ficarem contra mim?

— Você está consciente dessa possibilidade, Isa. Faz parte da pressão. Por isso tem que ser forte. Depois, as coisas se ajeitam. Apenas seja fiel a si mesma.

Eu não sabia mais de nada. Respirei fundo, angustiada.

— Está bem. Desculpe.

— Ligue para mim sempre que quiser. E, olha, Isa, se mudar de ideia, se decidir ficar casada com Isaque, estarei do seu lado. Faça o que quer e o que fará você feliz.

— Não posso mais ficar assim.

— Então, coragem. Venha pra cá. Talvez não possa ficar aí hoje.

— Depois que tudo terminar, ligo para você.

— Certo. Tenha fé, Isa. Não no que aprendeu a acreditar, mas em Deus. E em si mesma.

— Obrigada.

Eu me despedi dela. Respirei fundo e fui ao banheiro.

Assoei o nariz e lavei o rosto. Voltei à sala e me sentei. Minha maior provação ia começar.

Isabel

Eles chegaram. Todos juntos. Isaque, os pais dele, os meus pais.

Eu fiquei imóvel no sofá, apertando minhas mãos trêmulas no colo, apenas vendo entrarem com suas Bíblias e expressões carregadas, já me sondando com condenação. Ali eu soube que nada mudaria aquela concepção deles. Eu poderia falar o que quisesse, dar mil argumentos. Já tinha sido julgada e condenada. Era a pecadora, a desgarrada a quem precisavam salvar.

Senti cansaço e tristeza. Porque entendi que independentemente da escolha que eu fizesse haveria infelicidade no meu peito. Eu teria que abrir mão de muita coisa.

— Isabel. — Meu pai falou comigo, sério.

— Pai... — murmurei, já sentindo saudade dele.

Eu o olhei. Rígido, cheio de fé, fruto de uma vida dura, mas também de amor ao próximo. Não o julguei por seu fanatismo. Apenas vi suas qualidades e seus defeitos.

Fiz o mesmo com todos ali. Incluindo Isaque, que foi o último a entrar e apontou para mim.

— Ela precisa da ajuda de vocês.

Estavam de pé, como um exército, prontos.

A emoção ameaçava tomar conta de mim, mas eu tentava me controlar. Indiquei os sofás.

— Sentem-se, por favor.

Gilmara e Anselmo se acomodaram no outro sofá. Minha mãe se sentou ao meu lado. Meu pai e Isaque ficaram de pé.

— Quer nos dizer alguma coisa, Isabel? Estamos aqui para ajudar. — Foi meu pai quem falou.

Fiquei quieta.

— Por que quer se separar do seu marido? — indagou ele.

— Eu não o amo. Estou infeliz.

Isaque se agitou, mas não disse nada. Parecia irritado. Todos ficaram em silêncio.

Meu pai não precisou abrir a Bíblia para citá-la.

— Tenha sempre em mente as palavras de Cristo: quem quiser salvar a sua vida a perderá, mas quem perder a sua vida por causa Dele a encontrará. Sabe o que isso significa, minha filha? Quantas vezes me viu citar essas palavras?

— Muitas.

— Alguma vez as entendeu?

— Sim.

— Como pode agora destruir um casamento cristão por um motivo tão fútil? Quem escolhe seguir a Cristo deve abdicar desses sonhos egoístas, deve respeitar os mandamentos.

Todos os olhos me encaravam. Tive vontade de me encolher e chorar. Ou de fugir.

Minha mãe parecia abatida e lamentei deixá-la assim. Quis pedir desculpas. Por um momento, vacilei. Será que, no fundo, era aquilo o que acontecia? Eu me tornara egoísta, pensando mais em meus desejos do que na salvação?

Relembrei minha criação, as tantas coisas que me vi proibida de fazer ainda criança. As amizades que evitara, os sonhos que enterrara. A rebeldia de Rebeca, o fanatismo de Ruth. Minhas vontades sempre deixadas de lado em nome de uma recompensa que eu só poderia receber no paraíso.

E pensei em mim. Meus anseios, minha alegria no trabalho, meu prazer em passar um simples batom. E em Enrico. Tudo aquilo que ele despertava em mim, o gozo absoluto dos sentidos, as conversas inteligentes, a força e o sorriso dele. Como tanta coisa boa podia ser errada?

A única coisa da qual eu podia me arrepender era a traição. E, para encerrar essa culpa, eu tinha dois caminhos: esquecer tudo, penitenciar-me e voltar à vida de antes ou romper com o que me prendia e fazer escolhas.

Tomei ar e falei, com sinceridade:

— Pai, eu não acho que seja tolice assumir que não há mais amor em meu casamento. Para mim, o amor é o sentimento mais forte do mundo.

— É tolice, sim — interrompeu Gilmara, sem paciência. — O amor se constrói.

— Peço desculpas, mas não creio nisso. — Eu me mantive segura. — o amor existe ou não existe. E, se existir, ele se mantém. Alimenta-se.

Deus mesmo diz "Eu sou o amor", não "Eu posso vir a ser o amor". É ou não é. Sou jovem demais para passar minha vida esperando algo que sei que nunca virá para mim, não aqui. Se estou infeliz e fazendo Isaque infeliz, temos que aceitar.

Ninguém pareceu ligar para o que falei. Meu pai retrucou:

— Você fala de contos de fadas. O amor não é essa besteira de paixão, mas o que vem de Deus. Amizade, respeito, convivência. Em vez de pensar tolices, você tinha que se voltar para a igreja, ajudar os necessitados, fazer trabalhos voluntários, como sua irmã Ruth sempre fez. Tome ela como exemplo!

— Ruth?! — Não consegui evitar a surpresa. — É isso que quer, meu pai, que eu mergulhe em obras, como minha irmã, para esquecer minha infelicidade? Que me torne invejosa, cheia de gula e de rancores, mais preocupada com a vida dos outros do que com a minha?

— Sua irmã não é assim — defendeu minha mãe.

— É, sim. E todo mundo aqui sabe disso. Mas não importa. Ruth faz as escolhas dela, e eu faço as minhas.

Todos pareceram surpresos com a determinação que expressei.

— Não falei que ela parecia possuída? — Isaque apontou para mim.

— Precisa orar! Arrepender-se! — interferiu Anselmo.

— Nunca imaginei isso vindo de você, Isabel! — Gilmara balançou a cabeça, desolada.

— Está falando de modo mundano, Isabel. Perdida. Deus odeia o divórcio. — Meu pai se aproximou, segurando sua Bíblia, parando quando teve certeza da minha atenção. — Está claro em Malaquias e confirmado em Mateus que o que Deus juntou o homem não separa, como também que apenas manter relações ilícitas e cometer adultério são exceções para o divórcio. Seu marido foi infiel? Deu motivos para desconfiar dele?

— Não, pai — murmurei. Eu sabia qual seria a próxima pergunta e me preparei.

Mentir perante Deus, era errado mas eu nunca envolveria Enrico naquela situação. Nem teria forças para aguentar a decepção dos meus pais. Envergonharia a mim, a eles e a Isaque. Preferia aguentar o pecado da mentira.

— Você cometeu adultério?

— Não.

Ele acenou com a cabeça.

— Como vê, não tem motivos para se separar — disse, com determinação. — Vamos fazer uma oração. Vou pedir que vá com mais frequência à igreja e organizar visitas a hospitais e orfanatos. Nada melhor do que ver o sofrimento alheio para entender que somos egoístas. Ficaremos atentos a você, Isabel. Vamos acompanhar mais de perto seu casamento com Isaque.

Gilmara e minha mãe acenaram com a cabeça e disseram, baixinho: "Amém!". Anselmo ficou quieto, emburrado. Isaque me encarava friamente.

Todos haviam decidido por mim. Mais uma vez. Esperavam que eu me calasse.

Por um momento de fragilidade, quase aceitei. Pelo menos eu não seria obrigada a ficar longe de tudo aquilo com o que estava acostumada. Mas aceitar seria me dobrar diante da infelicidade mais uma vez.

— Eu quero o divórcio — murmurei.

Todos me olharam.

— Se Deus vai me castigar, estou disposta a aceitar — continuei, tentando me explicar. — Não amo Isaque, não estou feliz, não posso mais ficar casada.

— Vai contrariar Deus e seus pais? — Minha mãe estava chocada.

— Não quero contrariar ninguém. Peço apenas que respeitem a minha vontade.

— Que absurdo! — Anselmo estava revoltado. — Uma filha de Deus se revoltando contra um mandamento!

— Meu filho não merecia isso... — lamentou Gilmara, às lágrimas.

— É culpa minha! — Minha mãe olhou de mim para meu pai, angustiada. — Sebastião, ela pediu o endereço de Rebeca, e eu dei. Foi vê-la. E voltou assim, rebelde como a irmã! Aquela pecadora a enfeitiçou, como sempre tentou fazer na nossa casa!

— Não é nada disso! Rebeca não fez nada! — Eu a defendi na hora. — Já quero me separar há muito tempo!

— Por que fez isso? — perguntou meu pai, condenando a esposa. — Tivemos tanto cuidado com Isabel, e você a aproximou daquela...

Ele se calou, e minha mãe baixou a cabeça, murmurando:

— Perdão. Pensei que Isabel traria Rebeca para a luz, não o contrário.

— Parem com isso! — Eu me ergui, angustiada — Será que sempre vai ser assim? A culpa sempre deve ser de alguém? Não podem aceitar que as pessoas fazem suas escolhas? Que eu não quero mais esta vida pra mim?

— Que vida?! — indagou ele. — Do que reclama tanto?

— De tudo! Pai, nunca fiz nada que eu queria. Estava sempre obedecendo, sempre me calando. Proibições e mais proibições. Não quero anular minha vida. Nem fugir. Quero enfrentar meus problemas, saber quem sou e do que gosto. Não acho que Deus vai me condenar por isso. Ele nos deu todo esse mundo para abdicarmos dele? Não! Deu-nos para vivermos, cada um do próprio jeito!

— Cale a boca! Pare de blasfemar! Tudo isso é feito por homens! — Ele se irritou e me mostrou a Bíblia. — Está negando a Palavra de Deus?

— Nunca, pai. Nem estou negando a minha religião. Mas vou seguir o que acho certo. Não digo que farei loucuras, que cometerei crimes. Apenas serei feliz, do meu jeito, usando a razão que Deus me deu!

Eu falava alto demais, agitada, surpresa comigo mesma.

Gilmara e Anselmo me condenavam com o olhar. Minha mãe continuava desolada. Meu pai era o mais duro de todos.

— Acha que pode cometer suas loucuras e continuar na casa de Deus? — perguntou, com rigidez. — Que a minha igreja receberá uma mulher separada, que, para a Bíblia, é o mesmo que uma mulher adúltera, diante de pessoas fiéis e tementes? Que exemplo eu daria? Que exemplo dou, tendo que admitir que duas filhas minhas são pecadoras?, cúmplices do demônio?

Eu já sabia que seria daquele jeito. Ainda assim, o medo cresceu em meu peito. Suspirei, derrotada na minha tentativa de fazê-los entender.

— Agora sou eu que não quero mais essa mulher — declarou Isaque.

— Calma, filho. — Gilmara se levantou e foi confortá-lo.

— Está destruindo uma família, Isabel — disse meu pai. — Está renegando a todos nós. Se insistir, ficará sozinha.

— Eu sei, pai. Por isso demorei tanto a me decidir — falei, baixinho e cansada.

— Se sabe, peça perdão. Vamos ajudar você. O arrependimento trará você novamente para o ninho, para os braços de Cristo.

— Mas me arrepender de quê? — indaguei. — De querer ser feliz?

— Você não entende, Isabel! — Minha mãe se levantou, agoniada.

— Vocês que não entendem.

Todo mundo ficou em silêncio, como se ainda esperassem a palavra final.

Eu soube que o mais duro seria perder meu pai e minha mãe, que sempre estiveram perto e me ensinaram o que sabiam.

Olhei para Isaque e lamentei magoá-lo daquele jeito. Talvez ele nunca pudesse me compreender nem me perdoar.

— Não poderá entrar na igreja nem se casar novamente. Daqui por diante, será uma adúltera. E não recebemos esse tipo de gente na nossa congregação nem na nossa casa. Estará por si mesma. — Meu pai deu o veredicto.

— Não sairei daqui! — Isaque decidiu. — Que essa mulher siga o rumo dela, mas sem nada que veio do nosso casamento.

Eu não tinha mais o que dizer. A tristeza estava lá, mas meus olhos se mantiveram secos. Talvez porque tudo aquilo já fosse previsível. Ainda assim, eu quis falar:

— Sempre entendi vocês. Por isso, tentei me adequar. Mas agora vejo que nada disso tem a ver com religião. Independentemente da fé e do que está na Bíblia, o ser humano esqueceu o principal: o respeito pelas escolhas dos outros. Não importa se sou umbandista, se sou homossexual, se gosto de ter namorados. Nem ao menos se sou católico ou protestante. Cada um tem o direito de acreditar no que quer. O que não entendo são pais virarem as costas para filhos e amigos ignorarem amigos simplesmente por pensarem diferente. Para mim, esse é o maior pecado diante de Deus.

Se eu esperava que meu discurso abrandasse alguém, estava enganada. Isaque foi o primeiro a reagir:

— Agora defende macumbeiros e homossexuais!

— Pare de arrumar desculpas. Deus é justo. Se essas pessoas querem viver em pecado, que assumam as consequências e não se coloquem como injustiçadas! Você disse bem: são escolhas! — Meu pai estava com raiva. — Agora pare com tudo isso! Chega, Isabel! Peça perdão ao seu marido, arrependa-se! Ainda há tempo.

Não deixei o medo nem a dor me vencerem ali.

— Eu vou me divorciar.

Bastou minha voz sair, baixa, para que todos ficassem mudos.

— Não vamos apoiar você.

— Eu entendi, mãe.

— Vá embora daqui, sua pecadora! — Isaque perdeu a cabeça. — Fora desta casa!

Olhei para ele e para meus pais. Haviam lavado as mãos.

Meu coração doeu, mas não era o momento de chorar.

— Vou pegar algumas coisas. Amanhã virei buscar o resto.

— Só vai levar a roupa do corpo. Mais nada. — Isaque me encarava.

— Não quero muita coisa.

Virei-me e segui para o quarto. Deixei o silêncio atrás de mim.

Peguei uma bolsa grande e tentei pensar naquilo que eu precisaria de imediato. Pente, escova de dentes, roupas íntimas, sapatos, roupas. Coloquei junto a minha Bíblia. Meu celular. O resto, eu veria com mais calma. Precisava apenas dar o primeiro passo.

Troquei meus chinelos por sandálias e guardei-os na bolsa. Respirei fundo e voltei para a sala.

Todos pararam de falar e me encararam, decepcionados.

Não fiz drama, nem me coloquei como vítima. Entendi que não dava para agradar a todos, mas o pior era viver sem agradar a mim mesma.

— Isaque, desculpe-me. Embora esteja com raiva de mim, saiba que nunca quis magoar você — falei, querendo fazer o melhor que podia no momento.

Ele me ignorou, abraçado pela mãe, que me fuzilava com os olhos. Se eu tivesse coragem, confessaria minha infidelidade. Seria o correto. Mesmo com todas as consequências.

Fitei meus pais e soube que não poderia humilhá-los daquele jeito. Nunca me perdoariam.

— Não sei se um dia vão me entender, mas nada disso é por mal. É apenas por mim. Na hora em que quiserem, irei ver vocês.

Todos continuaram calados. Não havia nada mais a ser dito.

Meus pais não perguntaram para onde eu ia. Quem sabe já imaginassem que Rebeca era a minha opção e estivessem ainda mais revoltados com ela. Não gostei de prejudicá-la, mesmo que indiretamente.

Fui até a porta e a abri. Não olhei em volta, não me despedi do apartamento. Não havia ali lembranças boas.

Saí, triste, ainda sem saber ao certo o que seria da minha vida dali para a frente. Um mundo desconhecido se abria para mim.

Finalmente, tinha criado coragem para andar com meus próprios pés.

29

Isabel

Quando desci do ônibus, Rebeca e Greg me esperavam.

Sorri, mas meus olhos se encheram de lágrimas.

Rebeca me abraçou forte, e foi uma luta não me acabar de chorar. Respirei fundo, sabendo que tudo aquilo era necessário, mesmo que doesse.

— Vai dar tudo certo, Isa — garantiu ela, como quem sabia das coisas. E sabia mesmo. Já tinha passado por aquilo, e sozinha.

— Eu sei. — Nós nos afastamos o suficiente para nos olharmos, e ela sorriu para mim. — Agradeço muito por me receber.

— Deixe de ser boba! — Ela pegou a bolsa que eu levava no ombro.

— Oi, Greg. Senti sua falta. — Eu me ajoelhei e o abracei. Foi delicioso sentir seus bracinhos apertando meu pescoço.

— Vai morar com a gente, tia Isa?

— Por um tempo.

— Eba!

Pisquei para acabar com as lágrimas, levantando-me de mãos dadas com ele.

— Vamos? — convidou Rebeca.

Andamos pela calçada, que estava movimentada naquela sexta-feira. Um bar na esquina tocava pagode bem alto enquanto outro, à frente, disputava com funk. Motos barulhentas passavam na rua. Parecia que todo mundo tinha saído de casa e andava por ali.

— Às sextas-feiras, esta rua fica uma loucura! — explicou Rebeca.

— Estou vendo.

Felizmente, as coisas eram calmas onde Rebeca morava.

Entramos. Foi estranho olhar em volta e saber que, pelo menos durante algum tempo, aquele seria o meu lar.

Greg correu para seus brinquedos. Rebeca deixou minha bolsa no tapete e veio até mim, segurando as minhas mãos. Estava com os cabelos soltos e muito bonita.

— Como você está?

— Confusa, triste, com medo. Tudo ao mesmo tempo. Parece que não é real, Rebeca, que vou dormir e acordar de novo em casa.

— É tudo diferente, não é?

— Sim.

— Vem cá. Fiz cachorro-quente. Vamos nos sentar na cozinha, lanchar, conversar.

— Eu já comi dois cachorros-quentes! — exclamou Greg. — Não aguento mais!

— Não aguenta mesmo, senão vai explodir! — Rebeca riu.

Na cozinha, nós nos servimos e tomamos suco. Percebi que estava faminta.

— Estava acostumada com a minha vida. Tudo igual sempre. Agora, muita coisa vai ser diferente.

— O que importa é você estar feliz. Sei que vai estranhar, até pelo costume com sua antiga vida. Também pela saudade de algumas coisas.

Senti meu peito apertado.

— Papai e mamãe não querem mais me ver nem querem que eu pise na igreja.

— Vai passar — assegurou ela, acariciando meu braço.

— Não sei.

— E suas coisas? Estão no apartamento?

— Isaque disse que eu só podia levar as roupas do corpo.

— Mas precisam dividir tudo!

— Não quero nada, Rebeca. Só quero seguir em frente. Entendo o modo de pensar dele, até o fanatismo, mas não dá mais para mim. Vou dar entrada no divórcio.

— Olha, Isa, preste atenção em uma coisa.

Eu a olhei, atenta.

— Esta casa e tudo que tem aqui, a partir de hoje, pertence a você também. Não me peça permissão para comer ou pegar algo. Pegue, coma, faça o que quiser.

— Não é assim... — comecei.

— É exatamente assim! Sem frescuras, ouviu? Não é muito, mas é seu.

— É muito! Não sei o que eu faria sem você. — Segurei sua mão sobre a mesa e entrelaçamos nossos dedos. Eu ainda estava nervosa, ansiosa, com os olhos marejados. — Só não quero atrapalhar você e Greg.

— Sem chance de isso acontecer.
— Vou ajudar com meu salário e...
— Ah, cale a boca!
— Mas...
— Cale a boca! Coma!

Rebeca não quis saber detalhes do que aconteceu no meu apartamento. Ela já tinha ideia. Apenas conversou comigo e me distraiu. E isso foi muito melhor do que remoer tudo o que eu vivera.

A casa tinha dois quartos. Um maior, dela, com uma cama de casal e um grande guarda-roupa, e o de Greg, com uma cama de solteiro, uma televisão pequena, um baú com brinquedos, um armário e uma cômoda. Rebeca explicou que dava para guardar minhas coisas no quarto dela e uma parte no quarto de Greg, se precisasse. Eu disse que só um cantinho bastava, pois não tinha muitas roupas.

Fomos à varanda. Greg correu, jogando bola, enquanto combinávamos de buscar minhas coisas no dia seguinte. Um amigo dela tinha carro e sempre a ajudava quando precisava. Pediria a ele para nos levar.

— É seu namorado? — perguntei.
— Não tenho namorado. Só pego de vez em quando. — Ela piscou, e sorrimos.

Quando Greg dormiu, ela o colocou na cama. Não resisti e fui lá dar um beijinho nele.

Já estava tarde quando trancamos tudo e nos deitamos, lado a lado. Foi como voltar ao passado.

— Lembra que você sempre saía da sua cama e ia dormir na minha? — murmurei.
— Claro! — Sorriu. — Não contava para ninguém, mas tinha medo de dormir sozinha. Com você, eu sempre me sentia protegida.
— Logo comigo! A mais medrosa!

Nós rimos com carinho. Rebeca suspirou.

— Sei que vai ser difícil para você no começo, mas tudo passa, Isa. A gente se acostuma e se reinventa. E depois, quando olhar para trás, não acreditará em como se acomodou na infelicidade por tanto tempo.

Acenei com a cabeça, travando o choro na garganta. Não ia me desesperar.

Dei um beijo em sua testa.

Quando fechei os olhos, pensei que penaria até dormir. Mas o sono logo veio. Eu me senti protegida ali.

No sábado, Orlando, amigo de Rebeca, levou-nos de carro até a rua em que eu morava. Era um mulato alto, musculoso e falante, que trabalhava como segurança e praticava halterofilismo. Ele e Rebeca brincavam e riam o tempo todo. Achei que havia mais ali do que pura atração e ficadas de vez em quando, mas não falei nada.

Ele era carinhoso com Greg.

— Chegamos, mocinhas. — Ele estacionou o carro em frente ao meu prédio.

— Eu sou homem, não mocinha! — reclamou Greg, no meu colo, no banco de trás.

— Companheiro, desculpe! Chegamos, macho e mocinhas!

Greg riu, todo feliz.

Rebeca se virou para mim.

— Isa, não vou subir. Não quero encontrar Isaque nem nossos pais, se aparecerem por aqui.

— Não se preocupe. Não vou demorar.

— Quer ajuda? — perguntou Orlando.

— Não precisa. Volto logo.

Eu não queria que Isaque visse Orlando e tirasse conclusões precipitadas.

Beijei Greg e saí do carro. Fingi estar tranquila, mas minhas pernas tremiam e eu suava frio.

Entrei no prédio, ansiosa. Havia um amontoado de sentimentos em mim, mas eu só queria sair logo dali. No fundo, ainda tinha medo de que, de algum modo, meus pais e Isaque me convencessem a voltar. Talvez por não ter certeza de nada. Só de que era infeliz. E de que não queria voltar a pecar.

Abri a porta do apartamento. Cautelosa, dei alguns passos e chamei:

— Isaque?

Ouvi barulho. Logo, ele e o pai, Anselmo, vieram do quarto com alguns sacos nas mãos. Estavam sérios e me olharam como se eu fosse mais asquerosa do que uma barata. Gilmara se juntou a eles, com mais um saco de mercado, dizendo, em tom de raiva:

— Não precisa se demorar aqui. Só pegue o que é seu e vá embora.

— São minhas roupas? — perguntei, apontando para os sacos.

— São.

Eles pareciam temer que eu quisesse mais.

Tudo aquilo era estranho. Parecia uma espécie de teatro, não a realidade.

— Obrigada. Vou olhar se pegaram meus objetos pessoais, sapatos e...

— Pegamos tudo — afirmou ela.

— Vá logo embora daqui — disse Isaque.

— Eu vou. Não se preocupe. — Passei ao lado deles, fingindo uma calma que não sentia. Fui ao guarda-roupa e ao banheiro. Gilmara me seguiu como um cão de guarda enquanto o filho e o marido ficavam na porta.

Realmente, tinham pegado tudo o que era meu. Virei-me para eles. Não mostrei quanto tremia.

Quis sair logo dali. Olhei para o homem esguio e sério que fora meu marido sem acreditar que aguentara por tanto tempo um casamento como aquele, sem nenhum prazer ou companheirismo. Não senti saudade. Só um pouco de culpa. Ainda.

— Obrigada.

Saíram do caminho. Peguei os sacos e levei-os para o corredor. Não eram muitos, mas eu precisaria de duas viagens.

Quando tudo estava lá fora, Isaque veio até a porta, olhou-me bem nos olhos e disse, com frieza:

— Você vai se arrepender. Vai rastejar de volta, pedindo perdão, mas não vou aceitar. Porque é uma mulher suja. E, quando o divórcio sair, vou me casar com uma moça decente da igreja. Você será como uma adúltera e nunca mais poderá se casar.

— Posso não me casar na nossa igreja, Isaque, mas, legalmente, faço o que quiser. Caso mil vezes, se assim decidir — retruquei, irritando-me.

Ele se assustou.

— Claro, agora é uma pecadora aos olhos do Senhor! Junte-se aos homens da sua laia, porque, na casa de Deus, não será mais recebida.

— Eu só quero paz. Espero que seja feliz.

Eu me abaixei para pegar as sacolas, e, antes de fechar a porta com violência, ele disse:

— Queime no inferno, Satanás!

Respirei fundo e saí dali depressa. Quando cheguei à calçada, Orlando colocou minhas coisas no porta-malas. Voltei e peguei o resto dos sacos.

Entrei no carro agoniada para ir embora.

— Vamos sair logo daqui — pedi.

Abracei Greg em meu colo e respirei, aliviada.

Arrumamos minhas roupas no quarto de Rebeca. Enquanto pendurava uma blusa bordada, ela comentou:

— Isa, você deveria comprar umas roupas novas. Essas parecem de velha!

Eu a olhei, sem saber como me sentia.

— Estou tão acostumada, Rebeca — expliquei. — E também... Ainda sou evangélica. Mesmo que nossos pais não me queiram na igreja.

— Pode frequentar uma que fica aqui perto e que não é nada radical. Em geral, as mulheres usam saias nos cultos, mas roupas comuns no dia a dia — continuou ela, ajudando-me. — Não estou falando para comprar shortinhos e camisetas coladas, mas um jeans seria legal. Alguma coisa que combine mais com a sua idade.

Havia em mim um desejo de experimentar roupas assim, apesar de certo receio.

— Não sei se eu teria coragem.

— É claro que tem!

— Não vou gastar à toa.

— Entenda uma coisa, garota. — Ela me apontou o dedo. — Gastar com a gente nunca é à toa!

Sorri para ela.

Quando terminamos, eu a ajudei a cuidar da casa e da comida. Ela tinha convidado Orlando para almoçar com a gente, e ele chegou com refrigerantes e cervejas.

Tudo era diferente daquilo com o que eu estava acostumada.

Enquanto Greg brincava no quintal, Rebeca colocava uma música animada para tocar e me pedia para descascar as batatas. Nos fundos, Orlando assava carnes em uma pequena churrasqueira, tomando cerveja.

De short e blusa sem alça, toda animada e bonita, Rebeca conversava com ele, enchia seu copo, paquerava. Eu olhava tudo aquilo, sentindo calor em minha roupa fechada, imaginando se algum dia eu seria assim tão solta.

Não toquei na cerveja, mas apreciei a música e sorri quando Rebeca pegou Greg no colo e dançou com ele. Depois, foi a vez de rodopiar com Orlando, dando um pequeno show enquanto Greg batia palmas.

Colocamos a mesa lá fora e almoçamos juntos.

O dia estava claro. Greg nos fazia rir com comentários engraçados. Orlando adorava piadas e gostava de provocar Rebeca.

Quando ele foi embora, já era noite.

Ela tomou banho, escovou o cabelo e ficou ainda mais bonita, de batom.

— Depois que Greg dormir, vou dar um pulinho na casa de Orlando — sussurrou para mim. — Não demoro. Você toma conta dele?

— Claro!

Ela sorriu, arrumando-se.

Greg dormiu. Sentei-me na varanda, olhando para fora. Percebi que aquela era a vida dela, solta, sem amarras. Do jeito que sempre quis. Como se sentia feliz.

Suspirei, ainda sentindo a incerteza dos primeiros passos. Depois de um dia tão diferente, eu me sentia estranha. Não dava para acreditar que realmente tivera coragem de me separar. Aos poucos, começava a entender que podia fazer planos, tomar rumos diferentes. Mas ainda era cedo demais para tudo. Eu precisava me adaptar.

Eu não era igual a Rebeca. Sabia que sentiria falta de coisas que sempre estiveram na minha vida, como o convívio com os meus pais e os cultos, pois, mesmo não concordando com certas interpretações que minha igreja dava à Bíblia, eu gostava de lá, de conversar com as pessoas, de falar em Deus.

Deus. Será que Ele me condenaria? Que viraria as costas para mim?

Eu só sabia que não poderia ter tudo. Ganharia de um lado, mas perderia de outro. Eu estava em um profundo processo de mudança.

Enrico veio à minha mente e o deixei ficar, aproveitando as lembranças. Era como um bálsamo em meio à dor e às dúvidas que me assaltavam.

Fechei os olhos, tentando deixar culpas e proibições para trás. Incerta. Insegura. Só o tempo me daria as respostas.

30

Enrico

Foi estranho sentir tanta saudade de Isabel.

Eu havia aprendido a ter saudade de poucas pessoas. Nem minha mãe nem meu pai chegavam a me deixar nostálgico. Quando pensava neles, era com mágoa pelas coisas não terem sido diferentes e por meu pai ter nos abandonado e nos deixado numa miséria grande, a ponto da minha mãe ficar sem seus medicamentos e fazer o que fez.

Saudade mesmo só sentia do meu irmão. Depois dele, eu vivi para me reconstruir. Poupei-me de entregas e amores, e ninguém deixou em mim o pesar do vazio.

Mas Isabel tinha sacudido tudo. Eu pegava o celular e tinha vontade de desbloquear nossas conversas, voltar a ser o Santo e ouvir as confissões da Pecadora. No trabalho, desde aquele dia no escritório, eu me via ansioso para olhar para ela, sentir o seu cheiro, tocar apenas uma vez na sua pele.

Eu a tinha visto pouco, o que bastou para que eu ficasse atormentado. Havia escolhido seguir minha vida, tentando afastá-la de mim. Solteiro, livre, desimpedido. Não tive desejo por outra mulher.

Aquela coisa toda que tinha sentido com Isabel não passava, mas purgava em mim, enchia-me de desejo, deixava-me com uma sensação de fome, física e emocional. Aquilo chegava a me desorientar.

Na segunda-feira, fui para a agência decidido a evitar Isabel por mais uma semana, até que tudo aquilo passasse. Qual não foi a minha surpresa ao vê-la chegar na mesma hora que eu?

Não tinha me visto. Havia algo diferente nela. Seus cabelos longos, sempre apertados em uma trança ou em um coque, estavam somente presos em um rabo de cavalo frouxo, com os fios sedosos espalhados selvagemente pelas costas. Bastou isso para o meu corpo reagir.

Ela tomou um susto quando me viu e parou antes de tocar a campainha. Seus olhos se abriram, seus lábios soltaram o ar. Parecia se encher de nervosismo e excitação, daquela coisa que era como algo vivo puxando-nos um para o outro.

— Enrico... — murmurou.

— Oi, Isabel.

— Oi.

Desviou o olhar, corada. Destravei o portão, tentando parecer indiferente.

— Obrigada. — Quando me olhou de novo, reparei que havia mais alguma coisa diferente nela, além do cabelo. Talvez certo abatimento.

Ela acenou com a cabeça e passou na minha frente. Eu a segui, deixei o portão se fechar, apreciei o modo como os cabelos se moviam conforme andava. Meus olhos desceram por sua cintura fina até o contorno da bunda redonda. Dei-me conta de que nem a vira despida, de que nem a tocara ali. Teria adorado morder aquela bunda com calma.

Freei meus pensamentos.

Subimos as escadas e me vi falando com ela:

— Está tudo bem, Isabel?

— Estou bem. — Parou no alto dos degraus, ainda nervosa.

Parecia não querer me encarar.

Não havia mais o que dizer, então só abri a porta para que passasse. Agradeceu com um murmúrio e entrou, lançando-me um rápido olhar antes de sumir em sua sala.

Troquei ideias com Fábio e subi. Estava irritado com minha vontade de puxar assunto com Isabel, com aquela sensação estranha de que algo tinha acontecido.

Eu deveria estar satisfeito, pois Isabel cumpria nosso acordo e ficava o mais longe possível de mim. Mas a última coisa que eu sentia era satisfação.

Isabel

Aquela semana foi cheia de altos e baixos.

Comecei encontrando Enrico, desfazendo-me em saudade e paixão, mas tentando agir como havia prometido a ele que faria. Mesmo separada de Isaque, eu continuava legalmente casada. E com um mundo de coisas a resolver. Nada era certo na minha vida. Não podia envolvê-lo.

Consegui me controlar diante dele, mas fiquei triste. No fundo, tudo o que eu mais desejava era correr para os braços dele.

Nunca fui adepta de mudanças. Embora as escolhas tivessem sido minhas, eu sentia medo do futuro. Por isso estava perdida, ansiosa.

Tive que sair bem mais cedo para não me atrasar. Antes, quando ia do Catete para a Urca, não demorava a chegar. Agora, de Rio das Pedras para lá, eu acordava de madrugada e pegava dois ônibus. O trânsito não ajudava, mas fui me acostumando.

Dei entrada no pedido de divórcio, com a ajuda de Rebeca, que tinha uma amiga que era advogada e me orientou. Começava a pôr em prática minhas decisões.

O que me entristecia era saber que não poderia ir à casa dos meus pais. Isso me perturbou tanto durante a semana que na quarta-feira não aguentei, saí da agência e fui para o Catete, com medo de ser destratada, mas querendo conversar com eles. Sentia falta da igreja também, mas isso eu resolvia orando todas as noites, até encontrar outra igreja na qual me sentisse bem. Na verdade, ainda guardava uma tola esperança de que, com o tempo, meus pais me deixassem voltar.

Cheguei à rua e caminhei até a casa deles. Bati na porta, tremendo, com a boca seca e o estômago contorcido. Foi minha mãe quem abriu.

— Isabel...

— Mãe. — Tentei disfarçar o nervosismo. — Podemos conversar?

Ela ficou parada, olhando para mim. Por fim, perguntou, baixo:

— Você insiste em se separar? Vai dar entrada no divórcio?

— Já dei.

— Então, não temos mais nada a conversar.

Achei que fecharia a porta na minha cara, mas continuou imóvel.

— Independentemente do que acontece entre mim e Isaque, sou sua filha. Sinto falta da senhora e do papai. Talvez não me aceitem mais na igreja, mas aqui...

— Por favor, não volte. Não nos envergonhe.

Suas palavras me machucaram.

Ruth veio à porta.

— Quem é?

Parou quando me viu, e sua expressão se fechou.

— O que você faz aqui? Veio pedir perdão por suas loucuras? Por finalmente ir para o lado de Rebeca, como sempre quis fazer?

— Você continua usando sua língua para piorar tudo — retruquei, enchendo-me de raiva. — Pode sair daqui? Estou falando com a minha mãe.

— Eu fico onde quiser. Não fui eu que humilhei meus pais! — disse ela, venenosa.

— E eu não quero falar com você. — Minha mãe foi fria. — Não volte aqui. Fique longe com seus pecados. Só venha se um dia se arrepender.

— Mãe... — murmurei.

— Chega de vergonha, Isabel. Vá! Vá! — Ela me despachou com um gesto e bateu a porta na minha cara.

Fiquei olhando para a frente, imobilizada. Meu peito queimou, meus olhos arderam, mas me recusei a chorar.

Respirei e me virei, voltando pela rua.

Alguns vizinhos me espiaram, outros fingiram não me ver. Curiosamente, eram os que frequentavam a igreja do meu pai. Calculei que já soubessem de tudo o que havia acontecido. Talvez eu tivesse sido até citada no culto. Tive certeza dessa suposição quando vi duas senhoras cochichando, olhando-me com condenação.

Segui pela calçada, tentando manter os passos firmes. Vi a casa de dona Leopoldina e pensei em entrar para me despedir dela, mas não estava em condições. Até mesmo um sopro me derramaria em lágrimas.

Passei em frente à igreja, fechada naquela noite. Parei por um segundo, lembrando que a frequentara desde que me entendia por gente.

Era estranho como não tinha me rebelado contra a religião, e sim contra os rigores com que era tratada. Ainda sentia Deus comigo, tinha fé, sentia falta dos cultos. Com calma, encontraria outro lugar para mim, onde não fosse tão condenada.

Aos poucos, acalmei-me, deixando a mágoa passar.

Quando o ônibus chegou, fui em pé entre trabalhadores. Talvez essa tenha sido a última vez que pisei ali, pois uma certeza eu começava a ter: não voltaria com Isaque, mesmo perdendo meus pais no caminho.

Depois de outro ônibus, cheguei à casa de Rebeca. A televisão estava ligada e no desenho do Bob Esponja. Greg se divertia. Riu e me beijou quando o abracei, cheia de carinho.

Segui para a cozinha, sentindo um cheiro bom de tempero e ouvindo um pagode que tocava no rádio.

Sorri, disfarçando a melancolia.

— Acho que nunca vou gostar de pagode.

— Nunca diga "dessa água não beberei" — retrucou ela, bem-humorada, dando uma rebolada para me provocar.

Meu sorriso se ampliou, e parte da minha tristeza se esvaiu.

Ali, naquela casa, havia vida e calor. Havia amor. Eu poderia continuar evangélica, com minhas roupas compridas, ou colocar um vestidinho e ir para o samba. Não importava. Rebeca e Greg me tratariam do mesmo jeito.

— Demorou a chegar hoje — comentou ela, mexendo na panela. — O trânsito estava ruim?

— Mais ou menos. — Não quis falar aonde eu tinha ido.

— Hum... O que foi? Ficou fazendo hora extra com o bonitão? — provocou.

Eu tinha contado a ela que transara com Enrico. Também contei como me sentira e como nos evitávamos agora.

— Não.

— Isa, deixe de ser boba. Conte a ele que se separou.

— Para quê? — Eu estava encostada na pia, ainda segurando a minha bolsa.

— Para quê?! — Ela riu. — Talvez o cara só esteja esperando isso para atacar!

— Que nada... — murmurei.

— Está com medo?

— Não.

É claro que eu estava. Medo de tudo. De não suportar a pressão e ter uma recaída com saudade dos meus pais, de Enrico nem ligar mais para mim e me rejeitar, de dar passos maiores do que as pernas. Pela primeira vez, eu me arriscava de verdade longe do mundo em que tinha sido criada. Tudo era novo e assustador. Eu precisava recomeçar.

Ela me olhou e limpou as mãos num pano de prato. Então, veio até mim, deu um beijo na minha bochecha e entrelaçou os dedos nos meus.

— Vem aqui.

— O que foi?

Ela me levou para o quarto.

— Comprei um presente para você.

Ela me largou e pegou uma sacola que estava sobre a cama.

— O que é isso?

— Abra! — Ela parecia uma criança.

Eu ri. Não escondi a surpresa ao tirar duas calças de dentro da bolsa, uma jeans e outra preta, além de duas blusas, de malha, simples, mas muito mais bonitas e femininas do que aquelas que eu usava.

— Meu Deus... — murmurei, surpresa. — Rebeca, não deveria ter gastado dinheiro.

— Pare de bobeira! Vai usar?

Olhei novamente para as peças, cheia de dúvidas, querendo e temendo.

— Isa, você está mudando muita coisa. Aproveite e acelere! Fique linda! Experimente!

Abracei as roupas com desejo e, ao mesmo tempo, com a sensação de que traía tudo aquilo em que fora acostumada a acreditar. Era estranho como eu ainda me sentia na corda bamba. Queria levar uma vida diferente, mas não em tudo.

Olhei para Rebeca, sem saber como me expressar. Por fim, murmurei:

— Colocar essas calças vai ser como desistir de vez da pessoa que sempre fui.

— Não. Vai ser apenas mais um passo. Se não gostar, tudo bem. Não vou ficar chateada.

— Eu gostei. Só... deixa eu me acostumar.

— Como quiser, meu bem. — Ela se aproximou e me abraçou.

Eu fechei os olhos e a abracei de volta.

Mudar não era tão fácil. Eu estava descobrindo um mundo novo. Deixando o passado para trás. Mas não tudo. Ainda precisaria decidir que partes de mim eu manteria.

Isabel

Só tive coragem de começar a mudar de verdade duas semanas depois. Durante esse tempo, fui me adaptando às novidades.

Eu não era mais a Isabel medrosa e cheia de dúvidas de quase uma vida inteira. Nem a mulher apaixonada que teve coragem de se fingir de desconhecida, de conversar com Enrico pelo celular e de fazer amor com ele enquanto ainda era casada. Era uma nova versão, e ainda tentava me entender.

Naquele dia, cheguei ao trabalho usando, pela primeira vez, as roupas que Rebeca tinha me dado: calça jeans, blusa de malha vermelha e sapatilhas. E meu cabelo estava solto. Tinha experimentado as roupas no fim de semana anterior, quando saí com ela e com Greg para ir pela primeira vez a um cinema. E gostei.

— Está linda! — Minha irmã me abraçou e me fez girar, batendo palmas. — Como se sente?

— Bem. Vou comprar umas roupas para mim.

— É isso aí!

Eu me diverti com eles no shopping. Andamos, conversamos, fomos ao cinema, lanchamos. Quando ficamos sozinhas na sala de casa e Greg dormiu, ela me olhou e perguntou:

— Por que ainda acho você triste? Pensa em voltar para Isaque?

— Não! E não estou triste. — Virei-me para ela, tentando explicar: — Apenas estou incerta sobre muita coisa, Rebeca.

— Como o quê?

Respirei fundo.

— Eu me separei, mas não confessei a ninguém os pecados que cometi. Não fui sincera com Isaque. Quando era casada, eu me masturbava. Eu me apaixonei por Enrico e fui atrás dele. Dei em cima dele. Fiz amor com ele. E, quando meus pais e Isaque me perguntaram se fui adúltera, eu menti. Nem tive coragem de ir para uma nova igreja, pois sei que lá terei que contar tudo e...

— Isa... — Rebeca me interrompeu e segurou a minha mão. — O que fez ou deixou de fazer é problema seu. De que adiantaria contar aos nossos pais? E a Isaque? Está se martirizando à toa!

— Não estou me martirizando.

Eu a olhava, tentando fazer com que me entendesse.

— Estou feliz aqui, Rebeca. Nunca pensei que seria tão bom viver em paz, sem tanta coisa na minha cabeça me perturbando. Tenho meu trabalho e posso passear com vocês. Estou me conhecendo.

— Certo. E vive aí toda saudosa, ainda mais quando vê Enrico. Vai negar que pensa nele a toda hora?

Como eu poderia negar? A cada dia, eu tinha mais certeza de que estava apaixonada por ele. Nem sequer imaginava outro homem na minha vida.

— Por que não para de ter medo e conta logo para ele que está separada?

— Ainda não estou divorciada. Talvez ele nem pense mais em mim. — Rebeca revirou os olhos e falei rapidamente: — Também não quero achar que sou merecedora dele, que Enrico vai ser meu prêmio por ter me separado. Não depois dos pecados que cometi.

— Pecados! Só pensa nisso? Você é humana. Não é o ser mais perfeito do mundo, sinto lhe informar!

Ela riu e me abraçou. Eu correspondi, mas estava cheia de dúvidas. E daquela coisa que parecia nunca me deixar em paz: culpa.

Agora estava ali, chegando ao trabalho com aquelas roupas. Já estava preparada para a reação dos meus colegas quando entrei na sala. O que eu não esperava era que Enrico estivesse ali.

Meu coração disparou quando o vi. Mal reparei nos outros, ficando vermelha quando seus olhos ambarinos se cravaram em mim. Travei na porta e precisei de coragem para caminhar até a minha mesa. Ele parecia me devorar viva sem sair do lugar.

— Bom dia — murmurei.

— Isa! É você mesmo? — Talita se espantou e riu. — Está linda!

— Que mudança! — exclamou Madalena, olhando-me de cima a baixo.

— Uau! — Alex sorriu.

Meu rosto pegou fogo. Enrico ficou quieto, observando-me. Sentei-me, querendo deixar de ser o centro das atenções. Laíza emendou, com uma risada sem graça:

— Por essa ninguém esperava! Deixou de ser crente? Fugiu da igreja?

— E seu marido? — completou Madalena.

Só Elton, que ainda não tinha chegado, não participou do interrogatório. Meus olhos encontraram os de Enrico. Tudo em mim se sacudia. Pensei em aproveitar aquela oportunidade para dizer que não era mais casada, mas não consegui.

— Quando terminar o que pedi, Alex, me avise. — Enrico caminhou para a porta. Sua voz tinha soado séria.

— Acredito que não vai demorar muito.

Aproveitei que Enrico saía e o contemplei. Meus colegas continuaram brincando comigo. Eu apenas sorri, mas não expliquei nada.

Depois desse primeiro passo, foi mais fácil. No dia seguinte, fui com outra roupa nova. Estava mais segura. Mais livre.

No fundo, queria que Enrico me visse de novo, mas isso não aconteceu. Eu estava mais solta, e meus colegas me convidaram para ir ao bar com eles. Acabei aceitando. Não demorei e tomei só um copo de cerveja, mas foi bom para conversar, desanuviar, ser apenas jovem. Desejei, o tempo todo, que Enrico aparecesse.

Eu estava um pouco incomodada com Laíza, que ficava me olhando, fazendo piadinhas, insistindo em saber o motivo das minhas roupas novas.

No fim de semana, comprei mais algumas peças, o suficiente para misturar com as roupas que Rebeca me dera e não precisar mais usar minhas roupas fechadas. Era uma coisa que eu deixava para trás. Não as usei nem quando assisti ao culto em uma igreja perto da casa de Rebeca. Fui com um vestido comportado, mas bonito, do meu novo guarda-roupa.

Por enquanto, eu era apenas uma visitante, então ficava no fundo, entre as tantas pessoas que apareciam lá.

Enrico

Eu estava suado, cansado e meio irritado quando entrei no vestiário após os jogos daquela quinta-feira. Aloísio reclamou:

— Hoje não foi nosso dia. Perder de três a um é foda!

— Ao menos empatamos no primeiro jogo. — Luís deu de ombros, tirando as chuteiras.

Eu me sentei no banco e tirei a camisa suada, largando-a ao lado. Carlos passou na minha frente e brincou:

— Ânimo, Monstro! Na próxima, a gente ganha.

— Nem sempre é dia de vitória — comentei e tirei as chuteiras e os meiões, doido por um banho.

— Verdade. Até Neymar tem dias ruins. — Roberto sorriu e sentou-se na ponta do banco, livrando-se também do uniforme suado. — Gente, por falar em dias ruins, sabem quem encontrei ontem?

— Quem? — perguntou Gustavo, indo para o chuveiro.

— Isaque. Ele trabalha no mesmo prédio que eu. Ele e Isabel se separaram.

Parei o que fazia e o olhei. Roberto me encarou.

— Nem acreditei! — exclamou ele. — Ele estava puto, falou mal dela.

— Falou o quê? — Aquilo me deu raiva. Eu estava pronto para defendê-la, mesmo sabendo que tínhamos errado com Isaque.

— Disse que ela não era mais a mesma mulher, que vinha questionando um monte de coisas, até a religião deles. E que estava possuída pelo "coisa ruim", pois pediu o divórcio.

— Puta merda! — Luís balançou a cabeça. — O moleque deve estar puto. Ainda mais fanáticos do jeito que eles são.

— Ele saiu de casa? — perguntei a Roberto.

— Foi tiro, porrada e bomba! — Ele parecia animado com a fofoca. — Isaque disse que ela vai ver o que é bom. Pelo que entendi, a religião não permite divórcio, então ela foi renegada por ele e pela família e não pode nem mais pisar na igreja. Isabel teve que sair de casa. Acho que faz algumas semanas.

Semanas? Fiquei surpreso por ela não ter falado nada.

Meu peito se apertou. Imaginei Isabel sozinha, sendo escorraçada. Por isso eu tinha percebido um abatimento nela. Onde estaria morando?

Lembrei-me dela naquela semana, diferente, com o cabelo solto e roupas novas. Parecia melhor. Mudada. Senti um misto de preocupação e algo mais, que não soube explicar, como se tivesse me excluído de vez da sua vida. Mas não foi isso que combinamos?

Eu precisava saber mais.

— Por que ela quis se separar? — perguntei.

— Não entendi direito. Isaque estava revoltado, citando coisas da Bíblia. Acho que ela só quis mesmo. Cansou do casamento. Coitado do garoto.

— Isso que dá ter uma mulher só! — Luís fez cara de safado. — Homem tem que ter a mulher de casa e as mulheres da rua. Se uma se vai, ficam as outras.

— E você, feio desse jeito, não tem nenhuma! — debocharam os colegas.

— Sou casado e tenho três filhos, porra!

— Eu e a Cíntia temos um casamento legal. Nós nos divertimos, somos amigos. Não sentimos necessidade de trair. Acho que o problema do Isaque e da mulher foi essa religião muito dura. Os dois nem deviam transar!

Eu me desliguei da conversa, pensando em Isabel. Estava admirado com a coragem dela. Não devia ter sido fácil romper com seu mundo. Enfrentar tudo sozinha.

Lembrei-me das nossas conversas pelo WhatsApp. Ela já fazia desabafos ali, mesmo antes de termos qualquer coisa real.

Senti muita vontade de falar com ela. E foi impossível não sentir, em meio a tudo, certa excitação. Isabel estava livre.

Eu me recriminei por nem ter me preocupado com Isaque. Ele devia estar mal e confuso, mas muita coisa fora escolha dele. Talvez não tivesse feito a parte que lhe cabia naquele casamento.

Voltei para casa sem pensar em outra coisa a não ser em Isabel. Foi um custo não desbloquear o contato e falar com ela, mas me controlei. No dia seguinte, decidiria o que fazer.

Na sexta-feira, tomando meu café da manhã, Isabel ainda ocupava minha mente.

— Rico, o que você tem? — perguntou Rosinha, parando ao meu lado e olhando-me através das lentes grossas dos óculos.

— Nada.

— Nada? E essa ruga no meio da testa? E essa distração? Você não é assim.

— Está tudo bem, Rosinha.

— É mulher?

Sorriu, pois me provocava de brincadeira.

— É — confessei. Ela se surpreendeu.

— Não acredito! — Puxou uma cadeira e se sentou. — Quem é essa pessoa que conseguiu mexer com você desse jeito? Ela fez você sofrer? Olha, se fez, você me conta quem é a bandida e eu...

— Calma, Rosinha. — Sorri.

Ela riu, agitada.

— Vamos, conte tudo! Está apaixonado, Rico? O impossível aconteceu?

Eu apenas a olhei. Era isso? Eu estava apaixonado por Isabel? Como mensurar algo que nunca havia sentido antes? Estar apaixonado era aquela espécie de obsessão que me fazia pensar nela quase o tempo todo? Era sentir saudade? Era ansiar para tê-la de novo, mesmo quando meu lado consciente dizia que eu não devia?

— Rico?

— É complicado.

— Já pensou que é você que pode estar complicando?

Eu não tinha o costume de desabafar. Sempre resolvi minhas coisas sozinho, mas era uma situação diferente, e eu estava perturbado.

— Eu me envolvi com uma mulher casada.

— Ah, não! — reagiu ela, preocupada. — Rico, isso é furada! E perigoso!

— Além disso, ela é minha funcionária.

— Meu Jesus! — Balançou a cabeça. — Cai fora logo! Manda ela embora!

Sorri das suas soluções aparentemente fáceis. Vi que estava nervosa e apertei sua mão sobre a mesa.

— Calma. Não era para você estar tranquila e me confortando?

— Tranquila? Depois dessa bomba? Poxa, Rico! Fico aqui torcendo para você se apaixonar por uma mulher legal e me vem com essa?

— Ela é legal.

Rosinha suspirou. Serviu-se de um pouco de café, colocou uma colher de açúcar e mexeu.

— O que vai fazer? — perguntou.

— Ela se separou e saiu de casa. É até mais complicado do que parece, porque os dois frequentavam uma dessas igrejas radicais que proíbem tudo. Soube ontem que todo mundo ficou contra ela. Estou preocupado... Não sei onde está morando.

— Talvez seja melhor assim, Rico, não saber. Eles ainda podem voltar, é uma separação recente. Parece ser uma mulher que pensa muito diferente de você.

Pensei em Isabel, nas nossas conversas fáceis pelo celular, no modo como me atraía.

— Não posso fingir que não me preocupo, Rosinha.

— Sei que não. Qual é o nome dela?

— Isabel.

— Pois então, a Isabel parece corajosa. Talvez tenha se separado por estar apaixonada por você. Ela disse algo?

— Não.

Eu não queria pensar nessa possibilidade, pois aumentava minha responsabilidade. No entanto, lembrei-me do modo como me olhava, como se deu para mim. Com toda a experiência que eu tinha, sabia que tinha sido especial.

— Rico, só tome cuidado. Não quero ver você sofrer.

Olhei para ela, que era o mais perto que eu tinha de uma família. Rosinha estava sempre comigo, não apenas cuidando das minhas coisas, mas participando da minha vida. Sorri para ela com carinho.

— Fique tranquila. Está tudo bem.

— Ninguém é perfeito, Rico. Mas, para mim, você é. Então, se cuida. Isabel tem que ser muito especial para levar você.

Dei uma risada e a puxei, dando um beijo no seu cabelo grosso e quase branco.

— Já escolheu uma gata para mim e deu até um nome a ela. Agora vai escolher minhas mulheres também? — brinquei.

— Olha que escolho mesmo! — Ela riu e me deu um beijo na bochecha. — Vou torcer para tudo dar certo.

Não perguntei o que era aquele "tudo". Nem me sentia preparado para saber. Só tinha certeza de que Isabel, cada vez mais, entranhava-se em mim.

Cheguei ao trabalho e fui para a minha sala. Pensei em chamar Isabel com alguma desculpa de trabalho, mas algo me impedia. Um medo de me envolver mais do que deveria, pois, afinal, ela ainda era minha funcionária. Ou de ser tolo.

Pensei sobre tudo isso enquanto trabalhava. Inclusive na minha relação com Isaque. Nunca tínhamos sido amigos de verdade. Eu gostava dele, a gente se dava bem no futebol, e eu sabia que ele me admirava, mesmo eu sendo diferente de tudo que ele achava correto. Agora, não havia nem aquilo. Cada um estava na sua. No entanto, eu não queria que ele sofresse. Nem cooperar para isso.

Era o que mais me segurava. Eu não devia intervir em uma decisão de Isabel. Ela tinha que fazer aquilo sozinha. Mas como ficar tranquilo sem saber como ela estava?

Tive um dia intenso, com muitas reuniões. Não vi Isabel, mas também evitei um pouco. Odiava ficar perdido, e ela era uma mestra em me fazer sentir assim.

No fim da tarde, Alex me convidou para ir ao bar com o pessoal. Perguntei-me se Isabel iria, agora que era solteira. Talvez quisesse experimentar o que antes era proibido.

— Hoje não dá. Fica para a próxima — respondi, com um sorriso.

No final do expediente, desci e fiquei na recepção, conversando com Fábio, de olho em quem saía.

Alex, Madalena e Elton saíram da sala, rindo, e deixaram a porta aberta. Fiquei alerta.

— Vamos beber, Rico! Vamos, Fábio! — convidaram.

— Divirtam-se! — Acenei enquanto o recepcionista destravava o portão.

Logo, Laíza saiu com Talita. E nada de Isabel. Imaginei se teria ido embora mais cedo.

Fábio estava ajeitando suas coisas para sair quando Isabel surgiu, meio apressada, guardando alguma coisa na sua bolsa.

Vê-la já era o bastante para mexer comigo. E, como se não bastasse, estava ainda mais linda.

Seus cabelos estavam soltos. Os fios se espalhavam, macios e brilhantes, pelos ombros e pelas costas. Não usava maquiagem; sua beleza era pura, exposta. Usava uma calça jeans clara que não era colada, mas se ajustava às suas formas. Uma camisa branca caía macia em seu corpo. Usava sapatilhas. Parecia jovem, linda, suavemente sensual.

Ela me olhou e parou, como se não esperasse me ver ali. Seus olhos brilharam, sua face corou. Sempre parecia abalada quando me via e não sabia disfarçar. Aquilo era parte do seu encanto.

Eu devorei cada detalhe dela. Senti aquela espécie de saudade, a necessidade de chegar perto, de tocá-la.

— Bom fim de semana, Isa. — Fábio, interrompendo nossa troca de olhares, destravou o portão.

— Há... Oi... — murmurou ela, dando alguns passos. — Bom fim de semana — disse para nós dois.

Eu a observei descer as escadas, um tanto dura, consciente de que eu a acompanhava com os olhos.

Cansei de só olhar.

Eu me despedi de Fábio e vi Isabel passar pelo portão. Olhou para trás, nervosa, ouvindo meus passos. Seus olhos tremeluziram ao me ver tão perto, mas virou-se logo para a frente, já na calçada. Saí e deixei o portão se fechar.

Ela já se afastava da agência quando fui até ela.

— Isabel.

Parou e me encarou com os olhos bem abertos.

— Oi.

Minha vontade era não dizer nada e só olhar para ela.

— Como você está?

— Bem — murmurou.

— Soube que se separou.

Eu a peguei de surpresa. Por um momento, não disse nada e só mordeu o lábio, como se tentasse ler como eu me sentia. Ou como eu tinha descoberto. Por fim, concordou:

— Sim.

— Por que não me disse?

— Eu não pensei que...

Não terminou a frase. Enrubesceu, apertando a bolsa contra o corpo. Eu gostava do jeito dela de não tirar os olhos dos meus mesmo quando estava tensa.

— Onde está morando?

— Na casa da minha irmã.

— Aquela de quem me falou?

— Sim.

Senti alívio. Não estava sozinha e ainda tinha a companhia de alguém que eu sabia que ela amava.

— Bom saber.

— Está tudo bem. O problema é que fica um pouco longe daqui, então tenho que acordar bem mais cedo. E o trânsito é terrível. A esta hora então... — Deu um pequeno sorriso.

— Onde é a casa dela?

— Rio das Pedras.

Apertei um pouco os olhos.

— Não é perigoso?

— Onde fica a casa dela, não. — Ela se mexeu um pouco na calçada, pois era óbvio que não conseguíamos ficar à vontade perto um do outro.

— Você vai levar a separação adiante? Vai aguentar a pressão?

Minha pergunta a desconcertou.

— Vou, Enrico. Não posso mais ficar em um casamento que me faz infeliz. Só que mudar não é fácil.

— Não é. Mas quem disse que as coisas fáceis são as melhores? Eu sempre valorizei os desafios. A vitória se torna mais saborosa. E a gente sempre aprende algo no caminho.

Ela concordou, com seus olhos fixos nos meus. Não resisti e completei:

— O segredo é tentar não levar tudo tão a sério. Mesmo em meio às adversidades. Até Schopenhauer, conhecido como filósofo pessimista, reconhecia a sabedoria que existe na jovialidade. Há uma frase dele, mais ou menos assim: "Acima de tudo, o que nos torna mais imediatamente felizes é a jovialidade do ânimo, pois essa boa qualidade recompensa a si mesma de modo instantâneo".

Isabel pareceu se abalar.

— Agora você me fez sentir saudade das conversas do Santinho e da Pecadora — murmurou.

— Já falei que não gosto desse diminutivo.

— Eu lembro. Não é coisa de macho. — Ela deu um sorriso e eu sorri também.

— Também sinto falta das conversas com a Pecadora — falei, baixo.

Ela segurou meu olhar, e uma energia quente pareceu nos envolver. Não sorríamos mais.

Não sei se Fábio saiu e nos viu ali. Nem se alguém passou. Eu estava totalmente concentrado em Isabel.

— Tem certeza de que não vai voltar para Isaque? — Minha voz saiu baixa e rouca.

— Tenho — disse ela, baixo também, evidentemente nervosa.

Olhei para sua boca. Aqueles lábios que sempre me chamaram, que me davam vontade de morder, lamber, beijar. Ela os entreabriu, deixando o ar sair, sentindo o que eu pensava, deixando claro que estava excitada como eu.

Meus olhos foram além. Para seu cabelo solto, sua blusa que marcava suavemente o contorno dos seios, sua calça jeans.

— Está ainda mais linda, Isabel.

Ela baixou um pouco os olhos. Não dava para analisar bem a sua expressão, mas então voltou a me encarar e fez uma espécie de desabafo:

— Minha irmã me deu essas roupas. Demorei a ter coragem de usá-las.

— E como se sentiu?

— Sempre tive curiosidade e vontade de usar algo mais moderno. Fiquei surpresa ao gostar. Parece que estou diferente.

Eu conseguia entendê-la.

— Você vem mudando aos poucos, maturando algumas ideias há um bom tempo. A roupa, agora, é o de menos.

— Verdade. Mas não deixa de ser algo simbólico, como pôr em prática tudo em que eu apenas pensava. — Ela parecia meio acanhada. — Mas gostei. Não vi nada de errado no modo como estou vestida.

— Não tem nada de errado. — Eu não conseguia tirar os olhos dela. — Está linda.

— Enrico... — murmurou, e eu não soube se era um pedido para que eu parasse de olhá-la daquele jeito e de falar ou para que eu me aproximasse de vez.

— O trânsito é ruim essa hora, como você falou. — Fixei meus olhos nos dela, sabendo quanto me queria. Era um espelho do meu próprio desejo.

— É... — Ela parecia tentar se concentrar. Ou talvez tenha achado que eu a lembrava de ir embora. Ajeitou a bolsa sem necessidade e começou a se despedir: — É melhor eu ir logo para o ponto de ônibus ou...

— Ou pode ir para a minha casa. Comigo. Esperar a hora do *rush* passar — falei, determinado e sério.

Isabel se surpreendeu com o convite.

Eu não estava surpreso. Estava decidido, cheio de tesão, cheio de vontade de tê-la comigo pelo maior tempo possível. Sem culpa, sem desculpas.

Soube que não voltaria atrás naquela decisão.

Nós nos olhamos com intensidade e desejo, sabendo que um passo novo tinha sido dado. Tudo ainda era tumultuado, com muita coisa a resolver, mas, no fundo, eu nunca fora paciente.

— Vem comigo. — Estendi a mão.

Isabel ficou parada. Olhou para a minha mão e depois para os meus olhos, cheia de sentimentos.

— É o que mais quero, Enrico — disse ela, num fio de voz. — Mas não sei se é certo.

O tempo ou a separação pareciam tê-la deixado mais cautelosa. O contrário acontecera comigo.

— Se é o que você quer, é certo.

Ela segurou a minha mão.

Não era preciso mais nada. Ela dava mais um passo.

Entrelacei meus dedos nos dela. Aceitamos silenciosamente que era impossível ficarmos longe e que agora novos tempos começavam.

Deixamos os sentimentos falarem.

32

Isabel

Não dava para acreditar que eu estava de mãos dadas com Enrico, indo para a casa dele.

Enquanto andávamos em silêncio, lado a lado, como um casal de namorados, minha mente girava, meus sentidos se embebiam da realidade, tudo se agigantava dentro de mim. Era inesperado e surpreendente.

Depois de tanta dor e tantas lágrimas, de semanas em que tive que me acostumar com a perda da minha família e do mundo que eu conhecia, Enrico voltava como um furacão, sacudindo tudo, levando-me da aceitação a um patamar alto de sentimentos.

Eu tive medo de voltar a me encher de culpa. Mas como resistir diante da realização do meu maior desejo? Sabendo quanto estava louca por ele?

No fundo, eu achava que não o merecia, que ainda deveria pagar pelas coisas que tinha feito. O problema era que ele despertava em mim algo muito maior.

Paramos em frente à casa dele, e ele abriu o portão sem soltar a minha mão. Tão alto e lindo, ocupou toda a minha visão.

— Eu tenho cachorros, mas não mordem. Fique tranquila — explicou quando me levou para dentro.

A última coisa que eu estava era tranquila, mas não pelos cachorros. Eram seus dedos entrelaçados nos meus, sua presença, a certeza do que faríamos.

Quando fechou o portão às nossas costas, dois cachorros vieram correndo e latindo. Apertei sua mão, e ele murmurou:

— Calma.

Eles não sabiam se pulavam em Enrico ou me cheiravam. Fizeram festa para nós dois. Relaxei e, quando um deles veio para receber carinho, acariciei sua cabeça. O outro o empurrou, buscando a minha mão. Enrico me olhou, sorrindo.

— São como crianças.

— Como se chamam?

— Apolo e Zeus — disse ele, apontando para cada um.

— Não sabia que gostava de animais — comentei enquanto o seguia em direção à varanda.

Mais uma vez, encantei-me com o casarão.

— Eu gosto. E você?

— Também. Mas nunca tive. Meus pais não gostavam, e Isaque reclamava que o apartamento era apertado — expliquei. — Mas aqui é ótimo para eles. Podem correr, ficar livres e soltos.

— É verdade.

Subimos os degraus da varanda. Era grande, cheia de estofados e plantas. Os cachorros voltaram correndo para o quintal, e Enrico abriu a porta.

— Lá dentro mora a rainha.

— Rainha? — Não entendi, e ele sorriu.

— Você vai ver. Entre, Isabel.

Soltou minha mão, e passei na frente dele.

Era a primeira vez em que pisava naquela sala ampla e linda, com piso de tábua corrida, móveis elegantes e confortáveis e um cheiro bom de madeira.

Ouvi miados e me surpreendi quando uma coisinha preta veio em nossa direção. Era uma gata pequena, com pelo arrepiado, e fazia festa como se fosse um cachorro.

— Esta é a rainha Cleópatra. — Enrico sorriu mais, pegando-a no colo. — Não é linda?!

Eu me derreti vendo aquele homem grande, com cara de pirata, ser todo delicado com a gatinha, que ronronava e esfregava a cabecinha nele.

— Linda demais — murmurei e cheguei bem perto, acariciando a orelha dela. — Há mais animais escondidos por aí?

— Não, aqui termina a minha cota.

Sorrimos um para o outro. Senti meu rosto corar, meu corpo todo reagir. Empurrei minhas preocupações para longe, encantada demais por ele.

O olhar que me lançou era quente e sensual. Minhas pernas tremeram. E, sem que eu esperasse, inclinou-se sobre mim e fez meu coração disparar quando roçou os lábios nos meus.

— Não acredito que você está aqui, Isabel — sussurrou.

— Nem eu. — Minha voz mal saiu. Eu só o olhava, sentindo a respiração se agitar e tudo em mim reagir.

— Temos que comprovar.

Moveu a boca, beijando suavemente a minha.

Meus olhos se fecharam, pesados, e gemi baixinho ao sentir sua língua envolvendo devagar a minha. Pensei que minhas pernas virariam gelatinas.

Senti muita saudade. Tanta, tão grande e tão farta que não parecia caber em mim. Como se tivesse passado uma vida inteira longe dele.

Sua barba roçava minha pele e o bigode acariciava meu lábio superior. Entreguei-me à maciez gostosa da sua boca.

Ele aprofundou o beijo e deu um passo à frente, deixando-me excitada. Quando eu já erguia as mãos para segurá-lo, a gatinha miou no colo dele e agarrou uma mecha do meu cabelo, brincando com os fios.

Eu me assustei, pois seu corpinho roçava meu pescoço. Fui para trás, com a respiração entrecortada e as pernas bambas. Enrico riu. Lambeu os lábios, como a me provar mais um pouco ali. Então, ergueu um pouco Cleópatra e explicou:

— Esqueci de avisar que ela é bem filhote. Acha que estamos brincando o tempo todo.

— É uma gracinha. Eu tinha até esquecido que estava no seu colo — falei, sentindo minha face vermelha.

Seu sorriso se ampliou enquanto descia os olhos com suas pálpebras pesadas até minha boca e dizia baixinho:

— Vou colocar água e ração para ela. Fique à vontade. O banheiro é ali no corredor, se quiser lavar as mãos. Já volto para continuar de onde paramos, Isabel.

Estremeci, e acho que ele notou, pois a olhada que me deu foi de derreter. Eu o olhei se afastar com a gatinha no colo e respirei fundo.

Fui para o banheiro e me olhei no espelho. Estava corada, com lábios inchados e olhos brilhantes. O aspecto de uma mulher arrebatada.

Mil coisas passaram pela minha cabeça. Ainda era casada aos olhos de Deus. Respirei fundo. A dúvida me espezinhava, mas o desejo e tudo que eu sentia por Enrico era mais forte.

Lavei as mãos. Depois, fiz xixi e tive medo de não cheirar bem após um dia de trabalho. Ergui os braços e conferi as axilas. Estava tudo bem. Sentei-me no vaso e usei o chuveirinho para lavar minhas partes íntimas.

Lembrei-me de como Enrico tinha me chupado ali, e só isso já me arrepiou. Queria estar asseada para ele.

Depois de levantar a calça, ajeitei os cabelos. Tinha levado a bolsa comigo e busquei um perfume para passar atrás das orelhas. Percebi que estava nervosa, ansiosa, em frenesi.

Voltei à sala. Deixei a bolsa no sofá e já ia me sentar quando ele voltou. Estava descalço e trazia duas taças de vinho. Uma música tocava ao fundo.

Era demais para mim. Fiquei dura, olhando para ele, já seduzida. Ele não precisaria de nada para me excitar. Eu já fervia, sentia os mamilos duros e minha vagina viva e quente.

— Aceita? — Ele me estendeu uma taça.

— Sim. Eu nunca tomei vinho. — Segurei a taça, fitando seus olhos ambarinos, quando parou na minha frente.

— Imagino que nunca deva ter experimentado um monte de coisas.

Sua voz grossa, rouca, arrepiava a minha pele.

— Sim.

— Posso oferecer algumas — provocou, tomando um gole do vinho.

Entregou minha taça. Eu até tinha me esquecido dela.

Levei-a aos lábios e provei um gole. Era delicioso e pareceu me esquentar ainda mais por dentro.

Criei coragem e murmurei:

— Como o quê?

— Muita coisa. — Ele chegou mais perto.

Fiquei quietinha, olhando-o enquanto parava na minha lateral e levava a boca até meu ouvido, sussurrando:

— Beijos na orelha.

Um calor absurdo me invadiu quando roçou os lábios perto do lóbulo e o mordeu devagarzinho. Sua língua brincou ali, só na ponta, o suficiente para me arrepiar e me fazer fechar os olhos, com minha vagina se melando toda.

Sua língua contornou a extensão da minha orelha por fora ao mesmo tempo que dava beijos mansos, sem barulho, que deviam ser ternos, mas transformavam minhas pernas em gelatinas. Arfei, segurando a taça com força, fechando a outra mão em um punho perto da coxa.

— Posso comprar brincos para você e levá-la para furar a orelha — murmurou, rouco. — Apenas para enfeitar a beleza que já tem.

Estava difícil respirar. Meu coração batia tão forte que até eu ouvia.

Ele me contornou mais, indo para trás, segurando o meu cabelo e levando-o até um dos ombros, onde o deixou. Cheirou a minha nuca, e novos tremores vieram. Quando me beijou ali, com lábios macios, dando depois leves mordidas, gemi sem controle.

— Posso mostrar também... — Sua mão grande se ergueu e segurou firme a minha cintura enquanto ele falava baixo contra a penugem na minha nuca. — ... Como é gostoso ficar atrás de você em uma cama, mordendo sua nuca enquanto meto meu pau na sua bocetinha. Já fez isso, Isabel?

Eu tinha dificuldade para raciocinar.

— Não — balbuciei.

— Quer saber o que mais vou fazer você experimentar?

Seus lábios eram uma tortura. Sua mão passou por dentro da blusa e tocou minha pele, que parecia arder.

— Sim... — Eu quase suplicava.

— Morder suas costas. Sua bunda. — Ele ergueu a blusa atrás até bem em cima. Senti sua boca perto do fecho do sutiã, beijando, descendo, para então dar uma mordida que me deixou doida, ainda mais excitada, como se fosse possível.

Gemi, agoniada, e pensei que ele continuaria, por isso fiquei meio tonta quando me soltou, voltou à minha frente e ordenou baixo:

— Tome o seu vinho. Uma coisa de cada vez.

Abri os olhos, grogue, já entorpecida de prazer, confusa com aquela sensualidade tão explícita. Encontrei seus olhos ardendo no rosto moreno e vi que não era só eu naquele estado de prazer. Enrico parecia querer me devorar viva.

Ele terminou seu vinho em um só gole e me observou.

Bebi mais devagar, sentindo meus lábios comicharem. Sem uma palavra, ele segurou minha taça e apoiou as duas em uma mesinha lateral.

Quando voltou, eu arquejei, sem saber o que fazer. Era tudo novo e intenso demais.

Enrico veio e me puxou para os seus braços, mas me olhou firme enquanto eu o abraçava e entreabria os lábios. Não me beijou. Começou a dançar lentamente comigo e murmurou:

— Vou ensinar você a dançar.

Fazia promessas que me encantavam.

Eu me deixei levar e subi as mãos até seu pescoço, deliciando-me por me encostar no seu peito forte e sentir suas coxas musculosas e o volume duro, grosso, do seu membro contra o meu ventre. Era difícil me concentrar em qualquer outra coisa, mas reconheci o tom dramático e a voz rascante da mulher que cantava.

— É... Janis Joplin? — perguntei.
— Sim.
— Qual música?
— É a "Summertime".

A melodia era sensual demais.

Eu me perdi nos olhos ardentes de Enrico. Deixei que me movesse, roçando seu corpo, segura em seus braços. Aproveitei e o olhei por completo, suas sobrancelhas grossas que combinavam com os cabelos e a barba negra. O nariz fino, os lábios bem-feitos e másculos. O modo como tudo nele era perfeito.

Subi os dedos até sua orelha e toquei suavemente o brinco. Eu o admirava todo, não apenas o corpo, o rosto, a virilidade. Seu jeito decidido. Seu arrojo nas tatuagens, como se fosse dono de si mesmo e experimentasse tudo o que lhe desse prazer. Tão diferente do que eu era. Tão aparentemente inalcançável para mim e, mesmo assim, ali. Comigo.

Abri os lábios. Quis dizer muita coisa. Quis pôr em palavras aquela paixão sem limites, mas ele me apertou mais, agarrou meu cabelo, esfregou-me firmemente contra sua ereção, sem parar de dançar.

Eu senti o desejo falar mais alto e beijei seu queixo, rocei meus lábios na barba, aproximando-me de sua boca, gemendo baixinho.

Ele não me tomou. Só olhou enquanto eu podia fazer o que quisesse.

Meu coração batia rápido. Passei a me mexer contra seu quadril, embalada pela música. A vergonha estava lá, mas a paixão era muito maior. Lambi seus lábios e mordi o inferior. Meus dedos foram para seu cabelo.

Eu pulsava e percebia que não precisava mais me segurar. Uma emoção forte me dominou e murmurei contra sua boca, sem que parássemos de dançar:

— Sabe o que eu mais gostaria de provar?
— O quê? — Sua voz era ainda mais rouca.
— Você.
— Sou todo seu.

Uma única frase, e eu me embebi de tesão. Virei fêmea no cio, cheia de desejo.

Ergui o rosto e beijei sua boca. Fui eu que comecei, infiltrando minha língua, mas Enrico não ficou passivo. Beijou-me bem gostoso, até parecer sugar minha alma. Arfei e deixei minhas mãos vagarem por seus ombros, seus braços, seu peito.

Uma parte minha ainda estava tímida, indagando se aquilo era permitido. Por um segundo, antigos pensamentos me aguilhoaram por força do costume, fazendo-me perguntar se toda aquela delícia não seria pecado. Era como se uma voz soprasse ao meu ouvido: "Deus está vendo você cair em luxúria".

Enrico me apertou mais e gemeu rouco no meio do beijo. Afastei aquela voz, livrei-me das proibições. Como ser feliz daquele jeito poderia ser pecado?

Segui meu desejo. Puxei sua camisa, querendo olhá-lo, tocá-lo. Enrico entendeu minha necessidade e tirou a camisa.

— Que lindo... — murmurei, levando as mãos ao seu peito, comendo-o com os olhos.

Não me tocou. Ficou parado, esperando, como se me permitisse fazer tudo o que eu quisesse. Movi minhas mãos por seus músculos.

— Sou seu — repetiu.

Eu nem sabia por onde começar. Apenas segui meu instinto, deslizei os dedos e o contemplei. Acariciei-o, trêmula. Seus ombros largos, os braços fortes, o contorno do peito, os mamilos pequenos. Aquela barriga dura e marcada. A tatuagem linda que subia das suas costelas, o tigre bravio arranhando seu peito. A águia do outro lado do ombro.

Parei com as mãos no cós da sua calça. Salivava e, por isso, aproximei-me mais, beijei seu bíceps, espalhei beijinhos por todo ele.

Senti seu coração bater forte. Beijei-o ali. Fiquei tão faminta que passei a língua em sua pele, inebriei-me com seu gosto. Sua respiração pesada me tornava mais certa do caminho que percorria.

Minha vagina ansiou, lembrando a sensação de ser preenchida. Fiquei fora de mim, lutando para meu corpo traidor me deixar aproveitar mais daquele homem que era minha perdição.

Movi os dedos contra o botão da sua calça, mas tremia muito, com uma espécie de medo. Enrico ergueu a mão, acariciou meu cabelo, beijou minha orelha.

— Continue. Faça o que quiser — disse, baixinho.

Quase chorei, pois eu lutava contra os meus fantasmas. Ergui a cabeça e busquei seus olhos, como a explicar que eu apenas engatinhava naquele jogo, que por muito tempo me privara de tudo para agora me atirar de cabeça. Ele pareceu entender. Seus dedos tocaram minha face.

— Faça só o que desejar, Isabel. — Sua voz era mais branda. — Quer parar?

— Não — respondi, rapidamente. Deixei a paixão falar mais alto e abri o botão. Desci o zíper devagar, com medo de machucá-lo, estando tão duro.

Era só olhar para ele que eu me perdia em desejo. Baixei a cabeça, mordi seu peito e gemi quando arfou. Fui descendo a calça. Mais corajosa, agarrei também a cueca e a desci junto. Seu membro, tão grande e grosso, tão vivamente quente, pulsou e roçou minha mão.

— Ai... — Soltei o ar e movi meus dedos trêmulos.

Toquei nele. Pela primeira vez na vida, eu passava minha mão em volta de um pênis, e não era no de qualquer homem. Era no de Enrico, por quem eu estava completamente apaixonada, quem me ensinava o que era ser mulher.

Foi dilacerante. Estava vivo e crescendo na minha mão, tirando minha razão. Ainda assim, não tive coragem de olhar. Minhas carícias foram tímidas, mas eu o senti ficar ainda mais rígido, e isso aumentou minha excitação. Fui me tornando mais firme, mais louca, mais entregue. Com a outra mão, desci mais sua calça.

Abri os olhos. Passei-os por sua barriga e vi a cabeça rosada do membro, meus dedos em volta dele, indo e vindo. E ali, na ponta, a lubrificação saindo. Para mim. Enorme. Incrivelmente grande e lindo, na foto que uma vez eu recebi.

Não sei o que me deu. Delírio, arrebatamento, tesão. Fiquei hipnotizada, e meus lábios se abriram gulosos. Escorreguei para baixo. Lambi sua barriga e arquejei quando meu queixo tocou a cabeça grande e me melou ali.

Eu já nem pensava. Movi meu rosto e me esfreguei nele, face, nariz, lábios. Ouvi os sons roucos que soltou, o modo como agarrava meu cabelo. Não para me impedir, mas apenas para me mostrar que aprovava tudo, que me queria exatamente ali.

Senti seu cheiro de macho e me embriaguei. Caí de joelhos, rendida, fora de mim. Lambi a ponta, e o gosto era como néctar. Meus dedos estavam em toda a parte, na base, nos testículos. Foi assim que o provei, deliciada.

Meus olhos se fecharam, pesados. Comecei a chupá-lo devagar, seguindo meu instinto, e foi só ouvir os gemidos de Enrico para que eu erguesse meu rosto e o fitasse nos olhos, tendo-o na boca.

— Isabel...

Parecia fora de si, ainda mais por me ter aos seus pés, com a ponta do pênis na boca, indo e vindo lentamente, olhando-o com paixão.

Fiquei com fome dele. Fui mais fundo. Temi machucá-lo com os dentes, por isso fui cuidadosa, mas não queria parar. Chupei, acariciei, aspirei.

Ele tocou meu rosto, meu cabelo. Não disse mais nada, só me consumiu em seu olhar, deixou-me ver sua expressão carregada de tesão, todo para mim.

Com as mãos, escorreguei sua calça e sua cueca mais para baixo, até os tornozelos. Enrico ergueu uma e depois a outra perna e me ajudou a deixá-lo todo nu. Foi então que deslizei meus dedos na sua pele, nos seus pelos, nos seus músculos. Movi mais forte a cabeça, a boca, até onde consegui, pois era demais para mim.

Meu corpo ardia e minha vagina palpitava.

— Vem aqui — disse Enrico, puxando meu cabelo.

Eu o tirei da boca e o deixei me levantar, mas estava tão deliciada que fui lambendo-o pelo caminho, roçando-me como uma serpente, tocando seu quadril, sua bunda, suas costas.

— Quer me deixar doido? — Ele me colou no seu corpo, esfregando a boca na minha, cheirando-me ali com o gosto dele.

— Eu estou louca... — confessei. — Morrendo de desejo...

— Ainda tem muito para experimentar antes de morrer.

Sorri, mas logo a expressão virou um gemido, pois era a vez de Enrico me despir. Ele parecia ter pressa, pois beijou minha boca apaixonadamente enquanto abria minha calça. Abaixou-a junto com a calcinha. Soltou-me para puxar minha blusa. Foi rápido, experiente. Em segundos, deixou-me nua e me fez soltar um gritinho ao me pegar no colo.

— Não vou aguentar levar você para o quarto e comer você na frente do espelho para que veja tudo que vamos fazer. — Ele me colocou no sofá, ansioso, caindo de joelhos no chão. — Fica para depois.

— Enrico, eu...

Perdi a voz. Ele abria minhas pernas e lambia o meu umbigo. Estremeci. Ainda mais quando suas mãos subiram para meus seios e me acariciaram ali, rodeando os mamilos, esfregando-os.

Caí meio deitada, meio sentada, abrindo-me toda, olhando hipnotizada como me tocava, como sua boca, descendo, deixava um rastro de fogo na minha pele.

— Amo o seu umbigo — murmurou e esfregou o nariz em meus pelos púbicos, a ponta indo mais embaixo, roçando o clitóris já endurecido. Estremeci. — Amo a sua boceta.

E a lambeu lento e gostoso, do meio até o botãozinho, fazendo meu corpo convulsionar, minha voz sair baixa e rouca. Quando começou a chupar, eu me perdi no prazer arrebatador e agarrei seu cabelo, sem parar de olhar.

Enrico ergueu os olhos para os meus. Parecia um lobo, comendo-me, tomando-me, mantendo-me cativa para tudo o que quisesse fazer. Eu não pensava, só sentia, dava-me, ondulava a cada chupada, escorrendo, fervendo. Senti o gozo vir, tão poderoso que meu ventre gelou, esquentou e espalhou calor por meus membros. Quis falar, mas já era tarde demais, e soltei um gritinho quando o orgasmo me fulminou.

Ondulei e perdi o controle de mim mesma. Choraminguei enquanto ele me olhava com seus olhos brilhando, saboreando-me, levando-me à loucura com lábios e língua.

Parecia ter despencado de uma altura incrível e desabei no sofá, mole. Enrico subiu a boca, beijando e mordiscando minha barriga, meus seios, sugando um mamilo e depois o outro. Eu mantinha as mãos em seu cabelo, com os olhos pesados, a respiração arfante. Deitou-se em mim e senti seu membro ereto contra minha virilha, quente e duro demais. Não pensei em descansar. Ansiei por mais, por ser preenchida.

— Vem... — murmurei.

— Vou. Estamos só esquentando. — E beijou minha boca, enchendo-me com meu cheiro e meu gosto.

Era uma delícia estar lá, aberta e satisfeita, com ele em cima de mim, beijando-me tão gostoso. Gemi quando me soltou.

— Já volto.

Era lindo demais. Maravilhada, eu o olhei todo, grande e musculoso, com o pênis em riste, largo. Um monstro. Mas que cabia todo em mim, apertava-me, entrava tomando conta de tudo.

— Ai... — murmurei, ainda latejando, ainda aberta, toda melada.

Enrico pegou o preservativo na carteira, que tinha ficado dentro da calça. Voltou, já se cobrindo e olhando para mim.

Nossos olhares ardiam, derramavam tesão. E mais. Muito mais.

Estendi meus braços, e ele veio, deitou-se em mim, puxou-me de modo que me esparramei mais no sofá. Pesou em mim, segurou-me, beijou minha boca. E nos abraçamos tão forte que uma energia quente e potente nos envolveu, nossas peles se grudaram, nossas bocas se moveram apaixonadas, nossos sentidos se misturaram.

Moveu o quadril, e me abri mais, pois a ponta grossa da sua ereção estava lá, esticando meus lábios vaginais, abrindo caminho. Gritei em sua garganta quando me penetrou, forte e lento, arreganhando-me toda em volta dele. Foi como mergulhar em outro mundo e rodopiar, dilacerada não apenas pelo prazer físico, mas pelo delírio das emoções.

Começou a meter em mim, longo e fundo. Estávamos perdidos em gemidos, esquecidos do mundo, quando, de repente, algo se moveu ao nosso lado e deu um miado alto.

Tomei um susto. Enrico parou dentro de mim.

Cleópatra estava sobre meu cabelo espalhado no sofá, fazendo massagem com as patinhas.

— Porra... — soltou Enrico, surpreso. Eu não me controlei e ri nervosamente, pois tremia em seus braços, toda cheia, melada, enquanto a gatinha nos observava em sua inocência. — Sai daqui, Cleópatra. Ainda é menor de idade e não pode ver isso.

Dei uma risada, e Enrico também. Cleópatra miou alto, continuando a massagem em meu cabelo.

Nós nos olhamos, e eu não disfarcei minha adoração. Eu nunca tinha me sentido tão feliz, tão no meu lugar. Segurei-o firme na base das suas costas, apoiei os pés no sofá e ergui o quadril, movendo-me em volta do seu pau, murmurando perto dos seus lábios:

— Quer parar?

— Quer me provocar?

Ele mordeu meu lábio inferior e gemeu um pouco com a massagem que fiz, sugando-o para dentro de mim, imóvel.

— Perguntei primeiro.

— Não — disse, rouco.

— Sim — respondi, num sussurro, à sua pergunta.

— Você me deixa louco. — Ele passou a me penetrar lentamente, e eu o acompanhei, até dançarmos de modo cadenciado, olhando-nos, famintos. — Não sai da minha cabeça, Isabel. Não sai de mim.

— Não quero sair.

Íamos nos beijar de novo, mas Cleópatra chegou mais perto ainda, esfregando a cabeça no meu rosto. Ri alto com o susto.

— Sai daqui, Cléo! — Enrico olhou feio para ela.

Não consegui parar de rir. Ele também não. Enrico a pegou e a colocou no chão, dizendo com firmeza:

— Fique aí. — Ele me olhou. — E você, vem aqui.

Ele se sentou, levando-me junto. Fiquei montada sobre ele e gemi alto, pois ia ainda mais fundo, todo dentro de mim. Agarrei seus ombros enquanto ele mordia meu pescoço, segurava minha bunda e murmurava:

— Faça o que quiser comigo. Devore meu pau com a sua bocetinha.

— Ah...

Eu me senti livre, linda, mulher. Abracei-o, beijei seu rosto, movi-me em rebolados ritmados. Cada estocada chegava ao meu útero, enlouquecia-me. Era até dolorido, mas delicioso. Tudo se agigantava, as mãos dele, a boca descendo pelo meu colo. Quando enfiou um mamilo meu na boca e o chupou, foi como se uma avalanche descesse sobre mim. Perdi o controle e o devorei, segurando sua cabeça, gemendo.

Se Cleópatra olhava ou miava, não sabíamos mais. Estávamos conectados, cheios de prazer, melados, suados. Nós nos movíamos juntos, perfeitamente encaixados. Era indescritível o que me fazia sentir. Incomparável.

A cada estocada, meu clitóris se esfregava nele, intumescia-se, fazia meu corpo estremecer. Seus dentes e sua língua no meu mamilo deixavam tudo mais intenso. Nem me dei conta de que gozava de novo, tão rápido que foi, tão maravilhosamente que me dei. Quando comecei a choramingar e me contrair, Enrico se tornou mais faminto, mais bruto.

Ele não se segurou. Veio junto, gozando, gemendo, apertando-me. Enfiando até o fundo e ondulando dentro de mim em seu orgasmo.

Ficamos lá, naquela entrega toda, saboreando nosso prazer até o fim.

Desabei em seus braços.

As respirações e os corações estavam acelerados.

Ele se deitou no sofá, levando-me junto. Saiu lentamente da minha vagina, mas não me soltou. Abraçou-me forte, e beijei seu pescoço, apertando-o também.

Como se só esperasse encontrar meu cabelo ali, à sua disposição, Cleópatra pulou novamente no sofá e se esfregou na minha nuca, miando, fazendo massagem com as patinhas. Sorri, e Enrico suspirou, dizendo:

— Vamos ter que nos trancar no quarto para fugir do assédio dessa aí. É uma *voyeur*.

Dei risada.

— Ela nem sabe o que está acontecendo — brinquei. — Acho que pensa que meu cabelo é uma manta.

— Quem não se encanta com esse cabelo? — Enrico se afastou o suficiente para fitar meus olhos, segurando uma mecha do meu cabelo e levando-a ao rosto. — Depois vou fazer amor com ele.

— Com quem?

— Com seu cabelo.

Eu ri. Sua mão acariciava minha bunda e levava minha perna para cima do seu quadril. A mecha tinha caído no ombro dele e escorregava.

— Falo sério. Vou esfregar seu cabelo no meu pau.

Estremeci e murmurei:

— Quer fazer muita coisa comigo?

— Vou fazer.

— Vai me deixar viciada e me transformar em uma pecadora de verdade.

— Esse é o plano.

Não soube o que pensar. Estava feliz, como se aquilo fosse um sonho. Acariciei seu rosto, adorando estar ali, nua nos braços dele, saciada.

— Já é tarde, Enrico. O horário do *rush* já passou.

— Quem disse que vou deixar você sair daqui, Isabel?

Ele me puxou e beijou meu rosto.

— Tenho que ligar para a minha irmã.

— Daqui a pouco.

Cleópatra se deitou no meu cabelo, enrodilhada, quietinha.

— É muito folgada — resmungou ele, mas achando graça.

Eu me sentia tão feliz que parecia a ponto de explodir. Murmurei:

— A culpa é sua. Deve fazer todas as vontades dela.

— Está com ciúme? Vou fazer todas as suas vontades também.

Estremeci.

— Vai mesmo?

— Vou.

Fechei os olhos, sentindo seu calor, seu corpo, sua respiração. Eu me dei conta de que estava cada vez mais apaixonada por Enrico. Muito. Demais. Profundamente.

Não tive medo. Deixei esse sentimento tomar conta de mim.

Isabel

A minha calça jeans estava largada em uma cadeira desde quando cheguei à casa de Enrico, na noite anterior. Eu tinha passado a maior parte do tempo nua, na cama dele. Suando, gozando, gemendo, amando. Como naquele sábado.

Eu estava deitada sobre a colcha embolada, de bruços, nua. Na parede em frente, tomada de espelhos, via a mim mesma, minha expressão de satisfação, meus cabelos espalhados, alguns fios grudados na pele suada. Meus dedos estavam relaxados; meus lábios entreabertos; meus olhos semicerrados.

Eu me observava ali, tão solta e livre, tão feminina após ter um orgasmo maravilhoso. Enrico tinha implicado com a minha moleza e me chamado para tomar um banho, mas eu só queria ficar largada, desacostumada que estava a sexo, gozo, emoções. Ele tinha me beijado e ido para o banheiro.

Pecado. A palavra veio com força à minha mente e me perguntei se era isso que eu fazia ali, dando-me sem limites. Será que eu tinha direito a Enrico e a um prazer tão extraordinário depois da minha traição?

Mordi os lábios, vendo minha pele nua, sentindo minha vagina ainda melada, quente. Eu era a imagem de uma devassa. Vivia todo o desejo que tinha guardado durante anos, com sentimentos que somente Enrico tinha despertado em mim.

Além do sexo maravilhoso, tínhamos conversado sobre amenidades e jantado, e, pela primeira vez na vida, eu dormi nos braços de um homem. Não apenas dividi a cama, mas me enrodilhei nele, coloquei a cabeça no seu peito, ouvido seu coração enquanto acariciava meu cabelo e me fazia sentir protegida. Cuidada. Desejada.

Naquela manhã, eu havia acordado com beijos e me fartado de carícias, gemidos, orgasmos. Somente agora, sozinha por um momento, olhando-me, eu me perguntava se tinha direito àquilo. O que Deus estaria pensando de mim?

Antes que mais culpa e mais dúvidas me martirizassem, Enrico voltou ao quarto, e meus olhos foram rapidamente para ele.

Estava lindo de morrer, descalço, com a pele ainda úmida sobre os músculos, o cabelo molhado, os olhos brilhando, quentes, sensuais. Usava apenas uma toalha branca em volta do quadril. Quando sorriu, eu me derreti toda, impressionada por aquele homem, com quem eu tanto tinha sonhado, estar realmente ali comigo.

— Ainda está aí, preguiçosa? — Aproximou-se de uma cômoda, sem parar de me encarar. Mexeu no celular, e logo uma música animada começou a tocar. — Vou precisar tirar você da cama? Ou prefere que me junte a você?

Eu estava muda. Minha cabeça, que tinha trazido pensamentos incômodos, parecia só se concentrar nele, ainda mais quando veio andando até a cama, movendo-se levemente ao som da música, segurando a toalha na altura da cintura.

Surpreendeu-me quando a abriu e a manteve assim, expondo seu corpo nu, seu membro semiereto, toda a sua beleza e a sua masculinidade, sem vergonha, dançando virilmente, hipnotizando-me. Fiquei sem ar, sem fala.

Parou ao pé da cama, à minha frente. Eu estava com a cabeça erguida, sem saber para onde olhar: seus olhos, sua boca, suas tatuagens, seu pau tão perto, tão incrivelmente arrebatador. Perdi o ar e a razão. Dei-me conta de que nunca tinha conhecido uma pessoa tão sensual, tão à vontade com seu corpo e sua sexualidade.

— Dança? — Ele desceu um pouco o corpo, vindo perto, roçando a cabeça robusta do seu pênis no meu cabelo. Largou a toalha no chão. Agarrou minhas mechas longas e, sem que eu esperasse, esfregou-as na sua barriga, deixou vários fios caírem em volta da sua ereção cada vez maior.

Meu coração disparou. Senti seu cheiro de macho misturado à fragrância do sabonete. Quando passou o membro no meu rosto, um desejo abrasador me queimou. Era como se eu me embrenhasse nele, meu cabelo, minha pele, minha vagina ainda levemente dolorida de tanto que o teve. E queria mais. Necessitava mais.

Abri os lábios, salivando. Minha respiração estava descompassada ao buscá-lo com a boca. Senti sua carne quente e também fios do meu cabelo. Não me importei. Lambi e chupei a ponta. Enlouqueci quando Enrico agarrou o meu cabelo com força e entrou mais, até que a minha língua o sentisse até o fundo e eu gemesse com a boca toda preenchida.

A música continuava tocando, forte, alta, mas não tanto quanto meu coração. Movi minha boca, sem vergonha, enquanto ele passava meus cabelos no seu corpo — peito, barriga, quadril —, movendo-se lentamente para me fazer engolir o que eu podia, gemendo ao dizer, rouco:

— Cada vez que eu via seu cabelo solto, queria fazer isso.

Senti-me toda viva. Chupei-o com desejo e devoção, ergui os olhos para ele, vi sua pele, com meus fios se grudando e escorregando por ele, sendo novamente erguidos. Vi seu olhar ardente, sua expressão carregada, aquele desejo que nos consumia violentamente. Já estava melada, palpitando, precisando dele em cada parte de mim.

Enrico sentiu o mesmo, pois largou meu cabelo, moveu-se e saiu da minha boca. Não tive tempo de lamentar. Ele já vinha para a cama, ficando atrás de mim. Fiz menção de me virar, mas ele espalmou as mãos nas minhas costas e murmurou:

— Quero essa bunda linda para mim.

Arquejei, um pouco assustada. Quando a mordeu, eu soltei um gritinho, agarrando a colcha com força. Quis dizer algo, mas o som morreu quando senti a ponta úmida da sua língua lamber devagarzinho meu ânus, de uma forma que nunca julguei ser possível. Fogo correu pelo meu sangue, a minha pele queimou. Eu, por inteira, estremeci.

Estávamos lá, na cama e no espelho. Vi meu rosto, o contorno do meu corpo, a minha bunda empinada. E sua cabeça morena no meio dela, seus dedos enterrados na minha carne. Eu não podia mais suportar aquela tortura deliciosa. Supliquei:

— Por favor... Enrico...

Ele não teve pena de mim. Pelo contrário, desceu o dedo e acariciou minha vagina toda molhada enquanto continuava a me lamber sensualmente. Eu me sacudi, quase chorando. Tudo em mim gritava.

Passei a me esfregar na cama, a buscar as estocadas do seu dedo e a rebolar na sua boca. Foi quando ele ergueu a cabeça e me olhou pelo espelho, com cara de safado, lambendo os lábios. Eu estava grogue, dopada. Só o vi se esticar, pegar uma camisinha na cômoda e colocá-la.

— Está prontinha para mim, Isabel.

Deitou-se nas minhas costas, abriu mais meus lábios vaginais e começou a enterrar seu membro ali.

— Ah...

Gemi, enlouquecida, pois sempre me sentia em uma espécie de paraíso quando ele entrava em mim e me enchia com sua carne grossa e quente. Estocou fundo, forte, e agarrou meu pescoço. Sem tirar os olhos dos meus pelo reflexo, murmurou no meu ouvido:

— Você me deixa louco o tempo todo. Mas, quando estou dentro da sua bocetinha, o mundo se acaba para mim. E é só você, Isabel...

— É só você também... — murmurei, sugando-o para dentro, respirando com dificuldade. Abri os lábios quando seu dedo os acariciou e depois penetrou na minha boca, ordenando:

— Chupe.

Obedeci. No espelho, víamos as expressões de tesão, os corpos juntos em movimento. Ele continuou, falando ao meu ouvido:

— Olha como fica linda sendo minha, como seus olhos brilham, como sua boca e sua boceta me chupam.

Eu estava ensandecida. Torcia a colcha, sugava o dedo dele até o fundo da garganta, sentia o desejo me aferroar sem dó. E sua voz acabava comigo, intensificando o prazer.

— Já se viu assim, Isabel? Já se admirou como mulher? — Ele tirou o dedo devagar e mordeu o lóbulo da minha orelha. E meteu mais duro, mais rápido.

— Não...

— Gosta?

— Ah, Enrico... Adoro... Você me deixa louca... Ah...

— Não é pecado — disse, rouco, e, dessa vez, virou meu rosto para si e me olhou nos olhos de verdade. Tão perto, tão em mim que eu me perdia em nós. — Somos livres. Somos um.

— Sim. Não é pecado — repeti, querendo acreditar mesmo naquilo.
— É o paraíso — murmurei.

Ele beijou minha boca, com a mão no meu pescoço, indo fundo com o pau. Tremi, sacudi-me, dei-me. Minha vagina o engolia, meu clitóris roçava na cama. Comecei a choramingar, e Enrico afastou a boca para me olhar, vendo como meu prazer aumentava em um crescendo incontrolável. Então, disse algo que me excitou ainda mais:

— Vou entrar em você sem parar. Na sua boca, na sua bocetinha, no seu cuzinho. Vou passar meu pau no seu rosto, no seu corpo. Vou me dar todo para você. Assim, Isabel. Bem assim.

Eu me perdi de vez. Foram seus olhos nos meus. Foi sua voz e seu toque. Foi seu membro me comendo tão deliciosamente forte. Lágrimas escorreram dos meus olhos em descontrole quando o gozo veio me arrasando. Mas não foi só isso. Foram as emoções todas que vieram junto, represadas e soltas, cheias de dúvidas e certezas. Chorei e gozei. Ele me segurou. Foi terno com a boca ao me beijar na face e bruto ao me devorar.

Ondas e ondas me percorreram até me deixar lânguida, satisfeita. Mas Enrico não teve pena. Ele me segurou firme e me puxou até ficar ajoelhado atrás de mim, e eu, de quatro. Nós nos olhamos pelo espelho; eu, descabelada e corada; ele, lindo e forte, agarrando meu quadril, metendo fundo em mim. Meus seios balançavam, meu cabelo também. Eu tremia por inteiro, quente, melada.

— Linda... — murmurou, excitado.

E deu um tapa na minha bunda.

— Ai! — gritei, assustada.

Sorriu de modo safado, esfregando a pele onde havia batido, dizendo com luxúria:

— Você ainda precisa saber que algumas coisas são permitidas na cama. O que é sujeira e dor lá fora se torna prazer aqui.

Eu estava nervosa, mas, quando deu outro tapa e me comeu, senti uma espécie de depravação se espalhar pela minha pele. Não foi dor nem era forte. Foi além de tudo que eu esperava.

Enrico puxou meu cabelo para trás com uma das mãos, esfregando a outra onde minha pele esquentava, tornando-se mais bruto, devorando-me. Minha vagina se abria, palpitava, estava até dolorida por ser tão devorada desde a noite anterior. Aquela pitada de violência me deixou mais molhada e renovou minha excitação. E, quando vi, eu me movia com ele, ia de encontro às suas metidas, começava a gemer alto, fora de mim.

Bateu de novo na bunda. Arquejei, surpresa, alucinada. E me ver assim, reagindo, gostando, era o que faltava para ele. Não aguentou e gozou, feroz, enquanto eu me encantava com aquela imagem, com seu prazer tão explícito.

— Porra...

Quando acabou, saiu de dentro de mim e caiu na cama, levando-me junto em seus braços. Espalhou beijos no meu rosto e na minha boca.

— Vai me deixar viciado.

Eu ainda respirava irregularmente. Tudo era um amontoado de sentidos. Mal saberia meu nome e minha idade se me perguntassem naquele momento.

Apoiei a cabeça no seu ombro e a perna em cima do seu quadril. Ainda me sentia como se vivesse um sonho.

Ficamos quietos, apenas abraçados.

Eu pensava no que acabáramos de fazer, no modo como havia lambido meu ânus e me dado tapas. No que dissera que faria comigo. Lembrei-me de vários discursos do meu pai sobre sexo ser viciante e levar a depravações, assim como trechos da Bíblia que condenam a sodomia. Eu o apertei mais, meio angustiada.

Enrico pareceu perceber alguma mudança, pois segurou meu queixo e me fez olhar para ele.

— O que foi? — perguntou.

Fiquei surpresa por já compreender tanto as minhas reações.

— Como sabe que alguma coisa está errada? — murmurei.

— Eu a observo o tempo todo. — Seu olhar era penetrante, e sua voz, séria. Correu o dedo pelo meu rosto e massageou a pele entre minhas sobrancelhas, como a desanuviar minha expressão.

Senti meu peito se encher de sentimentos, mas os maiores eram a paixão, o carinho e o desejo de nunca sair dali.

— Estava pensando sobre a luxúria — confessei. Enrico ficou quieto e continuei: — É um pecado capital. Está na Bíblia. Meu pai já pregou sobre isso, e eu... Fui criada achando que me entregar ao prazer é errado. Nos cultos, ele nos mandava vigiar a cama. E agora...

— Acha que estamos pecando?

— Não — falei rapidamente e levei a mão à sua barba, com medo de que entendesse errado. — Levei um tempo para entender que sexo não é errado assim. Se Deus criou o prazer, é para sentirmos. Só que...

Tive vergonha de falar tão explicitamente. Enrico me ajudou.

— Algumas coisas assustaram você?

— Não me assustaram. Gostei de tudo. Mas, por exemplo, a sodomia... Na Bíblia, não é aceita. E você falou que... Quer dizer, você me beijou lá e disse que depois vai me penetrar lá...

— Lá? No ânus?

— Sim. — Senti o rosto pegar fogo.

Tive medo de que me achasse uma boba, de que se cansasse logo de mim. Sabia que Enrico era experiente, que havia tido muitas mulheres. Como também sabia que era inteligente, lia muito, tirava suas próprias conclusões sobre as coisas. Talvez se irritasse com aquilo.

Ele desceu os dedos pelo meu rosto e murmurou:

— "Só acredito nas pessoas que ainda ruborizam." Nelson Rodrigues disse isso. Parece que falava pensando em você, Isabel. Fica corada, e seus olhos brilham. Dá para ver seu sentimentos no seu rosto.

Eu não esperava aquilo.

— É uma das coisas que me encantam em você. — Seus olhos seduziam os meus. — Escute uma coisa: na cama, a gente só vai fazer o que for bom para nós dois. Não quero que se submeta a nada sem vontade.

— Não é isso. Gostei de tudo. Muito! — falei logo, chegando ainda mais perto dele. — Faria tudo outra vez! Mas, agora que me acalmei, pensei em coisas que...

— Coisas em que se acostumou a acreditar. Eu entendo. Foi como usar a calça jeans. Parece uma coisa fácil, mas ainda assim você titubeou.

— Sim. Enrico, eu penso como você sobre muitas coisas. Acredito na Bíblia, mas acho que temos que interpretá-la, saber o que é bom ou não para nós. Usar o bom senso. Só que ainda não sei o que é certo ou errado, o que posso ou não fazer.

— Tudo bem.

— Acha que sou boba?

— Não. — Sorriu lentamente para mim. Beijou minha mão e a depositou sobre seu peito. — Foi criada assim. Tem seus próprios preceitos.

— Fiz coisas que minha religião e meus pais recriminam. Estou seguindo meus instintos. E você... Enrico, nunca me arrependi de nada que fizemos juntos. Nada.

Estávamos nus não apenas fisicamente, mas também emocionalmente, falando sem máscaras.

— Eu acho que deveria proibir a mim mesma, mas não quero — confessei. — Porque essa maravilha toda, esse prazer, isso que sinto quando estou nos seus braços, não pode ser pecado. Entende? Acho que me culpo pelo que eu deveria impedir que acontecesse. Se fosse levar em conta aquilo em que acredito desde que me entendo por gente e pela doutrina que sigo... Ah! — Respirei fundo. — Não estou explicando direito.

— Está. Eu entendi. Você quer ser livre na cama, experimentar tudo, ter prazer, mas se culpa por isso.

— Desculpe-me, Enrico...

— Ei, escute. — Seus olhos se firmaram nos meus. — Não precisa ter pressa nem se preocupar comigo. Vamos com calma e paciência. Se eu fizer algo que a deixar desconfortável, fale. Na cama ou fora dela. Só quero que fique feliz.

— Nunca fui tão feliz — murmurei.

Ele me envolveu e beijou meu cabelo.

Acariciei seu peito. Passei os dedos sobre as três tatuagens acima da garra do tigre, como se o animal tivesse deixado arranhões ali. Senti as ondulações um pouco mais protuberantes e vi que duas marcas eram cicatrizes, como se houvessem cortes de verdade sob a tinta.

Meu coração parou por um segundo e lembrei que havia dito que acordara de madrugada, vira a mãe esfaqueando o irmão e lutara com ela.

Ergui a cabeça e busquei seu olhar, com meus dedos ainda nas cicatrizes. Enrico me olhou.

— Naquela noite, ela o feriu também? A sua mãe? Seus olhos ficaram sérios e duros. Não se afastou. Odiei lembrá-lo daquilo e falei rapidamente, com ternura: — Desculpe-me. Só não suportei imaginar que você poderia não estar aqui.

— Como meu irmão.

— Sim.

Doía até mesmo pensar que a dor dele ia além daquelas marcas, que tinha lembranças tão horríveis e uma perda tão irreparável. Meus olhos se encheram de lágrimas. Enrico beijou suavemente meus lábios e me abraçou com carinho.

— Passou, Isabel. Estou aqui.

— Graças a Deus. Está aqui. — Eu o apertei, lutando para não chorar.

Ficamos abraçados, quietos.

Não era só prazer. Era emoção, era entrega, sentimentos que agora eu entendia melhor. Achei que ele sentia o mesmo por mim.

Tive medo. E também coragem.

Enrico

Tínhamos passado o dia na cama. Eu a havia convencido a ficar comigo, mesmo dizendo que precisava ir embora, que a irmã a estava esperando e que tinha que cuidar das suas coisas para trabalhar na segunda-feira. Não precisei me esforçar muito para isso. Parecíamos viciados um no outro.

A fome que eu sentia dela era sem fim, ainda mais sabendo que se descobria nos meus braços, que aprendia o prazer de tocar e beijar, que se entregava por inteiro. Mas não foi só sexo.

Na manhã de domingo, fizemos sexo de um jeito bem terno e carinhoso entre os lençóis, mas eu sabia que ela tinha suas coisas para cuidar, que precisava descansar para a nova semana. Por isso, por volta das onze horas da manhã, levei-a em casa.

Era longe mesmo. E o lugar me preocupou, pois era basicamente uma favela.

— Não é perigoso, Isabel?

— Não. Mas não precisa me levar até lá. Pode me deixar na esquina. Seu carro chama muita atenção.

— Não estou preocupado com o carro, e sim com você.

Ela sorriu.

Estacionei em frente à pequena casa e saí com ela. De pé, ao lado do portão aberto, uma mulher jovem, de cabelos soltos, olhava um menino que brincava na calçada com uma pipa de papel. Ela nos olhou na hora e sorriu, dizendo para Isabel:

— Pensei que não voltaria mais para casa!

Ela corou e olhou para mim, meio sem graça. Apresentou-nos.

— Enrico, essa é minha irmã, Rebeca.

— Oi. É um prazer. — Estendi minha mão. Ela era bonita e tinha algo de Isabel, acho que o sorriso.

— O prazer é todo meu, Enrico. — Foi bem simpática e apertou minha mão, dizendo de modo sincero: — Agora entendo o que Isabel quis dizer com "bonitão".

— Bonitão? — Ergui as sobrancelhas para Isabel, que ficou corada.

— Também sou bonitão — disse o garotinho, vindo para perto, curioso.

— Eu estou vendo. — Sorri para ele. — Mas você tem nome ou "bonitão" é seu nome de batismo?

— Gregório. — Ele se apresentou e me mostrou a pipa. — Minha mãe fez para mim. Mas não sobe.

— Sobe, sim. Deixe eu segurar, e você puxa.

Isabel foi para o lado da irmã, que a abraçou e beijou seu rosto. Vi o carinho que existia entre elas e fiquei aliviado por estar bem cuidada ali.

Passei um bom tempo ajudando Greg a colocar a pipa o mais alto possível, o que o fez comemorar muito. Logo estava me chamando de tio Enrico.

— Almoce com a gente — convidou Rebeca.

— Não. Preciso ir.

— Fique — pediu Isabel.

Olhei para ela, tão linda naquela calçada, olhando-me com seus olhos doces e apaixonados. Não resisti. Ainda não estava pronto para sair de perto dela. Como uma pessoa podia seduzir outra em tão pouco tempo?

— Eu fico — falei, baixinho.

Isabel sorriu. Não entendi o que foi aquilo que aconteceu no meu coração. Ele disparou como um bobo.

34

Enrico

Na semana seguinte, passei os dias de trabalho ansiando pelas noites. Sentia uma necessidade de ter Isabel comigo que não sabia explicar. Chegava a me assustar. Disse a mim mesmo para ir com calma. Coloquei a culpa no sexo gostoso que fazíamos. Mas não era só isso. Eu estava viciado nela.

Velhos fantasmas voltaram. Minha solidão, meu medo de envolvimento. Tudo estava indo rápido demais, e resolvi colocar a cabeça no lugar.

Enquanto meu desejo era levá-la para a minha casa todas as noites, minha razão me mandava colocar um freio naquilo. Talvez por costume ou por proteção. Eu não sabia.

Quando nos encontramos na agência, senti todo o meu corpo reagir às lembranças de nós dois, ainda vívidas demais. Tesão e emoção vieram com igual vigor. Estava na hora do almoço, e ela tinha ido se sentar naquele banco do jardim. Fui lá e me sentei ao seu lado.

— Tudo bem?

Seus olhos brilhavam como duas estrelas.

— Sim. E com você?

Entendi por que precisava ir com calma dali para a frente. Desde o dia anterior, eu não ficava em paz porque sentia sua falta.

— Também. — Analisei-a. Ela usava uma calça preta e uma blusa azul simples, com os cabelos soltos, linda. — Teve uma vez em que eu estava na janela e vi você aqui, sentada — contei a ela, deixando aquele segredo escapar. — Ergueu um pouco a saia e soltou o cabelo. Levantou o rosto com uma expressão de prazer, com os olhos fechados.

Isabel ficou surpresa.

— Você estava me olhando, Enrico?

— Estava. Não consegui resistir.

Corou, sem graça.

— Você faz isso comigo. Decido que vou ficar longe, mas é só ver você para me dar vontade de ficar perto.

Ela me observou.

— Tinha decidido ficar longe hoje também? — perguntou, baixinho. — Você se arrependeu por... por ter passado comigo esse fim de semana?

Eu me senti um tolo vendo seu desconforto. Parei de tentar me acobertar no medo.

Porra, era simples! Eu estava apaixonado, e não era de agora. Eu sabia. Não era o fato de Isabel ter acabado de se separar nem de seu divórcio ainda não ter saído. Muito menos Isaque. Era aquela vontade cada vez maior de que ela se infiltrasse na minha vida e ocupasse um lugar que eu nunca tinha aberto para ninguém.

— Não me arrependi — respondi, com firmeza. — Nem do que tivemos nem de conhecer parte da sua família ontem.

Eu tinha sido bem recebido na casa simples. Não demorei muito lá. Almocei, conversei, constatei que ela estava em um lugar onde era querida. Imaginei que, se Luan estivesse vivo, nós seríamos como Isabel e Rebeca.

Não deixei isso me entristecer. Já tinha aceitado a morte dele.

— Greg é um menino esperto — comentei, e ela sorriu.

— Muito. Lindo demais.

Relaxamos um pouco.

— Um dia desses, vou deitar você nesse banco — falei, baixo. — E fazer amor com você aqui.

Ela ficou mexida. Levantei-me, doido para tocar nela, mas não podia esquecer onde estávamos.

— Bom trabalho, Isabel.

— Para você também.

Na terça-feira e na quarta-feira, nós nos paqueramos a cada vez que nos vimos, mas consegui me segurar, acreditando que teria controle sobre o desejo. Na quinta-feira, pedi que fosse à minha sala pegar uns papéis. Quando entrou e fechou a porta atrás de si, parecia nervosa. E não era para menos, pois eu estava cheio de tesão.

Levantei-me. Puxei-a para os meus braços e beijei sua boca. Ela me agarrou e nós nos devoramos como se tivéssemos passado anos longe um do outro.

Eu a abracei, e ela me apertou forte.

— Só para matar um pouco a saudade — murmurei perto do seu cabelo.

— Também estou sentindo muita saudade — confessou.

— Fica na minha casa amanhã? Passa o fim de semana comigo?

Ela ergueu os olhos, emocionada.

— Sim. — E beijou a minha boca.

Se eu ainda tinha algum medo, foi por água abaixo naquele momento. Isabel causava um terremoto dentro de mim. E só ela podia acalmá-lo.

Isabel

Naquela semana, eu descobri muita coisa sobre mim e sobre a vida, mas não tive todas as respostas que queria. Era como se tudo ainda se encaixasse.

Por um lado, estava feliz, vivendo um sonho maravilhoso com Enrico; por outro, eu me enchia de incertezas. Minha vida tinha mudado drasticamente. Eu tinha ganhado por um lado e perdido por outro, o que me deixava com medo do que ainda aconteceria.

Era tudo: a falta dos meus pais e de um lugar onde continuar com a minha fé, o medo de que Deus pensasse que eu o abandonara, o temor de castigos pela traição e o que eu vivia com Enrico. Será que eu tinha direito àquilo?

Eu parecia me dividir em duas naqueles dias. A Isabel antiga, que se achava pecadora, que acreditava ir contra os mandamentos de Deus e da família, e a outra, sensual, feliz, que acordava todas as manhãs com uma sensação extasiante de liberdade.

Tomar banho, falar com a minha irmã, beijar Greg e sair de casa sabendo que ia para um trabalho do qual eu gostava e, principalmente, que veria Enrico eram momentos únicos na minha vida. Prazerosos.

No início, houve certo desconforto, como se ainda buscássemos uma forma de nos comportar no trabalho sem deixar claro que éramos amantes. Cheguei a temer que ele estivesse arrependido. Mas, depois do nosso beijo, boa parte desses sentimentos se acalmou.

Eu tinha medo de que meus colegas percebessem algo, então tomava cuidado. No entantao, na quinta-feira, logo depois de beijar Enrico na sua sala e prometer passar o fim de semana com ele, voltei à minha sala extasiada.

Foi quando Talita comentou:

— Isa, você está cada vez mais gata! Nem acredito que não usa mais aquelas roupas fechadas!

— Verdade. E com um corpo desses! Era até pecado! — concordou Madalena. — Você não é mais evangélica? — perguntou, curiosa.

Eu as olhei, meio sem jeito.

— Sou. — Aí acabei contando as novidades para eles. — Mas não frequento mais a mesma igreja. Eu me separei.

— O quê?! — Laíza arregalou os olhos.

Todos os meus colegas me encaravam. Fiquei vermelha, arrependida, sem saber ao certo o que dizer. Por fim, expliquei a eles, superficialmente, que havia pedido a separação e que minha igreja não aceitava.

— Nossa! E como está se virando? Voltou para a casa dos seus pais? — Talita quis saber.

— Estou morando na casa da minha irmã.

Todos disseram palavras de conforto e que tudo ia dar certo. Ofereceram ajuda e me chamaram para beber.

— Agora pode farrear com a gente! — Elton piscou para mim.

— Não é bem assim. As coisas ainda estão se ajeitando.

— Hum... — Laíza me observava, ainda mais curiosa. — Isso está me cheirando a um novo gato na parada. É isso, Isa? Conheceu algum cara que não é evangélico e resolveu jogar tudo para o alto?

Balancei rapidamente a cabeça.

— Não, nada disso.

— Porque foi tão repentino...

Ela parecia não acreditar em mim. Tive um medo danado de que desconfiassem dos meus encontros com Enrico e entendessem tudo errado.

Voltei a trabalhar, dando o assunto por encerrado e esperando que esquecessem.

Naquela noite, parei diante da pequena igreja que ficava perto do ponto do ônibus em Rio das Pedras e entrei. Sentei-me no fundo e assisti ao culto. Era a segunda vez que eu entrava ali.

Eu estava pensando muito sobre frequentar uma nova Igreja. Sentia falta dos cultos, de ouvir a Palavra.

Orei e agradeci a Deus por tudo que eu tinha. Pedi perdão pelos meus erros e pedi que meus pais e Isaque estivessem bem.

Tinha sido criada ouvindo o Evangelho e, mesmo que não concordasse com tudo que uma igreja ou outra pregasse, eu podia ter minha fé e minha opinião. Fazer as minhas escolhas. Saí da igreja melhor do que tinha entrado.

Na sexta-feira, quando coloquei um vestido azul-escuro para trabalhar, senti-me bonita e feminina. Tinha comprado um batom rosado e o passei. Coisas simples que me deixaram feliz.

Quando entrou na nossa sala pela manhã para falar com Alex, Enrico me deu um olhar tão cheio de calor que fiquei vermelha, toda feliz por ter me arrumado.

Foi um dia agitado e cheio de reuniões. E de ansiedade, pois eu iria para a casa dele.

Naquele fim de semana, fui o ser mais feliz da face da Terra.

Desde o momento em que esperei todo mundo ir embora e fui abraçada e beijada por Enrico, que disse que eu estava linda, até o momento em que me deixou na casa de Rebeca, no domingo à tarde, eu vivi de uma forma que nunca imaginei ser possível. Mas muita coisa ainda passava pela minha cabeça, ainda me perturbava.

Fizemos amor com paixão. Conversamos com carinho. Em um momento, estávamos nus e tão à vontade que murmurei:

— Estou ficando sem-vergonha.

Ele riu e me beijou.

— Só por estar nua? Ou tem algum pensamento sujo aí nessa cabecinha?

Como me provocava, fiz o mesmo com ele.

— Estou pensando em cortar o cabelo.

Na mesma hora, ele se afastou para me olhar e sacudiu a cabeça.

— Isso não, Isabel.

— Por quê? — Eu sabia quanto ele adorava minhas madeixas. — Vou cortar só até aqui, na altura do ombro.

Enrico olhou para meu cabelo, espalhado em volta de nós. Pareceu decepcionado, mas voltou a me olhar e disse baixinho:

— Faça tudo o que quiser.

— Não vou cortar. Só aparar as pontas. Estava brincando com você! — Eu o abracei com carinho, emocionada.

Somente no domingo à noite, deitada na cama de Rebeca, eu me permiti pensar com mais clareza sobre tudo o que acontecia. Sabia que estava apaixonada por Enrico, mas ainda me perguntava o que ele realmente sentia por mim.

Por um momento, eu me dei conta de que talvez fosse apenas algo passageiro, por eu ser diferente das mulheres que conheceu. E doeu imaginar como eu ficaria se ele não quisesse mais me ver.

Talvez, no final das contas, esse fosse o meu castigo, porque, no fundo, eu esperava algo assim. Não podia passar impune pelo que fiz. Aquele amor que eu vivia com Enrico era fruto de um pecado, e, em algum momento, eu teria de ser penalizada.

Como eu, pobre e traidora, poderia ser amada por um homem lindo e rico como Enrico sem pagar nenhum pedágio? Senti meus olhos se encherem de lágrimas, confusa pela felicidade vivida naqueles dias e pelo que ainda me aguardava.

35

Enrico

Nos dias seguintes, eu vi Isabel desabrochar diante dos meus olhos.

Não foi uma coisa rápida nem brusca. Foram pequenas mudanças, mas que, para mim, atento a ela, ficaram patentes.

As roupas longas e fechadas tinham ficado para trás, assim como os cabelos sempre apertados e presos. Havia uma leveza maior nela, embora por vezes eu a sentisse mais séria. Mas, quando estávamos juntos, seus olhos brilhavam, e o sorriso brincava nos seus lábios.

Era cada vez mais difícil resistir a ela. Tinha pensado em ficarmos juntos no fim de semana, mas quase a levei para a minha casa na terça-feira. Por muito pouco, eu me contive. Mesmo assim, agora, na quinta-feira, eu já estava cheio de saudade.

Faltava pouco para o fim do expediente quando mandei uma mensagem para seu WhatsApp. Agora havia uma foto de rosto dela, em que estava linda, e seu nome.

"*Oi, Pecadora. Explica para mim o que é saudade.*"

Ela não visualizou. Imaginei que estivesse terminando algum trabalho. Mas, na hora da saída, recebi sua mensagem:

"*Oi, Santinho. É aquilo que sinto por você o tempo todo.*"

Sentado na minha cadeira, no escritório, eu sorri.

"*Então, não sou o único. Pensei que fosse loucura sentir saudade de alguém que vejo todos os dias.*"

"*Não é loucura. Sofro do mesmo mal. É saudade dos sentidos. Não basta só ver. Temos que cheirar, tocar, ouvir, sentir.*"

"*É verdade. Gosto dessa saudade. Não é triste. Agora mesmo podemos acabar com ela. É só você me esperar e ir para casa comigo.*"

"*Se eu vier trabalhar com a mesma roupa amanhã, o pessoal vai notar. Vão desconfiar.*"

"*E isso incomoda você?*", perguntei.

"*Enrico, você é meu patrão. E ainda sou casada. Meu divórcio não saiu.*"

"*Vai sair.*"

Eu me dei conta de que eu não me importava que o mundo soubesse. Isso chegava a ser assustador.

"*Você me espera?*"

"*Eu quero muito. Mas você não tem futebol hoje?*"

"*Acha que eu trocaria a sua companhia por homens suados e correndo num campo?*"

"*Rsrsrsrs. Se é assim, espero.*"

"*Já vou descer. Enquanto isso, escute esta música. Se Dominguinhos não a tivesse escrito, eu a escreveria para você.*"

Mandei um link e um trecho da canção:

"*Tô com saudade de tu, meu desejo/ Tô com saudade do beijo e do mel/ Do teu olhar carinhoso/ Do teu abraço gostoso/ De passear no teu céu.*"

"*Que lindo!*"

Eu quase podia ver Isabel murmurar e seus olhos brilharem para mim daquele jeito carinhoso.

Guardei o celular. Olhei para os papéis sobre a minha mesa e soube que nada mais teria a minha atenção. Comecei a guardá-los e deixar o que faltava para o dia seguinte. Naquele momento, eu só conseguiria me encher de Isabel.

Quando chegamos à minha casa, soube que Rosinha ainda estava ali, pois uma janela lateral estava aberta.

Mal entramos, os cachorros vieram, fazendo festa.

— Quer brincar? — Isabel segurou a bola que Apolo trouxe e arremessou-a longe, toda animada quando viu os dois saírem correndo para buscar.

Cheguei perto dela e abracei-a por trás, envolvendo sua cintura. Ainda estava claro naquele fim de tarde. Um vento gostoso soprava, e as folhas das árvores criavam uma música bonita.

Tive um pouco de vergonha por me sentir tão apaixonado, por admirar Isabel nas mínimas coisas. Até por, naquele momento, sentir vontade de dizer a ela como me sentia. Nunca tinha sido assim.

Ela virou o rosto para mim, com os olhos brilhando.

— Eles são lindos. Não sei como tem gente que maltrata animais. Não podem ser humanos de verdade.

Apolo e Zeus voltaram correndo. Isabel pegou a bola, arremessou-a de novo e depois veio para os meus braços, enlaçando meu pescoço e dizendo, baixinho:

— Adorei aquela música.

— É? Fiz para você. — Rocei meu nariz no dela, que deu uma risada.

— Ah! E eu que pensei que o autor fosse Dominguinhos.

— Vamos dizer que ele teve a ideia antes de mim. Se não fosse assim, se a música não estivesse pronta, eu a faria para você.

Sorrimos, bobos. Rocei meus lábios nos dela e apertei-a nos braços. Havia algo forte e íntimo sempre que nos abraçávamos, uma energia só nossa, que surgia naqueles momentos e nos envolvia.

— Nunca gostei tanto de abraçar — murmurei.

— Nunca fui tão deliciosamente abraçada — murmurou ela de volta.

Os cachorros latiram ao nosso redor, querendo brincar mais.

Eu só queria beijá-la, mas ouvi o barulho da porta e Cleópatra miando alto na varanda. Virei o rosto e a vi no murinho, andando de um lado para outro, chamando atenção. Rosinha a pegou no colo e olhou-nos cheia de curiosidade.

Isabel se afastou, um pouco sem graça. Segurei sua mão e a levei até a varanda. Apolo e Zeus deixaram a bola de lado e correram na nossa frente.

Apolo se sentou ali, com a língua para fora. Zeus encarou Cleópatra com as orelhas em pé, como se não entendesse por que ela estava no colo e ele, não. A gata miou em resposta.

Sorri. Ali estava o que mais perto eu conhecia de uma família. E agora Isabel fazia parte daquele quadro.

— Oi, Rico. Eu já estava quase saindo. — Rosinha não disfarçava seu interesse em Isabel, olhando-a de cima a baixo e para nossas mãos unidas. Parecia eufórica. — Oi, Isabel. Prazer em conhecer você.

— Oi. — Ela sorriu, meio tímida. Estendeu a outra mão para Rosinha enquanto eu apresentava:

— Rosinha é minha amiga, companheira de todos os momentos e, nas horas vagas, toma conta das coisas aqui para mim.

— Nas horas vagas? — Ela riu. Não apertou a mão de Isabel, preferindo abraçá-la e beijar seu rosto. — Bem-vinda, querida. Rico já tinha me falado de você, só não contou quanto é bonita. Linda mesmo!

— Obrigada. — Ela ficou corada e olhou na hora para mim. — Ele também falou sobre a senhora.

— Senhora, não, você. Ainda nem cheguei aos sessenta! — Ela riu.
— E o que ele disse? Que sou intrometida?
— Não! Falou muito bem.

Aquele seu jeito meio ingênuo era uma gracinha. Rosinha pareceu compartilhar minha opinião, pois piscou para mim.

— Que casal, hein?! Lindos! Vamos entrar. Deixei tudo prontinho e já estou saindo.

Rosinha ficou um pouco mais, batendo papo com Isabel. Achei graça, pois nos sentamos em volta da mesa da cozinha, e ela tomou um café com a gente, aproveitando cada segundo para enaltecer minhas qualidades. Ela me elogiou de todas as formas e maneiras possíveis, até que ri e comentei:

— Certo, Rosinha. Isabel já entendeu que sou o ser mais perfeito do mundo.

— Mas isso eu já sabia — disse Isabel, baixinho, sorrindo charmosa para mim.

Fiquei meio sem graça. As duas riram. Rosinha emendou:
— Só você ainda não tinha se dado conta, Rico.

Depois que ela foi embora, continuamos sentados em volta da mesa, nossas mãos unidas, nossos olhos também. Expliquei a ela que Rosinha era como uma pessoa da família e que não me imaginava ali sem ela.

— Eu fico muito feliz que a tenha em sua vida — disse ela, com carinho. — Sabe, eu imaginava você de um jeito muito diferente, Enrico — confessou. — Quando Isaque falava de você, e quando eu o conheci, achei que era mulherengo e fútil.

— E quando mudou de ideia? — Achei graça daquilo.

— Quando começamos a conversar no WhatsApp. E depois confirmei que estava errada quando fui trabalhar na agência. Entendi que era solteiro, livre e podia ter as mulheres que quisesse, mas que não era nada fútil, e sim um homem de caráter.

Seus olhos brilhavam. Dava para ver que estava apaixonada. Isabel não disfarçava, talvez nem soubesse como disfarçar.

Eu a contemplei do mesmo jeito, pois também não sentia necessidade de disfarçar nada.

— Parece que nos conhecemos há muito tempo — falei, baixinho.
— Sinto isso também. — Seus olhos pareciam tentar ver o que havia dentro dos meus. — Acho que isso é bom, né?

— É muito bom.

Ergui a outra mão e envolvi seu rosto com carinho.

— Para mim, tudo isso é novidade — falei para ela. — Todos os relacionamentos que tive foram baseados somente em sexo. Com você é muito mais. Ainda não entendo bem o que fez comigo.

Havia surpresa na sua expressão. Ela roçou o rosto na minha mão, sem deixar de me olhar.

— Também não sei o que fez comigo — murmurou. — Será que é certo?

— E por que não seria?

Eu não disse nada por um momento, como se pensasse sobre aquilo tudo, como se tentasse entender. Então, ela foi além:

— Lembro que me disse, no WhatsApp, que tinha alguns medos. Que depois de perder seu irmão, do jeito como perdeu, teme se envolver com alguém e perder essa pessoa. Como também teme ter herdado a esquizofrenia da sua mãe. Ainda se sente assim?

Aquilo era íntimo demais. Ela era a única pessoa para quem eu tinha contado aquilo. E, mesmo assim, usando uma máscara. Agora era real.

Quase me calei, por força do hábito, talvez em uma forma de proteção, mas bastou ter seus dedos nos meus, seu olhar no meu, para que o resto das minhas defesas se baixasse.

— Sinto. Demorei a deixar o passado para trás, mas algumas coisas ainda me perturbam. Li muito sobre esquizofrenia, e até hoje os médicos não sabem dizer se é mesmo hereditário nem como começa. Pode aparecer em qualquer fase da vida.

— Não pode se preocupar com uma coisa que ainda não aconteceu, Enrico. Se acontecer, você se tratará. Mas aposto que não vai ter nada. Tire isso da sua cabeça.

— Eu sei. Sobre meu irmão, a raiva que eu sentia passou. Aceitei. Assim como aceitei a saudade, Isabel. É a única coisa que tenho dele. — Respirei fundo. — Tiraram de mim todo o resto. Até a única foto que levei comigo para o orfanato, em que nós dois aparecíamos juntos.

— Tomaram a foto de você?

— Alguns garotos formavam gangues e pegavam as poucas coisas que os outros tinham. Queriam ser respeitados pela força. Eu nunca me submeti e os enfrentava. Um dia, eu me desentendi com eles e brigamos. Fiquei todo arrebentado, mas machuquei vários deles. Um, de raiva, pegou minha foto, rasgou, jogou no vaso e deu descarga.

— Ah, meu Deus! Que maldade! — Ela se ergueu e me abraçou forte, envolvendo meu pescoço e enchendo minha cabeça de beijos. Eu a puxei para o meu colo, e nos abraçamos.

Isabel segurou meu rosto entre as mãos.

— Você deve ter sentido muita raiva.

— Muita. Bati naquele garoto todas as vezes que cruzou o meu caminho, até me cansar e entender que nada traria a foto de Luan de volta.

Mesmo ali, depois de tantos anos, essa lembrança ainda doía. Adulto, eu entendia que o garoto que fizera aquilo era tão desesperado e sozinho quanto eu e fugia das suas tragédias mergulhando na raiva. Mas eu lamentava não ter nada do meu irmão.

— Ninguém pode tirar suas lembranças — murmurou ela.

— Será que não, Isabel? O tempo passa, e as lembranças tornam-se mais esmaecidas. Sempre me lembro dele para isso não acontecer.

— Não vai acontecer. Vão estar sempre com você. E tem mais... Não eram gêmeos? Idênticos?

— Sim.

— Então... — Ela acariciou minha barba. Seus olhos estavam cheios de sentimentos puros. Eu a abraçava pela cintura. — Basta se olhar no espelho. Vai ver seu irmão em você. Como ele seria na sua idade. E mais: uma parte dele está aí, não apenas na aparência, mas na genética e em tudo o que viveram juntos. Ele está dentro de você.

Meus olhos se encheram de lágrimas, mas não eram de sofrimento, apenas uma mistura da falta que eu sentia de Luan e dos sentimentos que Isabel despertava em mim. A preocupação, a paixão e a ternura que passava para mim. Eu me dei conta de que não me sentia mais sozinho.

Eu a abracei forte. Suas mãos me acariciaram e sua boca beijou meu rosto, meu cabelo, minha orelha. Foi mais do que atração e desejo. Foi um sentimento que se construía e se perpetuava entre nós.

Isabel tinha tomado conta de mim.

Isabel

Agora eu entendia que o amor era a base de tudo. Era o que curava e fazia sorrisos substituírem lágrimas. Era o que fazia uma pessoa se sentir tão feliz, mas tão feliz, que as mínimas coisas já tornavam a vida mais bonita.

Dormi com Enrico na quinta-feira, e fizemos amor com paixão e entrega. O sexo era delicioso, e dormir nos braços dele não tinha preço.

Chegamos juntos à agência no momento em que Alex também chegava. Ele nos olhou, surpreso, reparando na mesma roupa que eu usara no dia anterior. Pareceu chocado ao me ver na companhia de Enrico e mal disfarçou. Enrico não se importou muito. Eu fiquei vermelha como um pimentão. Cumprimentei-o sem conseguir encará-lo e imaginei se contaria para os outros. Provavelmente todo mundo logo saberia que eu dormia com o chefe.

Entrei rápido na agência e fui para a minha sala. Enrico seguiu para a dele. Foi Madalena quem comentou minha roupa depois de se acomodar na sua cadeira.

— Isa, está usando a mesma roupa de ontem. Foi para a farra, é?

— É mesmo — observou Laíza.

Eu olhei rapidamente para Alex, tão vermelha que sentia até minhas orelhas arderem. Ele me devolveu o olhar, sério e na dele. Fiquei com medo das fofocas.

— Gente, deixa a menina! Tomem conta da vida de vocês!

Foi Talita quem falou, percebendo meu desconforto.

— Isa está bem espertinha, isso, sim!

Laíza piscou para mim, enrolando no dedo uma mecha do seu cabelo loiro.

Passei o dia angustiada. Não tocaram mais no assunto nem agiram de modo diferente. Só consegui me acalmar no final da tarde, ao me dar conta de que Alex tinha mantido o assunto para si.

Eu já tinha combinado de esperar todos saírem e ir para casa de Enrico naquela sexta-feira. Sentei-me no banco e fiquei lá, no meu canto. Fábio, o último a sair, nem me notou ali. Suspirei, e, alguns minutos depois, Enrico chegou.

Era fim de tarde, e o pôr do sol espalhava uma luz avermelhada no céu. Uma brisa gostosa soprava. Na rua, parecia nem passar carro. Tudo era quieto, ameno. Menos o modo como eu me sentia toda vez que olhava para Enrico.

Ele veio, lindo, usando jeans e uma blusa preta colada. Quando se sentou ao meu lado, fitando meus olhos, eu murmurei:

— Passei o dia todo com vergonha.

— Por Alex ter visto a gente chegar junto?

— É.

— Ele disse alguma coisa?

— Não, acho que nem contou para o pessoal.

— Se isso prejudicar você, me avise.

Ele ergueu a mão e acariciou meu cabelo. Algo bom, gostoso, derramou-se dentro de mim. Pensei que eu não merecia um homem como ele, mas espantei o pensamento.

Sua mão, grande, segurou minha nuca; com a outra, ele me levou ainda mais para si enquanto seus lábios se colavam aos meus, infiltrando a língua na minha boca, deixando-me trêmula, necessitada dele.

O beijo começou doce, profundo, para logo se encher de paixão. Agarrei sua camisa e quase me fundi nele, pois nunca parecia o bastante. Eu queria mais e mais, perdida, louca de desejo.

Enrico ficou mais bruto. Agarrou um punhado do meu cabelo e puxou-o para baixo enquanto mordiscava meu lábio inferior, meu queixo, e descia a língua pelo meu pescoço. Ao mesmo tempo, sua mão subia, enchia-se do meu seio e o apertava, deixando-me louca. Meus mamilos se arrepiaram, assim como minha pele, que parecia arder.

Olhei para o céu sobre nós, tão vermelho, tão semelhante a como eu me sentia, vivo, quente, lindo. Arfei, suguei o ar que me faltava e soltei um leve grito quando seus dentes se cravaram no meu pescoço e chuparam-no com vontade.

Era só ele me pegar, tocar em mim, e eu me tornava aquela massa moldável, ansiosa, sentindo cada parte de mim reagir e minha vagina palpitar em antecipação. Agarrei-o. Tentei tocá-lo, ter sua carne, mas ele já me deitava no banco, e meu cabelo se esparramava pelas laterais, pendurados.

Enrico se ergueu e, com os olhos fixos nos meus, segurou as alças do meu vestido.

— Pensei em fazer isso com você muitas vezes — disse ele, baixo. — Aqui, neste banco.

Tive medo de que alguém voltasse à agência por um motivo qualquer, mas seus dedos resvalando na minha pele, deixando-me nua no leve ar quase noturno, diante do seu olhar consumidor, acabaram com esses pensamentos.

Largou meu vestido no chão. Tirou meu sutiã e minha calcinha. Fiquei exposta, sentindo o cimento frio sob meu corpo, que ardia em chamas. Mordi os lábios e estendi os braços, convidando-o. Ele começou a se despir. Eu o olhei, encantada.

Quando ficou nu, já estava ereto. Cobriu aquele pau enorme, grosso, cheio de veias, com o preservativo. Eu já ia me abrir, ansiosa, mas ele ordenou:

— Fique assim, com as pernas fechadas.

Não compreendi.

— Vem para mim — pedi.

— Agora.

E veio. Passou uma perna para o outro lado do banco, de modo que ficou de pé sobre mim, com uma perna de cada lado do meu corpo. Seus olhos pareciam escurecidos quando me apreciaram, quando se inclinou o suficiente para segurar meu rosto entre suas mãos e dizer:

— Nunca vi uma mulher mais linda.

Eu acreditei, porque seu olhar profundo e sua voz rouca me convenciam, faziam com que eu me sentisse fêmea, poderosa, liberta de todas as amarras em que havia vivido por tanto tempo.

Minha respiração se alterou e meu coração bateu em descompasso quando suas mãos grandes desceram pelas laterais do meu pescoço e pela clavícula até os ombros. Eu estava ali parada, toda dele, braços em volta do corpo, só sentindo e entregando.

Passou a ponta dos dedos em volta dos meus seios, e os mamilos ficaram duros, implorando por atenção. Gemi, ansiosa, quando finalmente encheu suas mãos com eles, roçando-os. Perdi o resto de ar que eu tinha, ainda mais quando beliscou os dois mamilos, torcendo-os entre os dedos.

— Enrico... — supliquei, em agonia e êxtase.

Não teve pena de mim. Desceu as mãos pela minha cintura e pela minha barriga e passou os dedos em volta do meu umbigo. Parou ao segurar o meu quadril, mantendo-me ali contra o banco enquanto seu olhar ia direto para minha vagina. Abaixou-se e entendi onde sua boca iria. Quis me abrir, mas estava presa entre suas pernas, totalmente entregue e alucinada.

Foi só o começo da minha perdição. Seus polegares desceram pela minha virilha e puxaram minha carne para os lados, abrindo-a apenas o suficiente para expor meu clitóris, onde sua boca se concentrou, chupando-me devagarzinho.

— Ai... Ai...

Choraminguei enquanto um calor abrasador se espalhava pelo meu ventre e, dali, para o meu corpo todo. Foi tão enlouquecedor que fechei os olhos, derramando-me de prazer, tremendo tanto que precisei agarrar as laterais do banco com força.

Lambeu meu clitóris, sugou-o, rodeou-o com a ponta da língua. Fez o pequeno botão crescer e inchar, até o gozo se anunciar, sendo quase insuportável aguentar. Foi aí que parou e ergueu a cabeça, movendo-se. Precisei abrir os olhos para ver se ele aliviaria meu tesão, mas apenas o intensificou.

Ele se moveu o suficiente para esfregar a cabeça do membro entre minhas coxas unidas. Tentei me abrir, mas ele não deixou.

— Quietinha.

Eu nunca tinha imaginado que havia tantas variações para sexo. Não era só eu embaixo, de pernas abertas, e ele em cima. Era por baixo de mim, por trás, em sessenta e nove, fazendo sexo oral um no outro. Era em pé, sentado, deitado. E era ali, no banco, enquanto seu pau escorregava por meus lábios vaginais melados, apertados, tomando seu espaço, buscando o caminho.

— Por favor... — pedi, agoniada.

Ele metia entre minhas coxas, lentamente, sem me penetrar. Roçava, apertava e me enlouquecia.

— Quer meu pau?

— Quero.

— Toma.

E me montou, eu de pernas fechadas, e ele de pernas abertas. Suas mãos vieram por baixo do meu corpo, seguraram minha nuca, entranharam-se no meu cabelo. Sua respiração se confundiu com a minha, seus olhos dominaram os meus. Empurrou o quadril, e senti seu pau ereto se acomodar bem na minha entrada, abrindo minha carne, invadindo-a.

Gritei roucamente, pois, se já era grande e grosso, daquela maneira parecia ainda mais. Cada terminação nervosa da minha vagina o sentiu passar, penetrar. Agarrei-o com força e tentei me mover, mas estava presa, com aquilo tudo indo fundo em mim.

— Ah, Enrico!

— Gostosa. Apertadinha. Linda.

Beijou minha boca no momento em que me penetrava de uma vez e começava a se mover em estocadas dilacerantes e deliciosas.

Beijei-o apaixonadamente, fora de mim. Resvalei as unhas nas suas costas, moldei seus músculos, suguei-o para dentro. Aquele vaivém apertado na minha vagina era tão extraordinariamente arrebatador que o gozo veio logo, sem demora, varrendo meu corpo e meus sentidos com sua intensidade.

Meu clitóris era massageado em cada investida, e eu latejava. Choraminguei e gemi na sua boca, completamente fora de mim.

Enrico me segurou, beijou-me, tomou-me. E, só quando eu não tinha mais nenhum suspiro para dar, quando estava mole e lânguida, ele gozou. Descolou a boca e me olhou, dando-se ainda mais, deixando-me ver o mesmo prazer que eu havia sentido.

Não havia palavras para descrever aquilo tudo.

Naquela noite, depois de tomarmos vinho e comermos pães e queijos deliciosos, ouvimos música em um cômodo da casa dele que eu descobrira e passara a amar.

Enrico tinha uma espécie de biblioteca, um cômodo em que três paredes eram tomadas por estantes abarrotadas de livros. Tapetes macios, um sofá mostarda, grande, almofadas marrons e uma janela enorme que dava para o quintal completavam o ambiente maravilhoso. Tinha também ali um aparelho de som antigo, um toca-discos, sobre um móvel de madeira maciça. Dentro do móvel, infinitos discos de vinil.

— Gosto de coisas antigas e que duram. Escolha uma música.

— Escolha você. Por favor — pedi, pois nem sabia por onde começar. Ainda era novidade para mim ouvir músicas e me deliciar com elas.

Peguei um livro entre os de filosofia e me sentei no sofá, enrodilhando as pernas.

Enquanto Enrico escolhia a música, eu suspirei, encantada. Eu o olhei, concentrado nos discos de vinil, lindo, usando apenas um short cinza. Eu usava uma camiseta dele. Sem calcinha.

Estava mesmo ficando sem-vergonha, querendo mais e mais daquela loucura toda, acreditando que talvez eu não merecesse nenhum castigo, que Deus me entendia e perdoava meus erros.

Uma música começou a tocar. Enrico se aproximou de mim, sentou-se ao meu lado e sorriu, já puxando meus pés para o seu colo. Eu me sentia muito feliz.

— Não vou mais precisar do Google para pesquisar filosofia — murmurei.

— Pode ler todos os que quiser. Tenho coleções sobre tudo o que puder imaginar, ficção, não ficção, história, religião, até sobre ufanismo. — Ele deu de ombros, divertido.

— Este é sobre Epicuro. Já deve ter lido.

— Sim. De modo resumido, os epicuristas defendiam a tese de que vivem bem as pessoas que se libertam do medo e aproveitam o presente. O caminho, para eles, é procurar viver com prazeres moderados.

— Parece interessante.

Enrico acariciou minha panturrilha. Minha pele se arrepiou toda.

— Você acha? Prefere prazeres moderados? — provocou.

Deixei o livro ao meu lado e lambi os lábios

— Você gosta de prazeres sem limites?

— Se é prazer, para que limites? — Seus dedos subiram até os meus joelhos e acariciaram minha pinta. Seus olhos queimavam os meus. — Sou a favor de explorar tudo. Aproveitar.

— Acho que estou começando a pensar como você.

— Hum... — Seus dedos foram para as minhas coxas. Seus olhos ardiam num fogo dourado. — Então, posso passar para a nova fase?

— Que nova fase? — sussurrei.

— Você vai ver.

Abriu mais minhas pernas e veio para cima de mim.

O desejo me pegou com força e o puxei, erguendo-me um pouco para encontrá-lo no meio do caminho, beijando sua boca.

36

Isabel

Na segunda-feira, fui para o trabalho usando uma roupa nova. Era um vestido preto que ia até os joelhos, elegante sem ser vulgar. Mesmo assim, marcava suavemente meu corpo e me fazia sentir feminina. Tinha sido presente de Enrico.

Sorri sozinha, levando os dedos à minha orelha, onde um pequeno brinco de ouro a emoldurava. Lembrei-me de como foi o nosso sábado. Ele me chamou para sair e fui com o vestido que usava desde quinta-feira, o único que tinha ali comigo.

Fomos ao Shopping Leblon, e adorei sair com ele como namorados. Sabia, no fundo, que não deveria ter ido, pois eu ainda era casada e alguém poderia me ver. Mas tudo era tão maravilhoso, tão fora da minha realidade e das minhas expectativas que não pude me controlar. Eu vivia os melhores momentos da minha vida.

Almoçamos juntos e fiquei surpresa quando Enrico me levou a uma linda loja e quis comprar roupas para mim. Neguei e briguei, mas nada o demoveu da ideia. Saímos com sacolas de roupas e lingeries e dois biquínis, enquanto eu morria de vergonha e de felicidade.

— O biquíni é para usar na praia — murmurou ao meu ouvido.
— Na minha piscina, quero você nua.

Eu nem sabia se teria coragem de usar um biquíni.

E, como se não bastasse, ele parou em uma loja no caminho para casa.

— O que vamos fazer aqui?
— Resolver um problema.
— Que problema?

Seguíamos de mãos dadas para a loja, e ele piscou para mim antes de explicar:

— É um absurdo eu usar brinco, e você, não. Vamos furar sua orelha.
— O quê? — Parei na calçada, surpresa.

Enrico me olhou e pareceu meio sem graça. Passou a mão pelo cabelo.

— Desculpe-me, eu deveria ter perguntado. Deve me ver como um ogro hoje. É que quero fazer tudo com você ao mesmo tempo.
— Não é isso. Eu só... — Calei-me, enternecida.
— Tudo bem, Isabel. Pense com calma.
— Não. É que eu tenho medo. Não é pela religião.
— Tem certeza? Prefere deixar o brinco para outro dia?
— Será que dói muito?
— Nada.
— Então, vamos!

Entramos como duas crianças na loja. Ele comprou um par de delicados brincos de ouro e tomei mais susto com o barulho da máquina do que com a dor, que realmente nem senti.

— Agora vamos para casa comemorar. E você vai usar uma lingerie para mim — sussurrou ao meu ouvido.

Fábio abriu o portão da agência e o cumprimentei. Fui para a minha sala e falei com meus colegas, deixando a bolsa no espaldar da cadeira. Já ia me sentar quando Laíza disse num tom que me deixou alerta:
— Olha só a Isa! Cada dia mais linda e elegante!

Eu sorri, mas me deparei com seu olhar, que parecia esquisito. Frio. Diferente.

Sondei em volta. Eles me observavam. Elton e Talita disfarçaram, mas senti algo pesado no ar. Madalena tinha uma expressão meio irritada. Alex parecia culpado e finalmente compreendi que ele tinha contado sobre eu ter chegado ao trabalho com Enrico na quinta-feira.

Foi Laíza quem continuou:
— Está parecendo a Cinderela depois que encontrou o príncipe encantado. Por que não nos conta quem ele é, Isa?

Eu fiquei sem voz. De repente, naquele clima feio ali, eu me inundei de vergonha ao imaginar o que estavam pensando. Pude ler seus pensamentos: a falsa crente que seduziu o patrão e largou o marido para se dar bem. E que agora ganhava presentes caros.

Sentei-me, trêmula. Tudo de maravilhoso que tinha vivido com Enrico naqueles dias pareceu errado, até sujo. Eu não tinha como me justificar. Sabia que não ficara com ele por interesse, mas quem acreditaria em mim?

Ainda mais se soubessem que fui adúltera, que enganei meu marido e agora aproveitava sem remorsos os prazeres da carne.

— O gato comeu sua língua? Nossa, está até de brinco! — Foi a vez de Madalena reparar.

Rapidamente, cobri as orelhas com o cabelo, tentando dizer algo, mas minha língua estava travada. Por fim, murmurei:

— Obrigada.

Não sabia por que agradecia. A vergonha? A culpa?

Passei o dia todo me sentindo mal, sem conseguir olhar para eles. Também pareceram fazer questão de me ignorar, com exceção de Talita e de Elton, que por vezes falavam algo comigo. Dei graças a Deus por Enrico ter saído para uma reunião e eu não o ter visto naquele dia. Quando o expediente acabou, fui embora, correndo.

Eu tinha descido do primeiro ônibus e estava no ponto, esperando o segundo, quando minha agonia ficou tão forte que não suportei. Peguei meu celular e liguei para a casa dos meus pais. Foi meu pai quem atendeu.

Por um momento, fiquei muda. Então, murmurei:

— Pai, sou eu.

Ele não respondeu. Criei coragem, sentindo os olhos cheios de lágrimas.

— Como o senhor está? E a mamãe?

— Se quer continuar no caminho do pecado, não ligue mais para cá. E desligou.

Guardei o celular, controlando-me para não chorar.

Não fui direto para a casa de Rebeca. Parei na igreja a que tinha ido algumas vezes para assistir aos cultos. Acomodei-me no fundo, abri a pequena Bíblia que sempre levava na bolsa e tentei conversar com Deus. Ou, ao menos, me sentir melhor.

Percebi que não podia continuar assim, indo ali ocasionalmente. Eu precisava ter um lugar meu, um abrigo, já que ficava claro que meus pais não me queriam de volta na vida deles nem na congregação. Resolvi conversar com o pastor daquela igreja para passar a fazer parte da congregação como membro, não como visitante, e talvez assim me entender melhor.

Ele me recebeu, e, com coragem, falei de mim. Expliquei que era filha de um pastor e falei sobre a igreja que frequentei, sobre ter me apaixonado por Enrico e deixado tudo para trás e sobre a falta que sentia de ter um lugar aonde pudesse ir para ouvir a Palavra de Deus.

— Minha cara, entendo que a senhora é adúltera. Pelo menos, foi. Seu divórcio ainda não saiu, e você está mantendo relações com um homem, aquele com quem praticou adultério, sem se casar — disse ele, alto, observando-me com dureza.

Dito daquele jeito, tudo o que havia sentido naquele dia sob o olhar condenatório dos meus colegas pareceu certo. Eu pecava. Merecia punição.

— Você pretende se casar com esse homem? — perguntou.

Eu poderia admitir a mim mesma que desejava muito que isso acontecesse, mas tudo era recente demais.

— Não sei — murmurei. — Ainda não falamos sobre isso.

— Vai precisar casar, se quiser ser aceita em qualquer comunidade. Você conhece a doutrina. O concubinato não é aceito na Bíblia. Precisa esperar seu divórcio sair e casar-se quanto antes com o seu parceiro. Somente então poderá ser membro da nossa igreja. Por enquanto, pode assistir aos cultos. Não fechamos nossas portas para ninguém. Mas não poderá orar em voz alta nem participar de nada mais. Depois, terá que passar pela aprovação de todos para estrear na nossa congregação, desde que, repito, esteja devidamente casada.

Não foram apenas suas palavras. Foram o tom e o olhar, como se, de alguma forma, já me condenasse e achasse que eu não seria um bom ganho para sua igreja. Pelo contrário, talvez gerasse problemas.

Senti um aperto no peito.

— Obrigada — Levantei-me.

Despedi-me com educação e fui para casa.

Rebeca quis saber o que eu tinha e inventei que era uma dor de cabeça. Dormi mais cedo que ela e chorei muito na cama, sem nenhuma certeza.

37

Isabel

Na terça-feira, cheguei ao trabalho ainda abalada.

Eu queria dizer a mim mesma que era dona da minha vida, que decidia os meus atos e que aquilo que tinha com Enrico era lindo demais para ser visto de modo tão mesquinho; no entanto, eu tinha passado uma vida inteira sendo obediente, acreditando que o mundo estava cheio de tentações que me levariam para o inferno e que o diabo faria de tudo para me enganar e me corromper.

Meus pais não falavam comigo. Isaque me odiava. Meus colegas achavam que eu era interesseira. E até o pastor daquela igreja que parecia menos rígida tinha me feito sentir culpa.

Abatida, entrei na agência. Olhei em volta, com saudade de Enrico e com medo de encontrar com ele, sem saber como explicaria tudo o que eu sentia naquele momento, confusa demais.

Tentei ser forte e, ao entrar na sala, cumprimentei meus colegas. Madalena resmungou um oi. Parecia aborrecida. Alex mal me olhou. Elton sorriu, e Talita foi a mais calorosa. Laíza me olhou com um quê de deboche.

Trabalhei até a hora do almoço sentindo o coração apertado e com a mente cheia. Quando Enrico entrou na sala, animado, falando sobre um novo contrato, tomei um susto.

Ele sorriu para mim, tão lindo que até doía olhar para ele.

— Preparados para mais uma semana de ralação, pessoal? Serão bem recompensados depois.

— Vamos mandar ver! — exclamou Elton.

Forcei um sorriso. Lançou para mim um olhar mais demorado do que deveria, mas franziu um pouco o rosto, como se notasse que havia algo errado. Os outros falaram com ele, perguntaram sobre o novo cliente, e ele se distraiu. Ou assim eu pensei. Antes de sair, virou-se para mim e disse:

— Isabel, quando tiver um tempinho aí, dê um pulo na minha sala.

Todos ficaram em silêncio e senti olhares queimarem sobre mim. Só pude acenar com a cabeça, e ele saiu.

Fingi que estava concentrada no que digitava. Esperei até me sentir mais firme e me levantei. Laíza me encarava venenosamente.

Quando entrei na sala de Enrico e fechei a porta atrás de mim, ele, que estava olhando pela janela, virou-se e me encarou, atento.

— O que aconteceu?

— Nada.

Veio até mim e ergueu meu queixo, sondando meus olhos.

— Cadê o seu sorriso? O que houve?

Senti uma vontade enorme de jogar-me nos braços dele. Mas não estava bem. Na verdade, nunca tinha me sentido tão horrível.

— Acho que estou ficando gripada — menti. — Estou com dor de cabeça e dor no corpo.

— É isso mesmo?

Era estranho como já me conhecia tão bem. Fiz que sim com a cabeça. Ele me puxou e me abraçou. Eu o apertei de volta, pondo a cabeça no seu peito e fechando os olhos.

Tive vontade de desabafar, mas tudo purgava dentro de mim, confuso demais.

— Estou com saudade — disse ele, baixinho.

— Eu também.

— Vem para a minha casa comigo hoje.

Sua voz, seu toque e seu calor me envolveram. Menti mais uma vez:

— Estou mesmo um pouco adoentada.

— Tadinha. Eu cuido de você.

Foi um custo convencê-lo de que era melhor deixar para sexta-feira. Por fim, ele concordou. E me beijou.

Por pouco não chorei. Nem sei como consegui sorrir e sair da sua sala.

Foi uma semana difícil, cheia de angústias e dúvidas. Para minha sorte ou meu azar, Enrico precisou viajar para São Paulo na quarta-feira a fim de resolver pendências do novo contrato e só voltaria na quinta-feira.

Foi então que tudo piorou.

No final do expediente, saí da agência com dor de cabeça, doida para ir embora. Tomei um susto quando Laíza veio atrás de mim e me chamou. Virei-me na calçada e a olhei, alerta.

— Isa, querida, queria saber se você está chateada. Mal fala com a gente. Ofendi você com alguma coisa?

— Não.

— Que bom. Sabe como é, a gente só ficou surpreso ao saber que você está tendo um caso com Enrico. Parecia tão certinha, tão... — Ela me olhou de cima a baixo. — Tão comportada. E, de repente, largou o marido e a igreja... Sabe como é.

— Eu preciso ir.

Tive vontade de mandar que tomasse conta da vida dela. Então, ela olhou para algo além de mim e aumentou o tom de voz ao falar:

— Mas, conta aí, amiga... Deixou seu marido para ser amante do Enrico?

Só então ouvi passos atrás de mim e me virei. Tomei um susto ao ver as cinco pessoas que estavam reunidas ali.

Meus pais, Isaque e os pais dele nos olhavam, chocados.

Por um momento, ninguém disse nada. Eu estava paralisada e orei a Deus para que não tivessem ouvido Laíza. Mas, quando Isaque apontou o dedo para mim, eu soube que estava perdida.

— O que significa isso?

Eu gelei.

— Você se separou do seu marido por ser adúltera? — questionou minha mãe.

Minha garganta travou.

— Vai ter que acertar as contas com Deus — exclamou Gilmara.

— Como fui cego... Você e Enrico... — Isaque estava chocado.

Tentei argumentar, embora sentisse medo e vergonha.

— Não foi assim. Eu... Eu já queria me separar e...

O olhar do meu pai, cheio de decepção e condenação, calou-me.

— Quando ligou para a nossa casa, achamos que podia estar arrependida. — Foi minha mãe quem falou, dura. — Viemos aqui para dar uma chance a você, para saber se estava mesmo arrependida, mas agora vejo que foi perda de tempo.

— Ela vive em pecado. — Foi a vez do pai de Isaque falar, segurando o braço dele.

— Vamos embora daqui, Sebastião — disse minha mãe ao meu pai.

— Acabou.

— Por favor, pai, mãe... me perdoem. Tudo começou muito antes de Enrico. Eu já estava...

— Estava o quê? Já estava me traindo? — Isaque parecia fora de si de tanto ódio.

— Não!

— Você zombou da sua família e do seu marido. Pior, Isabel, você zombou de Deus. Tenho pena de você e da sua alma, do castigo que vai receber e que é merecido. Deus é amor, mas também é fogo que arde. E você vai pagar por cada uma das suas enganações, por cada um dos seus pecados! — sentenciou meu pai, fazendo um arrepio percorrer minha espinha. — Não pense que sairá impune disso. Você sabe que não.

— Pai...

Dei um passo à frente enquanto lágrimas escorriam dos meus olhos.

— Suma da nossa vida!

Ele segurou o braço da minha mãe e se virou. Gilmara e Anselmo puxaram Isaque, que parecia a ponto de me agredir. Ele disse mais algumas coisas, mas nem entendi, arrasada demais ao ver meus pais irem embora, agora definitivamente. Eu sabia que nunca me perdoariam.

E Deus? E eu?

Senti a mão de alguém focar meu ombro e até me assustei, tendo esquecido que Laíza estava ali.

— Ai, Isa, desculpe! Não sabia que era a sua gente.

Eu me desvencilhei dela e a olhei com raiva, vendo que mentia. Tive vontade de xingá-la, de berrar, mas apenas me virei e fui pelo caminho oposto ao dos meus pais, correndo, fugindo. À toa, pois toda a dor foi comigo.

Chorei muito e desabafei com Rebeca. Ela tentou me confortar, dizendo que eu não tinha culpa, que era apenas humana e que Deus não me castigaria. Mas eu estava mal demais para acreditar naquilo. Dormi nos seus braços, sem comer, sem tomar banho.

Acordei de madrugada, ainda muito cansada, cheia de dor de cabeça. Saí da cama suavemente, tomando cuidado para não acordar a minha irmã. Depois de uma chuveirada, voltei para o quarto e me arrumei para trabalhar. Fui à cozinha fazer um café e notei uma mensagem de Enrico no celular, mas não tive coragem de olhar.

Eu me sentia sem ânimo para nada. Cheguei a pensar em faltar no trabalho naquele dia, mas reagi.

Ao chegar à agência, as palavras do meu pai sobre punições e castigos voltaram mais uma vez à minha mente.

Pensei em Enrico. E se os castigos que eu receberia respingassem nele? E se eu o levasse para o inferno comigo?

Eu me sentia como um espaço vazio entre duas vidas diferentes, entre desejos e medos, mais confusa e sozinha do que jamais me sentira.

Cumprimentei Fábio e fui para a minha sala. Mal entrei, vi todos reunidos num canto. Estavam tão concentrados no que Laíza dizia que nem me ouviram entrar.

— ... E eles disseram que ela vai queimar no inferno! Tinham que ver! Ela enganou a família e o marido. É pior do que eu pensava... Quando ainda usava aquelas roupas fechadas e tinha aquele ar de santinha já trepava com Enrico!

— Essas crentes são as piores — disse Madalena.

— Naquela noite, no seu aniversário, Talita, quando ela se enfeitou toda, foi para seduzir o Rico! Lembram que saiu com ele? — apontou Laíza.

— Meu Deus... — Talita balançou a cabeça.

— Se eu soubesse que Isabel era putinha assim, já teria dado em cima! — Foi a vez de Alex falar.

— Até parece que você conseguiria alguma coisa. Aquela ali é esperta, gente! Foi direto no chefe. Mas, deixe, o que é dela está guardado! Como o pai dela falou, vai pagar tudinho!

— Que isso, Laíza ... — Elton se pronunciou, e foi ele quem me viu primeiro.

Eu estava imobilizada. Parecia que meu corpo tinha cessado todas as funções vitais. Olhava para eles enquanto suas palavras entravam em mim como punhaladas, fazendo tudo se tornar mais podre, mais feio.

Todos se calaram. Talita abaixou os olhos, envergonhada. Alex fingiu me ignorar. Elton passou a mão pelo cabelo, desconcertado. Madalena só me encarou. Laíza não perdeu a pose nem se envergonhou.

— E aí, querida? — disse ela. — Pronta para mais um dia de trabalho duro? Enrico voltou de viagem.

Foi ali que percebi que tudo que eu tinha vivido nunca fora puro. Não poderia dar certo. Quem estava me julgando ali não era um grupo de evangélicos fanáticos. Eram outras pessoas, apontando, mostrando que tanto a religião como a sociedade me condenavam.

— Isa, olha só... — Talita veio na minha direção, demonstrando pena no seu olhar. — Não temos nada a ver com a sua vida. Se você acha que...

Andei para trás, tremendo. Não queria pena. Não queria perdão. Eu merecia. Eu merecia!

Virei-me e desci rapidamente as escadas. Sacudi o portão e mandei Fábio abri-lo. Ele ficou confuso, mas obedeceu. Saí pela rua, perdida, desorientada. Andei rápido para o ponto de ônibus, chorando. Mal percebi como as pessoas me olhavam.

Minha cabeça girava.

Pecadora... Castigo... Culpa... Zombar de Deus... Traição... Inferno...

— Moça, está tudo bem?

Alguém tentou me amparar no ponto de ônibus, mas eu não merecia ajuda nenhuma. Eu tinha que pagar. Desvencilhei-me e segui em frente, sem rumo, até chegar a uma pequena praça e me jogar em um banco. Ali abracei-me, envolvi-me nos meus braços e inclinei o tronco até os joelhos, chorando sem parar, soluçando.

Eu havia agido de forma tão errada! Enquanto me sentia vítima de uma religião dura e um casamento sem amor, em que minha sexualidade era anulada, colocava a culpa da minha traição na repressão que sofria. Mas tinha sido eu, desde o início, quem tinha feito tudo aquilo.

Ainda casada, tive pensamentos impuros com Enrico e me masturbei. Descobri o número dele e mandei mensagens fingindo ser uma desconhecida. Seduzi, envolvi, menti. Fui falsa. Enganei todo mundo. E, não satisfeita, dei em cima dele. Não uma, mas várias vezes. No carro, na sua sala, no trabalho. Eu o incitei ao pecado, mesmo enquanto resistia. Só ele pensava em não trair, em respeitar Isaque. E eu... Eu só pensava em Enrico. Em sexo. Em prazer.

Deus, minha família, meu marido e até Enrico... Eu enganei a todos, de uma forma ou de outra. Não fui honesta nem honrei o Deus que sempre esteve na minha vida. E, mesmo depois de tudo que fiz, Ele não me puniu. Ele só deixou que outras pessoas mostrassem minha culpa.

A vergonha que eu sentia de mim mesma era muita. E chorei até não restarem mais lágrimas, só a dor. Não sei quanto tempo fiquei ali.

Quando meu celular começou a tocar, levei um susto. Eu me ajeitei e o peguei, mal enxergando com os olhos inchados. Era Enrico. Desliguei o aparelho e o apertei contra o peito. Eu sabia que tudo aquilo que eu iniciara com ele, sob um alicerce de mentira e traição, tinha ruído.

A paixão e a felicidade que eu sentia com ele não importavam mais. Assim como o prazer, a emoção, o carinho. Eu não me perdoaria, ainda mais se levasse alguma desgraça para a vida dele. Enrico não merecia.

Levantei-me, meio tonta. Respirei fundo e andei, um pouco mais contida na minha humilhação. Tinha sido necessário. Agora, dali para a frente, teria que fazer o certo. Só assim, talvez Deus me perdoasse. Talvez eu me perdoasse.

Enrico

Fiquei preocupado quando cheguei à agência e soube, por Fábio, que Isabel saíra correndo dali. Ele não sabia o que tinha acontecido. Fui perguntar aos colegas dela.

Todos pareceram nervosos. Foi Talita quem se pronunciou:

— Rico, olha, a gente não fez por mal.

— Fez o quê? — Exigi saber.

Ela olhou para Laíza, que suspirou e contou:

— Ontem, quando a gente saiu, eu e Isa paramos aqui na frente da agência e conversamos sobre algumas coisas. Ela falou de vocês. Só que o ex-marido dela chegou e ouviu tudo. Tinha um pessoal com eles, acho que os pais dela também estavam. Foi o maior barraco. A coisa ficou feia.

Eu a encarei, vendo que tinha muito mais ali. Senti meu peito apertar ao imaginar Isabel ser confrontada sozinha. Devia estar arrasada.

— E o que aconteceu hoje?

— Nada — respondeu Madalena. — A gente não sabia que ela tinha chegado e estávamos comentando o ocorrido. Isa ficou envergonhada e saiu correndo.

— Estavam fofocando. Falando mal dela — falei, duramente.

— Não foi isso, Rico.

Eu os encarei, irritado. Talita baixou os olhos. Elton permaneceu em silêncio.

— Se eu souber de mais fofocas aqui, vai ter demissão. Estão nesta agência para trabalhar, não para falar da vida de uma colega nem se meter em qualquer envolvimento dela comigo. Nada disso é da conta de vocês. Fui bem claro?

Saí, pisando duro, já sacando o celular e ligando para Isabel. Primeiro, chamou e ninguém atendeu. Depois ouvi apenas a mensagem de desligado e fora de área.

— Merda!

Eu não conseguia parar de pensar nela, frágil e sozinha. Logo agora que estava aprendendo a andar com as próprias pernas, a fazer escolhas e a se libertar de tanto fanatismo, acontecia aquilo.

Saí da agência, indo na direção da minha casa. Pegaria meu carro e iria atrás de Isabel. Tudo ficaria bem. Eu a traria para mim.

38

Enrico

Parei meu carro em frente à casa de Rebeca e desci. Toquei a campainha e aguardei, esperando que Isabel estivesse ali.

Ninguém atendeu, e eu toquei mais duas vezes. Fiquei surpreso quando Isabel abriu o portão. Seu cabelo estava levemente despenteado, e seu rosto, inchado de tanto chorar.

— Isabel...

Eu entrei e fui até ela, que recuou alguns passos, olhando-me com uma espécie de dor.

— Merda. — Eu estava furioso com as pessoas que a deixaram naquele estado e a puxei para mim, abraçando-a com força.

Ela veio dura e tentou escapar, mas, quando viu que eu não a soltaria, apenas permaneceu quieta.

— Não fique assim, meu bem. Vai passar. Estou aqui com você.

Ouvi seu soluço. Foi ali que percebi quanto me importava com ela, quanto queria protegê-la.

— Sei que são seus pais e que está sofrendo, mas não se recrimine tanto.

Ela ergueu a cabeça e espalmou as mãos no meu peito, tentando me afastar.

— Me solta, Enrico — pediu, baixinho.

— Não.

Mas algo no seu olhar me deixou tenso. Ela fez força e se soltou, dando um passo para trás. Antes que eu indagasse sobre seu afastamento e sua expressão carregada, ela abriu a boca e falou tudo:

— Não sou vítima. Mereço o que disseram para mim, mereço o desprezo da minha família e de Isaque. Eu enganei todo mundo. Tentei seduzir você. Traí meu marido e nem assim achei que devia sofrer, como se os pecados passassem impunes aos olhos de Deus.

— Nós dois traímos, Isabel. Eu sabia que você era casada.

— Quantas vezes tentou resistir e me impediu? Mas eu insisti, como Eva a oferecer a maçã a Adão, cheia de veneno.

— Somos adultos. Agora me escute... — Avancei e fiquei chateado quando recuou mais, fazendo-me parar. — Você não é perfeita, como também não sou. Muito menos Isaque e seus pais. Cada um teve sua parcela de culpa nessa história, mas agora está resolvido. Você se separou. Com o tempo, eles vão entender.

— Será que não vê, Enrico? Não vê que eu não mereço você nem tudo que vivemos?

— Pare de besteira.

— Não. Não quero mais isso. Vou fazer o que é certo daqui para a frente.

Eu esperei, calado, com os olhos fixos nos dela.

Parecia derrotada, mas sua voz saiu firme:

— Quero pensar. Acho melhor eu pedir demissão.

— Está descontrolada, Isabel. Não vou permitir. — Impaciente, segurei seu braço e a puxei para perto de mim, dizendo, decidido: — Sabe que o que temos não é qualquer coisa. Não é só sexo. Você me conhece mais do que qualquer pessoa, e eu conheço você. Gostamos de estar juntos. Não é uma religião nem a opinião dos outros que vai acabar com isso!

— Não estou acabando. Mas eu preciso me entender com Deus e comigo.

— Isabel...

— Ainda sou casada. Aos olhos de Deus e da sociedade. Sou adúltera.

— Não é casada.

— Sou.

Fiquei irritado. Ela parecia cega e surda. Não dava para entender aquela loucura toda. Como uma pessoa podia se machucar tanto em nome de uma religião?

Ela suspirou, olhando para mim e parecendo cansada.

— Você foi a melhor coisa que me aconteceu, Enrico — murmurou.

— Então, vamos enfrentar isso juntos.

— Mas veio na hora errada.

Aquilo era ridículo demais. Balancei a cabeça, puto.

— Vou enfrentar o que fiz e pagar pelos meus erros. Deixarei Deus decidir o que é melhor para mim.

Eu a olhei e, mesmo em meio à minha raiva, percebi sua dor. Entendi que acreditava mesmo em tudo aquilo de castigo, pecado e punição.

O que eu via diante de mim era uma mulher jovem, de apenas vinte e dois anos, que tinha sido criada de modo severo, limitando-se em tudo, acreditando em um Deus que a podaria no primeiro passo errado. Essa mulher começara a ter necessidades, a pensar por si, a desejar felicidade. E agora, quando a poderia ter, não sabia lidar com ela.

Dei-me conta de que oito anos nos separavam. Eu era muito mais experiente e vivido. Isabel estava apenas começando a engatinhar na sua nova vida, tão desconhecida, e ainda cheia de regras incutidas em sua mente.

Ser tão racional doeu, pois eu não tinha imaginado perder Isabel. Eu estava envolvido e feliz. Eu a havia levado para a minha casa, para a minha vida, para o que eu entendia como a minha família. Eu sentia saudade dela quando estava longe. E, mesmo sem querer, já a imaginava cada vez mais ao meu lado.

— Eu quero fazer o certo, Enrico. Por favor.

— Está me deixando?

— Não. Eu só preciso tirar essas coisas ruins de dentro de mim. Por favor. Só deixe isso passar.

— Não posso forçar você a nada — falei, baixo.

— Desculpe-me. — Novas lágrimas marejaram seus olhos. — Eu queria não sentir nada disso, mas veio e...

Fiquei quieto.

— Se quiser, eu peço demissão — continuou.

— Não vou insistir nem dar em cima de você no trabalho. Se essa é a sua decisão, dar um tempo no que temos, eu respeito. Não precisa pedir demissão. Mas, se quer saber, não entendo. Nem aceito.

As lágrimas escorreram. Vi seu queixo tremer. Quis muito abraçar Isabel e dizer tudo o que eu sentia, quanto havia se tornado importante para mim. Mas nunca havia dado tanta abertura para uma pessoa entrar na minha vida e estava sofrendo com aquela separação.

— Vou trabalhar. Mas... se não der certo, eu saio.

— Tudo bem.

Não havia mais o que dizer, a não ser que eu implorasse e perdesse o meu orgulho. Isabel tinha tomado a decisão dela.

— Não tenho condições de voltar para a agência hoje.

Acenei com a cabeça. Fiquei preocupado em deixá-la sozinha, tão frágil assim. Rebeca devia estar no trabalho e Greg, na escola. Pensei em falar mais alguma coisa, mas me sentia com mãos e pés atados. Virei-me e fui até o portão.

Antes de sair, meu coração se apertou com uma sensação de saudade. Olhei para trás.

— Quando mudar de ideia, me procure — murmurei.

Foi o máximo que consegui expor do que eu sentia.

Isabel

Chorei tanto que fiquei enjoada e não comi nada. Apenas me deitei na cama e de lá não me levantei.

Afastar-me de Enrico tinha sido como uma morte. O pior fora ver que ele não queria ir, tampouco eu queria que ele fosse. Talvez aquela fosse minha punição. Escolher o caminho certo, mesmo com tanto sofrimento.

Não sabia como conseguiria vê-lo, trabalhar com ele. Seria uma provação. Uma forma de mostrar a Deus que eu podia agir certo, mesmo que isso custasse minha felicidade.

Rebeca tomou um susto quando chegou e viu o meu estado. Correu para me abraçar, querendo saber o que tinha acontecido. Eu contei tudo a ela, sem entender como ainda tinha tantas lágrimas para derramar.

— Ah, Isa! — exclamou, sentida. — Esse sempre foi o meu medo. Sempre temi que você ficasse tempo demais naquela casa, acreditando tanto que Deus nos quer infelizes! Por isso preferi ir embora. Entendo como se sente, mas tente ser racional. Você tem a oportunidade de ser feliz, ser livre! Não a desperdice!

Balancei a cabeça e a olhei.

— Não é isso, Rebeca. Não foi o que meus pais disseram, nem Isaque, nem mesmo meus colegas. Foi em mim. No fundo, sei que não mereço Enrico. Deus só dá recompensas a quem respeita as pessoas. E eu não fiz isso. Preciso me redimir.

— Como? Voltando a usar suas roupas fechadas? Voltando para Isaque? Para o domínio dos nossos pais? — Ela estava irritada, sem conseguir me entender.

— Não. Vou seguir em frente. Agindo certo dessa vez.

— Como?

— Ouvindo o que Deus quer de mim.

Ela suspirou.

— Isa, quero apoiar você, mas pense bem... Pare de usar a fé. Use o raciocínio que Deus deu a você. Não deixe a felicidade escapar. Vi como você e Enrico estavam felizes juntos, e isso não pode ser pecado. O tempo muda tudo.

Não falei nada. Só me deitei no seu colo e fechei os olhos.

O medo estava lá. Mas tudo em que eu acreditava também.

No dia seguinte, fui trabalhar. Não tirei meus brincos. Era uma forma de manter Enrico comigo. Mas não usei as roupas que ele me dera. Guardei tudo.

Notei que Laíza e Madalena continuavam com olhares irritados e com fofoquinha, mas as ignorei. Como fiz com Alex, que tinha se referido a mim até como "putinha". Talita e Elton me trataram bem e vi que não estavam metidos naquele grupo condenatório. Resolvi ter uma conduta profissional com eles. E assim foi.

Enrico me evitou. Parecia que tínhamos voltado ao tempo em que comecei a trabalhar ali, quando sabia que ele estava na agência, mas não o via. Foi melhor assim, pois a saudade era insuportável.

Os dias passaram. Eu seguia quieta, orando, visitando novas igrejas. Encontrei uma perto da Urca, que eu sempre via no caminho para o trabalho. Era presbiteriana e passei a frequentá-la, mas me sentava lá atrás e não conversava com ninguém. Ainda não estava preparada para novos julgamentos.

Um dia, vi Enrico sem querer, na hora do almoço. Ele estava chegando e eu saía para dar uma volta na praia. Foi como uma avalanche dentro de mim.

Meu coração disparou e minhas pernas bambearam. Fiquei tão nervosa que tive medo de desabar na frente dele. Quando seus olhos quase dourados encontraram os meus, quando vi sua boca, seu cabelo, tudo, senti uma saudade imensa.

Enrico parou no portão. Seu olhar era atento, ao mesmo tempo suave e duro. Não consegui ler sua expressão nem saber se também sentia minha falta ou se tinha me excluído de vez da sua vida.

— Oi, Isabel. Como você está?

— Bem — menti.

Ele parecia me ler inteira.

— Precisa de algo?

— Não.

Eu queria ficar e falar muita coisa. Por um momento, senti muito medo de que nunca mais quisesse me ver. Mas me recuperei a tempo. Só uma coisa me movia: agir da maneira correta.

Passei pelo portão, tentando ser forte. Enrico o fechou atrás de si e entrou. Fomos em sentidos opostos.

39

Enrico

Quase um mês depois, eu corria com meus cachorros, presos a coleiras, num sábado de manhã. Cleópatra sempre parecia enciumada quando me via sair com eles, como se soubesse que aquilo não era para ela, mas que tinha outros benefícios, como deitar no sofá comigo e ser paparicada.

Era como a vida. Cada um com suas particularidades. Acho que eu nunca tinha pensado tanto sobre mim mesmo e tudo à minha volta.

Eu já sabia que o amor machucava. Tinha aprendido cedo. Agora, passei a ter certeza. Sentia na pele junto com a saudade que Isabel tinha trazido para a minha vida. Mais uma.

Eu a via o mínimo possível, mas nem sempre era possível evitar. Tentava ter uma convivência profissional com ela. No entanto, nunca passava despercebida para mim. A saudade estava lá, forte e firme.

Mesmo assim, eu levava minha vida. Saí com amigos, joguei futebol, segui em frente. Sempre achei que o tempo era curto demais para ser desperdiçado. Mas sabia que alguma coisa tinha mudado.

Não transei com outra mulher. Foi estranho, pois tinha meus desejos. Era um homem saudável e gostava de sexo, mas, na primeira vez que a HFM me chamou para almoçar, e depois ir para a cama, percebi que não sentia vontade de transar com ela. Agora só conseguia pensar em Mariane como a Historiadora Feminista Marxista, apelidada de HFM por Isabel. E como uma amiga.

Parecia ridículo, mas eu comparava a Isabel cada mulher que cruzava o meu caminho. Ninguém tinha aquele cabelo. Nem seus olhos doces. Muito menos seu sorriso.

Era comum pensar nela e me masturbar, como também observá-la sempre que a encontrava. Acho que esperava uma mudança. Acreditava que nossa história ainda não tinha acabado. E era isso que me dava calma em meio às inseguranças emocionais e à saudade.

Aproveitei o dia e segui em frente.

Isabel

A maturidade chegou aos poucos para mim. Não veio só das orações, mas também de dentro, do caminho que construí, do modo como passei a me conhecer. Eu vivia de maneira calma, um dia de cada vez, observando tudo, aprendendo quem eu era e o que queria: ser dona da minha vida, ter liberdade, fazer escolhas. Coisas que nunca tive e que agora me davam perspectiva de futuro.

Nunca conversei tanto com Deus quanto naqueles dias.

Muitas pessoas, que acham que Ele não existe, viam-me como tola, mas eu sentia, no fundo, dentro de mim, que, quando falava com o coração, quando mostrava minhas dores e meus arrependimentos, Ele me ouvia e me respondia em pequenas coisas.

Não era mais uma busca para ter a resposta que eu queria. Havia uma tranquilidade sem explicação.

Naquela segunda-feira, recebi uma notícia quando voltava para casa. Meu divórcio havia saído.

Dentro do ônibus lotado, fechei os olhos e agradeci em silêncio. Senti um enorme peso sair dos meus ombros, talvez o último que ainda estava ali. Eu não era mais casada. Não podia mais ser infiel. Os homens e Deus tinham me dado a liberdade que eu queria. Era como se uma nova vida começasse para mim.

Pensei em Enrico. Tive vontade de voltar correndo à agência, ir atrás dele, contar a ele. Vivia com uma saudade imensa dele. Nunca tinha imaginado que poderia amar um homem daquele jeito. Mas, junto com o amor, veio a insegurança. Talvez ele nem se importasse mais com isso.

Desci no meio do caminho e fui à igreja que vinha frequentando. Era dia de culto. Como sempre, sentei-me lá atrás enquanto o pastor Marcos fazia sua pregação. E, no meio dela, ele pareceu falar comigo:

— Meus irmãos, vamos aceitar nossos erros, vamos seguir em frente. Tudo é aprendizado. Ninguém aqui é santo, então ninguém pode condenar. Ergam a cabeça e tentem seguir o caminho do bem, pois é isso que Jesus quer de nós. O importante é não nos afastarmos do Pai. Jesus fez um sacrifício por todos nós, então devemos nos sentir perdoados e ir para os braços Dele do jeito que somos. Pois o Senhor mesmo disse: "Todo aquele que o Pai me dá, esse virá a mim; e o que vem a mim, de modo nenhum o lançarei fora".

Sua voz era bondosa. Ele continuou:

— Não deixe a sua consciência pesar sobre você. Confronte-a. Aprenda. Siga no caminho do bem e da fé. Creia mais em si e em Deus, que conhece todas as coisas. E os outros, que estão de fora, não sejam tão rápidos em julgar seus irmãos, achando-se salvos por não cometerem o mesmo erro. Seu pecado pode ser muito maior. Mais amor e respeito, meus irmãos. É disso que o nosso mundo precisa.

O pastor continuou, mas eu pensava naquelas palavras que ele havia proferido. Toda a culpa pareceu escorregar para fora de mim.

Sim, eu havia sido adúltera. Antes mesmo de me deitar com Enrico, eu já o queria com loucura. Eu sabia que não amava Isaque. Diante da minha fé e até da minha razão, eu traí e pequei. No entanto, tentei me redimir, pagar o que eu achava que devia. E o fazia do modo que me doía mais: ficando longe de Enrico e correndo o risco de perdê-lo para sempre.

Respirei fundo. Permaneci lá até o final do culto, apreciando tudo o que era dito sobre o amor e o perdão. Quando o culto terminou, as pessoas começaram a ir embora. Algumas ficaram, conversando com conhecidos, e outras cercaram o pastor lá na frente.

Fiquei sentada ali. Cheguei a cogitar esperar e conversar com ele, mas percebi que não queria ser rejeitada mais uma vez. Era melhor ficar ali até quando eu pudesse e, então, buscar outra igreja como visitante, sem precisar me expor.

Coloquei a bolsa no ombro, pronta para me levantar. Foi quando alguém se sentou ao meu lado. Fiquei surpresa ao ver que era o pastor. Sorriu para mim.

— Olá. Sou o pastor Marcos. E você?

— Isabel — respondi, baixo.

— Bem-vinda, Isabel. Percebi que você tem frequentado os cultos. Gosta das pregações?

— Muito. — Eu não sabia ao certo como me sentia, mas procurei agir calmamente. — O senhor sempre fala muito bem. Coisas nas quais acredito.

— Já frequentou outra igreja?

Eu podia responder qualquer coisa e ir embora, mas fiquei tranquila e expliquei:

— Sou filha de um pastor.

— É mesmo? — Seu rosto se iluminou. — De que igreja?

Com exceção de alguns fiéis lá na frente, que não ouviam a nossa conversa, estávamos sozinhos. Encarei-o e contei-lhe tudo: minha criação, meus questionamentos, meu casamento arranjado, minha infelicidade, meu amor por Enrico e minha separação. Até o fato de não falar mais com meus pais e tudo o que havia acontecido.

Ele ouviu em silêncio. Quando terminei, moveu a cabeça tristemente.

— Lamento que tenha passado esse tempo todo sem ser recebida em uma congregação. Meus colegas esquecem que esses comportamentos afastam pessoas da igreja. E, muitas vezes, de Deus. Posso garantir uma coisa: você sempre será bem recebida aqui. Admiro sua persistência e sua sinceridade.

Eu o olhava, até um pouco surpresa.

— E as outras pessoas?

— Pecadoras, como todos nós. Devem tomar conta dos pecados delas, não dos seus. O que me contou fica entre nós. Posso perguntar apenas uma coisa?

— Sim.

— Você ama esse novo rapaz?

— Amo muito.

— Ele a ama?

Pensei em Enrico. Ele nunca tinha dito nada a esse respeito, mas eu sentia que havia algo muito especial entre a gente.

— Não sei. Espero que sim.

— Volto a repetir que as portas estão abertas. Com fé e com amor.

Uma paz imensa me envolveu. Vi bondade nos seus olhos. Acho que, mesmo que fosse a pior pecadora do mundo, eu me arrependeria de tudo somente diante daquele olhar.

— Obrigada. Voltarei sempre, com certeza.

Ele sorriu também.

— Será sempre bem-vinda.

Agradeci. Saí de lá com a alma livre, realmente em paz. E soube que tinha encontrado o meu lugar espiritual.

No dia seguinte, fiquei ansiosa para ver Enrico.

Ao fim do expediente, fiz algo que poderia me tornar infinitamente feliz ou acabar de vez com as minhas esperanças: sentei-me no banco sob a amendoeira e o esperei sair. Estava pronta para ser eu mesma, sem culpas.

Mulher, humana, com defeitos e qualidades, mas que sabia se arrepender e buscar a si mesma.

Tive medo de uma rejeição. De ele me dizer que estava feliz sozinho ou com outra pessoa. De que tudo aquilo que vivemos juntos tivesse acabado de verdade.

Era um risco que eu corria desde o início. Por isso, estava nervosa, trêmula, ansiosa. E, quando o vi descer as escadas, tudo piorou. Meu coração disparou e minha voz quase travou, mas me levantei de repente e o chamei alto:

— Enrico!

Ele parou no degrau. Virou a cabeça e me olhou. Foi como se tudo se concentrasse naquele momento em que seus olhos encontraram os meus.

Sua surpresa logo foi substituída por algo mais. Veio até mim e, quando parou à minha frente, fiquei muda. Quis dizer tudo, tanta coisa, tanto de mim... Mas só o olhei, tentando criar coragem para correr mais um risco.

Seu olhar se abrandou. Foi como se me incentivasse.

— Meu divórcio saiu — murmurei. — Sou livre.

Mordi o lábio inferior, lutando para não chorar. Não esperava a reação que ele teve, fazendo-me apenas uma pergunta mansa:

— Vai voltar para mim?

— Sim. — Lágrimas grossas vieram aos meus olhos e emendei: — Se ainda me quiser.

— Nunca deixei de querer, Isabel.

Quando me puxou para os seus braços, quando me beijou cheio de paixão e emoção, eu ri e chorei. Eu o apertei com força, beijando-o, afagando-o, dando-me.

Sua pele, seu cheiro, sua língua na minha boca. Respirei seu ar e soube o que era viver de verdade, completa, inteiramente dele. Inteiramente eu.

— Eu amo você... Eu amo você... — murmurei vezes sem conta, agarrando seu rosto, acariciando sua barba, enchendo-o de beijos.

Suas mãos agarraram meu cabelo, sua boca me devorou. Senti sua respiração agitada. Quando me segurou e fitou meus olhos, tão perto, percebi que tinha sentido a mesma saudade que eu. E não acreditei quando sussurrou:

— Eu amo você, Isabel. Só você.

— Ah!

Joguei-me de novo nos seus braços. Nós nos apertamos como se pudéssemos nos fundir.

— Foi tão difícil ficar longe — confessei. — Pensei que perderia você, que...

— Eu esperei por você. Mulher nenhuma fez parte da minha vida nessas semanas. Você era a única, presente na minha saudade, presente aqui dentro.

Chorei. Não mais de culpa nem de infelicidade. Mas de amor, de esperança e de alegria. E, bem no fundo de mim, agradeci ao meu Deus. Bom, terno, misericordioso.

40

Isabel

Quando chegamos à sua casa, Enrico me pegou no colo e começou a subir as escadas que levavam ao quarto. Eu ri alto.

— Louco!
— Você me deixa assim.

Abracei-o com força, beijando sua barba perto do queixo.

— Nunca vou parar de agradecer por ter você na minha vida — murmurei.

— Ah, é? Acho que o maior beneficiado fui eu.

— Verdade? Isso é um ponto a discutir. Acredito que ainda fui mais beneficiada que você.

Enrico deu um sorriso sedutor.

— Preciso concordar. Quem levaria você assim para a cama? — perguntou, provocando.

— Quem? — Brinquei.

Quando chegou ao andar superior, entrou no quarto e acendeu a luz. Ele me colocou na cama e, sem demora, começou a me despir. Seu olhar ardia, quente, safado.

— Quem tiraria a sua roupa?

Eu nem consegui entrar na brincadeira, já excitada. Ajudei-o, abrindo minha calça, que ele puxou e depois se livrou da calcinha. Fiquei nua.

— E quem tiraria a sua? — perguntei, pondo-me de joelhos na cama e abrindo a sua camisa. Mordi os lábios. — Quem abriria sua calça?

Eu o fiz. Enrico gemeu quando fiquei de quatro na cama e desci sua calça junto com a cueca, segurando seu pau. Antes de colocá-lo na boca, sussurrei:

— Quem chuparia você?

Abri os lábios e saboreei aquele pau como tinha aprendido a fazer. Sabia que Enrico adorava isso, e eu, mais ainda. Tinha predileção por aquela parte do seu corpo, embora também tivesse por seus olhos, por suas mãos, por sua boca, por tudo.

Ele gemeu. Agarrou meu cabelo e entrou mais fundo na minha boca.

Seu gosto era uma delícia, assim como o seu cheiro. E eu mamei com vontade, de um jeito suave e fundo, erguendo os olhos para pegá-lo me olhando firme e excitado.

Levei a boca até a ponta e fiquei ali, chupando devagarzinho, mantendo nossos olhares grudados.

— E quem chuparia a sua bocetinha?

Meio bruto, ele me empurrou para a cama. Caí com os cabelos espalhados e seu olhar me devorando, suas mãos escancarando minhas pernas. Lambeu-me bem gostoso no meio da vagina enquanto se livrava do resto das roupas e me segurava forte, chupando-me, fazendo-me delirar.

Agarrei os lençóis, ainda mais quando suas mãos vieram sob as coxas e ergueram meu quadril e minhas pernas, tirando minha bunda da cama, deixando-me toda exposta para seu olhar e sua boca. Gritei quando me lambeu desde o ânus até o clitóris; tive espasmos de puro prazer.

Ele me deixou doida. Tinha passado a me lamber ali, acostumando-me aos poucos, até que eu passei a amar e já esperava ansiosa. Na minha cabeça, nada entre a gente podia ser considerado errado. Tudo que fazíamos ali pertencia a uma intimidade só nossa e não cabia a ninguém julgar se era certo.

Ele veio logo para cima de mim. Esqueci o mundo. Nós nos agarramos e beijamos, entre carinhos e afagos, gemidos e carícias. Emoções intensas me dominaram, e a ele também. Daquela vez, não colocou preservativo, nem sei se lembrou. E eu não me importei. Só o queria dentro de mim. Com ânsia.

As línguas se deliciaram uma na outra enquanto os corpos se procuravam. Quando me penetrou, gemi alto e o apertei, cheia de saudade e amor. Eu me perdi em um prazer sem fim.

Por um momento, Enrico parou, bem enterrado e bem grudado. Olhou dentro dos meus olhos.

— Seus gemidos são como cânticos para mim, Isabel. São eles que quero ouvir pelo resto da minha vida.

Eu me emocionei demais.

— Eu quero você para sempre, Enrico. Para sempre.

Voltamos a nos beijar e nos amamos com doçura. O prazer veio lento e quente e se espalhou como droga na veia. Enrico começou a ir e vir lentamente, deslizando, tomando meu corpo. Fui junto no rodopio da paixão, movendo-me. Assim, o orgasmo veio quase simultaneamente para nós dois.

— Isabel... Minha linda...
— Ah...
— Que gostoso...

Fomos juntos em uma só loucura, apaixonados, entregues.

Quando acabou, eu estava completamente saciada e feliz.

Enrico foi delicado. Saiu com cuidado e, na mesma hora, puxou-me, murmurando:

— Como se sente?
— Muito bem. — Sorri, lânguida.

Ele me observava.

— E aqui? — Passou o dedo na minha testa.
— Melhor ainda. — Eu o abracei mais e disse com todo o amor, fitando seus olhos: — Sou sua. Toda. Completamente. Amo tudo o que faz comigo.
— Amo tudo o que faço com você. E tudo o que faz comigo. — Sorriu e beijou meus lábios. — Agora, você se prepara, porque nada mais me segura.
— Tem mais?
— Muito mais!

Eu o olhei, curiosa.

— Nem adianta perguntar. Não respondo. Só mostro.
— Ai! Vou virar uma pecadora de vez! — Brinquei. — E você vai continuar sendo o Santinho... do pau oco!

Enrico riu e me apertou.

Eu suspirei.

Que vida maravilhosa eu tinha.

Enrico

Passamos o fim de semana juntos. Eu a amei e mimei de todas as formas. Fiz até o jantar enquanto Isabel tomava um banho de banheira. Comemos juntos, conversando, tocando-nos. E falamos muito sobre nossa separação, sobre o que ela sentia, sobre seu encontro consigo mesma. Abrimos nossa alma um para o outro. Tive certeza de que ela nunca mais sairia de perto de mim. Nem eu de perto dela.

Sentamo-nos no sofá da varanda, olhando a noite bonita. Apolo e Zeus estavam deitados ali perto, cochilando. Cleópatra tinha se acomodado dentro de um vaso de plantas. Adorava terra e, às vezes, ficava ali, para a revolta de Rosinha, que reclamava da sujeira que ela levava para dentro de casa.

Uma coruja fazia barulho numa árvore. De resto, tudo estava quieto e em paz. Nem carros passavam na rua.

Virei o rosto e olhei para Isabel. Estava pensativa, observando umas flores.

Admirei seus traços, seu cabelo, seu perfil bonito. Senti seus dedos nos meus, sua perna encostada na minha. Já era natural para mim tê-la por perto. Quando não tinha sua companhia, sentia uma saudade terrível.

— Isabel — falei, baixo, e ela me olhou com seus olhos escuros, que os cílios longos e curvos tornavam ainda mais lindos. — Admiro você. Sua coragem, sua delicadeza.

— Mas eu errei, Enrico. Demorei a aprender — murmurou.

— E quem nunca errou? Eu também errei. Lutei contra o que eu sentia por você, mas mesmo assim não resisti. Hoje sei por quê.

— E por quê?

— O amor vem sem a gente esperar. Achei que teria controle de tudo na minha vida. Até do amor. Mas bastou você aparecer para isso mudar.

Seus olhos brilharam. Entreabriu os lábios. Eu me sentia cheio, feliz, terno, apaixonado.

— Eu amo você, Isabel — murmurei.

— Eu também amo você — disse ela, e pulou nos meus braços, apertando-me forte. Eu a puxei para o colo e a abracei com força, respirando fundo. — Eu amo tanto você, Enrico. Tanto.

— Sei que seu divórcio saiu, mas ainda é muito jovem. Talvez queira aproveitar a vida, conhecer outras pessoas.

— Não. — Ela afastou o rosto, encarando-me com olhos embaçados. — Só quero você.

— Eu também não ia deixar. — Sorri, agarrando seu cabelo. Ela deu uma risada entre as lágrimas. — Mas podemos aproveitar. Viajar, passear, descobrir coisas novas.

— Sim.

— Casa comigo?

Palavras que eu nunca havia dito, nunca havia pensado em dizer. E que só seriam possíveis com ela.

Ela segurou o meu rosto, surpresa, enchendo-me de beijos enquanto sussurrava sem pensar duas vezes:

— Sim! Sim... Sim... Sim...

— Vamos ser felizes, Isabel. — Busquei sua boca, sentindo meu coração disparado.

— Já sou feliz. Você me faz feliz!

E nos beijamos, apaixonados, emocionados.

Talvez a família dela a tivesse deixado para trás.

A minha família não existia mais.

Agora, começaríamos uma nova história, uma nova família. Juntos, com nossos sonhos e nossas diferenças, com respeito e amor. O passado tinha importância, mas ficaria no passado, no lugar dele. O presente era feito das nossas escolhas. E o futuro viria daquilo que construiríamos juntos.

E de uma coisa eu tinha certeza: nenhum preconceito, nenhuma perda, nenhum erro, nenhum pecado, nada disso seria páreo para o nosso amor.

Oito anos depois

Enrico

É domingo, e Rosinha veio especialmente para fazer o almoço. Amanhã, Isabel, Rebeca, Greg, nosso filho Inácio, que já tem três anos, e eu vamos para os Estados Unidos, onde passaremos duas semanas. Iremos de férias e para comemorar o aniversário de Isabel, que está chegando aos trinta anos, idade que eu tinha quando nos conhecemos.

Rosinha insistiu em fazer um almoço especial e um bolo. Ela é apaixonada por Isabel e não admitiu que viajasse sem festejar seu aniversário na nossa casa.

Rebeca e Greg acabaram de chegar. Rebeca está conversando com Rosinha na cozinha e ajudando no que Rosinha permite. Greg, um adolescente enorme, corre lá fora com Inácio. Os dois adoram brincar com Apolo e Zeus.

— Vou buscar Isabel na igreja — aviso, passando pela cozinha. — Os meninos vão comigo.

— Não demore, Rico. Já está quase tudo pronto — diz Rosinha.

Aos treze anos, Greg está alto e magro, cheio de cachos escuros e com sobrancelhas ainda mais grossas. Continua esperto, animado e inteligente. Inácio, moreno claro, com cabelos castanhos como os da mãe e olhos castanho-claros como os meus, adora segui-lo por toda parte. Os cachorros fazem a festa com eles, aproveitando a atenção que recebem. Apolo já está com catorze anos e Zeus, com onze, mas eles nunca desanimam diante de uma brincadeira.

— Vamos lá? — Vou até eles, e Inácio corre para mim, dando-me a mãozinha.

Olho com amor para meu filho, sempre tão carinhoso. Às vezes, ainda me custa crer que tenho a sorte de contar com Isabel e ele na minha vida. É algo muito além de tudo que eu imaginava ter um dia.

— Ela deve estar cheia de saudade de você! — Sorrio para ele antes de chamar Greg, que, para mim, é como um sobrinho de sangue.

O garoto acena para os cachorros e diz:

— Já voltamos!

Saio com os meninos e entramos no meu carro, que está na calçada. O carro de Isabel está na garagem, porque ela prefere ir e voltar a pé da igreja. Acomodo Inácio no banco de trás, na sua cadeira, e coloco o cinto. Greg se senta ao lado e coloca o cinto também. Chegamos à igreja em poucos minutos.

Vejo Isabel lá fora, com o pastor e vários membros da congregação. Como vai passar duas semanas longe, fez questão de assistir ao culto deste domingo.

— Quero sair, papai! — diz Inácio, sacudindo-se todo.

Nem falo que já vamos entrar no carro de novo para ele não ficar impaciente. Eu o ajudo a sair, e Greg vem atrás.

— Mamãe! — Inácio corre para ela.

— Oi, meu amor. — Isabel ri e o pega no colo, enchendo-o de beijos. — Oi, Greg.

Ela se estica e dá um beijo no sobrinho. Depois, olha para mim:

— Oi, amor. — Quando se aproxima, passo o braço em volta dos dois e beijo suavemente os lábios dela.

— Greg! — O pastor Marcos o cumprimenta, apertando a mão do meu sobrinho, que de vez em quando acompanha Isabel à igreja. — Tudo bem?

— Sim, senhor.

— E a escola?

— Estou indo bem. Agora estou de férias, na verdade.

— Continue assim. — Ele sorri. Também acaricia os cabelos de Inácio, ainda no colo de Isabel, e estende a mão para mim. — Prazer em ver você de novo. E o futebol?

— Os rapazes vão ter que se virar sem o craque por duas semanas — respondo, de brincadeira, e ele ri. Já bateu uma bola com a gente no Flamengo e, de vez em quando, aparece lá com o filho.

— Queria ter essa disposição toda, mas a idade pesa... — diz ele, e completa depois de uma pausa, como se lembrasse de repente: — Ah, obrigado pelas cestas básicas. Vão ajudar muita gente, com certeza.

— Fico feliz.

Como empresário, eu ajudo algumas instituições. Marcos tem um papel muito ativo nas comunidades carentes, e sempre coopero com seu trabalho, algo que não aconteceria se Isabel não tivesse entrado na minha vida, já que eu não teria esse contato com a igreja.

Ele deseja boa viagem e nós nos despedimos.

Isabel coloca Inácio no banco de trás, ao lado de Greg. Depois, senta-se na frente comigo. Dirijo para nossa casa.

As ruas da Urca estão tranquilas. É um dia bonito, talvez mais bonito pela perspectiva da nossa viagem.

— Nem acredito que vamos viajar amanhã — diz Isabel, virando-se para trás. — Estão animados, meninos?

— Estou doido para conhecer a Disney — responde Greg, sorrindo.

— Quero ir ao castelo! E ver o Mickey! — Inácio se remexe todo.

Ela ri e se volta para mim.

— Acho que eles estão tão empolgados com a Disney quanto nós estamos com as vinícolas. — Depois do parque, vamos à Califórnia. Visitar as vinícolas é a parte de diversão que nos cabe na viagem.

Ela faz um carinho no meu braço. Paro o carro em frente à casa, e os garotos saem correndo ao verem Cleópatra no quintal, querendo brincar com ela, embora ela pareça mais interessada em dormir.

Eu e Isabel entramos com mais calma, de mãos dadas.

— Preparada para os trinta anos? — pergunto a ela.

— Ansiosa. Só tenho motivos para comemorar.

Ela se vira para mim, perto da varanda, e me abraça.

Eu a envolvo e cheiro seu cabelo. Por sobre sua cabeça, vejo meu filho pulando no quintal e os cachorros correndo. Greg ri de Apolo, que vem em cima dele. Na varanda, Cleópatra, preguiçosa, dorme sem se abalar.

Pode ser aniversário de Isabel, mas quem recebe o presente todos os anos, todos os dias, sou eu.

Depois de tudo que vivi tão jovem, de todas as tristezas, acho que posso dizer que minha vida é perfeita. Sou louco por Isabel e Inácio. Tenho uma família.

Respeito e amor reinam no nosso casamento. Às vezes, eu a levo e busco na igreja, mas ela nunca me chamou para entrar para sua igreja nem jogou qualquer indireta sobre religião. Respeita meu ponto de vista, como faço com o dela.

O pastor e os membros da igreja têm o mesmo respeito.

Quando nos casamos, eu disse que, por ela, estava disposto a fazer a cerimônia na igreja. Mas Isabel quis se casar no civil, um lugar neutro, que agradaria a nós dois.

E eu, que continuo agnóstico, que ainda acredito que nosso maior pilar na vida deve ser nossa consciência, comecei a achar que Deus existe mesmo.

Ele é o amor.

Isabel

Entro em casa com Enrico.

Sinto o cheiro delicioso da comida de Rosinha. Enquanto vamos para a cozinha, passo em frente à estante da sala, e meus olhos apreciam a infinidade de porta-retratos espalhados.

São fotos tiradas durante as viagens que fizemos pelo Brasil e pelo mundo. Nos primeiros anos do casamento, aproveitamos todas as folgas e as férias para viajar sozinhos, curtindo a vida. Fomos às praias do Caribe, conhecemos o Peru, esquiamos na Suíça, rodamos a Europa. Visitamos a China. Amei conhecer com ele as praias do Nordeste brasileiro e o Pantanal.

Demos uma breve parada quando engravidei de Inácio, e aí vivemos a nova aventura, maravilhosa, de sermos pai e mãe. Aproveitamos cada minuto com ele. Faz um ano que retomamos nossas viagens, agora todos juntos. Não há como aproveitar a vida mais do que fazemos, em casa, viajando, em qualquer lugar.

Sempre me emociono ao pensar que Enrico agora tem várias fotos, inúmeras lembranças. Nunca esqueci o que me contou sobre a foto do irmão, rasgada no orfanato. Sei que sua vida não foi fácil, mas fico muito feliz em saber que ele não está nem nunca estará sozinho. Ele tem a gente. E eu tenho os dois homens da minha vida, que amo com loucura.

Entramos na cozinha.

— Até que enfim! — exclama Rebeca. — Estava quase devorando tudo sozinha!

— Exagerada, como sempre. — Dou um beijo nela.

Ela continua linda. E solteira. Diz ser feliz assim, livre como sempre quis. Eu tenho esperança de que, um dia, o amor apareça em sua vida. Um amor tão completo quanto o que eu tenho com Enrico. Ou não. Talvez ela seja diferente e realmente realizada sozinha.

— E os meninos? — pergunta ela.

— Lá fora, brincando. — Vou até Rosinha e a beijo no rosto, insistindo pela milésima vez: — Rosinha, ainda dá tempo de viajar com a gente.

— Deus me livre de viajar de avião! Não piso naquela coisa, não! Se Deus quisesse que eu voasse, teria me dado asas!

Rimos. Enrico vem se sentar perto da mesa da cozinha, comentando:

— Um dia desses, vou comprar uma viagem de cruzeiro para você!

— Aí eu vou! E quem sabe não conheço algum aposentado por lá?

Todos rimos. Rebeca e eu conversamos sobre nossa clínica de estética em Botafogo, que vai ficar aos cuidados da gerente. Tudo está organizado.

Eu terminei a faculdade de administração. Rebeca, que fez cursos de estética, queria abrir um negócio, e nós nos tornamos sócias, abrindo a clínica com a ajuda de Enrico. O começo foi lento, mas agora a clínica é um sucesso, e temos vários funcionários especializados trabalhando para a gente.

Tenho orgulho em ser uma profissional bem-sucedida. E em saber que Rebeca também melhorou muito de vida. Agora, ela e Greg moram em um belo apartamento em Botafogo, pertinho da clínica. Estamos até planejando abrir uma filial daqui a uns dois anos.

— A comida está pronta — anuncia Rosinha.

Nesse instante, meu celular toca. Rosinha sai para chamar os meninos. Enrico e Rebeca falam sobre a viagem.

Olho o número desconhecido na tela do meu celular e atendo.

— Alô.

— Oi, Isabel.

Uma voz baixa, de mulher. Eu a reconheço na hora, mesmo sem a ouvir há oito anos.

Meu coração dá uma parada e depois dispara. Sinto um misto de saudade e surpresa.

— Mãe? — murmuro.

— Sim.

Não consigo acreditar.

— Mãe... — falo mais alto.

Enrico e Rebeca param de conversar. Olho para eles.

Rebeca parece tão surpresa quanto eu.

— Não sei se vai querer falar comigo.

— Claro que sim, mãe. Como a senhora está? E o papai?

— Estamos bem. Seu... Seu marido nos procurou quando seu filho nasceu. Há três anos — disse ela, baixo.

Eu não sabia. Olho para Enrico.

— Nós não quisemos ouvir muito, mas ele disse que seu filho se chama Inácio. E que você está em uma igreja. Que é uma ótima mãe e esposa.

Eu não falo nada. Meus olhos se enchem de lágrimas.

— E, esses dias, eu falava com seu pai que você está fazendo trinta anos. Nossa caçula, trinta anos! Conversamos muito. Aí liguei para o número que seu marido deixou com a gente, e ele disse que vocês vão viajar. Resolvi ligar antes para desejar feliz aniversário.

A voz dela se embarga. As lágrimas descorrem pelo meu rosto.

— Isaque casou e virou pastor. Tem dois filhos. Está bem, feliz. E você... Graças a Deus, está bem também. — Ela faz uma pausa, como se escolhesse as palavras. — Ficamos pensando que fomos duros demais, que o tempo está passando e nem conhecemos nossos netos Gregório e Inácio. Talvez não queira nos ver. Mas eu pensei... — Ela se cala. Eu queria falar, mas só consigo chorar baixinho. — Pensei que um dia poderíamos conhecer os meninos.

— Mãe... Sempre... Sempre que quiser. — Respiro fundo, emocionada. — Eles vão adorar conhecer os avós.

— Minha filha... Nós erramos, mas...

— Vamos falar disso depois. Promete que vêm nos ver? A senhora e o papai?

— Sim, assim que voltarem de viagem. — Depois de uma pausa, ela murmura: — Será que Rebeca também vai aceitar nossa visita?

Olho para minha irmã. Ela está imóvel, com os olhos cheios de lágrimas. Nunca precisamos de muito para nos entender. Sua emoção espelha a minha.

— Ela vai — murmuro.

— Obrigada. Vou contar para seu pai. Parabéns, Isabel. Boa viagem. — Ela parece também estar abalada. — Avise quando voltar.

— Sim, senhora. Avisarei. Cuidem-se.

— Pode deixar.

Desligo e deixo o celular sobre a mesa.

Levanto-me. Minhas pernas estão tremendo, as lágrimas ainda correm no rosto, meu peito está cheio de felicidade e amor.

Olho para os olhos ambarinos de Enrico, para aquele homem por quem me apaixonei perdidamente, que mudou toda a minha vida, que é meu companheiro, meu amigo, meu amor. Meu tudo.

Ele nem tem tempo de se levantar. Caio em seu colo, apertando-o forte e enchendo-o de beijos. Murmuro:

— Eu amo você. Eu amo você. Meu Deus, como eu amo você!

Ele me abraça forte e diz perto do meu cabelo:

— Você é meu amor. Meu grande amor. Só quero ver você feliz.

— Sou a pessoa mais feliz do mundo. Obrigada, meu amor. Obrigada por ter vindo para a minha vida.

E o beijo com o melhor de mim.

É assim que eu sou. O que Enrico me ajudou a ser.

O melhor que eu posso. E muito feliz.

Agradecimentos

Mulheres incríveis foram importantes para mim durante a criação deste livro *Pecadora*. E é a elas que agradeço muito: Ana Aragão, leitora beta que sempre me dá sugestões ímpares; Joycilene Santos e Patrícia da Silva, que me ajudaram demais do começo ao fim; e também Claudia Alves Rodrigues, que tirou dúvidas quando precisei. Todas elas eu conheci como nanetes e hoje são amigas especiais demais na minha vida. Amo vocês!

Não poderia deixar de agradecer também às minhas agentes, Luciana Villas-Bôas e Anna Luíza Cardoso, e à minha editora, Raquel Cozer, que acreditaram em *Pecadora* desde o início. Sem vocês, nada disso seria possível.

E sempre agradeço às minhas nanetes. Vocês são maravilhosas! Por isso eu sempre digo: as nanetes vão dominar o mundo!

**Acreditamos
nos livros**

Este livro foi composto em Adobe Garamond,
Bliss e Beyond The Mountains e impresso
pela gráfica Santa Marta para a Editora
Planeta do Brasil em novembro de 2024.